LAS HIJAS DEL VOLCÁN

LAS HIJAS DEL VOLCÁN

GINA MARÍA BALIBRERA

Traducción del inglés por Adrián Chávez

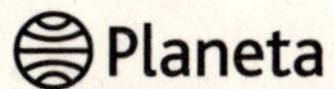

Traducido por: © Adrián Chávez
Créditos de portada: © Jenny Carrow
Adaptación de portada: © Genoveva Saavedra / aciditadiseño
Ilustración de portada: © Eleni Debo
Fotografía de la autora: © Charles Amyx

Bajo el sello editorial PLANETA M.R.
Avenida Presidente Masarik núm. 111,
Piso 2, Polanco V Sección, Miguel Hidalgo
C.P. 11560, Ciudad de México
www.planetadelibros.us

Primera edición impresa en esta presentación: enero de 2025
ISBN: 978-607-39-2152-7

Impreso en los talleres de Impregráfica Digital, S.A. de C.V.
Av. Coyoacán 100-D, Valle Norte, Benito Juárez
Ciudad de México, C.P. 03103
Impreso en México – Printed in Mexico

Para mi familia

Parece un típico país bananero, con la salvedad, claro, de que no exportan bananas.

THOMAS P. ANDERSON, *Matanza*

La única forma en que el [...] pueblo sobrevivirá es habitando Xibalbá sin dejarse abrumar por sus señores.

Popol Vuh

Algunos personajes

***Las fantasmas,* nuestras narradoras**[*]

Lourdes, hija de Rosario, archivista, *cachimbona.*

María, hija de Rosario, hermana menor de Lourdes, pintora.

Cora, hija de Alba, estudia la tierra y el cielo.

Lucía, hija de Yoli, *chelita* que está construyendo su propio *púchica* telar.

Las mamis

Rosario, madre de Lourdes y María.

Yoli, madre de Lucía.

Alba, madre de Cora.

Socorrito, madre de Graciela y Consuelo.

Las hermanas

Graciela, hija de Socorrito, memoriosa, arrebatada de su madre para servir como oráculo del Gran Pendejo.

---

* Aquí, como a lo largo de toda la novela, se señalan en cursiva las palabras o expresiones que aparecen en español en la versión original. *N. del T.*

Consuelo, hija de Socorrito, escultora, hermana mayor de Graciela, arrebatada de su madre para ser el consuelo de Perlita.

Las bisabuelas, que trabajaban el añil y se ataban a las *ceibas* para tejer historias.

Algunos hombres

El Gran Pendejo, El General, descendiente de los volcanes, que en 1932 asesina a treinta y dos mil personas negras e indígenas. Frente al arzobispo, El Gran Pendejo se describe a sí mismo como dios.

El patrón, un *pendejo* de menor categoría. Administra la finca junto al volcán en la que nacieron Graciela, Consuelo y *las fantasmas,* y donde trabajan sus madres.

Germán, padre de Consuelo y Graciela, amigo de la infancia del Gran Pendejo.

Patrick Brannon, un *gringo* que se vuelve loco cuando viene a domar el mar, y que trae la red ferroviaria y todos los colores de *tontería.*

Phillip, hijo de Patrick, aficionado al espiritualismo, vive en Manhattan.

Señor Domínguez, padre de Lourdes y María, que vive en Richmond, distrito de San Francisco, con su primera familia.

Héctor, esposo de Cora. No se describiría a sí mismo como un bolchevique, pero otros podrían llamarlo así.

Luis, profesor de pintura de Consuelo, y más tarde su novio.

El aviador, escritor, artista y mujeriego, más tarde esposo de Consuelo. Tremendo bebé.

León, uno de esos idiotas *fufurufos* que inflan el pecho y juegan a toda clase de cosas. *¿Cómo le dice Lucía?* Ah, sí, el *fuccboi.*

Félix, creador del reino de rocas cerca de Oppède le Vieux para los artistas que buscan refugio durante la ocupación en Francia. Más tarde, amante de Consuelo.

Tommy, cronista de nuestra infelicidad nacional, joven querido.

Los Detectives Amables, un par de policías de Hollywood, cuya torpeza no los hace menos amenazantes.

El Scooter, trucha entre las truchas, de ojos húmedos, delicado, hablador, inarticulado, de cuerpo elástico.

Mujeres de la capital

Perlita, viuda de Germán.

Ninfa, abuela, artista hiperrealista, ama de llaves de la hacienda, antigua nana de Perlita.

La Claudia, hija de Brannon, poeta.

Lidia, ama de llaves del Gran Pendejo.

Las Rositas, un grupo de adolescentes, hijas de la clase terrateniente instaladas en una cómoda rebelión, cuya promesa de hacer arte o ser arte está escrita en sangre.

En Los Yunais

Madame Belova, autodeclarada maestra, diletante carismática.

Lindita Domínguez, señora rica de hacienda, *amiguita* de Perlita.

Rosie Swan, estrella de Hollywood, *güerita* de nombre falso.

Las comadres de San Francisco

Josefina, que escucha a los fantasmas.

Silvia, que alimenta a su gente.

Clara, que trae la luz.

Miyuki, que administra un salón de té en el barrio japonés.

Salvador, *el hijito* de Graciela.

Las criaturas, quiméricas o de otro tipo

El duende, hombrecillo travieso, siempre dándole serenatas a la muerte. Lorca lo ha estado buscando. *Ya lo sabes*. En este mundo, baila tap sobre nuestros restos mortales.

La ocelote, mascota de Perlita, ambas adoradas e ignoradas.

La Siguanaba, una madre castigada por su deseo. Perdió a su hijo y ahora regresa junto al agua para atraer a los hombres a su muerte. A veces se le conoce también como La Cigua.

La Chasca, una princesa castigada por su deseo. Se ahoga luego de que su amante muere, y vuelve con la luna llena para bendecir a los pescadores.

La mujer de sangre, que desafió a su padre, tocó la cabeza de la muerte e hizo un corazón de savia y humo antes de escapar para ir a hacer milagros en otro mundo.

Las aves, que se reúnen en la *ceiba* para marcar las horas del día, siempre a la escucha, las lechuzas que llevan a la mujer de sangre de un reino al otro, los *torogoces* que transportan un hilo en el pico a través del tiempo, los cuervos que cacarean encima y entre nosotras.

La Prudencia Ayala, poeta, *loca*, candidata presidencial, vendedora de fruta, oráculo, no un producto de nuestra imaginación y, sin embargo, mítica.

Los *cadejos,* los perros mágicos del volcán. Uno es un augurio terrible, y el otro tu salvador.

El búfalo del Golden Gate Park, destruido en manadas mientras su tierra era devorada bocado a bocado. Algunos de sus descendientes siguen aquí, encaramados en el borde de este mundo, donde se pone el sol. *Vamos a la vuelta de toro toro gil.*

Popol Vuh, el libro de la gente, que vive y respira.

La escritora

La Yinita, *mestiza, bien educada, un poco* «nervous», *yo.*

Prólogo

Aquí estamos. Todo está quieto.

Cuando vos vas, yo ya vengo. Comenzamos en la *púchica* raíz del mundo.

Antes de nuestra creación, los animales platicaban entre sí. Los jaguares escupían los huesos. Los monos aullaban, los volcanes aullaban, las estrellas aullaban, enormes y frías. Alguien escuchó y eligió destruirlas, *miren que* con un par de manos grandes y ordinarias. Y luego, esas manos grandes que habían creado a las bestias no sintieron nada más que el vacío. Sintieron las cosquillas de crear algo más, algo que también fuera capaz de crear, seres que pudieran llevar consigo el hilo azul brillante de la vida por años y años, así que optaron por buscar los materiales precisos.

Poco a poco, los nuevos seres fueron tomando forma, pero a los primeros, creados a partir del lodo, se los consideró blandos e inútiles; a los de madera, deformes y exánimes. A todos ellos se les desechó.

Pero el *maíz* era tierno, elástico, fértil: la garra de un ave errante, la iridiscencia de una pluma, una hojuela firme de jade, sangre, leche, oro, *gota a gota,* hecho *a mano, a mano, a mano,* y lentamente los hijos de Cuzcatlán comenzamos a ser.

¿Y qué hay de nosotras? En estas páginas, somos cuatro: Lourdes, María, Cora, Lucía.

Fuimos *cipotas,* nacidas de nuestras madres en una franja ígnea y alta entre el bosque y el mar.

Ya ves que, antes de la masacre que nos asesinó, vivimos. Sobrevivimos terremotos y deslaves, la erupción de nuestro volcán, Izalco. En el pueblo junto a la montaña, donde todas morimos (abandonadas a la podredumbre, *para más joder,* como montones de troncos y hojas en un bosque talado), nuestras madres solían escuchar la radio que se transmitía desde la capital y fumaban cigarros forjados a mano en los cafetales, y nunca se lavaban la mugre negra de debajo de las uñas. Éramos como ellas de muchas formas, incluso cuando peleábamos con ellas, cuando las ignorábamos o cuando les mentíamos para huir al bosque a besar muchachitos (salvo por María, que besaba sobre todo a otras niñas). ¿Qué más podíamos hacer? El mundo estaba cambiando, todos lo repetían, ¿pero adónde podíamos ir las hijas del volcán?

Graciela era nuestra amiga. Como nosotras, la abandonaron a su muerte, pero de alguna forma no murió en la masacre, como nosotras. Nuestra *cherita* Graciela y su hermana Consuelo, que se hacía la muy *chelita*... Cuando nuestras almas descubrieron que ambas habían sobrevivido, *pues,* nos enganchamos al hilo de sus vidas y las seguimos por el resto de sus días.

Nuestros propios hilos de vida, cortados por nuestras muertes, latiguean en el viento junto con nuestras *carcajadas.* Esas *carcajadas* nuestras las has escuchado, el cacareo de nuestra risa, que lleva consigo las historias de nuestras madres y abuelas, nuestras propias historias. Hay pericos en el campo y nosotras estamos siempre escuchando, *siempre, a la vez.* A veces hablamos como uno de ellos. A veces el viento nos lleva lejos unas de las otras, cada una una semilla distinta. Una parte eterna de nosotras permaneció tras la *masacre*, la parte que escuchas, la voz que te cuenta esta historia desde todas partes. Estamos recogiendo los hilos de nuestras vidas, buscando las palabras para escribir un nuevo libro de la gente, para hacer nuestro mundo. *Miren que* las palabras hacen al mundo.

Porque ¿sabes qué hemos aprendido? Cada mito, cada historia, tiene al menos dos versiones. El crecimiento del añil y del café, las películas y sus magos, la red ferroviaria que extiende sus piernas por nuestra tierra como *un pulpo*, la historia de una madre deshonrada, un dictador, las bellezas de una nación, una mujer que solloza junto al agua, un profeta. Estas figuras míticas cambian de forma, dependiendo de quién cuente la historia y de quién la escuche.

Algunos idiotas afirman que no existimos, que todas desaparecimos en la masacre. Pero estamos vivas, sembradas entre los cerros. Hace mucho construimos templos para Ix Chel, diosa de la luna, de la tierra, de la guerra, del nacimiento. Nos enseñó a hilar y caímos bajo su trance hasta que nos arrebataron los hilos de las manos. Somos más antiguas que tu sentido del tiempo. Pasas junto a nosotras en la calle. En tu casa, entrecierras los ojos frente a un espejo y te pintas la cara para que se parezca a la nuestra. Al atardecer, permanecemos de pie sobre los tejados, haciendo revolotear tus sábanas, y tomamos el autobús de regreso a casa. Enseñamos a tus hijos en la escuela; te tomamos la temperatura; somos candidatas a alcaldesas de un pueblo de mierda, y quieren matarnos por ello. Cantas nuestras canciones. Estudias nuestros movimientos. Planeamos sobrevivirte. Y estamos aquí, contándote este *cuentito*.

Vamos a la vuelta. Tenemos trabajo que hacer. Lourdes está poniendo todo en orden, reescribiendo los archivos; María está hechizando a quien le plazca y guardando un cuchillo entre sus cosas en caso de que lo necesiten; Corita está caminando por un campo de tierra rica en huesos; Lucía está tratando de entender la dilución de la piel. Estamos muertas pero cantando, riendo, volviéndonos locas, diciéndote exactamente lo que pensamos, y no siempre estamos de acuerdo y no bailamos tap —ahondaremos en esto más adelante—. Confía en nosotras cuando te tomamos de las manos. Vamos a doblar el tiempo para contarte sobre *nuestra hermana* Graciela y sobre el maldito brujo que la mantuvo cautiva. Iremos por el mundo tras su hermana, Consuelo, esa *güerita* tonta. Consuelo, la adoramos también, la muy idiota.

Y *oye,* no nos olvidemos de la Yina. Es ella quien está poniendo en el papel nuestras palabras para ti. En este momento te estamos hablando a ti, Yina. ¿No te molesta que te digamos así, verdad? Así es como los *guanacos* le dicen a las ginas, esas chanclas baratas de plástico, pero no esperamos que tú sepas eso, *pocha.* Sí, sí, tú también eres una *salvi* e hiciste tu investigación, *chele,* y eres *muy educada.* Nos estás ayudando a contar nuestra historia, pero *fíjate:* no te dejes llevar por *la poesía, ¿me entiendes?* No olvides escuchar. Estas palabras son nuestras y nuestras son las historias.

Así que, ahora, todo está silente y a la espera. Todo está silente y en calma. Escúchanos. Así es como empieza.

Primera parte
1914-1932
Con una breve parada en la década de 1880

1

Nuestras madres nos llevaron sobre sus espaldas hasta que el calor del mediodía nos hacía patalear. Por las tardes nos desataban, todas nosotras bebés nacidas en la misma estación, y nos dejaban gatear debajo de la *ceiba* mientras ellas trabajaban. Aquellos primeros días, antes de que supiéramos caminar, antes de que María naciera, *las faldas de la ceiba* eran lo suficientemente anchas y altas para contenernos. Comíamos lombrices y lamíamos la corteza de la *ceiba*. Saludábamos a los pájaros y nos salían dientes mientras nuestras madres se turnaban para ir corriendo desde los cafetales para comprobar que ahí seguíamos, y cuando llegaban nos contaban rápidamente, señalándonos. Lourdes, Cora, Lucía, Graciela. Se turnaban para asegurarse de que ninguna de nosotras se había ahogado o tenía hambre o estaba cubierta de mierda. Se turnaban para cuidarnos, dos a la vez para ahorrar tiempo. Se turnaban para acariciarnos la panza, para frotarnos la espalda, para limpiar con un trapo la caca de nuestros culitos gordos, y nos arrullaban y nos volvían a acostar entre las faldas de las raíces. Estábamos a salvo.

Durante los meses de lluvia, ya bien entrada la tarde, nuestras madres nos amontonaban como sacos de yuca en la sala de clasificación. Dormíamos la siesta mientras el tejado se empapaba de lluvia, que despertaba los olores en la historia del edificio: el hedor penetrante de la cosecha de cerezas del año anterior, la amargura del añil. En esa habitación pasábamos gateando encima de las piernas de bebé de las demás y nos acariciábamos las mejillas, sin saber dónde empezaba una y dónde terminaba la otra. En esa habitación dimos nuestros primeros pasos. María nació en época de lluvias, y entonces fuimos cinco: Lourdes, María, Cora, Lucía y Graciela.

Luego crecimos y nos enviaron con las monjas, que nos dieron ropa, nos enseñaron a leer y a escribir y nos cuidaban durante el día, mientras nuestras madres trabajaban.

Las monjas nos vestían con la ropa de unos contenedores que llegaban del extranjero. Teníamos nuestra propia ropa: *refajos* que habían hecho nuestras abuelas; largas faldas tejidas; blusas bordadas con diminutas flores estrella y cuello abierto que se convirtieron en camisones cuando comenzamos a usar los vestidos color pastel que nos dieron las monjas; vestidos de holanes que nuestras piernas en crecimiento rápidamente volvieron demasiado cortos, demasiado ajustados a la altura de la barriga; vestidos con mangas abullonadas de tul, encaje y algodón almidonado. En los pies llevábamos sandalias de cuero suave, como nuestras madres —*caites*, les decíamos—, pero María siempre se las quitaba y las arrojaba lejos, porque decía que corría tan rápido que se le quemaban los talones.

En algún lugar del volcán había hombres, que empujaban carros y trabajaban junto a nuestras madres, arreando a los animales cuesta arriba, pero rara vez hablábamos con ellos; no sentíamos ni resentíamos su ausencia en nuestra vida cotidiana. Nos turnábamos para imaginar a nuestros padres porque creíamos que comprender quiénes eran ellos podría develar el misterio de quiénes éramos nosotras. Pero no fue así. Éramos de nuestras madres.

Ellas nos contaban más de los padres de nuestras amigas que de los nuestros. Pero a partir de ese *chambre* reconstruíamos algunas historias. El padre de Graciela era mucho mayor y había vivido ahí. Se llamaba Germán y era *colono:* había ascendido en la jerarquía de la *finca* hasta que tuvo su propia parcela. Cuando eligió a Socorrito, la madre de Graciela, Germán ya era el hombre más poderoso de la *finca* después del viejo *patrón.* La perseguía y le daba regalos muy imprácticos para la vida que llevaba, pero que contaban una historia que decía en quién se estaba convirtiendo él y el tipo de vida que podría ofrecerle: medias de seda, un aceite perfumado de lavanda, un sombrero de terciopelo con una redecilla, un monedero de cuentas brillantes.

De niño había conocido a un *gringo* ferroviario que bebía un agua especial —y que venía en todos los colores—; según decía él, lo hacía más poderoso, le permitía escuchar a los muertos y controlar el futuro. Ese *gringo* loco era rico y le prometió a Germán purificar su alma con esa agua especial, con sus pociones de luz y color. Le juró que podría sacarlo de sus circunstancias, del *colonato* que lo tenía atado al trabajo en la *finca* cafetalera de la montaña. Germán, huérfano, pobre, escuchó al *gringo*, que le prometió un futuro en la red ferroviaria que estaba construyendo para llevar las cosechas cafetaleras a la costa, y que lo mandó a estudiar economía en Suiza. Al final, tanto el plan de estudios como la experiencia a la sombra de los Alpes demostraron ser irrelevantes para su puesto futuro en la capital como oráculo de aquel *fulano,* el brujo, pero le granjearon un sentido de refinamiento y una comprensión de lo improbable.

El *gringo* —Brannon, se llamaba— estaba obsesionado con los colores: pensaba que algunos de ellos tenían poder curativo, y otros otorgaban vitalidad. Y cuando vio a Socorrito, como sabía que a Germán le gustaba, motivó aquella unión porque, hasta donde sabemos, el color de su piel, más bonito que el de cualquiera de nuestras madres, era exactamente lo que él necesitaba.

Transmisión. Todas las historias tienen dueños que controlan cómo se cuentan y a quién. Gracias al *gringo* rico, Germán se había convertido en dueño y, de adolescente, transmitió las historias del *gringo* a su mejor amigo, un hombre que llegamos a conocer como el *generalísimo*, el *púchica* brujo, El Gran Pendejo. Crecieron juntos, ¿te das cuenta? El Gran Pendejo también era de los volcanes, aunque luego hizo todo lo posible por borrar esa historia, se creyó que esa mierda del *gringo* le iba a ayudar a conseguirlo, a borrar cualquier rastro de su origen, a separar nuestras historias de la suya.

Para cuando el primer embarazo de Socorrito, el de la hermana mayor de Graciela, Consuelo, empezó a notarse, Germán ya se había ido de la *finca* para vivir en la capital. El *General* estaba ascendiendo en el escalafón y le encontró a Germán un puesto como su consejero espiritual. Pronto, también allá en la capital, Germán se casó. Socorrito contaba con que, aunque la hubiera abandonado, seguiría teniendo derechos sobre las tierras de él, pero mientras que Germán se había liberado del *colonato,* ella estaba atada a un mismo lugar.

Luego, cuando Consuelo cumplió cuatro años, un hombre, un matón de la capital, llegó al pueblo y la arrebató de los brazos de Socorrito, después de dejarla inconsciente de un golpe.

Dejó una nota en el suelo, que Socorrito descubrió al despertar, y en la furia de su ira y su dolor pensó en destruir el papel delicado, el sello fino, las manchas de tinta añil, pero, en vez de eso, razonando que tal vez era la única manera de encontrar a su hija, avanzó como una sonámbula entre la espesura de su dolor, fue directo con las monjas *gringas* que nos cuidaban para que le ayudaran a descifrarlo, porque Socorrito no podía leer los suntuosos trazos de la pluma del padre de su hija.

Germán tenía a Consuelo, y tenía planes de retenerla en la capital. Verás: la nueva esposa de Germán era estéril, y Consuelo iba a ser un regalo para ella, que anhelaba ser madre. Sería *una consolación,* haciéndole honor a su nombre.

En la capital, Consuelo recibiría educación y no viviría como sirvienta, sino como hija. No la harían trabajar; ya la habían sacado del *colonato,* en el que todas habíamos nacido, en el que habían nacido nuestras madres y abuelas. El *colonato,* que nos mantenía atadas a la *finca*, donde trabajaríamos hasta nuestras muertes. En cambio, Consuelo aprendería a ser más «civilizada» —esa era la palabra que usaba Germán en la carta—, y cuando fuera adulta podría elegir dejar la capital y regresar al volcán, si así lo deseaba.

Todo esto estaba escrito en el pedazo de papel que había recibido Socorrito. La hermana Iris había leído más lento la palabra «civilizada».

Después de eso, Socorrito durmió con la carta—la promesa, como ella la llamaba— debajo de la cabeza. Este trocito de papel era quizá lo único que la ataba a la tierra, ahora que su hija se había ido.

Nuestras madres consolaron a Socorrito tratando de hacerla reír, cuando quedó claro que la rabia y la pena no le devolverían a su hija. «Civilizada», se burlaban.

—¿Con ese *pelo colocho,* casi tan *colocho* como el mío?

Rosario hacía siempre la misma broma, señalando su propio pelo rizado. *Colocho, pero colocho.* Rosario era negra, menuda y llamativa, con unos ojos de oro marrón. Era delicadamente vanidosa respecto a su belleza, lo que nos recordaba a una leona pequeña. Cuando las mujeres se reunían para bañarse en el río en los días de calor, se pavoneaba delante de ellas con sus pies cortos, anchos y suaves como las patas de un animal, y su pelo goteaba gemas de agua cuando estiraba los brazos al sol. Nosotras, sus hijas María y Lourdes, teníamos la piel un grado más clara: la de Lourdes era de un marrón cálido y profundo, y luego estaba María, *de piel canela.*

Nos imaginábamos a Consuelo todavía más pálida, *como una chelita,* pero con el *pelo colocho* que alguna *indita* de la capital se veía obligada a alisar todos los días con una plancha o a meterlo debajo de un sombrero. Seguramente era como los personajes de esos libros que nos habían regalado las monjas, sobre huérfanas en delantales de holanes en la Inglaterra de antaño: una niña que no querría volver jamás al volcán.

Incluso después de que se llevara a Consuelo, Germán volvía de vez en cuando a los volcanes, pero Socorrito nunca más recibió invitación para quedarse en sus tierras. Aun así, encontró tiempo para embarazarla, esta vez con Graciela, y esta vez sin amor, sin ternura, sin regalos. Socorrito tenía la esperanza de que, si se le ofrecía de nuevo, podría convencerlo de que trajera a Consuelo a casa y de que se quedara, pero luego de cada visita le daba la espalda para regresar a la capital.

Una y otra vez, durante nuestra infancia, nuestras madres solían soltar que el padre de Graciela no solo seguía vivo, sino que vivía en la capital, como segundo al mando del General. Según ellas, Germán era su consejero de mayor confianza. El General no tomaba ninguna decisión sin antes consultarlo. Pero en la radio, el General, *baboso* como era, anunciaba que nadie más que él gobernaba las mareas, nadie más que él le decía a Izalco cuándo hacer erupción, que nadie más que él le daba forma a la luna. Hablaba de la cosecha de café como si él mismo hubiera recogido hasta la última cereza, como si él hubiera inventado el ferrocarril que llevaba los granos al puerto y fuera del país, donde se transformaban en cantidades fantásticas de dinero que nosotras no vimos nunca. Hablaba de los grandes barcos que llegaban al puerto de *Los Yunais* como si estos fueran sus Grandes Amigos. («¡En este día bendecido Mi Gran Amigo, Los Estados Unidos, entró al puerto de *La Libertad*!»). Nosotras lo veíamos como un payaso. Realmente se creía esas cosas: que tenía el poder de controlar todo nuestro universo; era la misma *tontería* de la que había hablado el *gringo* Brannon, que si se rodeaba de cortinas rojas y se bañaba en agua turquesa, sería invencible. Puede que esas historias se las hubiera contado de segunda mano Germán, pero ese *fulano* se había bebido todavía más agua loca del *gringo* que su amigo. Cuando salía a la radio a anunciar una nueva victoria —cómo manipulaba el clima, cómo podía percibir las radiantes vibraciones del mundo cuando meaba y cagaba (actividades que él consideraba experiencias sensoriales, como ver y oír), cómo había usado esa sabiduría para ponerle precio a un automóvil—, nuestras risas ahogaban su regocijo.

Los hombres. En ese entonces nos daban risa.

El padre de Cora, por su parte, por muchos años fue un misterio para nosotras; pensábamos que tal vez era un extraño al que a veces veíamos conduciendo un carro por el pueblo. Pero entonces María oyó a su madre, Rosario, hablar del *patrón* como si él fuera el padre. Esa idea nos hizo aullar. Corita era demasiado dulce, demasiado lista, para tener a ese *bolo* por padre.

El padre de Lucía, clara como era, debía haber venido de visita por negocios desde *Los Estados*, pero nunca oímos gran cosa de él.

Y, a diferencia del resto de nosotras, a Lourdes y a María las había reconocido su padre, al menos un poco. Era un hombre rico y ordinario cuyos padres eran dueños de la *finca* y de las tierras en las que trabajábamos, un empresario cafetalero que vivía en el norte, en un lugar llamado California, con una esposa *chele* y dos hijas gemelas que apenas empezaban a caminar. Iba al pueblo dos veces al año, en octubre y en abril, antes y después de la cosecha. Los zapatos se le hundían en el barro. La nariz de su enorme auto negro apuntaba siempre lejos del volcán. A las *hermanas* les dijeron que no debían llamarlo nunca *Papá*, y siempre *El Señor Domínguez*, pero cuando estaban solas, no podían evitarlo.

Lo más cerca que estuvimos de él fue el día del bautizo de María. Le llevó unas mantas y un conejo de peluche, y a Lourdes una muñeca de porcelana con ojos azules de cristal que se abrían y se cerraban, se quedó en la parte de atrás de la iglesia mientras el cura visitante ungía la cabecita de María antes de sumergirla en la fuente. Después de la ceremonia, mientras todos salían de la iglesia a paso lento, se escabulló y regresó a la capital sin despedirse. Su *mami* les dijo:

—Él pagó todo: el vestido de encaje, los zapatitos. No voy a obligarlo a fingir.

Luego de eso volvió a distanciarse; incluso cuando estaba en el pueblo, sus ojos pasaban de largo sobre nosotras. Junto con su hermano era dueño del eje sobre el que giraba nuestro mundo, pero nunca moldeó la forma de nuestras vidas. Para él, éramos lunas distantes.

Durante aquellos años, sin embargo, estábamos a salvo. Nuestras madres nos protegían. Lo que le había pasado a Consuelo era historia antigua, y desde entonces nuestras madres nos circundaban con alegre ferocidad. Lo que le había pasado a Consuelo no podía volver a ocurrir.

2

Tendríamos nueve años, María siete, cuando el hombre llegó buscando a Graciela. Lo vimos al final del día, después de la escuela. Había llegado en un auto reluciente y llevaba unos zapatos lisos de color negro; no podía ser de otra parte más que de la capital. Vio a Graciela encaminarse a casa y la siguió, así que nosotras hicimos lo mismo, pero él era más rápido. Cuando Graciela se dio cuenta, echó a correr. Nosotras la seguimos de cerca, corriendo entre los árboles. La vimos entrar en su choza y cerrar la puerta detrás. El hombre de la capital no estaba muy lejos; alcanzábamos a ver el sudor que le empapaba la camisa de lino. Arrojamos unas piedras al camino, para que supiera que estábamos allí, observándolo, pero no aminoró la marcha.

Golpeó la puerta de la casa de Graciela, gritando su nombre; en el cuello se le agolpaba una vena. Le arrojamos a la espalda el resto de nuestras piedras hasta que se nos vaciaron los bolsillos. Golpeó más fuerte, y luego abrió la puerta de una patada. Avanzamos en cuclillas por el pasto y lo rodeamos formando una media luna. Graciela no estaba en la choza.

—¿Dónde está su amiga? —preguntó. Sus ojos no miraban a ninguna parte.

—¿Eres su *papi*? —gritó Lourdes, aún parcialmente oculta entre los árboles. Porque ¿quién si no podría ser ese hombre?

Pero él lanzó una risa estridente, cruel.

—¿Te parezco un *viejito indio*? —dijo.

Lourdes, ofendida, le lanzó otra piedra, pero no le dio, y la piedra fue a romperse contra un cúmulo de tierra deslustrada junto a su pie. María, siguiendo el ejemplo de su hermana, escupió.

—¡No está! —gritó Lourdes, y luego un poco más suave, con alegría—: *hijoeputa.*

Hijueputa, hijueputa. Lo habíamos escuchado en los labios de nuestras madres, y en los del *patrón*, cuando se sentaba en el patio con su *aguardiente* en compañía de los otros hombres del cafetal. Habíamos estado esperando el momento adecuado para decirlo nosotras también.

—Pequeñas brujas —dijo el hombre, sin mirar a ninguna. Metió la mano al bolsillo de la chaqueta. Esperábamos una pistola, como la que llevaba el *patrón* en la cintura, pero en lugar de eso el hombre sacó un trozo de papel cuadrado de color rosa. Entrecerrando los ojos, lo pegó a la puerta.

Lourdes empujó a su hermanita desde detrás del árbol de mango que la ocultaba. María corrió hacia la puerta, tomó el papel y lo arrugó en un puño con urgente sentido del deber. Se giró y sonrió, primero a Lourdes y luego al hombre. El hombre la tomó por detrás del vestido y la empujó contra el árbol. Ella dio una patada a la pierna larga y delgada, y maldijo con las palabras que le habíamos enseñado para escupir el *susto.* Iba a estar bien.

Lourdes tomó el *machete* que llevaba en la cadera y se abalanzó sobre el hombre. La hoja le rozó la palma de la mano y lo hizo sangrar de inmediato.

—Voy a mandar matar a sus madres —dijo, convertido en el ogro de todos los cuentos de hadas que conocíamos, pero luego se fue huyendo por el camino, así que su amenaza nos hizo reír. Lo observamos hasta que se hizo pequeño y oscuro, apenas una sombra que se movía. Cuando ya no lo veíamos resbalarse por la ladera del volcán con sus zapatos lustrosos embarrados de lodo, el aire brumoso pareció exhalar, y el crepúsculo se instaló a nuestro alrededor.

Graciela salió de detrás de la cabaña y apareció junto a nosotras.

—Mi *mami* me dijo que me escondiera atrás de la pila de leña si algún extraño venía a buscarme alguna vez —nos dijo—. El hombre pensó que era brujería —dijo sonriendo—. Todas fueron *bien* valientes. *Cachimbonas.*

Una araña abuela brillaba en su pelo. Cora la recogió en su dedo y la puso en el suelo.

Más tarde le preguntamos a Lourdes por qué no había matado al hombre con el *machete*. Nos explicó que solo había querido darle una lección. Si Graciela sabía por qué motivo había ido el hombre, no nos lo dijo, y nosotras no se lo dijimos a nuestras madres, hasta después de que llegara la carta.

* * *

Más o menos una semana después, terminada su jornada en el campo, Socorrito encontró al *patrón* esperándola con el aire blanco volviéndose rosado a su alrededor. En las raras ocasiones en las que recorría los senderos de las colinas, llevaba consigo un bastón y se calzaba unas botas de goma sobre los pantalones de lino que se le abultaban a la altura de las rodillas. Socorrito se le acercó, cautelosa, asentando sus *caites* en las escarpadas líneas de la cara del volcán. Sobre su cabeza se balanceaba la cesta de café, el trabajo de aquel día. *El patrón* se lo reconoció juntando los labios en punta.

Socorrito nunca había estado a solas con *el patrón.* Enderezó la espalda y con sus ojos negros miró esos otros ojos amarillos y polvorientos. Era conocido por su despreocupación a última hora de la tarde. Mientras su mujer, la zorra de *la finca,* se reunía con sus amigas en el porche techado, él bebía solo y vagaba lascivamente por el pueblo, buscando mujeres. Así era como, una década atrás, había engendrado a Cora, olvidando, o fingiendo olvidar, que siquiera sabía el nombre de Alba, mientras el vientre de esta se hinchaba con el pasar de las semanas. Pero si intentaba algo con ella ahora, Socorrito estaría lista. Socorrito era rápida, y a esa hora del día él estaba lo suficientemente borracho como para tropezarse si intentaba perseguirla. Si era necesario, podía darle un rodillazo en *los huevos* —sería una verdadera hazaña si lograba mantener la cesta de cerezas en su cabeza mientras lo hacía—. La idea la hizo sonreír. Izalco siseó.

El patrón le entregó un sobre, cuyo sello ya había sido rasgado por un abrecartas con incrustaciones de nácar, que la esposa de él empuñaba como una daga. El grueso papel amarillo se deslizó del sobre hacia la palma de la mano de Socorrito. Un telegrama.

—Es de la capital —dijo.

Las mejillas de Socorrito se sonrojaron y sintió un nudo en la garganta; la vista se le volvió acuosa. La cesta que tenía sobre la coronilla se balanceó un poco y luego se acomodó.

Hizo un gesto brusco con la cabeza, como si hubiera estado esperando todo aquello, pero no era el caso. Las chicas del cafetal no reciben telegramas de la capital. Ni siquiera había aprendido a leer. Tendría que pedirle ayuda a una de nosotras, pero sabía que no podía ser Graciela. Lo que le había pasado a Consuelo le había enseñado que las noticias de la capital eran casi con seguridad peligrosas para ella, para su hija. Socorrito le dio las gracias al *patrón* y corrió a casa, incapaz de recuperar el aliento.

Esa noche llamó a la puerta de la choza de Lourdes y María, y Rosario, su madre, fue a abrir y la invitó a entrar; le ofreció el cigarrillo que se había hecho y que llevaba detrás de la oreja, pero Socorrito negó con la cabeza. Estaba despeinada y jadeante. Rosario la arrastró dentro. Lourdes y María miraban desde detrás de la estufa mientras las madres hablaban. Socorrito le dijo a Rosario que sentía que dos manos le apretaban el cuello y tiraban de ella hacia el fondo del agua. Rosario la tomó del brazo y la hizo sentarse en el suelo.

Al fin, Socorrito llamó a Lourdes. La rodeó con el brazo y asintió, mirando a Rosario. Lourdes se encogió de hombros y le guiñó un ojo a María, que estaba sentada mirando por la ventana. María tenía atado un trapo en la parte del brazo que le había roto el hombre de la capital. A su madre le dijo que se había caído de un árbol.

Socorrito y Lourdes salieron de la choza llena de tierra. Los pájaros chillaban por el cielo; los trabajadores seguían su camino a casa.

—Léeme esto —dijo Socorrito, entregándole a Lourdes un sobre de bordes rasgados. A las hijas del volcán las monjas *gringas* nos habían enseñado a leer, pero muy rara vez hacían uso nuestras madres de nuestros conocimientos.

Lourdes abrió el telegrama:

MURIÓ EL PADRE DE TUS HIJAS. TRAE A LA MENOR A LA CAPITAL A OFRECER SUS RESPETOS. REGRESA CON LAS DOS.

En el sobre había también dos billetes de tren.

Lourdes miró a Socorrito.

—¿Se refieren a tus dos hijas? ¿Por qué Graciela tiene que ofrecer sus respetos a alguien que ni siquiera conoce?

Socorrito asintió y apretó el hombro pequeñito de Lourdes. Parecía perdida. Frunció el ceño hacia el sol poniente, con los ojos en blanco.

—Lo importante es que yo también voy a estar ahí —dijo—. Y que voy a volver a casa con las dos.

—¿Tienes miedo? —le preguntó Lourdes.

Socorrito sacudió la cabeza, pero en realidad sí tenía. Alguien más había planeado su siguiente movimiento, y ella desconfiaba. Era demasiado fácil. Sospechaba que las palabras y los boletos de tren eran una jugarreta, una muy cruel. Consuelo era todavía una niña, lejos de la edad a la que a Socorrito le habían prometido que su hija estaría libre del *colonato*. Y *la promesa* —la educación, los viajes, todo lo que estaba escrito en ese papel elegante que guardaba bajo la almohada—, todo eso podría ser una mentira. Tal vez ahora querían quedarse también con Graciela, y ella se quedaría sola, con la idea de que sus hijas tendrían un futuro que ella nunca podría haberles ofrecido como única consolación.

No tenía opción: tenía que ir. Incluso si todo era una trampa, seguía siendo la única grieta luminosa por la que podría ver a Consuelo otra vez. Iría a la capital con Graciela. Llevaría consigo el papel a medio desintegrar que contenía *la promesa,* y estaría dispuesta a pelear si era necesario. Y, con mucha suerte, regresaría con sus dos hijas. La idea la hizo sonreír, y luego reír en voz alta, una vez y luego otra.

—Tienes fantasmas en la cabeza.

Eso es lo que Lourdes solía decirnos si perdíamos el control, si no podíamos parar de reír o de llorar. Nos apretaba el dedo índice con sus puñitos sucios.

—Déjalos bailar, sacúdetelos.

Nos daba un ligero empujón hacia el suelo, donde nos retorcíamos como gusanos.

Cuando Graciela llegó a la casa buscando a Socorrito, las *carcajadas* de locura de esta se habían convertido en sollozos, su cabeza llena de fantasmas. Llegó al lado de su madre y le frotó la espalda, sin pronunciar palabra.

—Tenemos que ir a ofrecer nuestros respetos a tu padre —dijo Socorrito—. Y vamos a traer a tu hermana a la casa. Tal vez quieran peleármela, pero me voy a defender.

Por un momento, entonces, Graciela ¿sonrió? Si lo hizo, la sonrisa huyó de su rostro inmediatamente, y cuando la miramos parecía preocupada nada más por tranquilizar a su madre. Una pequeña parte de ella, una parte de la que se avergonzaba, se emocionó con la noticia, con la idea de conocer a su hermana, de cambiarse el *refajo* por una de esas faldas redondas que habíamos visto llevar a la zorra de *la finca* y a sus amigas citadinas, de ir a la capital. ¡Clases de baile! A lo mejor le iban a dar clases de baile.

Nunca se lo confesaría a su madre, eso sí. En cambio, le aseguraba que ganarían la batalla, que volverían a casa con Consuelo.

Con nosotras se preguntaba en voz alta si sería verdad, como nuestras *mamis* habían deseado siempre, que Consuelo fuera capaz de liberarnos también a nosotras del *colonato,* como por arte de magia. Si regresaba, decían, podríamos vivir todas juntas en el volcán, trabajando para nadie más que para nosotras mismas. Tener su propia tierra: ese era el sueño que nuestras *mamis* abrigaban con más fiereza.

No recordábamos a Consuelo; se la habían llevado antes de que naciéramos, pero Graciela a veces la mencionaba, y aunque tampoco recordaba a su hermana —ni siquiera la había conocido—, sabíamos que siempre había creído que algún día Consuelo volvería al volcán. Su madre le había prometido que la encontraría en la capital y la llevaría de vuelta al pueblo. Y tal vez ese momento había llegado. Pero siendo sinceras, siempre nos preguntamos por qué Consuelo querría volver. No sabíamos por qué alguien, teniendo la opción, dejaría una vida *fufurufa* en la capital para irse a trabajar en el volcán.

Nuestras vidas estaban envueltas en las vidas de las *hermanas* Graciela y Consuelo; incluso entonces lo sabíamos ya.

La *cherita* Graciela. Recordamos a una niña como nosotras: sin padre, con las piernas flacas y las rodillas llenas de costras, el pelo largo y pesado, vestidos rotos y *caites* en los pies, dos dientes nuevos de conejo, dobladillos desgastados y la tierra negra de la selva bien embarrada en los codos y las rodillas. La adorábamos, ardíamos de ese amor salvaje y celoso de las niñas. A la salida de la capilla hacíamos cola para compartir banco con ella; nos amontonábamos en torno a ella en el campo y le ofrecíamos los dulces que nos habíamos robado para impresionarla.

Nos turnábamos para hacer trenzas su pelo largo y pegajoso. Ella recordaba todo: cada canción, cada cuento, cada chiste. Nos cantaba versos que recordaba haberles escuchado a nuestras abuelas cuando éramos pequeñitas. Escuchaba todos nuestros sueños y los anotaba en un cuaderno, y conectaba sus hilos para trazar constelaciones que nos unieran. Por las noches, nos contaba cuentos hasta que nos quedábamos dormidas y recitaba cada línea como si estuviera leyendo los libros mohosos de la pequeña biblioteca de la escuela. Esos libros los había leído una sola vez y nunca se le habían olvidado. Memorizaba cada detalle, incluso si no entendía su significado. En nuestro país hay una palabra para eso: *guayabear:* recordar, *por el chacalele.*

Hoy en día, Lourdes frecuenta una biblioteca en donde lee los libros de esos profesores *hijueputa* que siempre tienen algo que decir sobre nuestra amiga Graciela. Afirman que era una santa, que cuando fue a la capital, dio su bendición al dominio que el brujo ejercía sobre nuestra economía de *cafecito,* y que con su cósmica belleza mestiza inspiró sus visiones de futuro. Él quería poner su cara en las monedas, un emblema de la *raza cósmica*, pero nunca pudo hacerlo; antes llegó la masacre.

Dicen que la piel de Graciela era la dilución perfecta de lo indio y lo suficientemente europea para borrar lo negro. Así va la cosa: *gota a gota, a mano, a mano, ya lo sabes.* La vieja historia: *la raza cósmica* significaba que cierta raza de *ladinos* radicados en la capital percibían a Graciela como poseedora de la chispa resistente e inextinguible de esa magia antigua que tanto les atraía, incluso si al mismo tiempo querían limpiar al lugar de sus habitantes de pieles más oscuras. Porque esa era la cosa con Graciela, lo que la hacía tan deseable para ellos, *hijueputas:* su pelo podía domarse en suaves ondas, sus uñas limarse y pintarse y su forma de hablar entrenarse para hacerla impecable. Era de piel clara como su madre y durante la estación de sequía podía usar sombrero para no quemarse y caer en la oscuridad de sus ancestros. Y sus hijos serían de piel aún más clara, tal vez con *los ojos claros. La raza cósmica, púchica vos...* ¿A nosotras de qué nos sirvió?

Graciela era el futuro, escriben esa clase de profesores en los *púchica* libros que Lourdes no puede dejar de leer. ¿Entonces por qué, *por la gran puta,* el General y sus hombres trataron de matarla? ¿Por qué nos mataron a nosotras, que éramos un poco más claras, un poco más oscuras, y hermosas cada una de nosotras? Según esos profesores *hijueputa,* también nosotras éramos cósmicas. Cósmicas, sí, pero todavía demasiado *indias.* Nuestros bebés, si hubiéramos podido tenerlos, habrían sido de color descompuesto.

Una vez, Lucía vio todo esto plasmado en una sola pintura. A Lucía *la güerita* le habían dado una penitencia práctica por algún *pecado* que ninguna de nosotras puede recordar. No le pegaban nunca (a Lourdes, con su tez más oscura, sí le pegaban); en lugar de eso, las monjas enviaron a Lucía a sacar punta a una caja de lápices en el sótano de la iglesia, que estaba lleno de basura y cajas. Ahí abajo encontró el cuadro apoyado en un escritorio en el que alguien había tallado al *diablo* con un cuchillito. El cuadro parecía un árbol genealógico, *un árbol de la vida,* pero era una historia de caídas: hacia arriba o hacia abajo. Lucía no lo sabía entonces, pero versiones de ese cuadro había cientos por toda nuestra tierra —otra *cosita* traída por los conquistadores—, *vamos a la vuelta.* Contaba la historia de los verdaderos colores con los que el General y todos esos *hijueputas* estaban tan obsesionados.

Empezaban con la sangre simple: español, negro, indio, albino. Los colores primarios, digamos. Y a partir de ahí, las diferentes formas en que podían mezclarse, Lucía contó dieciséis posibles combinaciones de familia, y a cada bebé se le daba un nombre: el mestizo, el lobo, el mulato, el *castizo*. Estos eran los bebés de «color descompuesto», y también lo eran los que les seguían: el *criollo*, el *morisco*, el *chino cambujo*, el *cimarrón*. Lucía leyó los nombres en voz alta, se tropezaba con ellos: *albarazado*, *barcino*, *jíbaro*, *zambaigo*, *calpamulato*.

Y luego los bebés de estos: saltapatrás, «torna atrás», «tente en el aire», *coyote*, «no te entiendo».

En la parte inferior del cuadro, sin un marco que los contuviera, estaban los indios bárbaros, diferentes de los representados en los recuadros de arriba. Estos indios estaban huesudos y llenos de viruela y perseguían caballos enfermos por el paisaje. Esos indios no tenían familia.

El caso era que el cuadro no tenía sentido. Lucía encontró su propio rostro, sus ojos negros, su piel clara como *flor de izote* por todo el cuadro; lo mismo pasaba con su madre. Según ese sistema, María y Lourdes deberían compartir el mismo recuadro, pero Lucía encontró los matices de su piel desde la parte superior del cuadro hasta la más baja. Encontró los largos *rizos* de Lourdes. Consuelo y Lucía compartían un tono. Graciela tenía dos, quizá tres o cuatro, de los bebés de color descompuesto. La madre de Cora no era la que debía ser, pero quién era su padre… a saber. El objetivo de El Gran Pendejo era convertirnos a todas en la señora de peluca gigante y empolvada y *chichis* aplastadas que estaba en lo alto del árbol. Según la lógica del cuadro, era más bella que todos los rostros que tenía debajo. Su hijo no era bello a nuestros ojos, pero su hija, mezclada con una madre de color descompuesto, que se suponía que aportaba vigor a la línea genealógica, era bonita. Conocíamos chicas que se le parecían.

Lucía tocó el cuadro, sin dejar de mirarlo. Su dedo grasiento y vivo dejaba sombras en cada uno de los dieciséis recuadrados. Las monjas habían intentado ocultarnos ese maldito cuadro feo como una cortesía, pero a lo largo de los años vimos otras versiones por todas partes y nos lo aprendimos de memoria, *por el chacalele.*

3

Socorrito sacó a Graciela de la escuela al día siguiente; a las monjas les dijo que iban a la capital a ofrecer sus respetos a la familia del padre muerto de su hija. Blanqueó el vestido de Primera Comunión de Graciela, que apenas le quedaba, y le regaló un par de zapatos blancos de charol, de correa ancha y hebilla de bronce, que sor Iris había encontrado guardados en una caja en el sótano de la iglesia, junto al vino de consagrar, donde estaban reservándose para una ocasión como esa.

Fuimos con nuestras madres a despedirnos de ellas. Las *cipotas* nos acomodamos en el suelo para jugar y cuchichear con Graciela, mientras nuestras *mamis* llevaban la comida a la mesa, se tomaban del brazo y soltaban *carcajada* tras *carcajada*, para luego rodearnos en un gran abrazo. En aquellos días teníamos una canción favorita, de La Güerita del Norte: «*Arráncame la vida*». Arráncame este corazón. Arráncame la vida de raíz. *La llevaba en el alma.* Apenas sonaba en la radio, Yoli, la madre de Lucía, jugueteaba con el sintonizador, y la canción llenaba la estancia con el lamento de La Güerita, con nuestros lamentos.

Graciela había empacado una bolsa con su cepillo de dientes y un *refajo* al que su abuela le había bordado estrellas y rosas.

Nos acordamos de nuestras madres vestidas con *refajos* cuando nosotras éramos pequeñas, esos que nuestras abuelas les habían enseñado a tejer atando sus telares a una *ceiba,* encauzando el cielo en el hilo azul añil, pero cuando tuvimos la edad para aprender, nuestras madres estaban demasiado *calaceadas,* agotadas hasta la médula, para enseñarnos. Algún día, decían una y otra vez, hasta que dejamos de mostrar interés por los delicados dibujos de sus faldas largas.

Socorrito protestó cuando vio la bolsa de Graciela.

—¡No vas a necesitar una muda de ropa! —dijo—. No nos vamos a quedar mucho tiempo. Ofreces tus respetos, vamos a buscar a tu hermana y luego nos regresamos.

Tenía de nuevo esa mirada loca, vacía. Socorrito necesitaba que Graciela creyera cada palabra que pronunciara esa noche.

Pero de todas formas Graciela enrolló el *refajo* y su cepillo de dientes, y envolvió ambas cosas en la cintura de su vestido de Primera Comunión. No quería quedarse sin más opción que un vestido incómodo y los dientes sucios. Y no estaba muy convencida de que fueran a quedarse solo un día. Socorrito había adoptado un optimismo forzado del que Graciela desconfiaba. Tenía miedo de lo que pudieran encontrar en la casa de su padre muerto —¿su cadáver?, ¿la pelea de la que había hablado su madre?—, y se había pasado la noche en vela, mordiéndose el interior de la mejilla y arrancándose la piel de las uñas. Aquella noche, mientras se alistaban para partir, se recargó en nosotras, con los ojos vidriosos, mareada por el cansancio.

Vimos a Socorrito quitarse el pelo de la cara. También a ella las monjas le habían prestado un vestido. Le quedaba demasiado ancho, y no dejaba de alisar la tela contra sus muslos. En la parte del culo florecían borrosas unas flores de color azul pálido.

Estudió el borde afilado de sus pómulos y le sonrió al espejo. Ronroneó como una gata. Las *cipotas,* reunidas, murmurábamos como pájaros en reconocimiento a la belleza de Socorrito, de su pelo espeso y líquido. Nos pavoneábamos y reíamos, agitábamos nuestras propias cabelleras, aunque solo la de Graciela era tan espesa y líquida como la de su madre.

Socorrito estaba dispuesta a todo con tal de llevar a Consuelo de vuelta a casa. Nuestras madres se rieron —quizá allá en la capital, la esposa rica y estéril querría pelearse a puñetazos con una *india.* Sería *güerita,* por supuesto. Como el serafín de ojos azules de nuestras estampas. Alta, con un vestido blanco que no se ensuciaba.

Socorrito giró y descargó un puñetazo de mentira en el hombro redondo de Alba.

—¿Ves?, ¡sé pelear! —dijo. Alba agarró su *machete* y lo blandió en una elipse juguetona por encima de su cabeza, aullando. Rosario abofeteó a Socorrito. Yoli cacareó y gritó.

—Pero espero que no haga falta—dijo Socorrito—. Aquí está todo escrito.

Acarició *la promesa,* que llevaba metida en la parte superior del vestido, entre las *tetas.*

Imagínatelas, a nuestras madres. Imagínanos a nosotras, en el suelo, rodeándolas, nuestros pies descalzos, polvorientos y a salvo. Y, mientras tanto, Socorrito imaginando a una más, a Consuelo. Qué *bayunquería* habríamos tenido todas juntas.

—Imagínate esto —había estado diciendo Socorrito toda la noche—. Imagínate que traigo a Consuelo de vuelta y logra sacarnos a todas del *colonato* —dijo—. A lo mejor su padre nos dejó algo de dinero para que podamos hacernos de unas tierras todas juntas, al otro lado del volcán.

De nuevo aquel optimismo. Queríamos creerle. Graciela recostó la cabeza en el regazo de Lucía. Cora se puso a trenzar el río de su pelo mientras escuchábamos el sueño de nuestras madres, como habíamos hecho toda la vida.

Nuestras mamis nos hablaban con frecuencia de un nuevo hogar, al otro lado del volcán. Soñaban con comprar tierras y cultivar su propia comida. ¿Y el *patrón*? ¿Qué haría? Que se atrevieran esos malditos *ladinos* a arrancar de raíz su vida imaginaria...

A veces, cuando tenían un día libre, íbamos todos de excursión al otro lado del volcán por la parte más densa del bosque. Había un claro que Rosario había encontrado hacía años y al que volvíamos siempre. Este sería un buen lugar para una *milpa*, nos decían. *Miren que* tiene toda esa agua del arroyo. Aquí podríamos construir nuestras casas, en este vallecito, una frente a la otra. Alba escarbaba en la tierra y la esparcía con la punta de los dedos, haciéndola bailar de una mano a la otra para que todas la viéramos. *Miren que* esta tierra es rica y fértil, aquí podríamos tener un huerto. Yoli solía decirle a Alba que debería coquetearle a algún hombre fuerte que fuera subiendo por la escalera del *colonato*, uno de espaldas anchas y fuertes que nos ayudara a poner en marcha la construcción, o al menos a transportar los materiales en su carreta. Alba se carcajeaba, y luego le susurraba a Yoli, creyendo que no la oíamos, que fuera a cogerse a ese tipo ella sola.

Socorrito miraba ahora hacia el volcán, hacia ese hogar imaginado que existía más allá de nuestra visión.

—Tal vez no falte mucho para que estemos ahí, —dijo, y nuestras madres la animaron, cacareando ahora sobre algo totalmente distinto.

Momentos después, Socorrito y Graciela estaban bajando la colina hacia la estación de tren. Las abrazamos, las mantuvimos cerca, y podíamos oler el perfume *fufurufo* de lavanda que despedía el cuello de Socorrito (un regalo del padre de Graciela, años y años atrás) y respirábamos en el pelo largo de Graciela su aroma a jabón Ivory, a *tortillas* quemadas y a *copal*, y les frotábamos la espalda antes de que iniciaran el descenso.

Tráenos algo, algo bueno, le pedimos a Graciela, y por todavía un breve instante más, nos permitimos creer que realmente regresaría con su hermana y cambiaría nuestras vidas para siempre.

4

Para cuando llegaron a la estación, entregaron sus boletos y encontraron sus asientos en el tren, la noche se había dejado caer con pesadez en el cielo, y Graciela notó que, después de todo, Socorrito se veía cansada. El tren no tenía otra forma de atravesar las cordilleras volcánicas que se extendían por toda la distancia entre Izalco y la capital que no fuera por medio de ascensos lentos y serpenteantes seguidos de descensos turbulentos. Socorrito sostuvo la muñeca de Graciela mientras permanecieron sentadas, lo que avergonzaba a la niña. Ya estaba grande para eso, así como ya estaba grande para usar un vestido de Primera Comunión. Y, aun así, esa vergüenza dio a luz en su interior a una tristeza que no lograba entender. Por un momento, sintió un espasmo.

Miró por la ventanilla el camino de las vías del tren, el lado tembloroso de la roca que antaño fluyera suave y caliente. El tren, parecía, debería haberse salido de la carretera, debería haberse resbalado de las vías y caído entre la maleza de abajo docenas de veces ya. Pero en el último momento, una y otra y otra vez, se curvaba, rodeaba amplias franjas de montaña, bajaba haciendo círculos torpes y ruidosos. Sintió la imperiosa necesidad de mantener los ojos abiertos. Se dijo a sí misma que si se mantenía despierta el tren no saldría de sus rieles. La tierra no se desmoronaría bajo sus pies. Se reuniría con su hermana. Regresarían a Izalco. Pero si se quedaba dormida, el tren resbalaría, se desprendería de la pedregosa ladera del volcán y daría tumbos por el aire. El estómago se le revolvió de solo pensarlo. Socorrito volvió a apretarle la muñeca. Graciela se mordió el interior de la mejilla, y la sensación de la piel suave entre los dientes la tranquilizó. Le pesaban los párpados, sin embargo, y empezó a cabecear. Cuando, con la puesta del sol, Izalco se desvaneció a sus espaldas, Graciela finalmente se quedó dormida, y durmió mejor que en los últimos días.

Se despertó al oír un golpeteo urgente. La ventanilla del tren junto a su cabeza seguía siendo negra, y su *mami* roncaba. Entonces, un rasguño y una chispa, y una luz floreció contra el cristal. Un hombre en miniatura, perfectamente formado, un *duendecito*, apareció flotando al exterior de la ventana, con un cerillo en la mano. Miró a Graciela con desdén y acercó su antorcha al cristal para mostrarle el mar, que hacía furiosas crestas salvajes.

Graciela le sacudió el hombro a su madre, pero Socorrito no se despertó. Chasqueó los dedos y golpeteó en el cristal a la altura de donde estaba el hombrecillo, que le dirigió una diminuta mirada amenazante. Dejó caer el cerillo y se echó a volar hacia atrás, perdiéndose de la vista de Graciela.

Los *duendes* no suelen tener intenciones verdaderamente malas. Traen consigo travesuras y desorden, rompen cristales en habitaciones vacías, revuelven los cajones y te esconden los calcetines. Este, sin embargo, hacía una mueca inquietantemente humana. Quizá por eso la había asustado.

Cuando Graciela volvió a despertarse, ya había amanecido y su *mami* le estaba arreglando el vestido, diciéndole que no levantara los brazos por encima de la cabeza. Las mangas le ajustaban alrededor de los brazos y a lo largo del pecho; un mal movimiento haría que el vestido se partiera. El tren se había detenido. Los ojos de Socorrito habían recuperado su agudeza. Tomó la mano de Graciela, y aquella primera mañana en la capital, más que sentir vergüenza, Graciela agradeció que la sostuviera de esa forma. Socorrito la guio por el estrecho pasillo hacia el aire espeso y brillante de la ciudad que las envolvió.

El mercado que estaba junto a la estación de tren parecía serpentear por todo el camino montaña arriba, una procesión de tiendas grises llenas de fruta, utensilios de cocina, pescado eviscerado puesto en abanico sobre bloques enormes de hielo, hombres yendo de aquí a allá en círculos, prometiendo afilar cuchillos mejor que todos los demás hombres que ofrecían el mismo servicio. Ahí el cielo era vívido, floreciente de humedad y de azul. Ahí Socorrito parecía competente y alerta, como si hubiera estado muchas veces aunque, por lo que Graciela sabía, ese lugar era tan nuevo para su madre como para ella.

Llevó a Graciela hasta el final del andén y le pidió indicaciones a un maquinista. El hombre empezó a dibujar un mapa en el aire y el rostro odioso del *duende* apareció, por apenas un instante, en el espacio que los separaba. Graciela parpadeó hasta que lo sintió desvanecerse entre manchas solares.

Un auto largo y negro, pulido como un espejo, se detuvo junto a ellas y empezó a tocar la bocina. Socorrito apartó a Graciela del camino. El auto volvió a tocar la bocina y el chofer se apeó. Llamó a Graciela por un nombre largo, que ella nunca había sabido que tenía: de pronto ya no era solo de su madre, sino también de su padre. Miró a su madre para confirmar que era realmente el suyo; Socorrito asintió. Su padre muerto la había reconocido.

El chofer llevaba unos guantes blancos y una gorra con adornos de cuero. Hizo una reverencia, y Graciela captó un destello de terror en el rostro de su *mami* antes de voltear a verla y lanzarle una ligera sonrisa. El maquinista se alejó y el chofer subió a Graciela al asiento trasero del auto. Socorrito subió tras ellos. El motor vibró y su *mami* sacudió la cabeza (¿de incredulidad?, ¿de placer?), las *viejas* se apretujaban contra las ventanillas, empujando sus carritos, vendiendo a gritos mangos y jícamas, pero se dispersaron cuando el auto comenzó a moverse para adentrar a Graciela y a Socorrito en la capital. Pasaron junto a un hombre que vendía caramelos de tamarindo en envases plásticos desde un carrito a mitad de la calle y frente a un restaurante, fuera del cual había un hombre de aspecto triste en cuclillas, con un delantal salpicado de rojo. Una mujer guapa caminaba sola con un cucurucho de helado, cuyo brillo color pétalo de rosa amenazaba con fundirse en sus guantes. Las parejas caminaban por el paseo cubierto de hierba frente a un palacio de mármol; las mujeres protegían sus rostros pálidos con sombrillas de encaje cremoso, los hombres llevaban bigotes encerados y sombreros de ala estrecha, todos caminando por el puro placer de hacerlo.

—El palacio presidencial —dijo el chofer, señalando el edificio de mármol con columnas que dominaba toda la calle de enfrente. Graciela había visto ese edificio en una postal que estaba pegada en la pared de nuestro salón de clases. Ahí el palacio parecía un enorme pastel de bodas, pero en la capital tenía la fachada más sucia y de alguna forma era más grande.

—¿Es su primera vez en la capital? —preguntó el chofer mientras maniobraba para sacar el auto de la plaza principal y dirigirse hacia los cerros. *Mamá* negó con la cabeza, su boca una línea recta. A medida que el auto ascendía, las casas se hacían más grandes y estaban cada vez más ocultas tras los portones, las palmeras y los caminos largos y curvilíneos. Graciela buscaba atisbos de las vidas que ocurrían dentro de esas ventanas misteriosas; el esfuerzo le produjo náuseas.

Al cabo de unos cuarenta minutos, el chofer aminoró la marcha frente a un alto portón de hierro entretejido de buganvilias e hibiscos. Salió del auto para quitar el seguro y abrir de un tirón las puertas anchas y pesadas, volvió a subir al auto, sonriente, y entraron a la hacienda. Apenas entrando había una fuente llena de ángeles de piedra y, más allá, un camino de baldosas que serpenteaba por un jardín. Las jacarandas goteaban un violeta brillante sobre la hierba, y las rosas espinosas y las aves del paraíso brillaban como lanzas en todos los bordes de aquel jardín mojado por el rocío. Delante del auto, en lo alto del cerro, había una mansión, más grande incluso que la hacienda, de cuatro pisos, con balcones en cada ventana y rosas que se derramaban por sus paredes blancas y suaves.

El chofer ayudó a Graciela y a Socorrito a bajar del auto, y lo siguieron por el camino de baldosas bordeado de árboles frutales: mangos, aguacates, maracuyás, todo ya tan maduro que hacía doblarse las ramas hasta formar un toldo fragante sobre las cabezas de Graciela y de Socorrito. El aire de ese lugar era más brillante que en el volcán, resultaba abrumador para la visión de Graciela, y el calor era más drástico en la piel. Los ruidos de la ciudad colina abajo —camiones repartidores, caballos, radios en competencia y vendedores que empujaban sus carretas— se elevaban entre los cerros y se asentaban en la brisa, apenas un zumbido.

Escalera de mármol, suelo de mármol blanco, resbaladizo como el cristal, un enorme espejo cuyo marco de madera negra y dura como el hierro estaba tallado con demonios, un patio, una jaula dorada, llena de cientos de pájaros.

Una anciana vestida de negro apareció en la puerta y se presentó como Ninfa. Le tendió la mano a Graciela, que se preguntó si el negro sería por el luto. ¿Será esta *viejita* la esposa de mi padre? La idea la reconfortó, porque aquella mujer tenía algo de familiar; la mano de Ninfa estaba tibia y, como Graciela y su madre, era *india*. Graciela miró el rostro de su madre en busca de confirmación. La sonrisa congelada de Socorrito se había suavizado en presencia de Ninfa, pero con los ojos estaba escudriñando la habitación buscando entender.

—Gracias, *maitra* —dijo.

La mujer de negro las condujo a una habitación todavía más grande y fue entonces cuando Graciela comprendió que lo que Ninfa llevaba era un uniforme. Dos *nenas* unos años mayores que Graciela, *inditas* también, y también con vestidos negros, idénticos a los de Ninfa, atravesaron el suelo brillante llevando sendas bandejas con jarras de agua helada. Una ocelote corcoveó atada a su cadena, y Graciela dio un respingo.

Una mujer, *güerita,* estaba sentada en una tumbona, con las largas piernas dobladas a un lado. Comía sin prisa pedazos de fruta de una bandeja que parecía flotar en el aire sobre una mesa de cristal.

Ninfa se aclaró la garganta para llamar la atención de la señora de la casa, y Graciela comprendió que se trataba de la viuda. La esposa de su padre muerto se levantó para saludarlas.

Socorrito contuvo el aliento al notar la estatura de la mujer. Perlita tenía unos hombros como montañas antiguas y el rostro bronceado como una máscara. Llevaba el pelo sobre la coronilla, envuelto holgadamente en un turbante de seda blanca. Graciela observó la naturalidad de sus huesos y su piel mullida, que en aquel momento todas confundimos con un halo de vaga divinidad, pero durante su estancia en la capital Graciela se acostumbró a ese halo, a la piel resplandeciente de los muy ricos.

—Consuelo, ven acá —llamó Perlita por entre las comisuras de su boca roja, extendiendo los brazos para darle un breve saludo a sus invitadas.

La hermana de Graciela entró a la habitación como un cervatillo. Era alta y delgada, vestida de encaje blanco y, a pesar de lo que nos habían dicho nuestras madres, no era realmente una niña. O era una niña que fingía ser adulta. Su rostro era fino y delicado, pero tenía unos miembros sorprendentemente largos que sugerían un parecido con Perlita, lo que no podía ser, porque la *güerita* no era su madre. Sonrió e hizo una reverencia ridícula.

Socorrito, que había permanecido en silencio hasta ahora, corrió hacia Consuelo y la tomó con ambas manos. Comenzó a sollozar sobre el estrecho hombro adolescente de Consuelo. Graciela notó el terror de su hermana mayor ante aquel desborde de emoción e intervino.

—¿Eres mi hermana? —Graciela abrazó a Consuelo, al mismo tiempo que a su madre.

Entonces lo vimos: los ojos brillantes como escarabajos de Graciela en el rostro estrecho y color de luna de Consuelo, la ancha nariz de *india* de Socorrito en la cara de ambas. Las hijas de Socorrito. Miramos a Graciela mirar a Consuelo. Una sonrisa cortés se paseó en el rostro de nuestra amiga, pero Consuelo se puso roja, de ira o de vergüenza. Se puso rígida en los brazos de Graciela y de Socorrito. Por un momento, Graciela sintió dolor, confusión, temor de haber hecho algo malo.

—Graciela, la hija mayor de tu padre —dijo Perlita con una crispación extraña, sin mirar a ningún lado en particular—. Tu hermana, Consuelo.

Consuelo parpadeó con fiereza.

—Hola, *mami* —dijo finalmente Consuelo. Socorrito gimoteó, ambas hijas todavía envueltas en sus brazos. Dentro del abrazo, Graciela sintió el cuerpo de Consuelo volver a ablandarse.

—*Mis hijitas* —dijo Socorrito.

—¡Ya estamos todas juntas! —dijo Graciela, queriendo confiar en el optimismo de su madre, y sintió que Consuelo asentía contra su espalda.

—Debes estar cansada por el viaje —le dijo Perlita a Socorrito, revoloteando detrás de ella, apuntando la barbilla con urgencia hacia Ninfa. Golpeteó con las uñas en la nuca de Consuelo y, ante la orden, la muchacha se apartó de los brazos de su madre y de su hermana.

El rostro de Ninfa se iluminó. Tomó a Socorrito del brazo, alejándola de sus hijas, y la condujo por la escalera de mármol. Socorrito se resistió al principio, pero cuando quedó claro que no podía librarse de esa mujer mayor, mientras subía las escaleras hizo lo posible por poner una sonrisa tranquilizadora en la cara.

Al ver partir a su madre, Graciela sintió que la invadía una lenta oleada de pánico. Perlita la instó a sentarse y ponerse cómoda en la tumbona, a comer algo de fruta.

—Me dio gusto conocerla, señora —dijo Graciela, tragando un cubo de papaya y luego una uva perfectamente redonda. La explosión ácida de la uva fue toda una revelación.

Perlita no respondió, pero la miró fijamente a la cara, estudiándola en busca de pistas.

«Supongo que deberíamos ponernos en marcha». Graciela trató de reunir el valor suficiente para decirlo. «¿Ya hiciste tus maletas y estás lista para irte con nosotras, Consuelo?», quería decir, pero no lo hizo.

Consuelo, mientras tanto, se sentó en el brazo de la tumbona y rechazó la fruta que Perlita le ofreció.

Ninfa regresó por Graciela unos minutos más tarde y la llevó escaleras arriba, a un baño reluciente en el que había llenado de agua caliente una tina de porcelana.

«¿Un baño? ¿Por qué?», quería decir Graciela, pero había algo en el aire de ese lugar que la mantenía callada.

Ninfa fregó la suciedad pueblerina de las rodillitas de Graciela, le lavó el cabello, le masajeó la cabeza. Graciela estaba demasiado cansada para escabullirse en el agua, a pesar de que su desnudez le avergonzaba.

Luego del baño, Ninfa la envolvió en una toalla que se sentía como una cobija. Dijo que *La Doña* la había comprado en un viaje a Europa. La sentó frente a un espejo —ahora tenía las mejillas rosadas— y pasó un largo rato peinándola, maldiciendo solo un poco, luego le hizo una trenza que ató detrás de una porción de su cabello con un listón. Graciela estudió su cara en el espejo, como había hecho antes Perlita. Con el cabello recogido hacia atrás con firmeza, cada una de sus facciones se enfatizaba: la profundidad de los ojos, la pendiente de su nariz, la amplitud de su boca, el marrón de su piel, todo estaba a la vista. *Bien chula.* Graciela admiró su propia imagen con libertad.

Ninfa la tomó de la mano y la condujo fuera de la habitación, por un pasillo largo; con otra llave abrió una puerta muy alta y la hizo entrar. Frente a la cama había un tocador con tres espejos y la amplia ventana daba a un balcón de hierro forjado con vista al jardín.

—Este es tu cuarto —dijo—. Ahora descansa. En el armario hay ropa para que te la pongas cuando despiertes, pero lo primero es descansar. Vengo por ti para la cena, en caso de que sigas dormida.

A pesar de lo exhausta que estaba y de lo hermosa que era la colcha de plumas, a Graciela le latía con fuerza el corazón, y sus ojos estaban hambrientos de ese nuevo lugar. Pero... ¿y su madre? Graciela sentía la necesidad de ir a buscar a Socorrito, de ir juntas por Consuelo y dejar la hacienda antes de que perdieran el último tren del día, pero no podía resistir la curiosidad.

Se levantó para explorar la habitación y sus contenidos, enfundados los pies en un par de pantuflas de terciopelo que descansaban sobre la alfombra de piel de leopardo junto a la cama. Graciela abrió las enormes ventanas que daban al balcón y estudió el patio debajo: un plazoleta verde con dos fuentes de mármol, un aguacatero y varios papayos plantados en círculo, en cuyo centro se levantaba la jaula dorada. Las cortinas blancas se inflaron como globos al interior del dormitorio mientras Graciela se asomaba al balcón envuelta en la bata de seda. Al cabo de un momento volvió dentro, cerró con cuidado las puertas de cristal y atravesó la habitación hasta donde estaba el armario de ébano.

Dentro encontró un vestido azul claro con fruncido amarillo, y una falda larga. Metió la cabeza al vestido y se pasó un rato peleándose con los botones, que estaban bordados en forma de girasoles.

A un lado del armario, colgando de una triada de ganchos en la pared, había un espejo oval. Se miró de nuevo. El cabello negro, trenzado, largo y húmedo, los ojos brillantes de escarabajo, y ese extraño vestido. ¿Estaba su padre en ese rostro? ¿Había algún rastro de él en alguna parte de la hacienda? Graciela abrió la puerta y encontró el pasillo en silencio y a oscuras. Se arrastró escaleras abajo.

En la planta baja de la mansión, una gran puerta de cristal daba al patio. Desde fuera se podía ver lo que ocurría en los cuatro pisos de la casa a través de los grandes ventanales. La jaula, se daba cuenta ahora, era del tamaño de la choza donde vivían ella y su madre. Vio las formas de los pájaros, que conocía tan bien de casa, acicalándose y arrullando, volando en círculos educados, durmiendo la siesta. Corita nos había enseñado sus nombres. Los *torogoces* y los mirlos agitaban sus colas azules en sincronía, los loros verdes colgaban de cabeza, y los colibríes color añil trinaban.

Las fuentes de mármol brillante a ambos lados de la jaula empañaban el aire, y Graciela se sentó en el borde de la que daba hacia el este. Deslizó los dedos del pie izquierdo fuera de la zapatilla de terciopelo para rozar su piel con el frescor de las baldosas que pavimentaban la tierra, y escuchó el sonido del agua de los ricos, agua que se movía solo en nombre de la belleza. Graciela siguió un ligero zumbido que provenía del otro lado de la fuente, y encontró en el borde un cuervo muerto, tumbado pecho arriba, las plumas lustrosas e iridiscentes, los insectos pululando en torno a sus articulaciones muertas y pegajosas. La ocelote, que suelta ya de su cadena vagaba por el terreno, olfateó y rodeó tanto a Graciela como al pájaro muerto. No se había dado cuenta de que el gato andaba fuera, observando. Durante un largo rato, Graciela quedó atrapada en ese círculo, con los ojos dorados de la ocelote fijos en ella. No podía moverse. Oyó que Ninfa la llamaba desde el interior de la casa. El hechizo se rompió, y Graciela regresó corriendo adentro.

Ninfa acomodó a Socorrito y a Graciela en el comedor antes de que Consuelo y Perlita llegaran para la cena.

—¿Dónde has estado? —le susurró Graciela a su madre, que estaba sentada al otro lado de la larga mesa—. ¿Por qué nos quedamos a cenar? ¿Qué hacías durmiendo la siesta allá arriba cuando deberíamos estar en camino?

El atardecer se sentía como un sueño fantasmagórico, y Graciela estaba ahora despierta, alerta, desconfiada. La esposa rica y estéril era fría y temible, como las institutrices victorianas de las que había leído. Los ojos de Ninfa parecían no tener vida, como si la recuperasen solo cuando Perlita la llamaba. *¡Puya!* Y su hermana, Consuelo... ¿Acaso le importaba siquiera haber conocido a su *hermanita* y haber visto a su madre por primera vez en diez años? ¿Cuál era su problema? Definitivamente no se veía como si estuviera a punto de dejar esa *pesadilla* para ir a vivir junto al volcán. Incluso los muebles hacían que Graciela se sintiera incómoda. La madera oscura de la mesa estaba grabada de demonios en las piernas; había figurines de porcelana, pastores de ojos sin alma y payasos sollozantes. El interior de la casa olía a una maldición.

—Deberíamos irnos ya —le dijo Graciela a su madre en voz baja, recordando la firmeza de su madre la noche anterior y tratando de invocar su espíritu de lucha—. Vámonos y punto.

Quería que su madre la tomara de la mano y salieran corriendo por la puerta antes de que nadie pudiera ofrecerles más pantuflas de terciopelo o colchas de plumas.

—*Oye* —dijo Socorrito—, cálmate, vamos a esperar a Consuelo.

Hablaba como medio dormida. Graciela no podía entender por qué les seguía el juego. Era como si se hubiera vuelto loca.

Y lo estaba. Arriba, Ninfa había conducido a Socorrito al baño, para calmarla. Después de que el impacto de ver a Consuelo y de luego verse separada de sus dos hijas se había desvanecido un poco, Socorrito se dejó consolar por la mujer mayor, que le llevó sales de baño y toallas, y más tarde una bata cálida. Se había quedado dormida, sedada por la infusión de hierbas que Perlita le había pedido a Ninfa preparar para la ocasión. Ahora, sin advertir que la habían drogado, Socorrito no se sentía del todo descansada, pero era como si la hubieran arrullado hacia un estado de relajación que a Graciela le parecía totalmente inapropiado para la situación. La agudeza que había visto esa mañana en los ojos de su madre, apenas hacía unas horas, mientras se abrían paso por la estación de tren, toda esa solvencia había desaparecido. Estaba misteriosamente tranquila, la mujer, con una sonrisa feliz, estúpida, como la del *púchica* payaso de porcelana.

—Eso es lo importante —dijo Socorrito, arrastrando las palabras—. Mantener nuestra parte del trato. Nos calmamos. No dejamos que se vaya a la mierda. Nos lo prometieron.

En ese preciso instante apareció Consuelo en su vestido de encaje blanco y ocupó su lugar en la mesa. Tenía la cara roja y moteada —había llorado, y era obvio que eso la avergonzaba—, pero se había polveado la frente y la ancha nariz con un maquillaje harinoso demasiado claro para su piel —unos parches rugosos de acné abultados debajo—, y se había pintado los labios y los párpados inferiores de color fucsia. Llevaba un pendiente enorme, una araña peluda de color marrón suspendida en resina y colgada alrededor de su cuello con un lazo de terciopelo. Graciela reprimió una risita y en cambio sonrió, con una sonrisa quizá demasiado forzada. Socorrito cubrió la mano de su hija mayor con la suya.

—Consuelo, ¿estás lista para irte a casa? —preguntó Graciela al fin.

Su hermana no contestó.

Consuelo sabía, por supuesto, que esa noche no se iría al volcán, que después de aquella cena era probable que no volviera a ver a su madre nunca. Los ojos pintados de fucsia empezaron a llenársele de lágrimas, como si la obligación de hablar fuera a hacerlas desbordarse. Si tuviera la opción de dejar aquel lugar, aquella mesa, lo haría, pero no tenía ningún deseo de regresar a los volcanes —donde sea que eso fuera— con una madre que apenas recordaba, lejos del refugio que se había construido en la capital, con sus amigos. Le hizo una mueca a su nueva hermanita, y dejó que su madre le acariciara la mano con esa exasperante sonrisa vacía de payaso plasmada otra vez en la cara. Graciela tomó a su madre de la otra muñeca, el rostro atravesado de miedo.

Se sirvió el primer tiempo, una sopa, y de pronto la urgencia que Graciela tenía de regresar a casa se vio superada por el hambre. Sentía un apetito voraz —fuera de las uvas que se había comido más temprano, ni ella ni Socorrito habían comido nada desde que se pusieron en marcha el día anterior—. La abundancia resultaba irresistible: luego de la sopa vinieron los medallones de ternera, las verduras en salsa dulce, el pan con mantequilla. Era hermosa la forma en que comía Consuelo: movía el cuchillo y el tenedor, sostenidos con delicadeza, con movimientos ágiles y diminutos, sin hacer un solo ruido y sin tirar ni una morona, apenas con un ligero temblor de las manos que para nosotras se veía como la electricidad que destella al interior de una bombilla. Graciela intentó modelar sus movimientos imitando los de su hermana, temblorosos y elegantes, pero el cuchillo no tardó en resbalársele de las manos y repiquetear en el piso.

Perlita soltó una risita y levantó su copa.

—Quisiera aprovechar esta oportunidad para agradecerles a ambas por haber venido a ofrecer sus respetos a Germán. Sé que le habría gustado conocerte, Graciela, y estoy segura de que estaría orgulloso de verte heredar su lugar.

—A Graciela el estómago le dio un vuelco al oír su propio nombre en boca de Perlita.

—Creo que te equivocas —dijo Socorrito, todavía con esa extraña expresión serena en la cara—. Graciela no tiene planes de quedarse aquí. Después de cenar nos vamos a la casa.

—Nos vamos a casa —repitió Graciela.

—*Ay, no.* Verás: ahora esta es la casa de Graciela —dijo Perlita. Socorrito sacudió la cabeza, pero su expresión serena no se alteró. Perlita continuó despacio, como una actriz aburrida, los ojos vidriosos y con la vista perdida más allá de la puerta de la cocina—: Tú te regresas hoy, pero Graciela no regresa contigo —sonrió, los dientes morados de vino—: ninguna de las dos se regresa contigo.

Graciela le dio un empujón a su hermana por debajo de la mesa con la punta de la pantufla de terciopelo nueva, pero Consuelo no hizo ningún ruido, ni siquiera dio señas de haber sentido. ¿Por qué esa adolescente inútil no decía nada? A Graciela el corazón le pateaba el pecho como un conejo.

—Graciela tiene un trabajo que hacer aquí —continuó Perlita, con voz monótona.

Graciela, explicó Perlita, tomaría el puesto de su padre en el palacio como consejera del General, a quien le daría la perspectiva de confianza necesaria para liderar nuestra gran nación hacia la prosperidad de la nueva era, como profetizaron los Grandes Economistas, los ministros de educación y de la defensa, y la sabiduría sacra personificada por la Sociedad de Letras y Objetos Sagrados, para sacar a nuestro pueblo de su oscuridad original.

No se te olvide esta parte: *sacarlo de su oscuridad original.*

Graciela volteó a ver a su madre, perpleja. «Esta *güera* se volvió loca», le dijo con la mirada.

—Tranquila —Socorrito le dijo en voz alta, y luego se volvió hacia Perlita—. Graciela es solo una niña. No tiene nada que hacer aconsejando a un general.

Había tensión en su voz: el sedante le estaba dificultando hablar.

Graciela le dio vuelta a las *palabras* de Perlita, tratando de encontrarles algún sentido, así como a lo que le estaban pidiendo: la Sociedad de Letras y Objetos Sagrados. Le gustaba cómo sonaban esas palabras, pero no entendía el significado.

—El General —dijo Perlita, como si Socorrito no hubiera dicho nada— creía que mi esposo poseía una mente sagrada, una mente capaz de ayudarlo a esculpir el futuro de la nación, y cree que Graciela heredó la mente sagrada de su padre —luego volteó a ver a Consuelo y la señaló con el mentón, con una mirada de desdén—: esta claramente no lo hizo.

Consuelo frunció el ceño, la *tarántula* castañeaba contra su pecho plano.

—¿De qué demonios está hablando? —Socorrito le susurró furiosamente a Graciela.

—No tengo idea —respondió ella, a un volumen suficiente para que toda la mesa pudiera oír. No entendía por qué su madre estaba como congelada. Había que huir de ese lugar, y era obvio que el tiempo para escapar se les estaba agotando, si no es que lo habían perdido ya.

Perlita continuó, ignorándolas por completo, hablando de la fuerza impulsora de la voluntad de la nación, de su anhelo de transubstanciación: no solo transformación, ¿eh?, sino transubstanciación. Se tropezó al pronunciar la palabra, como si no entendiera cómo había llegado a su boca.

Las monjas nos habían enseñado sobre la transubstanciación. Significaba la transformación del pan en el cuerpo de Cristo, pero cuando Perlita la decía sonaba como algo más grande, algo que podría cambiar a cada una de las personas de nuestra pequeña nación.

Al fin Perlita hizo una pausa en su discurso para dirigir una uña roja hacia Socorrito, nuevamente muy segura de sí:

—No hay honor más grande que el de sentarse a la derecha del General —dijo.

Graciela se pellizcó: debía estar soñando otra vez. Miró alrededor en busca de una salida, de una ventana por la cual saltar. Podría tomar uno de esos figurines *fufurufos* de porcelana —el payaso chillón se veía lo suficientemente pesado— y usarlo para romper el cristal. Podrían saltar al patio y correr tan rápido como pudieran. ¿Y Consuelo? *Puya,* al diablo con ella, estaba perdida en su propio trance.

—No —escupió Socorrito, el enojo creciendo en su garganta, la bruma a su alrededor comenzando a disiparse—. Me prometieron a mis dos hijas.

Estaba temblando, *encachimbada, pero púchica encachimbada.* Graciela había oído antes el ronroneo de la ira de su madre, pero nunca el rugido.

Socorrito sacó de su vestido el papel, *la puta promesa,* y se lo mostró a Perlita, que a cambio se rio. Los ojos de Graciela se encontraron con los de Consuelo. Su hermana mayor estaba temblando, jugueteando con el collar de araña para tranquilizarse. Graciela apartó la vista, de pronto llena de enojo y vergüenza.

—*Indiada, pero indiada* —dijo Perlita relamiéndose los labios—. ¿No entiendes? ¿No te das cuenta de que te estoy haciendo un enorme favor?

Perlita recargó los codos en la mesa. Arrebató el papel de la mano de Socorrito, hizo una pelota con él, lo tiró y escupió al suelo. Socorrito fue a recoger la pelota de papel, como si las palabras que contenía, y que nunca habían significado nada, pudieran restituirle la vida.

—¡Dame a mis hijas! —gritó.

Graciela trató de tomar a su madre de la mano y alejarla del *desmadre* de la mesa. ¿Dónde estaba el maldito payaso de porcelana? Romper la ventana, y luego saltar. La *púchica* Consuelo podía ir tras ellas o no. Pero entonces las criadas entraron en tropel, cada una de ellas revestida de un silencio pesado, y el chofer que habían conocido en la mañana entró corriendo. Todos rodearon la mesa, bloqueando las salidas.

Perlita se quedó mirando la boca de Socorrito, llena de gritos y de baba, como si pudiera reacomodarle los dientes con la mirada.

Siempre que necesitamos un cuchillo resulta que tenemos las manos vacías. Si Socorrito llevara su propia ropa, habría tenido algo a la mano, pero en ese *púchica* vestido de las monjas no había nada. Agarró un cuchillo para mantequilla. Se abalanzó sobre Perlita; Graciela dio un grito. El chofer detuvo a Socorrito por detrás y la sacudió hasta que soltó el cuchillo. Le sostuvo las manos en la espalda y comenzó a avanzar con ella hacia la puerta. Socorrito intentó ir hacia donde estaban sus hijas, pero sus rostros se le escapaban. Dos criadas asieron a Graciela, que gemía; se revolcó y pataleó entre sus brazos, gritando por su madre, pero ellas la encerraron con llave en un armario.

Mientras la arrastraban escalera arriba, Socorrito se preguntó si no sería ese el mismo hombre que la había dejado inconsciente de un golpe tantos años atrás. Había algo de familiar en su brusquedad.

Consuelo pegó la cabeza a la mesa y se hizo chiquita. Esperó a que todo pasara. Se puso a llorar por su madre, por su nueva hermanita, por ella misma. Levantó la cabeza para ver cómo había terminado la cosa. Las *nenitas* del servicio habían salido corriendo por la puerta trasera de la hacienda. Consuelo se preguntó si Ninfa se las había arreglado para pagarles. Arriba, los gritos de su madre y las pisadas macizas del chofer. Perlita había salido y se oían sus *tacones* haciendo clic por el pasillo. En medio del desorden, Ninfa había olvidado alimentar a la ocelote, y esta emitía unos amenazadores ruidos guturales desde su cadena en el patio. Consuelo respiró profundo y salió de la hacienda por la puerta trasera, que estaba abierta, primero caminando, pero luego aceleró el paso. Corrió por entre los cerros sinuosos de la *colonia* y hacia las luces brillantes de la capital, con el aire húmedo en la garganta y las lágrimas mojándole ese estrafalario labial mientras corría lejos de aquellas extrañas que eran su familia, y en busca de sus amigas.

Arriba, en la habitación donde Graciela había estado descansando antes, Socorrito había estrellado el codo contra la ventana del balcón hasta que logró romperla, pero el tiempo de escape se había perdido: sus hijas ya no estaban. Ninfa entró con un nuevo sedante que Perlita le había instruido administrar —no un té, esta vez, sino el tipo de sedante que se le da a un *púchica* caballo—, pero cuando vio la sangre y a Socorrito todavía sometida por el chofer, arrancó con los dientes una tira de tela de la ropa de cama y fue a vendar la herida. Socorrito la alcanzó al vuelo y tiró de su cabello. Ninfa habría preferido no administrar el sedante. De hecho, a esas alturas de la noche, al ver la ventana rota, había considerado saltar ella también. Estaba demasiado vieja para todo aquello. Suficiente de esa *rica* loca y de sus *jodidos* planes y del drama interminable. Trató de contener el flujo de la sangre. A pesar de su edad, seguía siendo fuerte.

Le hizo una seña con la cabeza al chofer, y este le abrió la boca a Socorrito. Ninfa dejó caer esa maldita pastilla enorme y él le cerró de nuevo la boca, como unas tenazas.

Cuando Perlita se apareció en la habitación una hora después, encontró a Ninfa llorando, de pie junto al cuerpo de Socorrito. La despachó con un movimiento de la mano y la anciana obedeció. Perlita inspeccionó a Socorrito para asegurarse de que estaba inconsciente; mientras lo hacía, estaba fumando y no hizo nada para evitar que las cenizas cayeran sobre el vestido prestado de Socorrito. Cuando estuvo segura de que no despertaría hasta pasadas muchas horas, Perlita volvió a llamar al chofer, que la cargó como a una niña, la recostó en el asiento trasero de su auto largo y reluciente, y luego se la llevó conduciendo a través de la noche, hacia los volcanes.

Luego de que a Socorrito se la habían llevado fuera de la capital y de que Perlita se había ido a dormir, Ninfa trató de recobrar la compostura y se puso a trabajar limpiando el caos de la planta baja. Las *nenitas* de servicio habían huido cuando comenzó la pelea, así que tendría que encontrar y contratar rápido a unas nuevas, para entrenarlas y tenerlas listas para servir al General durante la cena unos días más tarde. No sería tan difícil: en esa época todo el mundo necesitaba trabajar.

Podía escuchar los ronquidos irregulares de Graciela al otro lado de la puerta del armario cerrado con llave. Tocó con la mano su aro de llaves. Faltaba la de ese cuarto en particular. Perlita debía haberla tomado para encerrar a la niña. Ninfa se repitió que, si tan solo tuviera la llave, abriría la puerta y se llevaría a la niña fuera, hacia la capital, hacia la noche, tan lejos como pudiera. Esa fantasía le ayudaba a diluir la gruesa película de culpa que la cubría por haber participado en los acontecimientos recientes. Pero la verdad era que, si hubiera querido conseguir la llave, habría podido hacerlo.

¿Por qué no lo hacía entonces?

Porque perdería el trabajo que le daba de comer a sus hijos y a sus nietos.

Pero podía encontrar otro empleo, ¿o no?

Y ahí estaba: no se trataba solamente del trabajo. Eran también los enredos de Perlita con el brujo ese, el General, en los que ahora Graciela estaba irremediablemente enredada también. Más que la pérdida del ingreso para su familia, le asustaban las posibles represalias que él podría planear. Había oído cosas. La gente desaparecía.

Consuelo, mientras tanto, no estaba por ninguna parte. Debía haber escapado. Ninfa estaba muy al tanto de que se escabullía de la hacienda como un gato para ir a ver a ese maestro suyo de arte. No la culpaba. ¿Qué haría falta para que Ninfa huyera también? Ella no era una adolescente. Si tan solo tuviera un corazón más duro. Prácticamente había criado a Perlita luego de que su madre muriera al darla a luz. Y Perlita. Perlita estaba loca. Era vil, manipuladora y cruel y, aun así, de alguna forma, Ninfa la quería, recordaba cuando era una niña flaca y fastidiosa, y la absolvía de sus culpas como lo habría hecho entonces.

Ninfa se alejó de la puerta del armario. Había que recoger la mesa y poner a remojar los trastes en un lavabo lleno de agua con jabón. El resto podría esperar a la mañana.

Esa noche, antes de dormir, Perlita se desató el turbante frente al espejo. Estaba hecho de seda importada y la joya era una esmeralda real traída de Bogotá. Ya suelto, su cabello era largo y negro y le caía hasta la mitad de la espalda. Giraba la cabeza arriba y abajo para cepillarlo desde la raíz hasta las puntas. Tenemos que admitir que era guapa.

Una cosa era acceder amablemente a suscribir la moda de los tiempos, solía decir Perlita, y otra muy distinta lo que hacía Consuelo: decorarse como una adivina de fortunas ajenas. Perlita siempre había sabido que no podía entregar a Consuelo, su consuelo, cuyo rostro había estudiado por años, cuya nariz de *indiada* unas veces admiraba y otras despreciaba. Durante diez años le dijo que debía escuchar con más cuidado: escuchar cómo se comportaba una persona civilizada. ¿Había forma de rehacer a una *india*, de «maternarla» hacia otra clase social? Consuelo, sin embargo, era una especie de experimento fallido. A pesar de la educación que Perlita le había provisto, las clases particulares, las clases de arte, era irremediablemente *indiada*.

Pura india. Bajo cierta luz, la cara de Consuelo le parecía espantosa y, en tiempos recientes, lo único que podía ver era el maquillaje oscuro, la joyería mística, la curva desgarbada de esos hombros que no hacía juego con esos muslos gruesos, el pelo que se le encrespaba en la cara, el acné.

Pero no todo estaba perdido. Si el General aceptaba a Consuelo como su esposa, como le habían ofrecido, o como una concubina predilecta, a Perlita la tendría siempre en buena estima, sin contar que ahora Graciela estaba ahí para inclinar la balanza aún más a su favor. Una esposa y un oráculo: Perlita se había asegurado una fortuna convirtiendo los engaños de su esposo en oro. Primero, sin embargo, tendría que deshacerse de toda la joyería de disfraz de mal gusto y de los harapos de mercado de Consuelo. Con catorce años seguía siendo una niña, pero pronto se le acabaría el tiempo de jugar a los disfraces. Perlita no creía en nada de las tonterías que proclamaba el General, esa basura sobre sesiones espirituales y aguas de colores, la transubstanciación de la nación. Sabía que entonces estaba de moda, que en *Los Yunais*, en Europa, había *gringos* por todas partes tratando de hablar con fantasmas. Ridículo. Pero no era tonta como para negarle sus deseos a un hombre como aquel. Hacerlo no le traería más que sufrimiento. Con su esposo muerto, la herencia de sus padres agotándose, y los oráculos económicos de todo el mundo prediciendo una crisis global, resultaba esencial usar a las hijas bastardas a su favor.

Perlita se dijo a sí misma que simplemente se preocupaba demasiado, y que en lugar de irritarse, molestarse, enternecerse o sentir ganas de cepillarle el cabello a Consuelo, era preferible no sentir nada. La visión de esa abundante bondad propia tranquilizó la culpa que podría haber sentido por vulnerar la promesa que le había hecho a Socorrito. *Las hermanas* eran propiedad de Perlita.

En cuanto a Socorrito:

—Fue una cortesía llevarla de regreso a su pueblito fangoso. Cualquier otra mujer en mi posición simplemente se habría deshecho de ella, por todos los problemas que causó, por las amenazas que hizo.

Lo dijo en voz alta para las cuatro paredes de su habitación, para aquietar el parloteo de su mente. La seda yacía en el piso junto a la ventana abierta, platinada por un rayo de luna que ondulaba como un río. *La luna llena es una mujer.* Esa noche, Perlita durmió profundamente.

5

Socorrito se despertó al día siguiente, sola en el bosque, recostada boca arriba. Se talló los ojos y al abrirlos encontró la luna, hinchada como un moretón dorado sobre ella. Tenía la lengua áspera y seca como la de un gato, y no traía *caites.*

Dos zapatos, sus dos hijas, lejos de ella.

Cuando intentó ponerse de pie, el estómago le dio un vuelco, y cayó de rodillas. Logró arrastrarse hacia el agua, donde vomitó hasta que no pudo sostenerse más. Se quedó con la mejilla pegada a la roca y gimió como Siguanaba, la mujer fantasma cuyos hijos le fueron robados en castigo por tratar de engañar a los poderosos. Nada te pertenece realmente, solían decirnos nuestras madres.

Socorrito se quedó tendida sobre el lodo fresco y se puso a escuchar el agua. Observó cómo la luz de la luna parpadeaba amarilla sobre la superficie. Si aquel era el río, estaría entonces a medio día de camino del pueblo. El río contuvo sus gemidos; de sus profundidades emergieron los gritos de Siguanaba, que ondulaban en la superficie.

Siguanaba, la mujer con cabeza de caballo y corazón de traidora, que yacía en la oscuridad junto a los ríos, que engañaba con su pelo largo a cualquiera que la viese, haciéndole creer que era bella. Siguanaba, sentada junto al agua, cepillándose el cabello con furia, como si con eso pudiera desenredar el nudo en el que había convertido su vida. Siguanaba, que aullaba por sus hijos como Socorrito aullaba por las suyas. ¿Era acaso el tipo de mujer que es más hermosa la primera vez que la ves, pero se afea un poco más cada nueva ocasión? (solo entonces notas los dientes chuecos, la tira de piel flácida alrededor de la cintura; te preguntas quién le hizo ese moretón en la mejilla). Socorrito tocó su vientre, el moretón tierno de su mejilla, sintió su boca, como si tocar esas partes de sí misma le ayudara a entender dónde estaba.

Socorrito se preguntó si la gente de Perlita la habría dado por muerta. ¿Estaría muerta? Era difícil saberlo. Hay quienes dicen que Siguanaba murió al precipitarse a un barranco tratando de huir de su dolor. ¿Y quién no lo haría? *Mujeres, madres, hijas, Malinches, mestizas, todas Siguanabas.* Socorrito se metió al agua hasta la cintura, escuchó a una manada de *cadejos* que la rodeaban entre aullidos y esperó a que el agua la ahogara o la condujera a casa.

6

Las viejas, nuestras bisabuelas, solían decir que nuestras ancestras nacieron de las *ceibas* y a veces las *cipotas* regresamos a sus grandes y membranosos pies, y despertamos en nuestros cuerpos decrépitos bajo un techo de aves adormiladas.

Otro hijo azul brillante. La *púchica* raíz del mundo antiguo también comienza ahí. Sácalo del éter: nosotras lo seguiremos.

Nuestras bisabuelas fueron las últimas de la era del añil. Apestaban a orines sin importar cuánto se lavaran, sin importar cuánto tiempo sobrevivieran a la cosecha que las había envenenado. El café llegó durante su juventud, pero el añil ya se había colado en sus cerebros, en sus vientres, y el olor vivió por generaciones en las vigas de madera del cuarto de clasificación y terminó por mezclarse con el hedor de las cerezas de café podridas que se desprendía de las piedras y que se acumulaba en suficientes cantidades para envolver un cuerpo.

Nuestras ancestras cosechaban *xiquilite,* la planta de la que se procesa el añil, en parcelitas, tierras que les pertenecían a ellas, y las transportaban según las estaciones para no dañar el suelo, y cultivaban el *xiquilite* junto con los *zapotes,* los delicados frijoles rojos, el *maíz* y las papas, equilibrando la tierra, nutriéndose de comida y de belleza. Cultivaban el *xiquilite* como medicina y tejían hilo de algodón teñido de su color, amarrándose una correa del telar a la espalda baja, justo arriba de *las nalgas*, y amarrando la otra correa a un árbol, que las anclaba a la Tierra. Empapaban el hilo en añil y bordaban con él sus gasas *pik'bil*, una tela a la altura de su nobleza. En aquel entonces, el color era sagrado. El añil brillaba en sus *refajos*, y se sentían tan bellas como el cielo. Pintaban las paredes de sus templos con él, y cuando se usaba de esa forma, cuando se cultivaba de esa forma, el añil era inofensivo para nuestras ancestras.

En el tiempo de nuestras bisabuelas, sin embargo, el añil perdió su condición sagrada, y la tierra dejó de pertenecerles. Para entonces, la gente ya no vestía de añil y el azul brillante se había convertido en veneno. Las forzaron a realizar el milagro de multiplicar sus esfuerzos, esos *gringos* que las imaginaban como máquinas, para transportar el azul real a todo el mundo. Fue ese enorme volumen de añil, la inmersión completa en su hedor acre, la implacabilidad del añil, lo que destruyó sus cuerpos y devastó la tierra.

Trabajaban en el cuarto de clasificación, hecho de madera. En ese entonces lo ocupaban tres tinajas enormes: una con agua oscura y con una pila de piedras a un lado; otra con agua llena de virutas grandes y lodosas; la última rebosaba de los orines de nuestras bisabuelas y de las otras cuarenta mujeres que trabajaban con ellas. Algunas golpeaban el agua de la segunda tinaja con un remo astillado y el agua cambiaba de color ante nuestros ojos: de un dorado rancio al verde, a un aguamarina imposible, a un lavanda todavía más extraño, que al hacerse más profundo se volvía un violeta azulado brillante como el lomo de un escarabajo.

Algunas mujeres metían las manos a las tinajas y golpeaban la pulpa con las piedras, los brazos moviéndose por debajo del agua. Algunas pescaban basura, sacaban hojas de *ceiba*, piedritas, una tela con sangre menstrual, cabello humano. Algunas se agachaban hacia el suelo, y cortaban con sus *machetes* ladrillos lodosos de azul iridiscente en cubos del tamaño de la palma de un bebé. A los mejores trozos de índigo les decían gargantas de paloma, por la forma en que atrapaban la luz. Eran trozos más duros y más claros que otros añiles.

A nuestras bisabuelas, las manos, hasta la altura del codo, les irradiaban de un profundo violeta azulado. Los dedos gruesos, tiesos, sangrados de quemaduras hasta la piel tierna debajo de las uñas, las sombras ocre donde las uñas debían haber estado, y el mismo brillo dorado en sus caras. Un resplandor ictérico: el veneno ya estaba trabajando en sus cuerpos. De noche, algunas mujeres se quedaban dormidas en sus esteras manchadas de la sangre que tosían. Se quejaban de dolores de cabeza y se desmayaban de un momento a otro, y culpaban al calor. Sus maridos las encontraban muertas: una chica cayó sin vida al piso una de las mañanas sagradas en que Izalco se dignó a hacer erupción, la estera oscurecida de sangre pulmonar; otra colapsó en el Festival de la Virgen Negra de Juayúa; otra desapareció una semana entera y luego la encontraron, con el cuerpo roto, al fondo de un pozo. Su historia era una de las más tristes. Decían que sufría de visiones, alucinaciones, parálisis momentáneas, días de ceguera.

A pesar de todo, sin embargo, nuestras bisabuelas vivieron.

Más tarde, cuando el mercado de añil se ralentizó y el sistema ferroviario estuvo terminado, las hicieron plantar café. Con la esperanza de que el café fuera mejor y más amable con sus cuerpos, plantaban semillas durante la temporada de sequía, hileras de montículos de tierra pálida y polvorienta, como tumbas de niños. Las plantas crecían amarillentas, y luego se volvían de un verde enfermo. Nuestras bisabuelas se metían tabaco a los costados de la boca y lo escupían en los campos mientras trabajaban. Las aves de las *ceibas* se posaban sobre sus árboles ancestrales, yendo y viniendo como un reloj, igual que décadas después, cuando nosotras trabajamos esos mismos campos.

Las palabras de nuestras bisabuelas se secaron antes de que nosotras naciéramos, pero las paredes dentro de las cuales hacían el añil, y donde seleccionaban los granos de café, siguen en pie al día de hoy. Nuestras madres trabajaron ahí también, y luego nosotras, entre esas paredes astilladas, pero no es sino hasta ahora que estamos muertas que escuchamos a las *viejas* de dedos morados llamándonos.

Oye, escucha.

En los últimos días del añil, un escocés llegó al pueblo, a la esquina del mundo. Estaba calculando cómo multiplicar sus riquezas, de qué forma el mar podría servirle para ello. El estómago se le revolvía un poco con la idea: el mar siempre le había dado miedo. Otros describían a aquel hombre como un titán de la industria, pero con frecuencia se sentía como un niño, nada más, solitario y sin rumbo. Ahora lo vemos como un hombre devoto y asustadizo, como todos los demás. El Atlántico que conocía era color pizarra, hambriento y helado, pero el mar de azul delicado que tenía enfrente, con su belleza convulsa, le parecía de alguna forma más salvaje. Patrick Brannon se juró domar ese lugar salvaje para aprovechar el mar.

Verás: mucho antes del Gran Pendejo, antes del café, antes de que nuestras bisabuelas perdieran la razón, teníamos *ejidos*, nuestras propias tierras, tierras en las que plantábamos lo que queríamos y que poseíamos en común. Cosechábamos lo que necesitábamos para comer. Pero la tierra comunal que se había encogido con las cosechas de índigo desapareció por completo con el café. Arrancaron nuestros árboles frutales, destruyeron y quemaron las raíces, igual que hicieron con la *milpa* de *maíz*. Una mano invisible redibujó las líneas que circundaban nuestras granjas, hasta que de pronto ya nada nos pertenecía.

Bajo el cuidado de Patrick, en acuerdo con la clase dominante del país y con sacos de dinero en *Los Yunais*, la tierra cambió, primero a gran velocidad y luego más lento. El café necesitaba espacio para crecer y procesarse, y años para madurar.

Por eso, Patrick requería una red ferroviaria para cortar el camino a través de nuestra tierra fracturada, para llevar el café al mar y más allá. Se pasó décadas construyéndola, pieza por pieza, cada una ofrecida a cambio de deudas o promesas o favores, tanto en nuestro país como en otros. Por supuesto, la construyó con una mano invisible: fueron otros cuerpos, no el suyo, los que se rompieron cargando la madera y poniendo los rieles.

La red ferroviaria de Patrick la construyeron hombres de piel oscura, y cien años después la gente de nuestro país afirmaba que esos hombres no habían existido, que nunca habían existido. En las nuevas pinturas sobre las castas y los colores, las personas negras ocupaban cada vez menos recuadros, hasta que pronto ya no quedaron espacios para que nuestra gente se nombrara a sí misma negra: la palabra desapareció completamente de los censos. Pregúntale a Rosario, la *mami* de Lourdes y de María, y te va a decir que era negra, pero la palabra que el *patrón* escribió en el registro de empleados de su *finca* era «*mestiza*». Rosario podía decir la palabra en voz alta, pero si no estaba escrita, no contaba.

La palabra hace al mundo.

Pero Patrick, que había redibujado los contornos de nuestras tierras para aprovechar el mar, tenía miedo. Desde la puesta en marcha del proyecto de la red ferroviaria, durante semanas y luego meses, lo habían atormentado las pesadillas. Todas seguían un mismo patrón: una mujer se desataba el cabello junto al río, lo dejaba caer, grueso como una cobija, mientras Patrick iba hacia ella, sufriendo de deseo. Su piel era extrañamente fría y cuando la tocaba, notaba un gusano gordo arrastrándose por su cabello. Cuando la mujer volteaba a verlo, donde debían estar sus ojos había dos heridas sangrantes. Casi todas las madrugadas se despertaba entre gritos, a veces golpeando la pared junto a su cama. Con frecuencia le era imposible volver a dormirse y se paseaba por las calles y las veredas llenas de baches, y subía el volcán hasta que llegaba la tenue luz verde de la mañana. Estaba terriblemente solo en nuestro país, sin mencionar que todo lo relacionado con el ferrocarril iba retrasado. Era imposible encontrar los materiales, y el precio de la madera se incrementaba estrepitosamente todos los días. Y el dinero. Ya se le había terminado, sencillamente estaba en la quiebra. Se sentía como un limosnero profesional cuando iba en sus rondas, buscando fondos, un payaso con un sombrero de copa deslustrado, implorando a la gente sensata que entrara a la enclenque tienda de su circo itinerante.

Durante una de esas mañanas sin sueño, se sentó afuera del *comedor,* mirando cómo *la maitra* se preparaba para abrir para el día. Arrojaba una cubetada de agua con jabón sobre el concreto, y fregaba.

Ella ya había visto antes a ese *baboso* de ojos salvajes. Apestaba. Arrojó otra cubetada bajo las periqueras, donde él estaba sentado, temblando, y lo salpicó un poco. Su propio hijo, Germán, estaba en la parte de atrás del *comedor* cortando madera para la estufa. *La maitra* echó un vistazo a la parte trasera de la construcción. Doce años y todavía impresionable: era un buen chico, y lo mantendría lejos de los *babosos.*

Germán, *me entiendes*… Es el *papi de la Consuelo y de la Graciela.*

—Usted no está bien —le dijo a Patrick.

Él asintió débilmente. Era verdad. El alivio que Patrick sintió en ese momento, al sentirse visto por otra persona, al oír que alguien le hablara así de directamente… A veces sentía como si caminara por un país de fantasmas. O quizá el fantasma era él. Las miradas de la gente de ese lugar —los nativos, como les decía— lo atravesaban. Se talló el sueño de los ojos y sintió la piel de las manos en el rostro encanecido. Su carne era real, húmeda, mortal.

—Líbranos del mal —dijo, citando el final del Padre Nuestro.

—¿Por qué no se va a dormir? —preguntó ella—. Todas las mañanas está aquí antes que yo.

—No puedo dormir —dijo Patrick. Encendió un cigarro y, antes de que *la maitra* pudiera decir cualquier otra cosa, le contó su pesadilla.

La maitra escuchó pacientemente mientras fregaba cerca del pasillo, frente al *comedor* familiar, sonriendo con las comisuras de la boca. *La maitra* estaba casi segura de que había oído sobre ese hombre, que su nombre circulaba entre las moscas hambrientas del hedor del *chambre*, el tipo de chisme que a veces termina por resultar clave para nuestra supervivencia. Cuando

Patrick terminó de contar la historia de la mujer junto al río con los ojos muertos, *la maitra* abrió la boca para hablar, pero en lugar de eso se le escapó *una carcajada*. Claro que había oído de ese hombre: su sobrina le había contado las historias. ¿Qué era lo que su sobrina había oído de pasada en el mercado?... Algo sobre aquel *gringo* que hacía sangrar narices en arranques de ira, empujando mujeres como si fueran muebles. Patético. Era un tipo pequeño y flacucho, pero esos *gringos* bebían hasta saturarse. Se rio. Los ojos de Patrick se pusieron vidriosos, pero las *carcajadas* de *la maitra* solo se hicieron más fuertes, y las nuestras también. Reímos porque sabemos, como *la maitra* sabía también, que la mujer de los sueños de Patrick era La Cigua. La conocemos y sabíamos exactamente por qué había elegido atormentarlo.

—¿Está casado? —le preguntó. Él sacudió la cabeza, pero *la maitra* estaba maquinando algo. Patrick estaba comprometido con una mujer, la sobrina de un socio de su padre en Nueva York, una mujer sin papada y con un cuello largo y bonito.

—No está seguro, ¿eh? —dijo *la maitra,* sonriendo mientras le inspeccionaba el alma, comparando al hombre que tenía enfrente con los rumores que se arremolinaban en torno a él—. ¿Con cuántas putas ha estado esta semana?

Brannon se enrojeció por partes, del cuello a la frente.

—Es que —murmuró—… Es que estoy muy solo.

Era su soledad lo que lo había empujado a contestarle a *la maitra;* era la primera persona con la que hablaba en días. Sentía una conexión íntima con aquella mujer, de la que no sabía nada.

El aire oscuro que los rodeaba se sentía como una conspiración. Cuando ella se reía de él, lo que ocurría seguido, él se sentía devastado por una vergüenza castigadora, pero ansiaba esa vergüenza, le recordaba que era real, que su carne empezaba y terminaba en su cuerpo. No era una luz difusa en la *milpa*. No era el vuelo alto de un *torogoz* sobre el mar nauseabundo.

—¿Por eso las golpea? —preguntó *la maitra*—. ¿Por soledad? He oído cosas de usted, ¿sabe?

Era verdad. Patrick se sentía como si alguien le estuviera sosteniendo la cabeza bajo el agua. Veía su reflejo en las pupilas de *la maitra*. Era patético. Era real, un hombre simple, de carne y hueso, y un hombre patético. Un hombre que golpeaba a las mujeres. Se lo había hecho a tres mujeres que se habían reído de él en un pasillo, y algo en el tono agudo de sus risas, así como su belleza desafiante, le desbloquearon cierta rabia.

Patrick permaneció sobre el concreto enjabonado, se sentía avergonzado y exhausto.

—Hasta que no deje de hacer eso, las pesadillas no van a parar. Eso o alguien le va a poner fin a sus días y sus noches —dijo *la maitra*—. *Buzo* —añadió—: la Cigua… Esa es la mujer de sus *pesadillas*. Y sabe encontrar a los hombres como usted.

La maitra hablaba con libertad, porque sabía que nunca la golpearía, a pesar de sus regaños, de sus risas. A las otras las había golpeado porque eran jóvenes y guapas, porque su risa lo hería más profundamente, porque en presencia de ellas se sentía grande e inmortal.

Siguanaba cambia según quién hable de ella. Esta, La Cigua, la que atormentaba a Brannon, se la imaginan los hombres como él, como prueba de que todas somos *Malinches*, traidoras, feas de corazón. Más tarde, cuando les preguntó sobre La Cigua a los trabajadores que había contratado para la construcción del ferrocarril, y a los cuales todavía no les había pagado, cada uno le dio una versión diferente de la misma historia. Te la encuentras en una noche sin luna, dijo uno, bañándose desnuda en el río. Otro dijo que lo que hacía en el río era lavar sábanas, y que llevaba un vestido delgado. Todos concordaron en que tenía el cabello largo y hermoso, cabello tan grueso y brillante que no puedes evitar tocarlo y sumergir la cara en su aroma. Es en ese momento, no obstante, que La Cigua te atrapa, y entonces se gira para revelarte la cabeza de caballo o los ojos como cuchillos o un cráneo en descomposición. Si no te mueres del susto, te vuelves loco, o te ahogas.

Pero nosotras sabemos quién es en realidad. La Cigua es una mujer a la que el dolor por su hijo robado la convirtió en monstruo. Asusta a los hombres peligrosos para protegerse del daño que provocan. Un hombre infiel, atraído a la muerte por el agua o a la locura: Brannon se reconoció en las historias. Sí sentía que se estaba volviendo loco. Sus cuentas estaban completamente secas. No veía el final de la construcción del ferrocarril, y no tenía forma de pagar lo ya construido.

Todo aquel día y durante la noche que le siguió, oscura y húmeda como la boca de un perro, las *carcajadas* de *la maitra* lo acompañaron, pulsando como relámpagos en su mente insomne, llenándolo de una vergüenza brillante. Tenía que salir de ese lugar. A la mañana siguiente le envió un telegrama a su padre, pidiéndole que le enviara un cable con dinero para comprar el boleto a Nueva York. «negocio va bien —escribió—, debo asegurar acuerdo en nyc y ver a leise».

Leise se llamaba su prometida, y no tenía la menor intención de verla.

Patrick llegó a Nueva York pálido y derrotado. Le asqueaba la idea de pedirle limosna a un magnate ladrón que había conocido en una fiesta de su padre y así financiar parte del ferrocarril que apenas besaba un labio de nuestras costas, pero aquel plan era lo único que le impedía arrojarse por la borda del barco que lo llevó de regreso. Estaba fracasando espectacularmente en el trópico húmedo y escabroso, pero quizá en Nueva York podría recuperar el negocio y curarse la locura.

Se quedó en la ciudad con su primo Philip, y convaleció una semana entera, mirando por la ventana aquella ciudad diligente y gris, como si el acero y el cristal pudieran absorber sus desvaríos. Pero las pesadillas continuaron. En Nueva York, La Cigua era voraz. Le devoró la lengua y le sacó los ojos. Soñaba que estaba ahí con él, tras la ventana de su habitación. Permanecía de pie sobre la nieve, iluminada por la luna. Cuando él se le acercaba, no sentía más que calor y ternura, pero tenía los dientes hechos de alambre oxidado, y se agachaba para devorarle las piernas. Todas las noches, Brannon se despertaba gritando, hasta que al fin decidió prescindir totalmente del sueño. En lugar de dormir, caminaba por la casa hasta el amanecer.

Durante el día, Patrick no salía mucho, a causa del asma. Philip también permanecía dentro de las paredes de piedra rojiza, detrás de unas largas cortinas aterciopeladas, enfundado en una bata de brocado. Para Patrick, era una excelente compañía y un buen confesor. Le había hecho jurar secrecía en relación con ciertos asuntos: «No le cuentes a nadie que vine, especialmente a Leise. No debes contarle a mi padre que las cosas están hechas un desastre. Es temporal, te lo aseguro. No le cuentes a nadie que me volví loco. Te lo repito: te aseguro que solo es temporal».

Philip no veía a nadie y no le contaría a nadie. Sonrió como un gato.

—Ni en sueños te traicionaría —le decía.

Era pálido y frágil, pero voluble, de labios rojos y húmedos. Debajo de la bata llevaba un ank, un amuleto propio de los antiguos egipcios: era pequeño, decorativo, relevante para las tendencias de sus círculos diminutos y eruditos. Era una señal para que otros supieran que era un lector entendido de textos esotéricos, que poseía en su casa una ecléctica colección de artefactos antropológicos, piezas dignas de conversación y delicados souvenirs. Philip no creía que su primo estuviera loco; más bien le entretenía la idea de que estaba poseído por algún demonio tropical.

—Los fantasmas a veces se quedan atrapados, ¿sabes? —decía Philip.

(Por favor disculpa nuestras *carcajadas. Qué onda*, Philip, *¡Simón!*)

—Según he leído, realmente solo se trata de persuadirlos para que salgan, de ayudarlos a emerger hacia su propio estado del ser.

Creía conocer a alguien que podría ayudar a su primo. Había leído de una tal Madame Sophia Belova, una mujer que veía espíritus como los que atormentaban a Patrick, y quizá podría expulsarlos. Había guiado a las almas de presidentes y reyes de todo el mundo.

—Se ve bastante ordinaria, en mi opinión —dijo Philip para matizar su entusiasmo inicial, en caso de que la tal Belova resultara una charlatana. Él prefería despliegues de intelecto más teatrales y adornados, y su mente voraz no se subordinaba a nadie, pero aquella mujer había sido de gran ayuda para muchos otros, y al parecer era particularmente popular entre líderes mundiales, industriales reconocidos, esa clase de gente. Estaba en la ciudad, en la conclusión de su tour por los Estados Unidos. Podrían ir a su charla pública, si Patrick estaba de acuerdo.

—Mira, parece que le interesan cosas generales y decentes —dijo Philip—, nada demasiado específico: algo de misticismo oriental, algo de ocultismo, algo de analizar bajo el microscopio la célula de una hoja y maravillarse de su totalidad. «No hay mayor religión que la verdad», es una frase suya, me parece. Nada demasiado profundo, pero reconfortante que, por lo que entiendo, es lo que te hace falta en este momento.

Philip entendía correctamente. Los detalles sobre Belova solo amplificaban la intriga de su primo. Una mujer que podía remover limpiamente los terrores de la mente de Patrick y dejarlo de nuevo completo: nada podía resultar más atractivo para su cerebro roto. Como los oligarcas, como los hombres extraordinarios, se convertiría en un hombre nuevo con la ayuda de aquella mujer.

Así que Philip llevó a Patrick a ver a Madame Belova. Resultaba difícil dilucidar su rostro en el escenario, pero su cuerpo apareció alto y amplio detrás de un podio de madera, imponente. Patrick no solía sentir atracción por las mujeres grandes y pálidas, además de que se veía ya un poco vieja. Pero su voz. Belova tenía un ruiseñor cautivo en la garganta y, cuando comenzó a hablar, Patrick se sorprendió a sí mismo conjurando el flashazo de una ensoñación en la que se la cogía. Una cierta vibración en esa voz emitía una pulsación de frecuencia que parecía derramar luz justo en el centro de su cuerpo.

Todos los colores se vuelven uno solo, dijo. Todas las religiones, todas las razas. Todas se vuelven una sola. Hablaba de deberes cósmicos, de un punto único de verdad que trasciende todos los planos, de trascender de este plano a uno más alto, de escuchar a los espíritus que se acercan suplicando tan solo que los escuchemos.

Y Patrick escuchó. El corazón le golpeaba el pecho. Se sintió extasiado e incómodo. Se sentó sin aliento, aferrándose al descansabrazos con fiereza. Se mordió un labio para romper el trance. No solía caer en esa clase de cosas. Sufriendo de adrenalina y de una vergüenza aguda, miró a Philip, que había metido el mentón en el cuello de la camisa y había empezado a roncar suavemente.

Cuando cayó el telón, Patrick se levantó determinado. Necesitaba conocer a esa mujer en persona. Se dirigió hacia el pasillo para correr al escenario. Solo unos minutos en su presencia, cara a cara, y estaba seguro de que su mundo entero quedaría restaurado. Los demonios quedarían domados y se irían lejos de él. Uno de sus ayudantes, un tipo con lentes gruesos y aspecto de búho, apareció en el espacio entre ambos lados del telón y declaró que Madame estaba cansada y que no atendería preguntas esa noche. Patrick sintió el empujón del bastón de Philip en la espalda y salieron juntos de la sala de conferencias.

Afuera había empezado a nevar, Philip se acercó a su primo para secarle la cara con un pañuelo; Patrick se dio cuenta de que había estado llorando. Palpó con la lengua una herida fresca en el interior de la mejilla.

—No sé qué me pasó —dijo Patrick—, un tipo de, cómo se dice, ¿caos primordial?

Por sus mejillas corrieron todavía más lágrimas y la nieve se le acumulaba en las pestañas.

—Mmmmm —murmuró Philip a su lado.

—Sueno como un lunático —dijo Brannon, sin la convicción necesaria para emitir siquiera una risita que negara sus lágrimas. Algo se había expandido en su interior y había hecho erupción durante la charla de Belova, y le había dejado en el plexo solar una sensación de anhelo, como una boca hambrienta. No quería que esa sensación se apagara. Los grandes hombres sabían lo que era domar demonios. Así domaría él a la mujer morena que lo acechaba con una fuerza tal, que le había robado su propia vitalidad brillante. No hay mayor religión que la verdad, había dicho Belova. Y a ella le dedicaría su devoción.

Los labios rojos de Philip temblaron ligeramente, victoriosos. Su interés en todo aquello era, por supuesto, sobre todo intelectual. Era algo vaga, toda esa palabrería sobre la unicidad, pero parecía —cómo decirlo— culturalmente relevante. Vago, sí, pero quizá lo suficientemente vago para perdurar. Perdurable. Resultaba interesante, enfocándose en el orden social, pensar en lo que podría hacerse con las razas más oscuras, ahora que había llegado la emancipación. Había cierta limpieza en algunas de aquellas ideas, no un sistema de castas, pero sí una estratificación útil.

Le había sorprendido —complacido, incluso— ver que su primo, por lo general tan material, tan taciturno, estuviera conmovido. Había estado muy solo en el trópico, al parecer: terriblemente solo. La forma en que gritaba por las noches, en que miraba por todo el departamento, como un ratón, en que apenas comía. Y la jungla había sido tan terrible para su constitución física como para su mente —seguramente lo que lo consumía era una locura tropical—: Philip nunca había visto a Patrick tan flaco, tan pálido. Ahora se parecían como nunca lo habían hecho en la niñez.

LOURDES: *Achis,* Yina, suenas como una Henry James *mestiza.*

MARÍA: *¡Ma ve,* Lourdes! ¿Quién carajos es ese Henry James del que hablas?

LOURDES: Por favor, *cherita,* Henry James. «Locura tropical», «tan taciturno». *Ma ve,* Yina.

CORA: Tenle un poco de paciencia, Lourdes. Son hombres blancos. La Yina está usando las palabras que componen su mundo.

LOURDES: No estoy diciendo que no me guste. Me gusta. Es agradable... ¿Cómo se dice?... «Exótico». Es solo que La Yina suena como estos pinches *gringos* cuando cuenta esa parte de la historia, igual que cuando se puso a hablar de los *jodidos* muebles de la hacienda, del *púchica* armario de madera oscura, de los payasos de porcelana esos, de todos esos *otros bolados.*

LUCÍA: Ay, qué payasas. Están perdiendo el punto. ¿No los oyeron hablando del punto único de la verdad, de cómo todas las razas se vuelven una sola? Esa es la clase de mierda que decía El Gran Pendejo. El punto cumbre de todas las razas es una sola raza. Eso es el *mestizaje,* esa mierda de la raza cósmica, y ustedes de lo único que pueden hablar es del *púchica* Henry James.

Durante los siguientes días, Brannon se obsesionó con las ideas que le había escuchado a Belova, convencido de que ella podría guiarlo hacia su punto único de verdad. Borrar ese monoteísmo estrecho al que se había aferrado como a una muleta —¡quizá esa era la causa de sus fracasos!: su neurosis, su mala administración, su temeroso deseo por mujeres pequeñas y morenas que lo despreciaban, y la vergüenza que siguió a todo aquello— quería borrarlo todo con una luz singular. Quizá necesitaría algo más grande, más espacioso. Una luz brillante que le atravesara el cuerpo, la mente y el alma como una espada. A fin de cuentas era un hombre de ideas grandes, ¿o no?

Philip tenía una idea de dónde podría estarse quedando Belova, y Patrick pasó sus días caminando en círculos tortuosos, orbitando la calle. Un hotel ordinario, pintado con ese tono moderno de gris, para albergar a una salvadora espiritual. Con la proximidad de Belova su locura se incrementó durante el invierno que pasó en Nueva York. Era incapaz de dormir más de un par de horas seguidas. Durante tres días Patrick tocó la puerta. Nunca oyó respuesta alguna.

Al tercer día, de regreso a la casa, Philip lo recibió con un telegrama que le recordaba la otra razón de su visita a Nueva York: el ferrocarril y el magnate ladrón, que había accedido a reunirse con él. El padre de Patrick conocía al magnate de hacía años, y le había enviado una nota.

Por insistencia de Philip, Patrick se bañó por primera vez en una semana, y se puso ropa limpia. Recitó su discurso de camino a la reunión. Empezaría con una descripción de las condiciones de la tierra: llevaba un poco consigo, en una bolsita de tela. La pondría sobre la mesa frente al magnate ladrón, casualmente, para que su negra fertilidad se derramara sobre los papeles del hombre. Tendría que escupir un poco en ella antes de entrar al edificio, porque ya estaba algo seca. Haría énfasis en los dividendos que el magnate ladrón podría extraer del añil y, sobre todo, del café. La demanda en el mercado estaba floreciendo, y sería tonto de su parte no tener la mano metida en esos cargamentos. La tierra fértil, de grosor volcánico, rica de nutrientes volcánicos, estaba ahí, esperando. Lo mismo con la madera. Y las mujeres son guapas, le diría. Eran de piel más clara que las caribeñas, y más delicadas.

Pero para cuando subió las escaleras de las oficinas en las que tendría lugar la reunión, Patrick estaba otra vez sin aliento y pegajoso de sudor. Cuando entró a la oficina ya no estaba seguro de saber contar esa historia. Una vena gris le pulsaba en la frente, y dejó caer el abrigo en el gancho detrás de la puerta del magnate ladrón con más fuerza de la que acostumbraba usar en un contexto de negocios. El viejo no parecía haber registrado alguna alarma.

Patrick resopló y dejó caer en el espacio que los separaba la flácida bolsa de tierra, endurecida por la caminata en el clima frío. El viejo se sobresaltó y se llevó una mano llena de manchas hepáticas a la cara para protegerla. La bolsa cayó de su lado, emitió una suave flatulencia y espolvoreó gránulos de tierra en sus papeles. De pronto abatido, inundado de vergüenza, Patrick se disculpó. El vigor abandonó su cuerpo mientras se inclinaba para limpiar los papeles del magnate ladrón e intentó llevar la conversación hacia su objetivo, el ferrocarril.

A pesar de su actuación, el viejo adinerado no estaba convencido del valor de la empresa.

—¿Para qué construir un ferrocarril alrededor de esas jodidas islas? —dijo—. ¿No son lo suficientemente pequeñas para cruzarlas caminando? ¡Yo mismo podría transportar el café!

CORA: *Ay*, ¡qué tiene de terrible que sea pequeña! Además, los volcanes nos engrandecen.

LOURDES: ¿Cómo va esa cita de Roque Dalton? «¿Habrá quien no se harte de tu pequeñez?». Al menos él lo dice con *ternura*.
MARÍA: *Pendejado* Roque Dalton, Lourdes, ese jodido tipejo. *Me da churria. Puya, hermana*, estás citando a un hombre tan pequeño que engañó a su esposa con una niña de trece años. Eso es pequeñez. Un poeta decente, pero hay que decirlo, carajo. Esa es una de las razones por las cuales no cojo con hombres. Incluso ahora de fantasma.
LUCÍA: *École,* María. *Ay, vamos.* De regreso a *Gringolandia. Vamos a la vuelta.*

Patrick no insistió, no le aclaró que el país no era una isla sino una joya en istmo, del lado del Pacífico. Le llamó la atención un agujero en el revestimiento de madera, unos centímetros arriba del escritorio del magnate ladrón. Desde que habían empezado las pesadillas, Patrick no dejaba que sus ojos se detuvieran demasiado en formas como aquella, porque le devoraban el alma, voraces como el vacío en la cara de La Cigua, pero ahora no podía quitar la vista de ahí. Patrick dejó que el espiral de la madera tirara de su mente hacia el interior de sus suaves remolinos. Giró y giró, más y más profundo, hasta que encontró un silencio terso y seductor.

Al fin el magnate ladrón escupió una tos áspera; la saliva se le acumuló en las comisuras de la boca. Patrick miró al viejo sentado al otro lado del escritorio, se levantó, sacudiéndose el polvo de las rodillas, y salió de aquella sombría oficina, olvidando incluso darle la mano en agradecimiento por su tiempo. Patrick dejó el edificio pensando nada más que en Belova, consolándose con la certeza de que, si lograba al menos ver su rostro, sus pesadillas se esfumarían, sus cuentas se estabilizarían, y la lentitud de su empresa dejaría de importar.

Caminó unos cinco kilómetros hasta el edificio ordinario en el que Philip creía que Belova se estaba quedando. Cuando llegó, se dio cuenta de que sentía demasiado asco de sí mismo como para tocar la puerta una vez más. Probó la acritud de su aliento. Aunque se había bañado en preparación para la reunión, apenas había dormido o comido en días, amurallado entre los ladrillos rojizos de la casa de Philip. Si Belova abría la puerta esa vez, muy probablemente colapsaría. Era patético. Moría por un buen regaño de *la maitra*. Con la cabeza dándole vueltas, Brannon regresó tambaleándose a la casa de su primo, con la esperanza de no encontrárselo al llegar.

Siguieron días de silencio por parte del magnate ladrón, hasta que el malestar de estar solo impulsó a Patrick a combinar su impulsividad con sus recursos, y extendió su viaje. Le envió a su padre un nuevo telegrama, y este le envió más dinero. Seguiría el barco de Belova hasta Londres, donde tenía programada otra serie de conferencias. La conocería por fin en tierras más cercanas a su propio hogar verdadero. En cuanto al ferrocarril, allá había muchos contactos a los que podría buscar. El círculo de su padre en Londres había mostrado mucho más entusiasmo por el trópico que el viejo adinerado de Nueva York. Se dijo a sí mismo que aquel era un viaje de negocios.

Una vez en Londres, Patrick no perdió el tiempo. A la mañana siguiente fue a pararse bajo la lluvia torrencial, con el oído contra la puerta de Belova. El corazón se le detuvo al oír una vez más el sonido de su voz.

—Que pase el cowboy —dijo. Una bendición. La puerta se abrió de par en par, y en el umbral Patrick advirtió a una emperatriz. Era como si sus ojos de azul cristal, duros y alertas y bordeados de kohl, tiraran de él como un imán. Tenía los carrillos embadurnados de rojo y en torno a su cara se encrespaba el cabello plateado.

—Bienvenido, cowboy —ronroneó la emperatriz, y le cepilló los hombros con ambas manos. Le quitó el abrigo empapado y lo arrojó al piso.

Qué curioso, pensó él, mientras sentía su ser terrenal transformarse en una especie de arcilla moldeada por las manos de Belova. Había dejado de ser patético y ahora era despiadado, de corazón leonino, capaz. Estaba restaurado. Se arrodilló para besarle las manos, y ella le dio unos golpes juguetones con el periódico doblado. Lo condujo a una sala de estar, donde lo inspeccionó superficialmente.

Presionó la cabeza contra su pecho para escuchar su corazón. Le golpeó las rodillas con una cuchara sopera y chasqueó la lengua al comprobar la lentitud de sus reflejos. La idea era avanzar hacia una mejora cósmica. Belova creía que sus enseñanzas podían mejorar a la raza humana por medio de una evolución acelerada.

—¿De dónde viene tu gente? —preguntó Belova. Introdujo los dedos en sus dos orejas y lo hizo asentir con la cabeza—. En el futuro —continuó—, todas las personas que son diferentes se volverán una misma, más rápida, más brillante, más ligera. Tenemos la responsabilidad de transmitir este conocimiento, de pasarlo a las siguientes generaciones. La sabiduría que hoy poseemos nosotros transformará a quienes vendrán en el futuro.

LUCÍA: ¿Están oyendo toda esa mierda? Todas las personas que son diferentes se volverán una misma. *Miren que* es como esa horrible pintura de las *castas,* la sangre española goteando por entre las generaciones, transformándonos hasta que hayamos desaparecido… ¿O estoy loca?
CORA: No estás loca.
MARÍA: No estás loca, carajo.
LOURDES: Sí estás loca, chica, pero *puya,* también tienes razón.

—Ojos lagañosos —dijo Belova. Lo persuadió de comerse un nabo crudo, cortado en rodajas delgadas como papel y acomodadas sobre un plato en forma de abanico. A Patrick le temblaban los labios mientras le contaba de sus sueños. La emperatriz sostuvo sobre su cabeza un cuarzo suspendido de una cadena brillante, y midió la circunferencia de los círculos que hacía, conteniendo el aliento. De pronto, Patrick estaba exhausto. Luchó por reprimir la necesidad de recostar la cabeza en el regazo de Belova hasta que ella lo invitó a hacer precisamente eso.

—Yo te conozco —dijo Belova. Una vez más, su voz era la puerta abierta que lo llevaba hacia la cálida oscuridad que su espíritu ansiaba. El cuerpo le pulsaba; dentro de sí sentía la electricidad de una ciudad floreciente. Su ferrocarril chispeaba y rugía; hechizado, se adormeció sobre la almohada de faldas polvorientas y crinolinas.

Cuando despertó, la emperatriz Belova le entregó un anillo de rubí. Le ajustaba en el dedo a la perfección.

—Necesitas sangre fresca, mucha más —dijo—. Te hace falta vigor. Para eso es el rubí.

Y de esa forma, lo despachó. Le dio cita para tres días después.

Tres días y dos reuniones relacionadas con ferrocarril más tarde, regresó a la puerta de Belova, tal como había prometido, con la joya en el dedo anular de su suave mano derecha. Sentía en la sangre una carga metálica vigorosa. Se sentía como un niño. Belova le inspeccionó los ojos con la luz de un cerillo. Le ordenó abrir la boca y metió la nariz para olfatear su aliento.

—Mejor —dijo—. ¿Qué hay de las pesadillas?

—Desaparecieron —dijo Patrick—. Verdaderamente estoy más sonrosado —añadió—, ¿no es así?

Belova asintió cortésmente y le presentó un manuscrito con sus enseñanzas. Esta vez le permitió besarle la mano antes de despacharlo.

Patrick se quedó en Londres todavía un par de semanas más, esperando noticias del ferrocarril, y habiendo prometido dejar a Belova hacer su trabajo; los ingleses querían participar, y también una compañía de San Francisco con la que había hablado meses atrás, Prescott, Scott & Co. Ellos proveerían el equipamiento, las locomotoras y el parque móvil. Terminarían de construir los veinte kilómetros faltantes para llegar al mar. Patrick había conseguido el financiamiento para su ferrocarril. Las pesadillas se habían desvanecido. Volvería a nuestro país hecho un cowboy, para terminar aquel asunto.

Se sentó en la cubierta del barco a leer el manuscrito de Belova. Ya no le daba miedo el mar. Su color azul pálido, un espejo del cielo, le hablaba con la voz de Belova. En su lengua de colores, el océano entero le prometía el ascenso a lo divino. Aquel azul rico y profundo era el color de la abundancia, un triunfo, el color de la transformación; el rojo, claro, era vitalidad y vigor: el anillo de rubí; y el blanco, el blanco era el color del paraíso, un corazón puro que contenía dentro de sí a todos los demás colores, toda la luz.

Patrick regresó al *comedor* a agradecerle a *la maitra* por haberlo guiado con sus reprimendas hacia ese camino de transcendencia, aunque, cuando lo regañó meses atrás, ninguno de los dos sabía que sus burlas serían un regalo. Ella le lanzó una sonrisa maliciosa al pobre idiota.

—Ahora estoy puro —le contó—. Tus risas me purificaron rabiosamente. Morí y regresé. Ya no toco para nada esas cosas —dijo señalando con la cara, como hacemos nosotras, la botella polvorienta de *aguardiente* que *la maitra* guardaba en una repisa del *comedor*—, y no volveré a hacerlo nunca.

—Simplemente tengo el mejor *plato típico* del lugar —dijo ella, a sabiendas de que la historia de La Cigua lo había aterrorizado. Por el bien de las mujeres a las que les había hecho daño, le alegró que hubiera dejado de beber hasta ponerse *baboso* y violento, pero tanto él como su ferrocarril de *pendejada,* las vías que habían destruido lo que quedaba del pedacito de tierra de su esposo fallecido, se podían ir directo al infierno.

Seguía creyendo que era un borracho, solo que ahora era un borracho con todas esas ideas tontas. Con los años, sin embargo, Patrick mostró ser suficientemente amable, un cliente regular. Le llevaba regalos para su familia en las fiestas. El hijo de *la maitra,* ahora más grande, ya no tenía prohibido hablar con el *gringo* idiota. Mientras se construía el ferrocarril, Patrick compartió su sabiduría con Germán, que un día se convertiría en el padre ausente de nuestra Graciela.

Y Germán, por supuesto, a su vez compartió ese conocimiento con su amigo El Gran Pendejo, cuando solo era El Bichitito.

El crecimiento de las cosechas de café se aceleró, y Patrick encontró buenos hombres para buenos empleos en la *finca*, montando grano en los vagones de carga y llevando el oro al mar por el Camino Real de los *conquistadores*, donde se embarcaba hacia la costa del Pacífico en dirección a San Francisco.

Después del ferrocarril, Patrick financió en la capital la S ociedad de Letras y Objetos Sagrados, una especie de salón de artistas, una mesa redonda donde se discutieran las posibilidades de sus ideas y se les entretejiera en la música, la cultura, la poesía e incluso la política. Sus miembros adoptaban asimismo la sobriedad, en nombre de la pureza.

Patrick se casó con una mujer de nuestro país, la madre de cuya madre había conocido a la madre de nuestras madres. Les nació una hija, que él identificó de inmediato como una poeta. Llegaríamos a conocerla como La Claudia; era amiga de Consuelo y la admiraba porque era mayor. Más tarde la vas a conocer. La Claudia, aunque su padre la llamaba Maggie. Era la promesa del mestizaje encarnada. Cabello oscuro, piel clara: una niña cósmica.

Lo que pasó después lo habían decretado nuestras historias antiguas hacía mucho tiempo: tuvo lugar una batalla feroz por el orden y la estabilidad, una batalla que dependió de la magia. Y en ese lugar la magia adoptaba muchas formas: palabras que se hacían ley, la voz de los muertos canalizada a través de una niña, una pintura que trazaba el destino de la piel, un ferrocarril que cruzaba naciones sobre un viejo camino real, un océano de lágrimas antiguas, y la tierra verde y fértil, nutrida por la roca ígnea. Nuestras vidas destruidas, nuestros huesos el abono de un ego frágil. Todos esos hilos envueltos en nuestras almas.

7

Graciela se despertó de un sobresalto la mañana siguiente a su llegada a la hacienda. Seguía dentro del armario. Perlita quitó el seguro y abrió la puerta. Socorrito no estaba por ninguna parte, y Graciela gritó como si quisiera sacudirse una pesadilla.

—Me quiero ir a mi casa. Quiero a mi mamá.

Perlita exhaló el humo en dirección a la niña, y alzó los hombros envueltos en satín. Fijó la mirada en algún punto más allá del cuerpo de Graciela.

—Y sin embargo aquí estás —dijo, moviendo el cigarro en un círculo amplio—. Tienes mucha suerte de estar aquí. Aquí vas a vivir como princesa —añadió—. Te vamos a alimentar, a vestir, incluso te vamos a llevar con nosotros de viaje, a otros países. ¿Sabes cuántos niños matarían por estar en tu lugar? Un poco de gratitud de tu parte sería más prudente.

Perlita observó el rostro de Graciela, levantándole el mentón con uno de sus largos dedos. Era bonita, morena. En unos años aparecerían los pómulos afilados de su madre, más si le restringía la dieta.

—Eres muy lista, ¿no?

Graciela permaneció en silencio. Mordió el dedo de Perlita tan fuerte como pudo.

Perlita suspiró.

—*Indiada* —dijo, chasqueando la lengua—. Aquí te vamos a enseñar, *cherita,* no te preocupes —añadió mientras la sangre le inundaba la superficie de la uña.

—No te preocupes —insistió—. Vas a hacer que el General brille. Le gustan las inditas, ¿sabes?

Graciela estaba asombrada: escuchaba pero no entendía. *Indiada.* Se preguntaba si a los ojos de Perlita ella era más o menos *indiada* que Consuelo. La parte interna de su brazo era aproximadamente del mismo color que el de Consuelo. Consuelo tenía ojos negros como los nuestros, con motas doradas. Pero Consuelo tenía también ropa distinta, un short, un corte ondulado, y usaba un sombrero para proteger la piel del sol cuando salía, incluso si era solo un momento.

—Es buena noticia que ya seas tan lista —dijo Perlita—. Ya no va a ser necesario mandarte a la escuela. Lo intentamos con tu hermana, con Consuelo… Y no está hecha para eso.

Perlita puso los labios en punta, con displicencia. Sabía que Graciela no se opondría: podía ver ya cómo esa resistencia empezaba a diluirse en ella. Graciela había llegado cansada, incómoda y sucia en ese vestido barato que le quedaba chico. No había dormido nunca en una cama en toda regla, y nunca se había bañado como era debido. Todo le parecería un lujo, de eso Perlita no tenía duda.

Y, en efecto, Graciela estaba cansada. Tenía los ojos y la garganta irritados por el llanto. No sabía a qué se refería esa *güerita* loca con eso de que Consuelo no estaba hecha para la escuela. ¿Era estúpida o algo así? En la escuela, las monjas hablaban sobre la «compasión»: bienaventurados los compasivos, la compasión es un regalo, la compasión salva a otros de un destino terrible. Según empezaba a entender, Graciela y Consuelo estaban a merced de la compasión de Perlita. Consuelo había tenido más tiempo para descubrir la forma de vivir dentro de esas condiciones; tendría que preguntarle cómo se hacía.

—Además —dijo Perlita—, aquí vas a tener muchas cosas que hacer. Ninfa está envejeciendo y va a necesitar ayuda. Te va a enseñar todo. Tiene una paciencia infinita, un parangón en su área.

(*Puya,* las *cheritas* siempre están diciendo que las *inditas* son muy pacientes.)

Perlita suspiró y llevó la mirada del techo a la puerta. Comenzó a llover, y sonrió al ver por la ventana cómo la buganvilia empapada golpeaba contra el vidrio.

—Ven acá —ordenó. Graciela dio un paso al frente y se quedó perfectamente quieta, permitió que la rodearan los brazos gruesos y sorprendemente firmes de Perlita. Olía a perfume de lavanda, el mismo que se había puesto Socorrito. Graciela cerró los ojos, saboreando el aroma de su madre. Aun molesta como estaba, sintió vergüenza de haberle mordido el dedo a aquella mujer.

De nuevo Perlita tomó la cara de Graciela entre sus dos manos, lo que la empujó hacia un estado de alerta. Estudió su rostro mientras ella estudiaba el suyo. La mujer tenía una nariz larga y delgada, un mentón afilado, y ojos grandes, ligeramente amarronados. Parecía que sus cejas estaban pintadas en arcos amplios y extravagantes, una línea difuminada hacia arriba entre ellas y el paisaje polvoso de su frente, una grieta en tierra de sequía.

—Qué bonita niña —dijo Perlita, con la boca roja curvada como un gancho—. Vamos a desayunar.

Graciela, que moría de hambre, aceptó.

Siguió a Perlita de regreso a la horrible mesa de los gnomos, donde estaba sentada Consuelo frente a un festín de pastelillos, fruta y queso. Llevaba el vestido de olanes de la noche anterior, arrugado y manchado de labial fucsia, que tenía también embarrado en el pequeño mentón. Graciela trató de atrapar su mirada pero Consuelo actuó como si no la viera, tomó un pastel de *jocote* y se escabulló del comedor, con la araña colgando de su cuello. Arriba se escuchó el golpe de una puerta al cerrarse. Graciela se preguntó qué había hecho para que su hermana la despreciase.

Terminado el desayuno, a Graciela la enviaron adonde Ninfa, un cuarto construido detrás de la cocina. Ninfa la recibió cálidamente, invitándola a sentarse en la cama llena de chipotes, y fue trazando con lápiz un mapa de las habitaciones de la hacienda en un trozo de papel café para empacar.

Ninfa era capaz de dibujar rostros que parecían fotografías. Sus nietos tenían filas y filas de los retratos que ella les hacía cada año en sus cumpleaños, colgados de las paredes de adobe de su casa. Tres nietos y una nieta, entre las dos hijas que vivían lejos de la ciudad, todas en una misma casa. La más joven, Ysa, tenía tres años, y el mayor, Ramón, casi doce. Iba a quedarse con ellos un fin de semana de cada mes y dormía en la misma cama que sus hijas.

Ninfa sacaba la punta de la lengua cuando se concentraba, mientras sombreaba los bordes del comedor.

—*Okey, vaya, pues* —comenzó—, estos cuartos me tocan a mí —dijo, palomeando la habitación de Consuelo, el comedor y la gran sala que daba al patio con la jaula de los pájaros—, y tú te quedas con estos —señaló la cocina, el baño, la habitación de Graciela y la de Perlita—, y las escaleras; mi espalda ya no aguanta más —marcó los bordes de los cuartos con armarios y repisas, dibujándolos casualmente en la escala correcta—. Vas a tener que ayudar a esta pobre anciana limpiando los armarios grandes y las ventanas —sonrió—. Trapeamos todos los días, toda la casa, y yo barro y sacudo diario cada cuarto también. La lavandería se hace dos veces a la semana: yo me encargo de la ropa, y tú de las sábanas y cobijas.

Graciela asintió. La habitación de Ninfa olía a *copalito* y a lluvia.

—¿Cuento contigo? —Ninfa sonrió como si la pregunta no tuviera más que una respuesta posible.

—Claro que sí —dijo Graciela—, pero yo tengo que contar contigo también: dime por favor dónde está mi mamá. Necesito que me lleves con ella. Y si está muerta, necesito que me lleves con quien la haya matado para poder matarlo yo.

La última frase fue casi un gruñido.

Los ojos de Ninfa cambiaron cuando Graciela preguntó por Socorrito. Se le vaciaron los irises, de color negro sólido como piedra volcánica. Las líneas de su cara, que la hacían ver dos veces más vieja que la *mami* de Graciela, parecieron desvanecerse de pronto, un truco que había perfeccionado luego de años de servicio en la *finca*.

Perlita le había dicho a Ninfa que la despediría inmediatamente si hablaba de Socorrito con Graciela o con Consuelo. A pesar de su rostro sin expresión, Ninfa no les mentiría a esas niñas, ni siquiera en nombre de Perlita.

—Deja que se le olvide —le había dicho Perlita cuando llegó Consuelo años atrás, y se lo había repetido la noche anterior, luego de que se habían llevado a Socorrito—. Es lo mejor para ella.

Ninfa recordaba cómo lloraba Perlita de niña cuando alguien mencionaba la muerte de su madre. Quizá de verdad creía que lo mejor para las niñas sería no mencionarles a Socorrito.

Tal vez porque era demasiado joven cuando llegó a la hacienda, Consuelo había dejado de hacer preguntas hacía años, pero Graciela, Ninfa lo sabía, no dejaría el tema por la paz así de fácil.

Mientras Graciela observaba a Ninfa, comenzó a detectar una flama que se movía en el fondo de los ojos de la mujer, el aliento que le inflaba las fosas nasales, una emoción que empezaba a temblarle en el rostro impávido, una estatua que cobra vida.

—Tu *mami* está viva —dijo Ninfa—, no te lo escondería.

—Entonces ayúdame a encontrarla —respondió Graciela.

—Ojalá pudiera —dijo Ninfa—, pero no puedo.

La niña se puso a llorar.

—Pero te prometo que aquí vas a ser muy feliz, vas a tener más cosas de las que nunca hayas soñado.

¿Qué cosas?, se preguntaba Graciela. Cualesquiera que fueran esas cosas, no las quería. Lo que quería era a su madre, y su casa, y estar con nosotras, y no entendía por qué habían arrancado toda su vida de raíz para trasplantarla en ese lugar que casi parecía repelerla.

Esa tarde, Graciela se encontró a Consuelo sentada de piernas cruzadas en medio del piso de la cocina, chupando el hueso de un mango. Las hebras doradas y pegajosas le colgaban de las comisuras de la boca. Consuelo asintió al verla entrar, mirándola fijamente. Escupió el hueso del mango, que se resbaló por los azulejos y se llenó de polvo bajo una mesa baja de cristal.

—Hay más, si quieres uno —dijo, señalando con el mentón la canasta de fruta que estaba sobre la mesa del comedor.

Graciela tomó uno y el cuchillito húmedo que estaba a un lado, y se dejó caer ruidosamente en el piso, junto a Consuelo. Estudió a su hermana. Pronto, el misterioso rostro impasible de Consuelo se volvería familiar: entrenado, árido y frío, una piedra pulida con lija sobre la cual los pequeños arrebatos del mundo se registraban como errores. Ahora, sin embargo, Graciela entendía que la planitud en la expresión de Consuelo significaba que la despreciaba, y ella, jodidamente sola junto a su hermana, puso la cabeza entre las rodillas y rompió a llorar.

—No entiendo por qué no me hablas —gimió—. Eres mi hermana. ¿Por qué eres un cubo de hielo cruel y presumido?

Graciela sintió las puntas ovaladas de las uñas de Consuelo en la espalda. Su hermana frotó circulitos mientras con los dedos largos y pegajosos de fruta de la otra mano le tomaba la muñeca.

—Mira, *hermanita* —dijo luego de unos segundos— me tengo que ir a mi clase de pintura, pero no soy un cubo de hielo. Soy una diosa tallada en mármol blanco. *¡La Venus de Milo!* —se puso de pie—. Y no te odio. Te lo prometo. Mira, ¡psst! —esperó un momento, mientras Graciela levantaba la cara de entre las rodillas para mirarla —. Luis no solo es mi maestro. Es mi amante —dijo contoneando las cejas, y las fosas nasales se le ensancharon por accidente—, pero no le digas a nadie, ¿okey?

Graciela se alzó de hombros, fingiendo que nada de eso le interesaba, aunque en realidad estaba impresionada.

—Lo prometo —dijo, agradecida de que su hermana mayor le hubiera hecho una confidencia y sorprendida de lo extraña que era. Ahora Consuelo le estaba apretando la muñeca con demasiada fuerza, exigiendo su total atención con los ojos desorbitados.

—Bueno... —se detuvo Consuelo—, en realidad no es del todo verdad.

—Te escucho —dijo Graciela, pelando el mango con el cuchillo, con una maestría que a Consuelo le pareció asombrosa; a ella las manos nunca dejaban de temblarle.

—Luis no es realmente mi amante. Solo me gusta mucho. Ojalá fuera mi amante —dijo Consuelo—. Apenas tengo catorce años y nunca he besado a nadie. Pero de todas formas no le digas a Perlita que te dije nada, nada sobre Luis. Te prometo que esto sí es verdad.

—Está bien —dijo Graciela—, no me importa. Solo me da gusto que no me odies.

Graciela se llevó la fruta a la boca. Consuelo hizo una reverencia y salió corriendo de la cocina, ahora muy tarde para su clase de pintura.

Cuando Graciela se terminó el mango, escupió el hueso en la mano y limpió el jugo de la hoja del cuchillo en los pliegues de la falda, y guardó tanto el hueso como el cuchillo en el bolsillo del vestido. *Hermanita.*

Se repitió a sí misma esa palabra, probándola en voz alta. Consuelo, esa *güerita* asustadiza, era su hermana. Graciela tocó la hoja del cuchillo con el dedo y agradeció. Una hermana y un cuchillo: con ambas se sentía un poco más segura en ese lugar tan extraño. Esa noche descansó en la hermosa cama de plumas, su primera vez durmiendo sola en una habitación, y por la ventana vio los tejados de los ricos que se extendían a lo largo, debajo de la casa. No había notado el vidrio roto de la ventana antes, centelleando como la dentadura irregular de unas fauces abiertas.

Esa noche durmió con el cuchillo bajo la almohada, frío como un trozo de luna.

Durante los días que siguieron, Consuelo reclamó a Graciela como suya, como una muñeca, como un amuleto. Se sentaba a su lado para cenar, le daba un abrazo de buenas noches, entraba a su cuarto sin ceremonia y tomaba una siesta en su cama. Consuelo no era una anciana sabia, claramente, sino más bien algo tonta, pero Graciela recibió con aprecio la calidez de su compañía y hasta sus historias más aburridas. Era malísima para el francés, no tenía remedio. Su mejor amiga, La Violeta, era al mismo tiempo una especie de peor enemiga, demasiado *fufurufa* para su propio bien, pero suficientemente linda. Su maestro de pintura y amor secreto, Luis, era tres años mayor que Consuelo, según se enteró Graciela, y estaba en primer año en *Bellas Artes*.

—Luis es la clase de artista que puede hacer lo que quiera: pintar, dibujar figuras, esculpir. ¡Es un genio! ¡Y es comunista! —dijo Consuelo. Graciela nunca había oído esa palabra.

—¿Comunista? ¿Eso es cuando solamente comes fruta? —preguntó.

—¡No, tonta! —replicó Consuelo—. Un comunista es un estudiante de universidad que tiene barba y que usa pantalones ásperos y arrugados. Él es de un pueblito, como tú…

—¡Y como tú! —interrumpió Graciela. Consuelo movió sus uñas de rubí en el aire frente a su cara, con las pestañas aleteándole.

—Como sea —dijo—, es de un pueblito, y también es mestizo por el lado de su *mami,* pero ganó un concurso de dibujo hace unos años, así que pudo venir a la capital para inscribirse en la universidad.

—Espera un momento. ¿Eso significa que yo soy comunista? —dijo Graciela—. ¿Somos comunistas porque venimos de un pueblo y porque nuestra *mami* es *mestiza*?

—¿Y dónde me ves la *púchica* barba? —respondió Consuelo. Graciela soltó una carcajada. El piso crujía con sus golpes. En el piso de abajo, Ninfa dio un golpe en el techo con la escoba para callarlas (a Perlita le dolía la cabeza y había que evitar molestarla).

LOURDES: En esa época, según algunos *hijueseismilputas,* cualquiera que no fuera un *ladino* rico era comunista. Luego de la masacre, muchos de los hombres que quedaban en el volcán dejaron de usar esos pantalones blancos... No querían que les dijeran comunistas.

CORA: Primero *indios,* luego comunistas. A veces eras comunista nada más porque tenías cara de *indio.*

LOURDES: Pero los pantalones también te delataban. Eras *indio,* pero además no estabas tratando de ocultarlo, así que seguramente también eras comunista.

CORA: No puede uno ponerse unos jodidos pantalones y convertirse en *indio* o en comunista, y no dejas de ser *indio* o comunista cuando te los quitas. Pero pues así era la cosa.

LUCÍA: Pero en la ciudad era distinto, ¿no? En la capital los comunistas eran *chelitos,* pero si tenían barba y estudiaban en la universidad, entonces seguramente no debían de ser muy devotos; si no se asociaban con los *terratenientes:*

comunistas; o si preferían la poesía a los negocios: pum, comunista. Comunista si estás a favor de tener elecciones libres, de dejar votar a las mujeres. O tal vez por tener amigos hombres que tienen sexo con otros hombres y no tratar de matarlos si te enteras. O saber de mujeres que tienen sexo con otras mujeres y que te importe una mierda.
MARÍA: Pum, comunistas todas y cada una de ustedes, me lo pueden agradecer a mí.

Entre risas, en el piso de la habitación de Graciela, lo único que Consuelo realmente sabía era que Luis al menos se veía como un comunista, y que por esa razón Perlita nunca lo aprobaría. Le contó a Graciela que Perlita había empezado a declararla un «experimento fallido» en cuanto su padre murió.

(—Asesinado —dijo Consuelo un día, con certeza, aunque se negó a decir nada más cuando Graciela le suplicó que le explicara cómo o por qué.)

Consuelo le contó cómo, durante el velatorio, Perlita entraba a la sala, donde se encontraba el ataúd abierto, y daba un profundo suspiro.

—No tiene esperanza —decía, mirando a Consuelo.

—Solo es que extraña a su papá —había dicho Ninfa para consolarla, pero Consuelo sabía que no era así. Antes de la muerte de Germán, Perlita ya la había llamado estúpida un par de veces. Eso era una cosa, pero después de que murió, la miraba y le decía que era un absoluto desperdicio de dinero, *indiada* esto e *indiada* lo otro, *indiada* sin esperanzas de superarse.

—Esa piel tan *prieta*, tan fea —le había dicho alguna vez, cuando tenía doce años, refiriéndose a una *nenita* recién contratada que era dos o tres tonos menos morena que Consuelo.

O también—: Esas clases de pintura no son nada baratas, así que más vale que la *indita* aprenda.

En ese tiempo, Consuelo había sentido que Perlita estaba tratando de lastimarla pero indirectamente, y entonces, si Consuelo reaccionaba con ardor o con lágrimas, podía hacerse la inocente, la más amable y la más sorprendida. Ahora, sin embargo, Perlita ya no tenía necesidad de golpear por los lados. Podía mirarla de frente y decirle, con una sonrisa en la cara:

—Cada año más oscura. Todo el dinero que he gastado, a la basura.

Consuelo, cuando menos, podría terminar sus estudios. Perlita iba a sostener la promesa que le había hecho a Germán, aunque fuera solo para mantener las apariencias.

Graciela lo consideraba una injusticia terrible.

—¿Por qué yo no puedo ir a la escuela? —dijo—. ¡Si el experimento fallido eres tú!

—Ah —respondió Consuelo—, pues verás: a lo mejor soy muy tonta, pero mi papá insistió en darme escuela.

Consuelo hablaba de sus padres así: nunca «nuestro», sino «mi» papá, «mi» mamá.

—En tu caso, como eres *indiada*, incluso más que yo, y sin mi papá aquí, no hay razón para que siquiera se moleste en inscribirte.

—¿Al menos tienen aquí libros que pueda leer? —murmuró Graciela en los tobillos de Consuelo, que se rio.

—¿Sabes leer?

—Claro que sé leer —dijo Graciela—. Fui la mejor lectora de mi clase.

Consuelo sacó una caja de cerillos que Luis le había dado y dos cigarros largos de otra caja que tenía sobre el regazo, y le ofreció uno a Graciela. Ella lo tomó, pensando en los que su madre enrollaba a mano y fumaba en los campos durante las jornadas de trabajo, en las pocas caladas que había compartido con nosotras en el bosque después de la escuela, cuando ya éramos más grandes.

—Allá de donde vienes, ¿todas las niñas fuman? —preguntó Consuelo. Ella no era la mejor lectora de su clase, y tenía apenas catorce, ella misma una *nenita* todavía.

—Creí que éramos del mismo lugar —dijo Graciela. Consuelo encendió el cerillo, luego el cigarro de Graciela, y después el suyo. Dieron una calada juntas, sosteniendo el humo en los pulmones.

—¿Nunca la extrañaste? ¿A nuestra *mami*? —preguntó Graciela.

—No estoy segura de acordarme de ella, en realidad —respondió Consuelo, aunque, a decir verdad, sí había extrañado a Socorrito, a quien recordaba como una figura de filigrana dorada que brillaba contra el color verde brumoso del pueblo y el negro de la roca. Tenía el recuerdo de ser pequeñita, de estar envuelta, segura, contra la espalda cálida de su madre, un recuerdo que se había desgastado como el papel, de tanto doblarlo y desdoblarlo.

Graciela permaneció con la cabeza sobre los tobillos huesudos de Consuelo. Toda la mañana había llovido, y ahora el sol se acumulaba en los pedacitos de vidrio de la ventana rota, envolviendo sus contornos de luz.

—Y entonces, ¿quién era nuestro padre? —preguntó; hablar de su madre resultaba demasiado doloroso—. ¿Qué es lo que hizo por el General?

Consuelo se encendió de pronto.

—¡No creas una palabra de lo que te digan aquí! No era nada más un consejero… Le decía al General lo que quería escuchar y le conseguía lo que fuera, por enfermo que sonara, y estuvo ahí para morir cuando alguien tenía que hacerlo.

—¿A qué te refieres con que alguien tenía que morir? Pensé que eran amigos —dijo Graciela.

—Ya sabes lo que dicen —respondió Consuelo al tiempo que se ponía de pie y tiraba el cigarro por el balcón—. Los peores enemigos, se pueden convertir en los mejores amigos.

Puya, cuánto drama con esta. La verdad es que Consuelo no tenía idea de qué le había pasado a su padre, si había traicionado al General antes de su muerte o siquiera cómo había muerto. Perlita no le había dicho nada, así que se había hecho sus propias ideas. No estaba del todo equivocada, sin embargo. El General no había asesinado a Germán. No exactamente. Solo le dio un terrible consejo.

Germán estaba cada vez más preocupado por la forma en que su viejo amigo interpretaba la sabiduría de los colores, la búsqueda de la verdad unificada, y no temía decirle que pensaba que sus ideas sobre el verdadero significado de ascender de la oscuridad a la luz eran, cuando menos, delirantes.

—¿Qué sigue? —le dijo una tarde, durante una junta con los consejeros del General—. ¿Beber cloro para aclararte la piel? ¿Masacrar a todo un pueblo de *prietas?* Sabes bien que podrían rastrear tu linaje hasta allá, hasta el lugar del que tú y yo provenimos.

A veces, Germán apenas reconocía al General. Alguna vez había creído en el *vitalismo,* en que proveer una cantidad mínima de comida, agua potable, ropa —y nada más que el mínimo, ¿ves?, para no hacer enojar a los terratenientes—, empujaría a los *indios* iletrados a acercarse a dios, hacia el tónico purificador del trabajo, a abstenerse del licor, y que un día, juntos, cada vez más claros, todos llegarían juntos a una utopía nacional. Más recientemente, sin embargo, la visión del General se había vuelto cada vez más demencial. Aseguraba que todos los *indios* eran comunistas, que había que domarlos, castrarlos, cortarles las pelotas, para que pudieran ascender hacia la luz. Si esa fijación con las pelotas era o no retórica era algo que nadie se atrevía a preguntar. El General tenía él mismo la piel oscura, como notaban sus consejeros, además de sangre india. Lo único que quería, malentendían gravemente, era mejorar a su gente.

Esa era, no obstante, la forma precisa en que el General no quería que lo percibieran y tomó las palabras de Germán, la forma en que su viejo amigo había expuesto sus orígenes, como un ridículo.

A la semana siguiente, en una gran cena, el General alzó su copa para pronunciar el epigrama preliminar de la reunión.

—Quiero dedicarle esto a Consuelo, la hija de mi más viejo amigo: «los pétalos de tus labios están bien, ¡pero en tus piernas no crece rosa alguna!» —dijo, las medallas tintineando en su pecho, las mejillas relucientes de venganza.

Germán le dijo que, condecorado o no, fuera o no el siguiente en la línea de sucesión a la presidencia, lo iba a decapitar si se atrevía siquiera a mirar otra vez a su hija. Consuelo tenía apenas doce años en ese momento.

Sonrió al decirlo, pero todo mundo guardó silencio. Para ellos, quien había cruzado una línea era Germán, no el General. Todo el mundo sabía que su hija era *una indita prieta.*

Más tarde, cuando el salón estaba casi vacío, Germán se disculpó por hablar cuando no le correspondía. El General fingió perdonarlo, elogiando su audacia, y Germán, temeroso por su vida, aceptó tácitamente sus palabras vacías. Por años ya, el General había sido menos un amigo de toda la vida y más como un tío loco y violento de cuyos favores dependía el pago de la deuda y la seguridad de una vida decente para la familia de Germán. Este concedió, escuchando pacientemente mientras aquel llevaba la conversación hacia uno de sus temas favoritos, darle consejos médicos.

Desde la infancia, Germán sufría de violentas convulsiones, que borraban días enteros de su vida, y de las que se despertaba debilitado, con espuma en los labios.

Cuando llegó a la capital, ya adulto, el General le pagó una visita al Ministerio de Salud, donde le diagnosticaron epilepsia y, para aliviar la gravedad de sus episodios, lo trataron primero con Benzedrina y luego con Luminal.

En tiempos más recientes, sin embargo —quizá a partir de que ambos habían empezado a discordar en diversas cuestiones—, el General emitía con mayor fuerza su propia opinión sobre la condición de Germán.

A Germán el diagnóstico de epilepsia siempre le había parecido desagradablemente femenino: neurosis, locura, pero su viejo amigo sugirió que sus crisis lo acercaban más a lo divino.

—Fíjate en lo que puedes descubrir cuando retiras ese velo y tocas lo que hay debajo; permítete entrar en el hechizo —solía decir el General. Creía que la medicina, de cualquier clase, era la respuesta de un hombre débil a una falla espiritual. Los ataques eran un intento de comunicación por parte de fuerzas invisibles, estaba seguro. ¿Por qué Germán no lo escuchaba?

El Luminal volvió a Germán dormilón e impotente (aunque fue lo suficientemente listo para ocultarle ese efecto secundario al General, quien habría recibido la noticia de su impotencia con alegría desbocada), pero, aunque no eliminaba los ataques por completo, sí reducía la frecuencia y la intensidad.

—Fíjate en cómo te va sin el medicamento —le dijo el General—. ¿Qué hay de tu vitalidad innata?

Al oír la palabra «vitalidad», Germán se mordió la parte interna del labio. No estaba listo para discutir su vitalidad con el General, que solo se deleitaría en torturarle los *huevos* durante la siguiente reunión de la Sociedad.

—Fíjate —dijo el General, notando su incomodidad—, ¡esas drogas son una muleta! Y probablemente solo están atizando tus nervios para tenerte atrapado.

Consideró la persistencia del General. Qué *chute* era, ¡más metiche que una vieja! Por insistencia suya, Germán ya había cambiado su dieta por una que no incluía carne. Era más simple así: de todas formas, casi cada comida la hacía en presencia del General, y con eso logró que se callara.

¿Por qué no, entonces, dejar el medicamento un par de semanas? ¿Por qué no hacerse el *jodido* enema de agua púrpura solo para demostrarle su error, para callarlo aunque fuera un rato? Y quizá, solo quizá, durante esa pausa del Luminal, podría hacer que se le parara al menos unos minutos, así que, sin decirle a nadie —ni a su esposa, ni a su doctor—, Germán dejó de tomar el medicamento.

Un día, ya entrada la tarde en el palacio, no mucho tiempo después, el General pausó su juego de ajedrez con Germán para ir a orinar.

Cuando regresaba por el pasillo, el General oyó unos golpes, como cuando los jabalíes se escapaban del corral y se ponían a hurgar en la basura, cuando Germán y él eran niños *en el campo.* Los mandaban a asustarlos, a gritos, tirándoles piedras. Luego se pasaban la tarde reparando la barda del corral.

—*Vamos a la vuelta, de toro toro gil* —canturreó.

Cuando entró de nuevo a la habitación, encontró las piezas del juego rodando por el suelo, aunque el golpeteo había cesado. Germán estaba quieto, boca abajo sobre el tablero. El hechizo estaba hecho. El General había visto a su amigo tener ataques antes, pero siempre volvía en sí después. Le dio una palmada en la espalda.

—¡Dime qué ves! —le exigió. La espalda de Germán estaba tiesa, y el General mantuvo ahí la mano, a la espera de que el aliento de Germán volviera a animarla por debajo.

Más tarde, el General soltó algunas lágrimas cuando el forense recogió el cuerpo de Germán. «Imposible», se dijo. «¿Cómo pudieron fallarle los doctores invisibles? ¿Cómo pudieron fallarme a mí?».

Al final, sin embargo, aceptó la muerte de su amigo como un augurio para nadie más que para él. Su sabiduría le había fallado a Germán, pero eso solo podía haber ocurrido por una buena razón. Así, su juventud quedaba sepultada, y no quedaba ya en ninguna memoria viva además de la suya, y ahora no había nadie en la Sociedad que pudiera regañarlo o pedirle que fuera razonable. Ahora, el General era verdaderamente libre.

A Perlita solo le dijo que Germán había traspasado el velo al fin, que había logrado la iluminación.

—Volverás a verlo —le prometió. Ella frunció el ceño, incrédula de odio, la perra altanera.

Y esa era la verdadera historia de lo que le había ocurrido a Germán: ni Graciela ni Consuelo la escucharían jamás.

En la hacienda, con frecuencia Graciela no sabía qué pensar de los dramas de Consuelo, pero la adoraba, y la paciencia que le tenía a sus rabietas y sus caprichos era infinita. Consuelo parecía frágil y vulnerable con sus miembros desgarbados, su piel cacariza, sus temblores y su tartamudeo, sus mentiras y su risa nerviosa. Graciela se sentía más fuerte, más sabia, y quería proteger a su hermana mayor. Se sintió también más segura cuando se construyó un hogar en el estrecho espacio trazado por la soledad de Consuelo. A ambas las habían dejado ahí, a su propia manera, con su incertidumbre, pero ahora al menos las habían dejado juntas. Graciela estudió el rostro de su hermana mientras la tranquilizaba luego de oír sus teorías de amistad y traición.

Pronto, sabía, la llamarían del piso de abajo. Esa noche el General estaría de visita para cenar y le presentarían a ambas como si fueran regalos. Recorrería con la mirada a Consuelo, la conocida, cansada, aún a la espera de ser elegida. Y vería a Graciela, la nueva, por primera vez.

8

Años más tarde, después de que ocurriera todo, Graciela se maldeciría a sí misma por no haber escapado esa tarde, antes de conocer al General, antes de caer bajo su poder. ¿Por qué, en los minutos previos a que Ninfa gritara sus nombres para pedirles que se apresuraran, que se vistieran, que estuvieran listas, antes de que el General llegara en su auto, antes de que comenzara su trabajo en el palacio al día siguiente, no había tomado a su hermana de la mano y huido con ella? A pesar de las inevitables protestas de la tonta de su hermana —que no querría ir a ningún lado sin antes despedirse de Luis, sin antes recoger sus bolsitas llenas de pétalos de rosa secos y cigarros robados, sus cartas del tarot, su *púchica* collar de araña—, habrían podido escapar.

¿Adónde? ¿De vuelta al volcán? ¿Hacia nosotras? ¿A otra parte? *¿Los Yunais?* ¿La Ciudad de México? ¿París, Francia? En cualquier caso, para 1932, las demás *cipotas* ya estaríamos muertas.

Ninfa gritó en las escaleras. Las niñas se levantaron y fueron a ponerse la ropa que Perlita había elegido para la ocasión: vestidos de franela gris a juego, con botones brillantes de color negro en la espalda. Se los abotonaron una a la otra, antes de bajar.

Graciela, Consuelo, Perlita y Ninfa estaban de pie frente a la casa, junto al muro de árboles frutales, con las cabezas en reverencia, cuando llegó el auto del General. El chofer rodeó el auto para abrir y sostener la puerta del lado que daba a la hacienda. El General, grande y osuno, emergió, levantando la mano derecha en un saludo tieso, una masa de pelo sobre la cabeza, rizos negros, ricos y cerosos de querubín. El chofer le retiró la capa de satín blanco que le colgaba de los hombros con una cadena de oro y reveló el traje blanco que fosforecía en el sol del ocaso, el saco saturado de listones y medallas que tintineaban mientras atravesaba los jardines frontales de la hacienda hacia donde lo esperaban Graciela, Consuelo, Perlita y Ninfa.

El General recorrió la formación, ofreciendo su mano para que pudieran besarla. Ya de cerca, se veía algo hinchado y más pequeño de lo que parecía cuando salió del auto. La punta del turbante de Perlita estaba más arriba que la cabeza de él. Tenía una cara larga, llena de dolor, el cabello colgándole sobre la frente, las cejas amplias como orugas, los ojos negros y diminutos, y una perilla gruesa por nariz. Su cara, llena de surcos y de un marrón cenizo, era mucho más vieja que su cabello.

Al mirarlo, Graciela pudo ver que, más allá de su cabello pomposo, de sus sinsentidos sobre el color y las almas, de todo ese *bayunco* de exigir que los niños le besaran las manos rechonchas, aquel hombre irradiaba algo grande y siniestro, un anhelo insaciable, como si dentro del pecho llevara un imán giratorio y hambriento.

LUCÍA: ¡Como un vampirito regordete, con su capita de seda!

Cuando el General se acercó a Graciela, la última en la formación, cayó sobre sus rodillas con un sonido equívoco. Perlita ahogó un grito y se llevó el anverso de la muñeca a la frente. Ninfa no dejó de mirar al frente. Ante los pies de Graciela, los hombros del General se sacudían arriba y abajo. Consuelo se volvió un instante hacia su hermana, haciendo aletear los párpados. Esbozó una sonrisa, pero Graciela se dio cuenta de que estaba asustada, y ella, a su lado, lo estaba también. Consuelo se había hecho la práctica de obligarse a reír cuando estaba asustada, racionalizando el hecho de que, si podía reír de cara al miedo, significaba que estaba a salvo. Graciela, aun siendo tan joven, sabía que muchas veces era más seguro callarse la boca.

El General presionó el bigote contra la correa blanca de charol en el pie derecho de Graciela, la besó, y la besó de nuevo, haciendo pequeños rechinidos, como un ratón de *finca*. Besó su pie derecho una docena de veces más o menos, y luego cambió de pie. Le hacía cosquillas, y Graciela se mordió el dedo para ocultar la risa.

—Sonríe —le susurró Perlita desde su lugar en la formación, así que lo hizo, y el General comenzó a sollozar.

Consuelo soltó un chillido, incapaz de contenerse.

—«Oh là là!» —murmuró con garganta silvestre.

Perlita hundió un codo afilado en el costado de Consuelo. En el pecho de Graciela emergió el *susto,* que le asió la garganta como una mano.

—¡Tus perlas, tus perlas! —gimió el General. Sacó un pañuelo del bolsillo del saco de satín. Se sonó la nariz con un gesto de dignidad—... ¡Y ya las perdimos!

—Tus dientes de leche —dijo Ninfa—. ¿Cuándo se te cayeron?

—En casa, hace tiempo —dijo Graciela. Apenas uno de ellos comenzó a bailarle, Lourdes insistió en que había que extraerle los dos dientes frontales amarrándoles un cordel y luego amarrando el otro extremo a la perilla de la puerta de la bodega de la *finca*, para después cerrarla de un portazo.

Luego, el General se quitó un guante blanco y se lo entregó a Ninfa por encima de sus hombros. Con cuidado, le abrió la boca a Graciela, usando el pulgar, presionando su lengua contra el paladar. Con la almohadilla del dedo índice palpó cada uno de sus dientes, contando en voz baja. De los pliegues en el interior de sus orejas manchadas emergían pelos negros. Presionó uno de los colmillos inferiores de Graciela, y lo movió adelante y atrás, aflojando las raíces. Graciela tragó saliva con la lengua todavía pegada al paladar.

—Por favor, prométeme que, cuando las próximas perlas caigan, las van a conservar —dijo el General. Ninfa juró en un murmullo. El General esperó un momento y luego retiró la mano con cuidado de la boca de Graciela. Su lengua volvió con torpeza a su lugar, y percibió el sabor a sangre salada que escurría del diente que el General había manipulado. Ninfa se perdió en la cocina y regresó salpicando agua en un recipiente y con un pañuelo de lino doblado sobre el antebrazo, como en las misas.

El General se lavó y se secó la mano, y se puso de nuevo el guante. Le acomodó la boca; Graciela no se había dado cuenta de que la tenía todavía abierta. El General le puso las manos en las mejillas y su visión periférica desapareció: la hacienda, las cícadas y las aves, las rosas mordidas, la ocelote, todo desapareció. Por un momento, Graciela olvidó la existencia de cualquier otra persona que no fueran ellos dos. Lo odiaba, no tenía muy claro por qué; mientras lo miraba, en su garganta ebullía una amargura.

El General llevó las dos manos hacia sus hombros y la miró a la cara, mientras la suya se llenaba de felicidad. Ya no tenía las mejillas húmedas de lágrimas, y más bien se veían enormes, viejas, radiantes. El aire de la noche estaba en completa calma. Graciela contuvo el aliento y entró a esa nueva vida en un sacramento silente.

—Al fin —susurró el General. Sus ojos sujetaron los de ella con luz—. Al fin, ¡mi oráculo! ¡Mi querido, querido oráculo! Al fin estás en casa.

«Oráculo». Graciela conocía esa palabra. En el pueblo había una mujer que se llamaba a sí misma oráculo por algo de *pisto* extra. Hacía a su nieto aullar detrás de una cortina mientras ella ponía los ojos en blanco y movía las manos sobre un tazón de ensalada volteado de cabeza, para atizar el *chambre* del pueblo. («Cuidado con la mujer que tiene *los ojos verdes como una serpiente*, ¡porque embrujó a tu marido!»). Todo el mundo sabía que no era en serio.

El General soltó una ruidosa carcajada y, con un vuelco en el estómago, Graciela cayó de vuelta al mundo material. La ocelote se estiró y bostezó. Al General se le puso morada la cara, y su risa ordenaba al resto unirse con risitas de cortesía. Graciela esperó a oír la risa falsa de Consuelo para contribuir con la suya.

—¡Al fin estás en casa, querida, al fin! ¡Cuánto puedo verlo a él en ti! ¡En cada fibra! —dijo el General.

Perlita le hizo una señal a Ninfa, apuntando con los labios a la puerta, y todo el mundo se encaminó adentro para la cena. El General no apartaba la garra de la cabeza de Graciela y tarareaba alegremente. Graciela odiaba sentir ahí su mano, el control tan fácil que ejercía sobre ella. Consuelo, justo enfrente, le buscó la mano, y se la sostuvo hasta que se sentaron a comer.

En la mesa, de nuevo Consuelo tembló como un cerillo encendido, pero ya sin sonrisa, con sus ojos de estrella de cine grandes y brillantes. Ninfa tomó y sacudió la servilleta que Graciela tenía debajo de la muñeca, se la puso en el regazo y regresó a la cocina para ordenar que se llevara a la mesa el primer tiempo.

Un tropel de niñas contratadas para la ocasión distribuyó la comida. Salieron en hilera de la cocina, en uniformes almidonados, sencillos e inmaculados, sosteniendo los pesados tazones de sopa como si fueran aire. En el umbral de la cocina ya estaba esperando una nueva procesión de niñas, estas con charolas de carne. Miraban a Graciela, pero veían hacia otra parte de inmediato cuando ella les devolvía la mirada.

El General se sentó a la cabecera de la mesa y alzó su copa llena de agua simple.

—Por el pasado, por el presente y por el futuro. Tres anillos: uno de oro, otro de plata, y otro de bronce, todos ellos vinculados por ti, mi oráculo —dijo, y se giró para guiñarle un ojo a Graciela—. Y mañana comenzamos nuestro gran proyecto. Espero que estés lista. Juntos vamos a transformar nuestro *pulgarcito. Dar a luz* significa hacer nacer algo, ¿no es cierto?, y requiere grandes esfuerzos, pero juntos haremos nacer esa luz. Haremos de esta una nación real.

¿Real? ¿A qué se refería con hacer de esta una nación real? Ya era real.

—Las auroras boreales —continuó el General, aún con la copa alzada—... ¿Diríamos que los destellos repentinos de las auroras boreales, las luces del norte, son una «realidad», aunque son tan reales como pueden serlo cuando los miras? Ciertamente no; lo único real es lo que las causa; no son más que una ilusión pasajera —se limpió la boca con modestia—. Yo nunca he visto una aurora boreal, ¿tú sí? —le preguntó a Graciela.

Aterrada, confundida, ella negó con la cabeza.

—Pero seguro que te las puedes imaginar si te cuento lo suficiente de ellas, ¿o no? —preguntó esta vez el General.

Graciela entendió entonces que aquello era una lección, algo en lo que ella siempre había sido sobresaliente. Asintió con fervor.

—Siempre que tengas un poco de imaginación, un poco de profundidad, no habrá ningún problema —dijo él—. Considera junto conmigo el inquietante brillo de las auroras boreales: dorado, púrpura, ¡un azul clarísimo, imposible! ¡Todos esos colores brillando contra el negro de la noche ártica! —cerró los ojos y comenzó a susurrar—: ¡No son más que una ilusión! ¡No producen calor! ¡Bailan según el capricho de una mano invisible!

Eso. Estaba loco, no le quedaba ni un tornillo en la cabeza, pero en esa habitación, en esa mesa, hacía que el aire se cargara de electricidad, y Graciela sintió que podía morir si respondía incorrectamente. Las tonterías de Consuelo sobre mejores amigos que se volvían enemigos de pronto le parecían más convincentes. ¿Qué era lo que su padre había hecho mal? Si pudiera encontrar las palabras adecuadas en ese momento, decirlas como un hechizo, podría garantizar su seguridad y la de Consuelo. La mirada de Perlita perforaba la suya, como si Graciela fuera la peor de las idiotas. Consuelo hizo aletear sus pestañas con molestia, pero las manos le estaban temblando y hacían traquetear la vajilla. Perlita le dio una patada por debajo de la mesa.

El General apretó ambos puños sobre el mantel de olanes blancos.

—Imagina aprovechar su energía, ¡su causa salvaje! —ahora estaba suplicando, y Graciela entendió lo que tenía que hacer.

—Las veo. Veo las luces —dijo, a sabiendas de que así pasaría la prueba del General.

—Bien —dijo él. Como si se les hubiera unido un ángel, se hizo la calma alrededor de la mesa.

Se sirvió el primer tiempo. La sopa del General, de color verde brillante y misterioso, era distinta al *caldo de pollo* de los demás. Era vegetariano. Comerse a un animal es peor que matar a un hombre, le gustaba decir. Un hombre reencarna, mientras que el animal muere para siempre. Después de nuestras muertes, cada vez que recitaba esa frase, nosotras nos reíamos a carcajadas en sus oídos. Gritábamos como cuatro Ciguas. Solo por eso no lo dejaríamos dormir una noche entera por el resto de su vida.

Cuando el tazón estuvo frente a él, El Gran Pendejo se dio golpes en el pecho. El chofer, que había estado haciendo guardia cerca de la puerta principal, se apresuró a asistirlo. Del bolsillo de su chaleco sacó una larga cadena con un cristal brillante en el extremo, y lo sostuvo encima de la sopa verde del General. El cristal destelló y se meció dos o tres veces. El General asintió, y el chofer regresó a su puesto junto a la puerta. El General se llevó el tazón a los labios y sorbió, manchándose de verde el bigote. Terminada la sopa y reemplazada por el segundo tiempo, el chofer reapareció a su lado y sostuvo el cristal con indiferencia sobre el plato del General. En lugar de filete, comería *curtido* (una montaña de col, zanahorias y semillas de alcaravea, bañada en vinagre), y un puñado de *yuca frita*, con una ramita de loroco como guarnición. Comida de *campesino* confeccionada para un monarca. El cristal destelló una vez más.

Graciela comió hasta limpiar el plato, y luego vio a los demás masticar y tragar y conversar y asentir. Dobló las palmas y estiró los brazos sobre el plato, unos codos huesudos y marrones y unas manitas cuadradas sobre una suave luna blanca. En cada fibra, había dicho el General. Veía el rastro de su padre en cada fibra de ella. Las fibras de su piel y de su alma… ¿A qué se refería? ¿Qué era lo que veía? Graciela destrabó los dedos y giró las manos; miró y miró sus palmas, esperando encontrar a su padre.

9

A la mañana siguiente, el chofer del general recogió a Graciela y la llevó al palacio presidencial, en la *plaza* principal. El chofer se llamaba José. Graciela se sentó en la parte trasera, mirando sus manos en el volante, su nuca gruesa sin afeitar. No lo había oído hablar la noche anterior, durante la cena con el General, pero ahora, mientras el auto descendía hacia el centro de la ciudad, José volteaba a verla con frecuencia y le mostraba las escenas de la calle: un payaso que limpiaba parabrisas, una mujer que empujaba un carrito de *tamales* y los anunciaba a los gritos para el desayuno, con una sonrisa amplia y sin algunos dientes. El sol naciente llenaba la ventanilla del auto y deslumbraba a Graciela.

Cuando llegaron al palacio, José bajó la velocidad, se orilló, y abrió la pesada puerta del lado de Graciela. La banqueta ya estaba repleta de cuerpos que empujaban carritos de fruta cortada; un par de *bolos* cara de cobre tirados en el piso se turnaban un cigarro; hombres con el cabello húmedo de pomada, el olor a colonia madurando en el calor de la mañana; mujeres abriéndose paso, guiando a sus hijos entre la multitud con las manos sobre sus cabecitas. Graciela sintió dolor al ver a aquellas madres y se preguntó adónde era que llevaban a sus hijos. Frente a ella, sin embargo, estaba el palacio de mármol; avanzó entre los cuerpos y el ruido hasta alcanzar las escaleras, y las subió de dos en dos mientras el viento polvoso le arrugaba el vestido prestado. En la cima, una mujer pequeña con un estricto corte de cabello y los ojos pálidos la esperaba detrás de una pesada puerta de mármol y cristal. La empujó con algo de esfuerzo y le ofreció a Graciela una mano reseca. Dijo que se llamaba Lidia y la condujo por un vestíbulo vacío hacia el silencio de un cuarto oscuro. Graciela comenzó a presentarse, pero Lidia se sacudió sus palabras con una mano al aire.

—Lo sé todo de ti —dijo.

—¿Vives aquí? —preguntó Graciela, pero Lidia no contestó.

Intentó de nuevo:

—¿No vive el presidente en el palacio presidencial?

Lidia se volvió hacia ella con una mirada severa.

—Nadie lo ha visto en años.

Más tarde, Consuelo se lo confirmaría: el presidente era un chiste, vivía con su esposa en una mansión en Guatemala y evitaba poner un pie en el país. Todo el mundo lo llamaba El Pelele.

—Creo que Perlita lo conocía, o algo así. *Diocuarde,* Pelele, donde quiera que estés.

La habitación en la que Lidia dejó a Graciela estaba revestida de madera dura, y un tapete de un rojo intenso, embellecido con medallones dorados, estaba sobrepuesto encima de la gruesa alfombra de color verde boscoso. En las paredes había libreros altos, y unas cortinas de terciopelo rojo aislaban el espacio de la luz y el sonido del mundo exterior. El aire se sentía cargado y sucio, con un olor a humo viejo y a piel muerta y grasosa. Graciela sintió ganas de regresar al ruido y la luz de afuera, pero en la cabecera de la mesa, larga y pulida, estaba el General, sentado, con los ojos cerrados.

Ocupó su lugar al otro extremo de la mesa, frente a él.

—Buenos días —dijo, pero el General se mantuvo en silencio. Quizá así era como dormía por las noches, sentado en una silla, vestido y listo para entrar en combate.

Ninfa le había dicho ya que era un tipo extraño, y la noche anterior le dijo que era mucho más extraño de lo que se había mostrado en la cena.

—Ten cuidado, ¿eh?

Graciela le preguntó a Ninfa si era cierto lo que le había contado Consuelo, que el General había matado a su padre, y la anciana solo había chasqueado la lengua.

—No. Nunca. Es un tipo extraño, pero es inofensivo como una lagartija.

Ninfa sabía que la verdad estaba en algún punto entre ambas cosas, inofensivo como una lagartija loca y un asesino, pero temía de por sí haber dicho demasiado y no quería asustar a la niña.

—Pero ¿qué se supone que haga cuando llegue con él? —le había preguntado Graciela.

—Quiere que lo escuches, y que lo aconsejes —respondió Ninfa—. Nada más. Cree en espíritus y en signos, así que solo tienes que seguirle el juego, como tu padre. Déjalo que se invente historias y luego actúa como si fueran verdad. Solo ten cuidado; ese hombre no es como ningún otro.

Graciela pensó en que aquello sonaba como tener que cuidar a un niño pequeño, como cuando solíamos cuidar a María antes de que tuviera edad para unirse a nuestros juegos. La oíamos llorar y le limpiábamos el trasero, le dábamos golpecitos en la espalda, sosteníamos sus manitas pegajosas y la llevábamos a la *ceiba* para que tocara la corteza de los árboles o para que señalara a las aves. ¿Eso era lo que hacía el padre de Graciela para el General? Claramente había algo de ese trabajo que Graciela todavía no entendía.

Ahora se daba cuenta, por la forma en la que el General abría ligeramente los párpados y cómo su respiración se mantenía lenta y regular, de que estaba fingiendo estar dormido. Las gruesas fosas nasales jalaban el aire y cada exhalación le despeinaba la parte inferior del bigote de escobeta.

—Empecemos de una vez —dijo el General, sin abrir los ojos—. Recitaciones de sabiduría.

—Buenos días —repitió Graciela.

Él asintió.

—Vamos a empezar con el final de la vida y cómo llegamos más allá de la muerte. La muerte no es el enemigo, y quien te diga eso es un estúpido —abrió los ojos de un sobresalto—. ¿Lista?

Graciela no lo estaba, pero sabía que, en esa habitación viciada y oscura, no tenía otra opción.

—Sí —respondió.

—Aunque nuestra memoria física pueda destruir los registros de los eventos importantes, de la memoria del alma no desaparece ni siquiera la más trivial de las acciones. Es una realidad siempre presente en su propio plano, y está fuera de nuestra concepción del tiempo y el espacio.

Dijo aquello dos veces, luego alzó el dedo índice en el aire y la señaló. Graciela tenía en la cabeza una fotografía de esas palabras y las llevó a su lengua.

—Aunque nuestra memoria física pueda destruir los registros de los eventos importantes, de la memoria del alma no desaparece ni siquiera la más trivial de las acciones. Es una realidad siempre presente en su propio plano, y está fuera de nuestra concepción del tiempo y el espacio.

Al oír la recitación de Graciela, el General levantó las cejas y asintió, inflando los labios.

—Todo esto debe parecerte muy difícil, muy confuso —dijo.

Y así era, por supuesto, pero Graciela tenía miedo de mostrarse de acuerdo.

—¿Qué crees que signifique? —le preguntó.

—¿Es necesario morir para ver los registros de la memoria del alma? —preguntó Graciela.

El General sonrió. No le gustó que le respondiera con una pregunta en lugar de con una respuesta, pero era nueva, así que la perdonó de inmediato. Durante sus primeros días juntos, fue paciente con ella. La trataba como la niña que era y le hablaba con tonos amables que no usaba con nadie más.

—Nada de esto es tan importante como lo que implica para el tejido del velo del futuro —dijo el General. La decepción en su voz hizo temblar a Graciela—. Tejemos el velo del futuro sobre esta realidad siempre presente. La verdad existe más allá de la muerte. La vida no termina con la muerte.

Graciela había escuchado una versión de eso en la escuela, con las monjas: la vida después de la muerte. Nunca había creído en la historia en su sentido literal (la piedra que se aparta, el pan que se transforma, no en pan bendito, sino en la propia carne), pero había en todo aquello una familiaridad que le resultó reconfortante. De inicio, podía aceptar esa historia de la vida después de la muerte.

—Después de morir recolectamos todos nuestros recuerdos y creamos el futuro que merecemos y deseamos —dijo—. ¿Me entiendes?

—Sí —respondió Graciela.

MARÍA: Quién sabe, a lo mejor hay algo de eso, la memoria infinita del alma, que explora la realidad fuera del espacio y el tiempo. Míranos a nosotras, por ejemplo; después de todo somos tus *púchica* narradoras fantasma.

LOURDES: Sí, pero cuando habla de tejer el velo del futuro, no está hablando de tejer como lo hacían nuestras bisabuelas y sus telares atados a la espalda.

LUCÍA: Él no quería tejer tela; quería tejer piel, piel cada vez más clara. La cara de Graciela era su idea del pasado, igual que la nuestra, pero en la suya podía imaginarse el futuro, mezclándose con el tiempo. Claro que Graciela no entendía todo eso. No todavía.

LOURDES: Y aunque fuera tan inteligente, ¿cómo habría podido hacerlo? La idea estaba enterrada en todos esos sinsentidos... Es como cuando compras comida *por la calle*, porque te mueres de hambre, y te la dan cubierta de *salsitas* y *cremas* para esconder lo mala que es la carne, lo chamuscada e insípida que está.

El General inclinó la cabeza y habló despacio:

—Lo que estamos haciendo ahora está creando el velo. Tenemos el poder técnico de canalizar la electricidad de la capacidad humana. Tú podrías serme de ayuda para lograrlo, escuchando, guiando. Juntos, podríamos crear una máquina hermosa, ¡una máquina poderosa!

El General le contó a Graciela de la transubstanciación de las almas, de cómo se rompen en mil pedazos y se mueven silenciosamente sobre la Tierra, de cómo toda la Tierra está conectada por las piezas de esa sabiduría, de cómo tenemos que ser fuertes, despiadados incluso, para protegerlas. En Alemania, por ejemplo, había un hombre muy fuerte, vigoroso, sin miedo, dedicado a esa misma causa. Con toda seguridad ascendería pronto al poder, decía el General. Estaba conectando las piezas para reclamar la pureza de su nación. También en Italia había un hombre sabio, igualmente fuerte, que tenía el poder de revigorizar, renovar, rehacer su país como un pueblo unificado. El General creía que Graciela lo ayudaría a sumarse a los esfuerzos de esos hombres, que le revelaría el destino del país. Era su consejera de almas.

—Cierra los ojos —dijo, y ella obedeció. Ella, más que cualquiera de nosotras, quería ser buena—. Mira cómo cada alma estalla de brillantez, cómo cada alma oscura emerge hacia la luz. Como miles de diminutas bombillas de luz.

Graciela asintió, los ojos todavía cerrados, su mente aún insegura de qué era lo que estaba ocurriendo, trataba de imaginarse recolectando almas brillantes para el General.

MARÍA: ¿Y de quién son esas almas que están recolectando?

LOURDES: Nuestras, tonta.

LUCÍA: Nuestras almas, estallando de brillantez. Nuestras almas oscuras convirtiéndose en luz.

CORA: *Puya,* por supuesto. *Púchica fascistas.*

Así fue como tomó forma el ritmo de los días de Graciela en la capital. Cuando no estaba trabajando en el palacio, estaba trabajando con Ninfa. Se reunía con ella en su habitación temprano por la mañana, cuando todavía estaba oscuro. Ninfa encendía la estufa para el desayuno, mientras Graciela barría la cocina, las escaleras y el vestíbulo. Ninfa abría las cortinas e iba hacia el patio, donde reemplazaba los periódicos llenos de mierda de la jaula por unos nuevos, llenaba los semilleros y daba de desayunar a los perros y a la ocelote.

Dentro, Graciela sacudía y pulía: el *púchica* payaso de porcelana, un enorme tazón de vidrio con varios huevos de mármol jaspeado, la mesa y los respaldos de cada una de las sillas. Se subió a una escalera para alcanzar el espejo demoníaco, limpió las curvas enormes de su marco de ébano, todo mientras Ninfa fregaba los pisos con jabón caliente.

Comían juntas, lo que Perlita y Consuelo hubieran dejado. Graciela no se daba cuenta de lo cansada que estaba hasta que Ninfa le recordaba sentarse. Por lo general comían en silencio. Después, si Perlita estaba descansando y si Ninfa consideraba que habían cumplido con el trabajo suficiente para ese punto del día, hacía *café de olla* para compartir. Salían con él al patio y se relajaban juntas. Ninfa solía contarle a Graciela de sus hijas y sus nietos en el *campo*, de sus sobrinos y sobrinas, y Graciela le contaba a ella sobre el General, y la *viejita* se carcajeaba hasta que las aves se elevaban dentro de la jaula, en pánico.

Por las tardes, Ninfa y Graciela trabajaban juntas, cepillando ropa de cama y poniéndola a secar en el patio, ordenada en una hilera. Para cuando empezaban a preparar la cena, las manos de Graciela estaban temblando.

A Ninfa nada se le escapaba.

—Extrañas a tu madre, ¿verdad?

Graciela asintió. Era verdad. Extrañaba a Socorrito y nos extrañaba a nosotras; la sensación de extrañar se había instalado como un dolor en las profundidades de su ser, pero en realidad las manos le temblaban de tanto trabajar. Más allá del dolor, sin embargo, sentía algo más frenético, un miedo que no podía articular incluso si Ninfa se lo pedía. Graciela no podría haberle explicado a nadie por qué estaba tan asustada y, aunque las manos se le calmaron finalmente, el miedo no se fue. Algo que todavía no ocurría la acechaba.

A veces, al inicio de la jornada, Perlita se aparecía envuelta en una bata de baño de seda blanca con una extravagante letra P bordada en hilo dorado a la altura del pecho izquierdo. Le guiñaba un ojo y luego salía de la habitación con su *tacita* de *café cremoso*. Llevaba siempre el cabello recogido en su turbante de satín azul, siempre arreglado como si lo hubiera hecho la noche anterior, las mejillas cubiertas de polvo de maquillaje, las cejas negras y largas elevadas en puntas enfáticas hacia el centro de la frente, con una implicación de hilaridad, o deleite, o terror. Su rostro brillaba; podríamos estudiar sus movimientos todo el día y no nos aburriríamos, y entenderíamos cada una de las partes que conformaban su totalidad.

Los días que iba al palacio, Graciela tomaba café con Perlita en las mañanas. Desde que había empezado a trabajar ahí, Perlita se había suavizado con ella. Tenía la sonrisa más rápida, era cálida y encantadora, amable con Ninfa y con las *nenitas* del servicio. Felicitaba a Graciela por la rapidez con la que estaba aprendiendo la forma correcta de fregar una tina o trapear el mármol de una escalera curva. Se reía en voz alta y tomaba la siesta en la sala, la boca roja abierta y ronroneante, los tobillos sueltos y tiernos. Cada semana hacía de anfitriona en los círculos de oración que organizaba en la hacienda, y emergía de haber recitado el rosario con altivez en la mirada. Abría diez latas de sardinas para que la ocelote se atiborrara de ellas y se reía mientras el felino le lamía el aceite de los dedos. No era terrible, pensaba Graciela. Casi siempre era incluso divertida, hermosa a la mirada, tarareando una cumbia mientras flotaba por la hacienda en sus sedas blancas, justas y generosas. Quizá todo el fuego y la severidad de los primeros días habían sido una puesta en escena, una forma de dejar claras las reglas del lugar.

Después del desayuno, llevaban a Graciela en auto al palacio, y una vez ahí a veces la conducían directamente con el General y a veces pasaba la mañana en la biblioteca, al refugio de los libros que había estado buscando. Consuelo le había dado un cuaderno que tenía un brillo dorado en los cantos (se lo había robado de una tienda de la ciudad, pero a su hermanita le dijo que era un regalo porque no la mandarían a la escuela). Graciela lo llevaba consigo a la biblioteca siempre.

—Me dijeron que sabes leer y escribir muy, muy bien —dijo una vez el General, durante la primera lluvia de la mañana. Graciela no había dormido bien esa noche; la habían despertado tanto las pesadillas como Consuelo entrando a rastras por la ventana luego de pasar la noche afuera con sus amigos. Esa mañana el General había llevado a Graciela a la biblioteca del palacio, una habitación igualmente cubierta de cortinas de terciopelo granate, como los aposentos de una reina moribunda, y le contó que mientras trabajara para él, estaba invitada a leer cualquier libro de ese lugar, que contenía una copia de cada volumen publicado en la historia del mundo.

—Aquí está todo —dijo.

LOURDES: Eso es mentira, por supuesto. No hay bibliotecas completas, y la del General, en particular, no contenía más que libros de ocultismo, alguna otra basura sobre estatuas de mármol blanco, y lo que quedaba de administraciones anteriores. Nuestras historias siempre están ausentes en bibliotecas como esa.

CORA: Pero Graciela encontró lo que necesitaba. Abrió las cortinas que protegían la fragilidad del papel y del cuero ante el sol tropical. En ese momento tímida, y con hambre diaria en los años que siguieron, leyó los cuentos de hadas de los hermanos Grimm y por años soñó con las hermanastras ciegas a las que unas aves les arrancaron los ojos; leyó también sobre las criaturas solitarias, las sirenas ahogadas y los hermanos trágicamente separados de Hans Christian Andersen.

LOURDES: Leyó a Charles Dickens y las lecciones de sus personajes huérfanos; y, *simón,* a Henry *Púchica* James, que le contó cómo podría construirse el mundo pieza por pieza; y a los rusos: Tolstói, Dostoievski, las historias de Pushkin sobre juegos de azar y destino y osos que cazan niñas en el bosque nevado.

MARÍA: ¡Nieve! ¡Puedes creer que anhelaba la nieve! Graciela quería un bosque nevado para perderse en él. *¡Frijolito!*

LUCÍA: Cuando terminó con esos libros, leyó otros más: los que el General le sugería, sobre vidas eternas y líneas clásicas de belleza. Leyó el manuscrito que Brannon había traído en su juventud, décadas atrás, y aprendió sobre el lenguaje de los colores, las sesiones espiritistas y los ángeles parlantes. A veces se aburría, y otras veces las preguntas sobre nuestra pequeñez la asustaban. ¿Quiénes somos desde una perspectiva cósmica? ¿En qué parte del reino invisible estamos? Todo eso parecían preguntarle los libros, y Graciela no tenía la respuesta.

CORA: Para verse como si no fuera un cerdo inculto, El Gran Pendejo financió un periódico literario con los poetas de la Sociedad de Letras y Objetos Sagrados, y le ofreció a Graciela sus páginas diciéndole «estas son las almas iluminadas de nuestra nación, que con su tinta ungen y consagran mis visiones».

LUCÍA: En ese periódico había unos poemas idiotas sobre soñadoras mujeres del color del lodo cuya mayor alegría era trabajar bajo el sol. Graciela se reía al leerlos, porque no conocía a ninguna mujer que fuera así de simple, y porque sabía lo mucho que a su madre le dolía el cuerpo de trabajar, lo compleja que era y lo enojada que estaba. Aún así, a veces copiaba palabra por palabra algún pasaje en su libreta de cantos dorados, para poder llevar consigo ese mundo diminuto.

MARÍA: «La nación se esculpe con ideas», decía el General, y ahí estaba él, esculpiendo la mente de Graciela, esculpiendo nuestras vidas como si estuvieran hechas de barro. Sus *ideas jodidas*.

Por las tardes, Graciela se sentaba y miraba al General tomar su baño. Las burbujas de color cerúleo del jabón oscurecían los misterios de su cuerpo. La tina era lo suficientemente larga para que Graciela pudiera sentarse en un extremo y estirar las piernas, y el General la instó a ponerse cómoda, a esperar a que fuera el momento de emerger de esas aguas curativas. Su inmodestia la puso nerviosa, pero estaba ahí para aprender los verdaderos significados del color, así que hizo lo que pudo por reprimir sus miedos.

El General sostuvo un puñado de burbujas y de un soplido las hizo volar en el aire desde su palma.

—El rayo turquesa de la regeneración —dijo, sonriendo. Un sirviente apareció con una jarra de cristal llena de agua caliente, el vidrio jaspeado por las tintas verde y azul. El vapor empañaba los espejos.

¿Qué significaba todo eso?, te preguntarás. ¿Qué es el «rayo turquesa de la regeneración»? No podemos presumir de entender todos los vericuetos de la mente *pendeja* de este hombre, pero siendo *fantasmas,* sí que tenemos una *púchica* idea.

El General, siguiendo los pasos de Patrick Brannon, afirmaba tener ideas sobre el color y su poder para curar, para contener el conocimiento o para servir como el camino hacia las verdades cósmicas. Unas estrías azules podrían ser nuestro universo; una pincelada de rosa podría ser otro. El blanco contenía a todos los demás colores, y por lo tanto su poder era inconmensurablemente vasto.

Los artistas, en particular, amaban esa forma de pensar el color; parecía confirmar una intuición que habían trabajado desde el momento en que fueron conscientes de estar viendo el mundo. Ese discurso sobre el color, sin embargo, también atraía a gente como el General, quien pensaba que el atajo para mejorar la raza de la nación —hacer ascender a la población en la escala de tonos de piel de las pinturas sobre las *castas*— podía encontrarse en una alquimia de ciencia y fe diluidas una en la otra.

Después de un día en el palacio, Graciela solía imaginarse su cerebro saliéndose en tiras por los oídos, y solía anhelar el consuelo de olvidarse de todo aquello, algo que su mente preciada y solitaria no podía hacer. De regreso en la hacienda, Consuelo y ella se tumbaban como un par de gatos en el charco de luz que el sol de la tarde hacía en medio de su habitación, hasta que llegaba la hora en que Consuelo debía ir a ver a Luis. Antes de irse, Consuelo hacía drama una y otra vez por la ropa. Se probaba diferentes brassieres de olanes y los modelaba frente a Graciela, exigiéndole decir cuál de ellos le hacía ver los pezones más rosados, en caso de que ese fuera el día en que Luis se los viera. Cuando Graciela eligió el gris con un listón de seda, Consuelo resopló: Graciela, por su juventud, estaba equivocada. Le exigió prestarle el *refajo* de algodón blanco que llevaba puesto, el que había metido en la faja del vestido de primera comunión el día que llegó a la capital. En el cuerpo de Consuelo, el tejido se estiraba y se ajustaba a sus caderas.

A su bisabuela le había llevado seis meses tejer esa tela, una gasa de algodón, en su telar de cintura. Consuelo decía que se acordaba de su bisabuela, aunque murió cuando ella no tenía más que tres años. Para cuando Graciela y el resto de nosotras habíamos nacido, Consuelo ya no estaba, y nuestra bisabuela llevaba muerta mucho tiempo, pero le había dejado a Graciela su *refajo*.

Ahora, medio desnuda, mientras Consuelo estudiaba su imagen con el *refajo*, Graciela sintió una vergüenza repentina, y giró su cuerpo de cara a la pared. Esos días los pasó mayormente en silencio. Se mordía las uñas hasta la unión con la carne. Las pesadillas no habían cesado. En algunas de ellas, era tanto La Siguanaba como la hija más joven de esa monstruosa mujer, ahogándose bajo las olas, empujada hacia abajo por la mano de otra mujer. Trató de tranquilizarse, recordando que esas historias no eran reales, que no eran más que sueños, que la nostalgia que sentía por su madre, por nosotras, se desvanecería con el tiempo. Y sin embargo sentía el acecho del pasado y de un futuro que no podía conocer todavía.

A veces, durante las primeras semanas que pasó en el palacio, casi siempre en las mañanas, Graciela sentía la firmeza necesaria para hacerle al General sus propias preguntas.

—¿Cómo conoció a mi padre?

—¿Cómo era?

—¿Qué era lo que hacía para usted?

—¿Cuánto tiempo voy a estar aquí?

—¿Cuándo puedo irme a casa?

El General no respondía casi nunca al momento, sino que cerraba los ojos y alzaba una mano, pero por las noches, antes de que pasaran por Graciela para devolverla a la hacienda, mientras esperaban de pie en el vestíbulo, le acariciaba la cabeza y le contaba de su padre, de cómo había sido su mejor amigo, la única persona en la que podía confiar. A veces incluso lloraba y las medallas le temblaban sobre el amplio pecho.

—¿Qué se siente estar en casa al fin? —le preguntó el General una de esas noches de las primeras semanas, antes de que su cuerpo de oso se tragara en un abrazo repentino el corazón de gorrión de Graciela. Ella no contestó la pregunta, pero le dio vueltas en la cabeza.

Consuelo había logrado fingir que su casa era esa. Quizá, por su propia paz, debería hacer lo mismo. Quizá era el momento de dejar de hacer preguntas y de responder con gratitud la próxima vez que el General le preguntara qué sentía al estar ahí.

—Déjame consentirte —solía decir él—. Déjame mantenerte segura y feliz.

A veces, el General lloraba.

—Me da tanta tristeza que no hayas conocido a tu *papá* antes de su muerte. Pensaba mucho en ti. Estaba planeando un viaje a los volcanes para ir a buscarte, ¿sabes? Quería traerte a este, tu hogar.

Hogar: quizá algún día realmente sentiría que ese lugar lo era.

¿Qué más podía hacer sino aprender a ir hacia adelante, a olvidar el pasado que tiraba de ella, a olvidarnos, a olvidar a su madre, a dormir entre los terrores que irrumpían en sus sueños como relámpagos en el cielo negro?

Porque, ¿qué tal si Graciela no se mostraba agradecida? ¿Qué pasaría si lo decepcionaba? Lo sabía de antemano: la mataría. La mandaría matar.

—Si alguna vez me dejas, querida mía... —solía decirle, y dejaba que la frase se perdiera en el silencio, cerraba los ojos por uno o dos minutos, y luego volvía a abrirlos de un sobresalto—. Si alguna vez traicionas mi confianza, estos preciados secretos, *mi cariña,* bueno, ¡entonces no tendría opción! —y se reía entonces, como si fuera una broma, aunque cualquiera podría notar que no lo era.

A veces, con la mano derecha, hacía la mímica de unas tijeras para despellejar pollos y hacía como si se apuñalara ambos ojos, se llevaba la palma de la mano izquierda al puente de la nariz demasiado tarde, y se desplomaba sobre la silla con la lengua de fuera, como un perro.

Otras veces se ponía más serio.

—Ya antes he tenido que deshacerme de mis enemigos, hombres baratos que se dejaron comprar por unas monedas de oro. Pero tú eres «mi mejor hombre». Acuérdate de cómo te salvé de la certeza de una muerte temprana, de la desnutrición;

salvé tu mente preciosa de pudrirse. ¿Tienes idea de lo preciada que eres para mí?

Desde la ventana de la biblioteca, Graciela había visto mujeres vestidas de olanes negros, golpeando la puerta del palacio hasta que les sangraban los nudillos, y recordaba las palabras con las que Consuelo lo había descrito: mentiroso, asesino. Lidia le ordenaba tenderse debajo de la larga mesa oval hasta que las viudas iracundas se fueran. Nunca les abrían la puerta.

Los hombres desaparecían. Cualquiera podía desaparecer.

Graciela sabía que el General le aterraba, pero en su presencia, de alguna forma, transmutó ese miedo en una curiosidad limpia y fecunda. Sabía que su única defensa, la única forma de salvación, era desempeñar el papel que él requería de ella.

10

Una mañana, pocos meses después de la llegada de Graciela, el general la llevó a caminar de la mano fuera del palacio. En los árboles que rodeaban la *plaza* había aves posadas sobre las ramas, abriendo sus delicadas estructuras óseas y desplegando la iridiscencia de sus plumas mientras las calentaba el sol. La voz aguda de un hombre llamaba la atención: ofrecía periódicos, chicle, dulces y cigarros. Una pareja estaba sentada cerca de la fuente, riendo muy cerca uno del otro. El mundo, constante y lleno de brillo, latía con la regularidad de un corazón.

El General la hizo recorrer la *plaza* en una diagonal precisa en dirección a un edificio municipal: el Ministerio de Salud. Entraron, él saludó, inclinando la cabeza, a las dos elegantes mujeres que estaban en la recepción, y condujo a Graciela hacia las escaleras. Descendieron a las entrañas del edificio por una serie de aburridos pasillos y se detuvieron frente a una puerta ordinaria que se veía idéntica al resto de las que se extendían a lo largo del pasillo. Tenía una plaquita con la siguiente leyenda: SOCIEDAD DE LETRAS Y OBJETOS SAGRADOS. REUNIONES BIMESTRALES.

Dentro, uno podía olvidar que estaban en el trópico. La opulencia de la oficina de la Sociedad de Letras y Objetos Sagrados era similar a la lujosa y barroca opulencia del palacio, pero la Sociedad evocaba una oscuridad al mismo tiempo potente y somnífera. Las paredes estaban pintadas con una gruesa capa de color negro. La gran mesa oval al centro de la habitación tenía un mantel de tela negra trenzada con brillantes hilos dorados, y estaba rodeada de al menos quince sillas tapizadas que tenían los floridos descansabrazos pintados en hoja de oro. Contra el muro del fondo había un escritorio esmaltado con un par de candelabros deslustrados. El aire de la habitación era denso y dificultaba la respiración.

—Está muy oscuro aquí —dijo Graciela, abriendo grandes los ojos para ver. El General asintió y recorrió caminando la circunferencia de la habitación, como aligerando el espacio con su enorme cuerpo. Ese día iba todo él vestido de seda blanca.

No había ni una ventana; toda la iluminación provenía de un par de lámparas de cristal esmerilado color verde que estaban fijas a la pared en candelabros de bronce. Debajo de una de ellas había una pintura del sistema de castas, justo como la que Lucía había encontrado pudriéndose en el sótano de la iglesia. Esta se veía desgastada por el tiempo, el marco tenía una pátina de suciedad aceitosa provocada por el humo y el polvo conjurados en las ceremonias que tenían lugar durante las reuniones de la Sociedad. El General encendió un cerillo y con él los candelabros de cristal verde, cuya cera comenzó a gotear furiosamente; el incienso hacía brotar un halo gris, y en el plato de cobre que estaba en la esquina se cocían a fuego lento los ungüentos. Graciela vio la habitación resplandecer en su mente con una vividez que la asombró.

Tosió.

—Está bonito —dijo, insegura de si esas eran las palabras que el General esperaba de ella.

—Es humilde, pero es aquí desde donde hacemos temblar a las montañas —respondió él—. Aquí nos reunimos para estirar el tejido de la realidad —añadió, y encendió otro cerillo—. Mira dentro de la flama y dime qué colores ves —susurró, sosteniendo la llama entre ambos.

—Rojo, naranja, amarillo, verde, azul, violeta —dijo Graciela, viendo más allá de la flama mientras sus ojos se ajustaban a la luz tenue de la habitación.

Bien —dijo el General, extinguiendo el fuego con los amplios dedos. Otra de sus pruebas. Era importante para él que Graciela reconociera el espectro cromático completo de una luz brillante, y ella había aprendido a recitar esos colores a la menor instrucción.

—El blanco contiene todos los rayos de luz —dijo, ya con el cerillo apagado.

—¿Entonces por qué no dejaron las paredes pintadas de blanco? —preguntó Graciela.

—Ascendemos a la luz desde las tinieblas —dijo, habituado, distraído, como quien se persigna al entrar a la iglesia. Graciela asintió y repitió las palabras del General, con una sonrisa carente de fe en los labios, oscurecida por la diurna oscuridad de la habitación.

—Esa luz está dentro de ti —dijo el General—, aunque tal vez todavía no puedas verla, y está dentro de mí también.

Levantó la manga de su camisa inmaculada para revelar el interior de su muñeca, ahí la piel era un tono más claro que el de su cara o el del reverso de sus manos. Las venas azuladas le recordaron los gusanos que encuentras palpitando cuando volteas una piedra. Asintió, para matizar cualquier impulso que pudiera venir de él a continuación.

—Quería que vieras todo esto antes de que nos reunamos con los demás la próxima semana —dijo el General—. ¿Tienes alguna pregunta?

Graciela sabía por Consuelo que su padre se había sentado en esa habitación. En ese lugar había fungido como consejero del General hasta que algo en las enseñanzas los había separado y los había hecho discutir. El General había expulsado a Germán de las reuniones, y luego, según Consuelo, lo había asesinado.

—¿Dónde se sentaba mi papá, cuando venía? —preguntó, y un chorrito de alarma goteó hacia su torrente sanguíneo. Ningún rastro de ira o violencia, sin embargo, atravesó el rostro del General, como temía que pudiera ocurrir. En cambio, sonrió.

—¡Tu padre! —dijo; era como si se hubiera quitado un peso de encima—. Tu padre se sentaba aquí, junto a mí —le indicó su propia silla, al centro de ambos lados de la mesa oval, de cara a la puerta, y luego, casi acariciando la silla, señaló la de la derecha—. Y aquí es donde te sentarás tú también.

Graciela examinó el desgaste en el terciopelo de la silla de su padre.

—Tú vas a ser mi médium, *cherita.* Tu padre, brillante como era, no tenía tu capacidad de visión, y solo podía aconsejarme en cuestiones simples. Un consejero brillante, de confianza, pero… Su hija lo superó ya.

¿Cómo?, se preguntó ella, casi en voz alta. ¿Cómo había superado ya a su padre? ¿Qué había hecho? Había escuchado y cerrado los ojos cuando él se lo indicaba. Había secundado algunas de sus ideas sobre las auroras boreales por pura cortesía. Se había aprendido los discursos y las respuestas esperadas. Pero nada más.

Justo entonces se oyeron tres golpes en la puerta. El General fue a abrir y recogió del piso un enorme plato de pasteles. Graciela oyó unos tacones altos alejarse aprisa por el pasillo.

—¡Semillas de amapola! —declaró el General. Acomodó el plato sobre la mesa—. Toma uno por favor —invitó a Graciela—. Ellas saben que no deben molestarnos cuando se reúne la Sociedad, pero siempre nos los traen. Son de la *panadería* de la esquina, La Victoria. Son excelentes.

Graciela eligió su favorito, un pastel elaborado a base de *jocote* maduro. Lo tomó.

—¿Quiénes son «ellas»? —preguntó Graciela, metiéndose a la boca el pastel espolvoreado de *ajonjolí.* No se había dado cuenta del hambre que tenía hasta que aparecieron milagrosamente esos pasteles.

—Ah, las *nenitas* de la recepción: del Ministerio de Salud, o de Educación, algo así —respondió el General. Las moronas se desperdigaban por sus *bigotes* y caían en la lóbrega alfombra de la Sociedad de Letras y Objetos Sagrados.

Graciela pensó en las secretarias. Quizá la Sociedad —el incienso y las velas, el mantel negro y dorado, el péndulo de cristal que colgaba del techo, todo eso— era parte de un juego, de una representación. Se preguntó si la gente que rodeaba al General simplemente le seguía la corriente, como a un niño, si así era como garantizaban su propia seguridad.

Porque, *oye,* aquí el problema no era la magia. Todas sabíamos de magia en ese entonces, y *simón,* también ahora sabemos. Antes de convertirnos en estos fantásticos fantasmas que ríen a carcajadas, conocíamos ya el mundo más allá de lo ordinario. Las bisabuelas de Lourdes y María habían sido curanderas, durante sus días de cosechar añil y también después. No contaremos aquí sus secretos, pero los conocemos, *por el chacalele.* Vimos también a nuestras madres dibujar círculos de protección en torno nuestro; las escuchamos decir que sus abuelas les habían enviado mensajes en sueños, o que los cuervos llevaban advertencias en sus *carcajadas.*

Pero nuestro mundo extraordinario no era como el del General, esa creencia forzada, construida con magia siniestra, que parecía haber inventado para doblar a los otros y moldearlos a su voluntad. Y, en efecto, Graciela entendió que para sobrevivir en ese lugar lo que tenía que hacer era precisamente eso, doblegarse a la voluntad del General, fingir. Ese era su trabajo e intentó racionalizar el hecho de que, si hacía su trabajo, estaría a salvo de cualquier daño que él fuera capaz de infligir, porque no importaba si su magia era falsa: lo importante era que podía obligar a otros a creer en ella.

El General condujo a Graciela fuera del laberinto, trazando por entre los monótonos pasillos un camino distinto al que habían tomado para llegar a la Sociedad de Letras y Objetos Sagrados. En esos extraños corredores ninguna puerta tenía ventanillas que dejaran ver el interior de las oficinas, ni a quien ahí dentro llevaba a cabo los deberes burocráticos del ministerio. Mientras el General apretaba el paso hacia la salida trasera del edificio, Graciela detectó un cosquilleo de moho en la garganta. Salió y el resplandor del día le dio en la cara. Con un escalofrío, siguió al General de vuelta al palacio; su espalda, una sombra amplia que ocasionalmente eclipsaba al sol.

—¿Les dejaron pasteles en la puerta? —exclamó Consuelo cuando Graciela le contó esa noche sobre la Sociedad—. Oh là là.

Pero ¿exactamente qué haces en el palacio, en esa Sociedad? —preguntó—. Además de comer pastel…

Estaban tendidas, cabeza con cabeza, en el piso de madera del cuarto de Graciela, bajo la luz de altas horas de la tarde.

—Le cuento historias —respondió Graciela.

—¿Le dices lo que quiere escuchar? —dijo Consuelo.

—Escucho con atención —dijo Graciela—, y luego, si puedo, me invento algo.

Era la mejor forma en la que podía explicarlo. Le contó otras cosas, como que el General podía curar cualquier enfermedad, por ejemplo, aunque el problema era simplemente que todavía no había descubierto cómo; estaba esperando a que los doctores invisibles le revelaran su sabiduría. Estaba esperando a que su oráculo lo guiara. Entonces Graciela asentía, le decía que creía en sus poderes, y cuando la ciudad se vio rebasada de varicela, él la consultó.

—¿Qué vamos a hacer? —le preguntó. Estaba desconcertado, profundamente preocupado por el destino de la gente. La pregunta, sin embargo, era también una prueba, Graciela sabía, así que invocó lo que pudo sobre aquel lenguaje suyo de los colores para responderle. Le sugirió que colgara luces de colores por la *plaza* principal, un tono sanador de azul, un rojo vigoroso, un amarillo agudo como un tónico para la mente.

El General se frotó las manos y declaró que un día —cuando Graciela fuera mayor— habría un día festivo con su nombre; el arzobispo encargaría una estatua del Gran Pendejo, una escultura magnífica hecha de mármol romano importado, que colocarían al centro de la Plaza Nacional. Como una cortesía, solicitaría que se hiciera también una pequeña estatua de Graciela.

Contrató a un equipo de hombres para que, subidos en escaleras el mediodía de un sábado, colgaran los cordones de focos de cristal colorido, que atravesaban la vista del cielo; contrató músicos e hizo un pícnic en la *plaza*. Mi luz limpiará y purificará nuestra sangre, decía; con esta luz estoy curando la varicela. En ese momento, al escucharlo, Graciela no se preocupó demasiado. Las luces eran bonitas. No parecía que pudieran dañar a nadie.

Semanas antes, sin embargo, cierto era que había oído los pasos del General por sus aposentos, que quedaban arriba de la biblioteca. Cantaba: su sangre limpiará las calles. Mi luz despertará a esta nación. Mi luz limpiará y purificará nuestra sangre.

Graciela escuchó la frase antes de quedarse dormida esa noche, y se acordó del *duendito* que se le había aparecido en una esfera de luz en el tren de camino a aquella vida extraña.

Cada vez que Graciela le contaba a Perlita las cosas que ocurrían con el General, ella solo ponía los ojos en blanco. Se quitaba su nombre de encima con un movimiento de la mano.

—Me aburre terriblemente —decía.

Graciela tomaba la irritación de Perlita como un alivio; su escepticismo velado respecto a la magia del General la volvía menos aterradora. Hablaba de él cada vez menos. Cuando estaba en la hacienda, hacía lo que podía por olvidarse completamente del palacio.

A veces, por las noches, cuando Graciela terminaba sus labores del día, Perlita entraba a su cuarto.

—¡Spspsp! —decía, con los labios rojos en punta hacia ella. Le llenaba los bolsillos de dulces y salían juntas en auto a la ciudad, donde iban también al cine. Compartían una bolsa de palomitas y soltaban *carcajadas* en la oscuridad.

En el cine, con sus cortinas de terciopelos rojos y dorados como las de un palacio, Graciela se sentaba frente a la pantalla, enorme como el cielo de otra vida.

Había una actriz rubia a la que veían con frecuencia, Rosie Swan. Cuando cantaba o bailaba, sus ojos parecían espuma de mar atrapada por el viento, y sus labios rojos como el corazón latiente de un animalito. Perlita decía conocerla de la *colonia;* la mamá de Rosie era conocida suya.

—¿De verdad? —le respondió Graciela—. ¿Es de aquí?

Perlita asintió.

—Su mamá es suiza. De ahí sacó esos *ojos claros.* El cabello, sin embargo... Ese es de una botella.

Rosie Swan nació Leona de la Rosa y Graciela no podía creer que había sacrificado eso solo para encajar con los *gringos. Cisne Rosita.* ¡Cuando podía haber sido una leona de las rosas! Qué tonta.

El cine no requería nada de Graciela, más que su atención. Una historia en cuya narración no tenía que participar se desarrollaba frente a sus ojos. Ahí, era pequeñita y guardaba silencio entre los asientos tapizados de terciopelo, asentía al ver a Mickey Mouse, que de alguna forma le parecía familiar. Se olvidaba de sí misma y se entregaba a la imagen del ratón. Le gustaba cómo bailaba, la ligereza y la agilidad de sus movimientos. Llevaba unos zapatos de charol que la animación hacía brillar. Graciela le mandó un beso hasta la pantalla, sin pensarlo demasiado.

Un milagro: por un momento, olvidaba, olvidaba que no tenía madre, que quizá no volvería nunca a su hogar. Ese sentimiento desaparecía al terminar la película, pero por unos momentos la pantalla parpadeaba y su calidez hacía remolinos reconfortantes en torno a ella, con el calor y los murmullos de los otros cuerpos presentes en la sala. Tantos cuerpos, más de los que podía contar con los dedos. No estaba sola y no era ella misma, y el peso completo de su dolor se aligeraba un poco.

El ratón seguía bailando y la gracia de su acto era una lección. Junto a Graciela, Perlita sollozaba en silencio cubriéndose con las palmas de las manos. ¿Por qué lloraba? No importaba. Graciela sabía que era mejor no preguntarle. Perlita era volátil. El ratón bailaba tap con sus piecitos y saltaba en el aire como si tuviera alas, y el *chacalele* de Graciela repiqueteaba. Así es como sobreviviría, pensó: actuando, bailando tap por la capital.

De alguna forma, así fue como pasaron los años.

11

Hay una historia que ha pervivido en la lengua por miles de años. *Es lo nuestro,* una historia con la que crecimos, con la que crecieron nuestras madres y las suyas antes de ellas. Es la historia de la Mujer de Sangre, que nos enseñó a desear y nos enseñó a escapar. Sin la Mujer de Sangre, que amarraba el cielo a la tierra e inundaba las raíces con la memoria indeleble de su sangre, no seríamos más que huesos secos.

El padre de la Mujer de Sangre era el Recolector de Sangre, señor de Xibalbá, el inframundo, y este le prohibió a su hija explorar el jardín que contenía un árbol milagroso. Quizá por miedo, ella lo obedeció durante años, a pesar de su deseo por el árbol del conocimiento. Él tenía nueve matones dispuestos a servirle, y no necesitaban más que una orden suya para matar. Su víctima podía ser cualquiera.

La Costra Voladora podía arrancarte la piel y contaminar tu sangre. El Labrador de Pus y el Humor de las Llagas podían envenenarte desde dentro, hinchar tus miembros y contaminar tu hígado. El Bastón de Huesos y el Bastón de Calaveras podían desollarte y dejarte irreconocible. El Demonio de la Basura y el Demonio de las Puñaladas podían profanar tu cadáver con desperdicios. Y, *para más joder,* el Ala y el Patán podían matarte si intentabas escapar.

Por eso, por años la Mujer de Sangre se abstuvo de explorar el jardín donde se encontraba el árbol del conocimiento. Permanecía tendida, despierta, aterrada de su propio deseo creciente.

Por años, también Consuelo había hecho lo que le ordenaban. Le decía a Perlita que la quería y la llamaba *Mami,* como ella se lo había pedido. Nunca había ido más allá de la laguna artificial del parque que estaba de camino a la ciudad cuando huía de noche por la ventana para besar a Luis, su maestro de arte. No había desgarrado a propósito sus mallas de seda con un rastrillo para parecer una desequilibrada. Porque Perlita la había amenazado con que, si se mancillaba, la enviaría a vivir con el General y, al igual que el Recolector de Sangre, el Gran Pendejo tenía a sus matones.

En vida, Germán le había prohibido a Perlita hacer esa amenaza. Sabía, aun mejor que ella, lo peligroso que era el General. Ahora que Germán estaba muerto, sin embargo, un día sí y un día no Perlita amenazaba con enviar a Consuelo a casa del General. Una vez, Consuelo se pintó los labios y se delineó los ojos con carboncillo, copiando a la Cleopatra de Theda Bara, y Perlita la llamó una puta y la hizo tragarse un trozo de jabón. Entonces Consuelo le quitó los cordones de terciopelo a sus botas y se los amarró en el cuello, porque en su clase de francés había leído una historia de Dumas sobre una mujer cuya cabeza estaba sostenida por un listón.

—No ha aprendido ni una sola palabra del idioma —se quejaba Perlita con el maestro de francés—. Creo que simplemente es estúpida. *Indiada, pero indiada.*

En caso de que no te hayas dado cuenta todavía, Perlita era una perra sin imaginación: con ella, siempre los mismos insultos. El profesor de francés se quedó boquiabierto, y Perlita canceló las clases.

Con cada insulto que recibía, Consuelo se encorvaba y daba un resoplido, fingiendo que las palabras de Perlita no la lastimaban, aunque era obvio que lo hacían. Lo único que quería era desatarse el cordón del cuello y que la cabeza se le cayera de verdad, solo para que Perlita se cagara del susto en los pantalones.

Pero para Perlita, hasta donde Consuelo tenía entendido, todos los pecados veniales eran también mortales, así que Consuelo se dio por vencida. Se robó el pendiente de araña de una tienda de antigüedades del centro y lo ató al cordón. Se miró al espejo, rugiendo, ronroneando, siseando. Razonó que, siendo el experimento fallido de Perlita, su mejor opción a partir de ese momento era dejar un día una huella indeleble en el mundo como una artista revolucionaria: *indiada* y brillante, amenazadora y bella, de origen misterioso y rodeada de amigos y amantes. Para lograrlo, necesitaría usar la educación que Perlita, demasiado orgullosa, no se atrevía a cancelar completamente. Necesitaría ser innegablemente buena, una *púchica* genio.

Sabía que Graciela quería llevarla consigo de regreso a Izalco, pero también sabía que Perlita nunca le permitiría liberar a Socorrito y a su hermanita del *colonato.* Además, Socorrito nunca la había amado. La había dejado ir, después de todo: esa era la historia que Perlita le había repetido hasta que se la creyó completa. Así que ¿por qué no irse a otro lado? ¿A París o a *Los Yunais*? Primero, no obstante, Consuelo tenía que alcanzar la genialidad. Mientras todos dormían se ponía a mezclar huevo con pintura al temple y pintaba hasta el amanecer, o se escapaba por la ventana para ver a sus amigos de la clase de arte, anhelando esas reuniones como si fueran oxígeno. Nadie más comprendía.

Y, así como le ocurrió a la Mujer de Sangre, el deseo de Consuelo se había vuelto demasiado grande para ignorarlo.

En la fuente de la *plaza* donde siempre se reunía con sus amigos, Consuelo trababa miradas con Luis, su profesor de pintura. Lo miraba, se daba cuenta de que él la había mirado también, y retiraba la mirada, sacudiendo la cabeza, en pánico. Le daba un codazo a su amiga Maite, fingiendo que esta le había susurrado algo escandaloso, y echaba la cabeza atrás, entre carcajadas.

—¿Qué? ¿Tengo algo en la cara? —dijo Maite—. *Joder*, ¿qué te pasa? —agregó cuando Consuelo no respondió.

Luis estaba con algunos de sus amigos de la universidad, la mayoría de ellos maestros también, que trabajaban para familias ricas como la de ella. Caminó hacia Consuelo, que sintió el pánico crecer en su interior. Esa noche, sin embargo, la pasaron uno con el otro, separados de los amigos con los que cada uno había llegado. Fumaron y hablaron hasta que la luz empezó a desvanecerse del cielo.

Supo cosas sobre Luis que no había revelado durante las clases de pintura. Era el más joven de los cinco hijos que habían tenido sus padres. Alguna vez había querido ser abogado, pero la beca artística que se ganó lo había puesto en otro camino. Sus padres estuvieron de acuerdo con el cambio, creyendo que, si se convertía en artista, en vez de en abogado, gracias a su talento podría ser uno de esos pintores ricos y exitosos.

—Todavía me quedan algunos años para no decepcionarlos por completo —le dijo a Consuelo.

Caminaron juntos bajo la luz alimonada de la *plaza*, las mejillas rojas todo el tiempo, y luego se encaminaron de regreso a la hacienda.

—Me gustaría verte otra vez, fuera de las clases —dijo Luis.

—Sí —respondió Consuelo, y entonces la inundó el deseo de escapar, y sin decir nada más comenzó a trepar por el maquilishuat hasta la ventana del cuarto de Graciela, maldiciéndose a sí misma por ser tan tonta mientras trepaba por las ramas. ¿Sí? ¿Sí y luego qué más…?

Luis caminó de regreso a la ciudad, hechizado, casto, en llamas.

La siguiente vez que Consuelo salió por la ventana fue para verlo solo a él.

Algunos meses después, luego de varias noches castas en compañía de Luis, Consuelo salió otra vez por la ventana, esta vez con el *refajo* de su hermana y el cordón prohibido de terciopelo alrededor del cuello, así como carboncillo del párpado a las cejas.

Nos carcajeamos pensando en esa Consuelo. Esa *nenita.* ¡Pavonéandose por ahí, nuestra niña! Esa noche vimos lo que Graciela adoraba de su hermana: en sus mejores momentos, era *cachimbona,* temeraria, empujada por el deseo. Con ese atuendo se sentía hermosa, a pesar de todo lo que Perlita decía de su ropa («¡harapos!»), su pelo de *colocha* («¡*desmadre*!»), su nariz («¡*indiada*!»), su piel («*híjole*, otro grano; *ay*, qué piel más oscura»).

Pero Luis también opinaba que se veía bien. Había estado trabajando con barro que había extraído de los bancos del río Sumpul en Chalatenango, de donde era él y donde aún vivían sus padres, cerca de la frontera con Honduras. Estaba trabajando en una serie de figurines, ninguno más alto que su dedo pulgar. Eran amuletos, decía. Un descanso de la pintura al óleo, de todos esos *bolados* europeos que le habían dado a cucharadas en la universidad. Amaba esos *bolados* también, pero estaba descubriendo, mientras hacía los amuletos, que amaba trabajar con el barro de las aguas de su tierra, y que los chupamirtos, los *cadejos,* y que las serpientes pequeñitas que moldeaba en la palma de su mano le abrían una puerta secreta hacia su propio interior, una distinta a la de las pinturas... Hablaba así, sin tomar aliento, sobre puertas secretas en el alma, sobre soñar con ciertos colores que había que recrear apenas uno despertara. Todo eso le estaba diciendo a Consuelo cuando la tomó de la mano y dejó caer en esa manita huesuda un figurín de barro. Un jaguar. Cerró la mano alrededor de los dedos de ella. Consuelo sintió un escalofrío.

—Me gustas —dijo Luis.

—Lo sé —respondió Consuelo, fuera de sí—. Es obvio, me deseas desde el momento en que tus ojos se posaron sobre mí.

Le lanzó una sonrisa y un guiño, con los labios hinchados de esa forma que, según Perlita, la hacía ver como una mujerzuela.

—¿Te puedo besar? —preguntó Luis.

—¡Por favor! —dijo Consuelo—. Hay luna llena.

Consuelo cerró de un aleteo los párpados ennegrecidos y se preparó para recibir el eterno amor. En ese momento era Theda Bara, Lousie Brooks, Rosie Swan. Tenía quince años, un disfraz chistoso, una madre ausente y un corazón de fuego.

Claro que quería besar a Luis, pero seguía siendo una niña, tonta como el carajo, y lo que de verdad quería era estrujarlo y que él la estrujara a ella. Quería moldear el barro de su cuerpo hasta volverlo un objeto sagrado. Quería que se pusiera a recitarle poesía bajo *la lunita llena,* y que no se detuviera jamás. ¿Por qué no le decía *mi cielo?* ¿Por qué no le había declarado su amor antes, apenas la vio, el muy idiota? ¡Toda esa charada, ese actuar como si no fuera más que su maestro de arte! ¡Nada más que su amigo! ¡Ni siquiera un casto abrazo, cuando ella se escapaba todas las noches, arriesgando su vida, para verlo! ¡Qué indignidad! ¡La había estado torturando, prácticamente haciéndola rogarle! ¿Por qué no habían huido juntos? ¡Esa misma noche! ¿Por qué no se había arrojado a la fuente y se había bautizado proclamando su devoción por ella? *Ay,* ¿qué tal si se juraban mantener su idilio en secreto? ¿Qué tal si ella lo hacía rogar a él?

Luis la besó con cuidado, vacilante, como si creyera que su tacto iba a asustarla. Consuelo lo tomó de la cadera y lo atrajo hacia sí, quizá con más fuerza de la que él podía resistir. Sonrió débilmente, avergonzado, y luego le besó las manos y murmuró su devoción.

Luisito, qué jovencito más tierno.

Noche tras noche se reunían, y cada vez eran más viejos, más hábiles, más expertos. Consuelo amanecía exhausta y atolondrada, y también irritable con su hermanita. En compañía de Luis, se olvidaba de su madre perdida y de su padre muerto. Se olvidaba de preocuparse por lo que le deparaban los humores y los desprecios de Perlita, a pesar de saber que, si Perlita se enteraba de su amor por Luis, un estudiante universitario con simpatías comunistas, la llamaría puta y la echaría a la calle. Cuando él la miraba, se sentía una persona real. Con él, su cuerpo se transformaba en estrella; pintaba el cielo nocturno con la explosión de su luz. Había tomado el fruto del Árbol de la Vida, tal como lo hizo la Mujer de Sangre al principio de los tiempos.

12

En el palacio aparecían mujeres como fantasmas. Las mujeres del General huían en silencio temprano por la mañana, corriendo, *en guinda.* Graciela se había entrenado para mirar hacia otro lado cuando se las encontraba revoloteando por ahí, como si estuvieran hechas de vapor.

El General estaba casado, había oído Graciela, pero nunca había conocido a su esposa, y a lo largo de los años había visto a docenas de esas otras mujeres: bonitas, jóvenes, vestidas de noche por las mañanas.

La de esa vez llevaba una falda negra ajustada y una blusa de seda verde oscurecida por el sudor en la espalda, debajo de los brazos, entre los pechos enormes. Tenía el cabello apilado sobre la cabeza, y algunos rizos le golpeaban la frente brillante y fruncida. La respiramos: tierra y acero.

Desconcertada por su punzante aroma, Graciela le preguntó por su perfume. Entonces tenía doce años, quizá trece, y Consuelo le había dicho que ya era hora de poner atención a cosas como el perfume. La mujer sonrió y se rascó la cabeza. En el cuello tenía unos ocho centímetros de piel rasgados y arrugados como un papel delicado, y en el cuello de su blusa verde se filtró una vacilante gotita de sangre. La mujer rebuscó en su bolso y sacó una botellita de perfume.

—Hollywood Jasmine —dijo, y al notar que Graciela miraba la herida, se pasó una mano despreocupada por el cuello, que luego llevó a la tela blanca de su cadera, con lo cual la sangre desapareció. Graciela permaneció en el pasillo mucho después de que la mujer ya se había ido, parpadeando por las motas de polvo que nadaban en el angosto río de luz que se colaba por la pesada puerta abierta; el sol la cegaba y no estaba segura de lo que sus ojos le decían.

No fue mucho después que Graciela se despertó con el interior de los muslos llenos de una sangre amarronada. Se sentó en la cama y llenó la yema de un dedo con una gota de sangre, como una gema, se la llevó a la nariz y olió rosas y óxido dulce. Estaba completamente sola en la tranquila oscuridad de la mañana nueva, y se preguntó si se iba a morir o si seguía soñando. Echó un vistazo al pasillo y vio que Ninfa ya estaba limpiando las demás habitaciones. Consuelo ya se había ido a la escuela. Cerró la puerta antes de que Ninfa pudiera verla, volvió a la cama e inspeccionó las sábanas. No había forma de esconder las manchas. Ninfa se enteraría en unos minutos, y ese hecho categórico la llenaba de temor, como si hubiera cometido un crimen. Sin nosotras, estaba perdida. Se miró en el espejo del tocador y, con cuidado, tal como había visto a Consuelo hacer cientos de veces, se pintó la boca de labial rojo.

Para cuando Ninfa entró a la habitación con su carrito para barrer y sacudir, Graciela ya se había ido, luego de haberse vestido, con el corazón saltándole en el pecho, y haber corrido escaleras abajo, hacia el auto que la esperaba. Se ajustó deprisa treinta y uno de los treinta y dos botones del vestido una vez en el asiento trasero. Para cuando llegó al palacio, estaba bañada en sudor.

Cuando Lidia la saludó a la entrada, Graciela respiró lenta y profundamente, tres veces, y luego tosió. Sentía que en su mente las cosas se movían despacio. Sintió un escalofrío, luego volvió a sudar, luego sintió un dolor, todo sin saber por qué. No tenía idea de qué hacer respecto a la sangre, y nadie a quien preguntar salvo Lidia.

Nosotras la habríamos ayudado si hubiéramos podido. Con una mano en la espalda baja le habríamos dicho: *hermana,* es completamente normal.

En lugar de eso, sin embargo, le explicó lo sucedido al ama de llaves del General, que a cambio se burló de ella.

—Tantos libros leídos, ¿y jamás te habías enterado de eso? ¿Y tu mamá? ¿Nunca te lo explicó?

Su hermana Consuelo tenía ahora diecisiete años y le podría haber ayudado, se imaginaba Lidia, pero Consuelo resguardaba esa clase de información como un secreto.

La condujo al baño y le ayudó a limpiarse, y luego le enseñó qué hacer con la sangre. Después la despachó a la biblioteca, donde Graciela se quedó sentada, sola, el resto de la tarde. Se terminó su *cafecito,* balanceó los pies bajo la silla, siguiendo con la mirada los dedos de los pies y las florituras incrustadas en el piso de mármol. La sonrisa de cortesía de Graciela era siempre la misma: algo medio roto a punto de convertirse en otra cosa.

Más tarde ese mismo día, de regreso en la hacienda, se quedó frente al espejo del baño buscando a la mujer en la que, según Lidia, se había convertido. Lo único que veía era a una niña desgarbada. Una niña desgarbada que tenía poderes fenomenales, según le había dicho un loco. Le dijo que la sangre que fluía por la punta de su dedo índice contenía suficiente sabiduría para guiar cada uno de los movimientos de él en su galaxia privada. Había estado esperando a que las certezas del General sobre su alma se hicieran más evidentes en su cuerpo. Nada se le había revelado, salvo por la forma en que su tristeza parecía romper los muros dentro de su pecho cuando miraba al cielo, veía la pesada luna llena y se imaginaba a su madre dormida en su cabaña, con la luz plateada en la cara. Una chispa diminuta se encendió en su vientre y le advirtió que pusiera atención. Sí que sabía cosas: sabía de la tristeza que su bisabuela había llevado entre las manos, y su madre sobre la espalda; podía sentirla.

Si era la mitad de poderosa de lo que todos decían que era, disolvería su propio cuerpo en el viento y se transportaría a casa. Estaba cansada de contarle esas historias al General. No quería tener ya nada que ver con la pureza de la nación, y anhelaba poner en un cajón aquellas piezas de sabiduría. No quería ser pura. Quería apretarse el vientre y sangrar, acompañada. Quería a su *mami.*

Un mosquito le zumbó en el oído, y Graciela cerró los ojos, invocando esos fragmentos de espíritu en su interior. Con palabras que sabía de memoria, construyó una plegaria:

> Desaparéceme, Virgen María. Haz que mi alma se eleve y caiga por los tiempos sin la restricción del cuerpo. Devuélveme a la gran cadena de madres, a sus migraciones infinitas por entre la sangre, la tierra, las aves, las estrellas eternamente agonizantes. En el nombre del Padre, del Hijo y del Espíritu Santo líbrame del mal, ahora y en la hora de mi muerte. Arráncame de esta vida de raíz.

Pero, al abrir los ojos, no había desaparecido. No estaba en casa. En el mismo espejo vio a la misma niña de pie en el mismo baño, con la piel aún húmeda. El mismo mosquito en la mejilla. Lo aplastó de un golpe, y la sangre estalló contra su piel. Al borde del labio inferior se le asomaban los dientes frontales; los hombros estaban echados hacia el frente en la bata de dormir, flojos, porque no solía poner atención a cómo se veía su cuerpo.

Fuera de la ventana se escuchaba el tren. Graciela quería irse, encontrar a su madre, volver a nosotras. Podía salir por la ventana, bajar por el maquilishuat, caminar en bata hasta la estación, tomar el tren y atravesar descalza las montañas, desaparecer de la capital sin dejar rastro. Sabía, no obstante, que eso no iba a ocurrir: la encontrarían y la llevarían de regreso, y el General y sus hombres la desaparecerían de la capital, de la tierra, sin dejar rastro.

Se arriesgaría. Ese no era el lugar en el que quería ser una mujer. No había nada de ese lugar que quisiera llevarse consigo.

Graciela estaba a medio camino del árbol cuando escuchó a Consuelo toser con furia.

—¿A dónde crees que vas? —gritó por la ventana.

—A ver a mamá —respondió Graciela. Tenía frío, miedo y los pies descalzos. El trapo se le había empezado a resbalar de los *chonis,* y abrazó el árbol con las piernas.

—Creo que es mejor que te quedes aquí, conmigo —dijo Consuelo—, donde sí te queremos —tosió de nuevo. Así era como controlaba el temblor en su interior cuando se enojaba o tenía miedo, o cuando sentía una terrible soledad. No le gustaba rogar; en cambio, tosía como una tonta—. ¿Qué no sabes que te dejó ir? Ya estaba cansada de ti; prefirió llevarse el dinero de Perlita que pasar su vida criándote. Te dejó ir.

Vimos un resplandor malicioso encenderse bajo los ojos de Consuelo. El miedo la volvía cruel.

Graciela sintió un escalofrío y de pronto sintió el peso de su corazón. Se deslizó por el árbol aún más, rasguñándose los muslos con la corteza en el proceso.

—¡Espera! —dijo Consuelo, tosiendo y con el corazón saltándole en el pecho—. ¡Felicidades! Vi las sábanas remojándose en la tina. A mí no me llegó hasta hace dos años, porque estoy muy flaca. Ahora somos mujeres las dos. En un mes vas a tener las *tetas* más grandes que las mías.

Graciela suspiró, y comenzó a trepar el árbol de regreso, más desamparada que nunca. Lo único que quería era dormir.

—Quédate —dijo Consuelo más tranquila, ahora que parecía que su hermana no la abandonaría—. Allá no hay nada para ti. ¿Has sabido algo de nuestra mamá? ¿De verdad crees que quiere verte?

No esperó una respuesta.

—Mira, a mí me pasó igual. Y luego no volví a verla hasta que vino a deshacerse de ti. Quédate, *hermanita*. Ya estás grande. Ya podemos meternos en nuestros propios problemas.

Graciela enterró los dedos en la corteza del árbol, y mantuvo las astillas bajo las uñas tanto tiempo como pudo soportar el dolor. Luego trepó y entró por la ventana rota, hacia la luz, donde Consuelo la estaba esperando.

—*Por la gran puta* —dijo Consuelo—. No vuelvas a hacer eso. Si vas a escaparte, más te vale tener un plan, y más te vale llevarme contigo, y más vale que vayamos a algún lugar donde podamos ser ricas y famosas.

La hizo sentarse en el tocador y se quedó a su lado, cepillándole el cabello, que tenía lleno de petalitos rosas del maquilishuat.

—¿Qué tal *Los Yunais?* —preguntó Consuelo—. ¿Hollywood? Buscó su reacción en el espejo. Graciela puso en práctica la expresión de piedra que Consuelo modelaba tan seguido.

—Déjame dormir —dijo Graciela—. ¿Puedes simplemente irte a tu cuarto? No me voy a escapar. Ni siquiera tengo ya fuerzas para moverme.

—¿No me puedo quedar? —preguntó Consuelo, arqueando el cuerpo largo y delgado contra la espalda de Graciela—. Te prometo que me voy a callar.

Graciela comprendió: había aterrado a su hermana. Si hubiera tenido éxito en su escape de la capital, la habría dejado otra vez sola, abandonada.

—Está bien —dijo—. Solo cállate y déjame dormir.

Consuelo se puso a tararear, dándose golpecitos en su frente tonta con los largos dedos.

—Y nada de canciones, te lo suplico —añadió Graciela. Consuelo guardó silencio, pero no dejó de llevar el ritmo con los dedos en la frente; mientras Graciela se perdía en el sueño, sintió cada golpe como si tuviera los dedos de Consuelo adentro de su propia cabeza.

Luego de eso, Consuelo arropó a Graciela con renovado vigor. Justo a la noche siguiente:

—Oye, ¿quieres salir? Acompáñame hoy en la noche. Necesitas algo de *púchica* diversión.

Las últimas mil noches, más o menos, Consuelo había entrado a la habitación de Graciela para arrastrase hacia la ventana rota y salir a la oscuridad murmurando «nada, a ningún lugar» cuando ella le preguntaba qué estaba haciendo, a dónde iba, qué iba a hacer allá afuera. Graciela sonrió como una maniaca al oír al fin la invitación a descubrir ningún lugar.

—¿Qué clase de *púchica* diversión vamos a tener hoy? —preguntó.

—Ir por ahí, tomar vino. Escribir poesía. Pintar. Fumar. Coquetear.

Por «coquetear» Consuelo se refería a coquetear con Luis, dejarlo pasarle las manos por todo el cuerpo bajo la oscuridad de los árboles que cercaban la *plaza*. Luego se pondría bufandas alrededor del cuello para esconder las marcas que la boca de Luis le dejaban en la piel, moretones que desconcertaron a Graciela, hasta que se los explicó, nerviosa.

Consuelo hacía a Graciela sentarse en el tocador, le sostenía el mentón con dos dedos y le pintaba medias lunas de color negro en los párpados. Graciela inhalaba su aroma y leía en voz alta los nombres de las botellitas que tenía en el vestidor: ámbar, sándalo, rosa, tratando de percibir por separado cada olor en su nariz.

—¿Por qué lunas? —preguntó Graciela cuando Consuelo le dijo que ya podía abrir los ojos. *La luna es una mujer.*

—Están de moda. Como las máscaras africanas y las manos.

Consuelo se señaló el cuello; había reemplazado el collarcito de perlas que solía usar con un rosario. Los abalorios eran pétalos de rosa ennegrecidos, bañados en barniz, y junto al crucifijo de acero Consuelo había colgado una diminuta mano de oro y una campanita de latón.

Le alisó las cejas y le pintó de dorado el contorno de las lunas, y sus dedos eran como plumas. A los diecisiete, Consuelo parecía tan adulta a los ojos de Graciela como las amantes del General. El acné se le había desvanecido y los hombros se le habían enderezado. Incluso parecía menos temerosa de Perlita.

—Lista —dijo, dándole la vuelta para que pudiera verse en el espejo. Graciela sonrió con todos los dientes. Mejillas como manzanas en dulce, párpados brillantes, su reflejo comestible.

Consuelo sacó una mano por la ventana rota y dejó caer su cigarro, que en el camino soltó ceniza y un par de chispas que brillaron en el cielo.

Cuando miró hacia una parte iluminada del espejo justo por encima de la cabeza de Graciela y levantó las cejas, pintadas delgadas como un alambre, vio su propio reflejo como si fuera una fotografía borrosa, la boca un poco consternada, la frente alta e imperiosa, los ojos registrando errores en toda la habitación, temblando un poco. Así es como recordamos a Consuelo. Una chispa y un espasmo, como la punta de un cerillo de madera al encenderse, antes de incendiarse por completo.

Los amigos de Consuelo eran pintores y poetas de la escuela de arte, que habían formado lo que ellos llamaban «un colectivo». Eran los hijos adolescentes de padres ricos; les hacían agujeros a sus calcetines y se pintaban emblemas en la cara y fumaban cigarros saborizados de rosa hasta tarde. A la mañana siguiente los atendían criadas uniformadas, los vestían de ropa fresca, y los hacían peinarse antes de desayunar. Se esperaba que los chicos que formaban parte de Las Rositas maduraran y entonces dejarían esa fase atrás, un estilo que se acercaba de formas desconcertantes al de los disidentes y los marginados: los amplios pantalones de algodón de los trabajadores indígenas, las medias de seda desgarrada, como las de las putas, la impiedad de los profesores universitarios. Por otro lado, sin embargo, El Gran Pendejo realizaba sesiones espiritistas y buscaba el consejo de *una indita brujita,* así que quizá sus padres no tenían por qué preocuparse tanto de que a sus hijos se les juzgara injustamente por su apariencia. Eran ricos, después de todo, *bien güeritos,* y poseían tierras. Los artistas que más admiraban eran aquellos que acudían con mayor regularidad a la Sociedad de Letras y Objetos Sagrados. A fin de cuentas, de algo tenían que vivir los artistas y, si se comportaban tal como se esperaba, el General no escatimaría en recursos para ellos. Graciela conocía a algunos, lo que la volvía objeto de fascinación entre los amigos de Consuelo.

El grupo se movía entre sombras húmedas junto a la fuente al final de la *plaza.* Consuelo apuntó con la boca en esa dirección, cuando Graciela y ella se iban acercando. Las Rositas.

—Me es imposible imaginarte como una persona con padres —le estaba diciendo un muchacho un poco mayor que Graciela a la chica que estaba sentada en la orilla de la fuente, mientras esta acariciaba el agua oscura con los dedos.

—Por lo general hago lo que quiero —la chica le dio una calada a su cigarro y balanceó las piernas. Violeta. Había pasado el último de sus dieciséis años estudiando en París. Consuelo le había contado a Graciela que los padres de Violeta, que visitaban seguido a Perlita en la hacienda, creían que se había pasado ese tiempo en Francia pintando lirios y bodegones de manzanas, pero que en realidad había estado escribiendo poemas vulgares y posando desnuda para un viejo que la llamaba su musa, su niña de oro, a veces incluso su santa.

Las manzanas en las mejillas de Violeta resplandecían de rubor elegantemente aplicado, y a cada lado de la cara tenía pintado un corazoncito. En la manga de su chaqueta de terciopelo había bordado las palabras *no me toques* entre otro par de corazones.

—¿Es tu hermana? —le preguntó el chico a Consuelo, señalando a Graciela, que iba detrás.

—*La brujita indita* —dijo Consuelo, orgullosa de sí.

Esa es la palabra que podrías elegir para describir el moreno de nuestras caras; con frecuencia la escuchábamos así: *«no seas india»*. A veces, cuando nosotras mismas queríamos saborear la crueldad, repetíamos las palabras. Lo que significaba para nosotras, cuando teníamos seis, siete años, recién mudadas de dientes, la *canela fina* que éramos también el día en que nos mataron, era esto: «no seas estúpida». Más tarde nos mataron por la *canela* que veían en nuestra piel, ¿y cuál fue la palabra que salió de sus labios al vernos? *«India»* también.

Graciela puso los ojos en triángulo y miró a Consuelo. ¿Era tan fea? ¿Tan estúpida?

Consuelo le dio unos golpecitos en la cabeza, y Graciela la repelió, frunciendo el ceño abiertamente. En labios de Consuelo, la palabra sonaba justo como sonaba en los de Perlita, con un rechinido odioso en las vocales. Consuelo se giró y le dijo a Violeta:

—Me gustan tus corazones.

—¿En serio? —respondió Violeta—. Es algo que estoy probando. La idea es que te hagan ver más joven.

—¿Cuántos años tienes? —preguntó Graciela. Consuelo se alejó hacia el perímetro del grupo entre el tintineo de su campanita. De reojo, Graciela veía a su hermana morderse las cutículas y echar vistazos ocasionales mientras hablaba con Violeta.

—Tengo dieciséis, pero me gustaría verme tan joven como tú. Eso es lo que mi novio prefiere. Las *indias* siempre parecen niñas, incluso cuando envejecen.

Violeta asintió hacia Graciela casi imperceptiblemente, luego hizo caer a la fuente la ceniza de su cigarro. Las chispas brillaron naranjas en la superficie del agua oscura y luego se apagaron.

Consuelo regresó, haciendo círculos ansiosos en torno a su hermana. Consuelo, la abeja nerviosa; Graciela, la flor.

—¿Qué te pasa? —preguntó Graciela.

—Perdón por avergonzarte —dijo Consuelo. Estaba muy sonrojada, como si hubiera sido ella a la que hubieran llamado *india* enfrente de todos. Quizá le asustaba la idea de serlo. Después de todo, eran hermanas. Graciela se alzó de hombros y aceptó la disculpa.

Luis apareció de entre las sombras, la cara barbuda iluminada por una sonrisa. De noche se veía más pequeño, más relajado, menos hombre y más *cipote,* como el resto de los amigos de Consuelo. De alguna forma, sin embargo, existía aparte de ellos: observaba sus gestos extravagantes con apenas la suave brizna de una sonrisa, cuidadoso de no delatar algún juicio. Le acarició el cuello a Consuelo y le envolvió los hombros con sus brazos. Ella le lanzó una sonrisa soñadora; no podía evitarlo.

Juntos, Luis y Consuelo desaparecieron en la oscuridad de la oscuridad, en el perímetro de árboles y bancas que rodeaba la *plaza.* Graciela, con sus ojos de luna, se quedó junto a la fuente con las Rositas, que se turnaban, tímidos, para preguntarle qué hacía en el palacio. Lo que más ansiaban saber era la naturaleza de su *brujería.* ¿Por qué el General la había elegido a ella y no a Consuelo? ¿Qué poderes tenía?

—¿Haces algo? —preguntó una *güerita*—, ¿poesía o arte, o algo?

Todos ellos hacían algo.

—A veces —respondió Graciela, sin saber cuál era la respuesta apropiada.

—¿Como qué? ¿Vas a entrar a *Bellas Artes* cuando tengas edad?

Graciela se encogió de hombros, como había visto hacer a Consuelo cuando quería evadir una pregunta.

—Ya veremos —dijo Graciela—. Soy bailarina. Y escritora.

Consuelo la había estado asesorando.

La había impulsado a decir que era artista en lugar de solo responder «le cuento historias».

—Pero soy solo una niña —había protestado Graciela.

—¿Y qué? —dijo Consuelo—. Yo también, y aun así ya soy pintora y musa.

Si Graciela era capaz de modificar con sus historias la naturaleza del hombre más poderoso de nuestro mundo, podía contar también algunas sobre sí misma.

—Además —añadió Consuelo—, con este grupo, con Las Rositas, es importante que seas capaz de hacer cosas.

La mayor parte del tiempo, sin embargo, Graciela se la pasaba escribiendo en su cabeza, en silencio, sin poner las palabras en papel. Algo le impedía escribir las historias que se imaginaba —quizá era la costumbre que tenía su mente de guardar cosas, el *guayabear,* un bolsillo secreto lleno de flojera, a pesar de su evidente inteligencia—. No sabía aún —ni nosotras tampoco— que escribir palabras es lo que crea el mundo.

Había empezado, poco a poco y solo cuando estaba completamente sola, a llenar las páginas del cuaderno que Consuelo le había dado. Reportaba sobre sus días, repetía los catecismos del General, describía los atuendos de Perlita, la forma en que sus maneras se columpiaban entre la arrogancia y el desenfado. Escribía sobre Consuelo, y sobre en quién se habría convertido si se hubiera quedado en el pueblo y todas hubiéramos crecido juntas. Graciela llevaba el cuaderno consigo, pero no le mostró a nadie lo que había escrito, definitivamente no a Las Rositas, que conversaban en torno suyo como pajaritos, junto a la fuente. Alguien la invitó a dibujar con ellos, y ella asintió.

—Verás, tenemos un pacto, una promesa —dijo Violeta—, está firmado con sangre.

La seriedad mortal de Violeta hizo reír a Graciela.

Una mujer de veinticinco años, más o menos, recargada del otro lado de la fuente, se rió también de aquellos queridos niños, con un resoplido. Era la hija de Brannon, La Claudia, *la hija* del ferrocarril. Trabajaba en las oficinas de Bellas Artes, escribía poesía y hacía enojar a su papá, y estaba comprometida con un hombre al que odiaba. Disfrutaba la forma en la que los estudiantes de arte la rodeaban clamando, buscando su sabiduría, atraídos como polillas por su brillo de niña rica. Consuelo temía y admiraba a esa mujer, que parecía llevar una vida de glamour a pesar de tener muy pocos amigos de su edad, y de quien sospechaba que una vez, años atrás, se había cogido a Luis.

—¿Cuál es el pacto? —preguntó Graciela.

—Haremos arte, o seremos arte —dijo *la* Violeta, sin aliento—. ¿Entras?

Graciela asintió; tenía la sensación de que podía cumplir la consigna, y quizá *la* Violeta ni siquiera la iba a obligar a sacarse sangre.

Dibujaron con ramas en la tierra de la *plaza,* que tenía consistencia de barro. Un círculo, un retrete, un pulgarcito que decía groserías, un *guanaco* silbador, un *duende* con un enorme sombrero de paja. Graciela dibujó el rostro de su madre, tratando de capturar —sin éxito— las largas líneas que le surcaban arriba de las cejas, la redondez de sus mejillas, la dureza en los ojos, que eran justo como los suyos. A veces, Graciela se preguntaba cuánto menos extrañaría a su madre si su cerebro fuera capaz de olvidar el rostro de Socorrito.

Apenas hablaron durante ese rato, pero de alguna forma, trabajando a buen ritmo bajo la luz plateada de la luna y la luz dorada de las farolas, construyeron sus historias en la tierra, respondiéndose unos a otros.

Una suave llovizna llegó para convertir las historias en lodo. Jorge, el chico que había estado hablando con Violeta cuando llegaron, sacó una botella de vino dulce y se la entregó a Graciela. Ella le dio un trago largo y hambriento, y el grupo hizo una ovación para *la niña indita.* Graciela se secó los labios y pasó la botella al círculo; luego se recostó sobre el lodo y esperó a que regresara Consuelo. La luna estaba llena, lo que le permitió estudiar las caras de Las Rositas en busca de hijas perdidas del General.

—Nunca he tenido una hija —le gustaba decir, aunque todo el mundo sabía que eso no era cierto. Sus hijas estaban por todas partes; las más afortunadas en la escuela, con los amigos de las menos afortunadas en el mercado, vendiendo *aguas frescas:* todas, corpulentas y de cejas anchas, como él. Había muchísimas de ellas, y ninguna reconocida.

Consuelo volvió de entre los arbustos, apagó su cigarro en la suela de cuero negro de su taconcito, sacó un labial color rojo anaranjado del bolsillo, y frotó la forma de sus labios con el color, con un movimiento que conocía de memoria.

Se abotonó el suéter negro, demasiado caliente para el trópico, que llevaba sobre el brasier gris de olanes.

Una tarde, más o menos una semana después, Graciela había estado sentada en su cuarto bajo el sol de la tarde mirando a Consuelo probarse diferentes combinaciones de vestidos y zapatos y pasearse por el cuarto antes de salir para su clase de pintura con Luis, haciendo pucheros frente a los espejos y exigiendo cumplidos. Cuando Graciela le dijo la verdad —que se veía guapa, pero prácticamente igual en cada uno de los vestidos—, Consuelo golpeó el suelo con el pie y la llamó inútil. Entonces, repentinamente, su rostro se desmoronó en lágrimas, se apresuró a disculparse, y se puso a acomodar en rulos los mechones de pelo de Graciela.

—Mentí —dijo Consuelo—. Eres muy útil.

—Lo sé —respondió Graciela—. Por eso estoy aquí.

En casa, Graciela había visto a Lourdes obligar a María a comer platos de tierra con ramas que había encontrado en la basura de *la finca,* a caminar atada a una correa y a hacer trucos como perro, a permanecer en la bodega de yuca en medio de la noche. Cuando María regresaba llorando a la cama, Lourdes le informaba a su hermanita que era sonámbula. ¿Era eso lo que las hermanas mayores hacían con las menores? ¿Recordarnos la existencia de un mundo más vasto, más sabio, más allá de nuestras vidas cotidianas, un mundo que yacía transparente por encima y alrededor del nuestro? Como de costumbre, lo único que Graciela quería era aprender; aprender más del mundo de Consuelo, formar parte de él.

—¿Lista? —le preguntó Consuelo, dando la vuelta para dejar la fuente. Graciela asintió y la siguió de vuelta a la hacienda, donde treparon el mismo árbol por el que habían bajado horas atrás, y se metieron a las cobijas.

13

Mujeres, madres, hijas, todas siguanabas. Malinches. Mestizas. Pero respóndeme esto: menciona una hija que haya desobedecido y que luego no haya agradecido haberlo hecho. ¿Qué madre no se ha quedado dormida mientras los *frijoles rojos* se queman en el fondo de la olla?

Solíamos escapar al bosque por las noches. Una vez, cuando María tenía cuatro años, no mucho después de que dejara de ser una bebé, y cuando el resto de nosotras teníamos seis, más o menos, fuimos a buscar a Cipitillo, el hijo herido de Siguanaba, un niño *duende* que comía ceniza y corría con los pies al revés. Hacíamos nuestro mejor esfuerzo por demostrarle a las demás que no teníamos miedo, pero todas estábamos asustadas, y en algún momento Lourdes levantaba a su hermanita y corría de vuelta a casa, dejando a Cora, Lucía y Graciela solas en la oscuridad del bosque. Alguien susurraba: ¡siguen ustedes!, ¡siguen ustedes!, y nosotras maldecíamos a Lourdes con nuestras mejores groserías por atreverse a abandonarnos y buscábamos entre los árboles un camino de regreso a casa. Abandonamos nuestro plan de encontrar a Cipitillo. De todas formas, ¿qué habríamos hecho con él si lo hubiéramos encontrado? ¿A quién se le había ocurrido esa idea? Cuando entramos al bosque estaba empezando a lloviznar, pero para entonces la llovizna se había convertido en aguacero. Un relámpago partió una *ceiba* frente a nosotras. Esquivando las ramas rotas, nos deslizamos hacia una cañada. Cuando abríamos de nuevo los ojos, en el cielo ya empezaban a tejerse las nubes de la mañana. Nos preguntábamos cómo era que no estábamos muertas.

Ramas toscas y raquíticas, enredadas y quebradizas. Sobre nuestras cabezas brillaba una flor blanca aperlada, como la luna en un nido. *La flor de amate* con su promesa de amor y sabiduría y una vida larga y protección, y todo eso sería nuestro si lográbamos alcanzar sus pétalos, si lográbamos desenterrar el tallo exactamente de la forma precisa. Si nos equivocábamos de lugar, si lastimábamos un pétalo, el demonio se aparecería y nos destruiría a todas. Graciela alcanzó la flor. El demonio se apareció en forma de botón.

¿Y qué hay de su madre? Vimos a Socorrito: conocíamos su vida. Tal vez mejor de lo que jamás la conocerían sus propias hijas. Durante las primeras semanas luego de que Graciela se había ido, Socorrito no paraba de hablar de la hacienda de la capital: las escaleras de mármol, la jaula del patio, la barda altísima que lo cercaba todo.

¿Cuándo va a regresar para llevarte a vivir con ella?, le preguntamos.

Uno de estos días.

A pesar de que nunca llegó al pueblo ni una carta de Graciela, Socorrito insistía en que, apenas llegara alguna, le pediría a Lourdes que se la leyera. Mientras estaban en los campos, solía gritarle:

—¡Mi geniecita! Vas a leer para mí, ¿verdad?

—¡Yo no soy la geniecita de nadie! —le respondía Lourdes, sin la dureza que habría podido imprimirle a la frase si no le dolieran la miseria de Socorrito y la ausencia de Graciela.

Después de que Graciela se quedó en la capital, Socorrito se pasó borracha tres años seguidos. Daba tumbos por los campos y su presencia era inútil en el cuarto de clasificación. Una tarde, María entró luego de la cosecha y la encontró ahí, tendida cuan larga era, en el piso, mirando las vigas del techo.

—¡Shh! ¡Estoy hablando con mi abuela! —dijo Socorrito, moviendo apenas la cabeza del trozo de tierra en el que la tenía. Susurraba al techo, febril. Ninguna de nosotras criticó nunca a Socorrito por cómo era entonces. Quizá nuestras madres hayan murmurado su irritación, pero para nosotras, Socorrito seguía siendo la *mami* de Graciela. La amábamos.

—¿Y qué te dice tu abuela? —le preguntó María a Socorrito cuando dejó de susurrar.

—Nada —contestó ella. Escupió sobre la pila de cerezas de café que Lucía había cargado hasta ahí, y que ahora estaba clasificando—. Lleva años muerta, pero si estuviera aquí o si estuviera escuchando o cualquier otra cosa…, bueno, no diría nada, ¿o sí?

María no respondió, no porque no quisiera consolar a Socorrito, sino porque apenas había entendido lo que la mujer estaba diciendo.

Al fin Socorrito recibió otra carta de la capital, y todas esperábamos que se tratara de aquella tan esperada, pero no era más que un sobre con dinero enviado por el Ministerio de Salud, sin noticia alguna de Graciela. Socorrito se emborrachó dos semanas después de eso, y Cora, que había estado dándole vueltas a este asunto, por fin entendió a qué se refería: si la abuela de Socorrito estuviera ahí, no la escucharía, no la vería a los ojos siquiera, de tan enojada y avergonzada que estaría de ver que Socorrito había permitido que le quitaran a sus dos hijas para llevárselas al brujo.

Socorrito esperaba más sobres con *pisto.* Todas los esperábamos, confiando en que el siguiente lo compartiría con nosotras, como nos había prometido. Pero el *pisto* nunca llegó. Al siguiente día de pago, *el patrón* le entregó unas fichas de madera extra, que solo eran útiles para cambiarlas en la tienda de la compañía.

Al fin, unos tres años después de la partida de Graciela, Socorrito conoció a un misionero pelianaranjado de Carolina del Norte, y se casó con él. Luego de eso y con la ayuda de *Jesucristo,* dejó de beber. Y con la ayuda de Walter ya no tuvo necesidad de trabajar. Se mudaron a una casa grande en el cerro, arriba del convento, y supimos por nuestras *mamis* que el *gringo* de Socorrito planeaba llevársela a los Estados Unidos, pero Socorrito, o al menos una parte de ella, seguía esperando.

—¿No sería mejor quedarnos? decía, mitad pregunta, mitad afirmación, cada vez que nos encontrábamos en el mercado o afuera de la iglesia . Los tres: Graciela, *el* Walter y yo, y quizá una más, y luego irnos a vivir a la capital a nuestra propia hacienda, como una familia.

Como no sabíamos gran cosa del tema, solo asentíamos en acuerdo con ella.

Quizá una más, decía, y sabíamos que no se refería al futuro, a un nuevo embarazo, a otro bebecito, sino al pasado. A Consuelo, la primera «una más».

Al igual que Graciela, nosotras crecimos. Bajo la *ceiba,* a Cora le llegó el pelo hasta los hombros, y comenzó a sangrar. Lourdes, María y Lucía sangraron también. Nos hacíamos *atol* e infusiones de *hierbabuena* unas a las otras. Nos sobábamos la espalda baja y nos turnábamos para cepillarnos el cabello. Nos reíamos con la luna: ella también era mujer.

En la venta de garage de las monjas, la hermana Iris le dio a María un par de overoles *de choto: la monja* le dijo que estaban hechos para ella. Cuando María se los puso por primera vez, le quedaban flojos en el cuerpo flaco, pero qué bien se sentían sobre sus hombros esas correas de ferrocarrilero. Tenía unos doce años, quizá trece. Ese día se cortó el cabello todavía más corto con unas tijeras de cocina y sin espejo, sin nada más que la sensación del pelo en las manos. Lourdes se partió de risa cuando vio a su hermanita llegar a casa.

—Ese es tu verdadero yo, María-Malía. Pareces un *bichito.*

Lourdes le pasó un brazo por encima del hombro, y ambas se rieron del reflejo de María en el espejo.

Cora y Lucía empezaron a trabajar juntas en rehabilitar la tierra de una parcela al otro lado del volcán. Para darle aire, la araban con una pala que se habían robado de la carreta de un hombre. La alimentaban con sangre y cabello. En la tienda de la *finca* compraron pimienta, maíz, yuca, papa, y usaron las semillas, o en su caso las raíces, para espolvorearlas o enterrarlas por el terreno. La idea era producir nuestra propia comida y un día irnos a vivir ahí, a esa *milpa* al otro lado del volcán.

Un día, Lucía dejó los campos y se fue corriendo al bosque. Creímos que había ido a encontrarse con alguien, a divertirse un rato, así que no la seguimos. Lucía practicaba su encanto en cada persona que conocía, *bien* coqueta. Y muy solitaria cuando estaba en cualquier lugar donde no estuviéramos nosotras. Nadie le dijo al *patrón,* y trabajamos el doble para llenar su canasta y cubrirla.

Volvió por la noche con un manojo de ramas envueltas en cuerda, que se había robado del cuarto de clasificación. *Bien* valiente.

—*Miren que* estoy haciendo un *púchica* telar —nos dijo. Nos reímos tan fuerte que ni siquiera nos enojamos con ella. Nuestras bisabuelas, nuestras abuelas, todas llevaban mucho tiempo muertas. No quedaba nadie que pudiera enseñarnos a construir un telar de cintura, ni a procesar el hilo, ni a tejer. Pero ella estaba decidida.

—Estás jodidamente loca —le dijimos, carcajeándonos como cuervos.

—¿O sea que saliste corriendo como si tu vida dependiera de ello para ir a juntar ramas en el bosque como una *púchica coatimundi*? —preguntó María, ahogada de risa.

—Sí —respondió Lucía—, estaba aburrida.

La comprendíamos. Todas estábamos aburridas. Huíamos al bosque cada que podíamos, para escapar del aburrimiento. Aburridas y cansadas, aburridas y adoloridas, aburridas y esperanzadas, aburridas y alegres, aburridas y con ganas de pasarla bien.

Fue ahí, en el bosque, donde Cora conoció a Héctor. Le gustaba lo suficiente como para aprenderse su nombre, y volver a verlo una y otra vez. Tenía el cabello negro y revuelto, y le regalaba flores. Le enseñó los nombres de las aves, y cuando se ponía el sol, se quedaban de ver en su lugar especial cerca de un cúmulo de árboles de cacao.

No mucho después, conocimos a Prudencia. Era mayor que nosotras, lo suficiente como para ser nuestra madre, pero todo el mundo decía que era una tonta, porque afirmaba ser capaz de predecir el futuro.

—Tiene pájaros en la cabeza —solía decir Lourdes de nuestra nueva amiga, y esa era una de las razones por las que la adorábamos. Vendía fruta con su madre al otro lado del volcán. Nosotras le compartíamos un vaso de mango verde agrio rebanado, y ella nos recitaba un poema escrito para nosotras, mientras se balanceaba y cantaba. Le gustaba decir que sería una buena reina, pero que se conformaría con ser presidenta. Decía que soñaba con que su tía se moría mientras dormía y que, cuando despertaba, su Tita Dori no estaba. *Bien loca,* pero su poesía no estaba mal. Hablaba y hablaba tanto que su *anciana* madre le gritaba para que se callara.

—*Fíjate,* te vas a cortar una mano —decía, porque a Prudencia le gustaba cerrar los ojos mientras cantaba sus poemas y descabezaba una piña, y el cuchillo en sus manos era como un animal con vida propia.

¿Y nuestras madres? *Calaceadas.* Cada año, Yoli, Alba y Rosario colapsaban de sueño más temprano y con menos ruido. Les dolían las espaldas, y las articulaciones de sus dedos se hinchaban y se les arqueaban como garras. Y Socorrito estaba en alguna parte, con su *gringo*, y la veían cada vez menos. Y nosotras trabajábamos cada vez más. Teníamos que compensar lo que nuestras madres ya no podían hacer.

Vaya, pues.

Graciela llevaba siete años lejos cuando colapsó el mercado de valores. El precio del café se desplomó. El *patrón* bebió y bebió, casi hasta dejarse morir.

Una noche, la zorra de la *finca* llegó corriendo a nuestra hilera de cabañas y golpeó en la puerta de Rosario: su esposo no se despertaba y necesitaba ayuda de algún tipo. A Rosario no le gustó la idea de que la despertaran a esa hora, especialmente después de que el *patrón* había reducido su pago —el pago de todas nosotras—, y aunque decía que se trataba de una «cuestión temporal», podíamos leer entre líneas. Sabíamos que nuestra economía, sostenida por los granos de café, estaba desmoronándose.

—¿Qué quieres que haga? —le preguntó Rosario a la zorra mientras corrían en medio de la oscuridad hacia la enorme casa que tenían en el cerro.

—¡Apúrate! —dijo la otra por toda respuesta.

Rosario chasqueó la lengua. Las cigarras bramaron.

Ya en la casa, Rosario fue por una cubeta de agua y se la arrojó encima al *patrón,* que estaba desparramado sobre el piso del baño, y que no se movió cuando el agua le cayó encima como una ola furiosa.

—¿Se golpeó la cabeza? —le preguntó Rosario a la zorra de la *finca,* que no hizo sino morderse las uñas y mirar al vacío.

—No soy doctora —dijo Rosario—, ni doctora de medicina, ni doctora de brujería.

—¡Solo haz algo! —replicó la mujer—. Dios mío con estas *mulatas* flojas.

Así que Rosario hizo algo. Balanceó el brazo y, no sin cierto placer, le dio al *patrón* un puñetazo en la mandíbula. Este gritó y se despertó de un sobresalto. La zorra de la *finca* gritó y trató de alcanzar a Rosario de los cabellos.

—¡Lo logré! —dijo Rosario, triunfante. Un hedor llenó el baño cuando el *patrón* se levantó.

—¡Se cagó en los pantalones! ¡Se cagó en los pantalones!

La zorra de *la finca* estaba histérica.

—¡Ven acá y limpia este desastre! —gritó, pero Rosario estaba ya en la puerta, corriendo tan rápido como le permitía su espalda adolorida.

Cuando llegó la temporada de cosecha, el *patrón* nos dijo que esperáramos. Dejamos que las cerezas de café maduraran y cayeran de los árboles; el olor era parecido al de la carne podrida, al de los pantalones cagados del *patrón.* Nos prometió pagarnos una vez que terminara la temporada. Esperamos. Nunca nos pagó. «Esos pantalones cagados fueron solo el inicio de nuestros problemas», había dicho Rosario entre risas.

Una mañana, pasada la temporada de cosecha, cuando sabíamos que el *patrón* estaba en *Los Yunais,* Alba y Yoli fueron a arrojar piedras a la sala de su casa, por la ventana. Oyeron el cristal romperse en pedazos, y a la zorra de la *finca* gritar y correr hacia la *salita* mientras nuestras madres corrían unas tras otras por el bosque. Después de eso estuvieron sonrientes durante días. Solo querían una probada, una probada de retribución.

De ordinario, una cosa de esas les habría significado la muerte, pero *todo el mundo* sabía que esos no eran tiempos ordinarios. El aire olía a mierda tras una temporada de frutos podridos en lugar de cosecha, y nadie había cobrado. Las piedras eran una advertencia y una oferta. Páguenos antes de que hagamos algo peor, *pendejo.* Aun así, sin embargo, sabían que habían tenido suerte de que nadie sospechara que habían sido dos *indias* de mediana edad las que habían vandalizado la casa del *patrón.*

Cuando este volvió, la semana siguiente, le informaron de lo sucedido. Llamó a una junta con los trabajadores al final de ese día y exigió saber quién había arrojado las piedras. Permaneció de pie en el porche de su casa, con la ventana rota enmarcando su sombrero. Esperó en silencio. Nadie dio un paso al frente.

—Muy bien —dijo—, entiendo el mensaje. Tienen hambre. No están recibiendo un pago. La temporada de cosecha fue una mierda.

Vació una cubeta sobre la audiencia: las *púchica* fichas de madera, que no servían para casi nada, llovieron sobre nuestras manos extendidas.

Nuestras madres estaban postradas. No había trabajo suficiente y prácticamente no les estaban pagando nada. Estaban exhaustas, demasiado imbuidas en el alivio de aquel descanso como para compartir sus preocupaciones con nosotras, y tenían hambre. Las *púchica* fichas de madera no bastaban: cinco de ellas servían para comprar unas cuantas *tortillas* salpicadas de moho azul, algo de *queso duro* salado y un *plátano* maduro y consumido.

—Mira, Lucía, tu novio. —María tomó el *plátano* podrido cuando Lourdes regresó de la tienda de la *finca* con su canasta. Lucía puso los ojos en blanco, Lourdes puso los ojos en blanco y Cora le quitó el *plátano* y lo peló y lo exprimió con maestría. Su crema suave brotó entre un desfile de brillantes *hormigas* negras. Aplaudimos.

La única razón por la que no nos morimos de hambre fue la *milpa* al otro lado del volcán. De la tierra que Cora y Lucía habían preparado pudimos cosechar maíz, *frijoles*, chayote y nuestros propios *plátanos*, mucho más bonitos. A la mamá de Prudencia le cambiamos algo de eso por un pollo entero y unos huevos. Un par de noches a la semana, Cora cocinaba para las monjas a cambio de algo de dinero y de una comida, que se llevaba envuelta en el *rebozo* para compartirla con nosotras. Así, cada domingo comíamos juntas, como una familia.

Lourdes comenzó a hacerse cargo del radio del cuarto de clasificación, y jugueteaba con las perillas de la máquina polvorienta para encontrar la canción justa, en un intento por aligerar el ánimo. Tenía ganas de bailar, y bailaba. Así fue como nos enteramos de que *la* Prudencia, nuestra amiga, *la Loca* Prudencia Ayala, la de los pájaros en la cabeza, se había lanzado como candidata a la presidencia para las próximas elecciones. En ese entonces, las mujeres no podían votar siquiera, especialmente las *indias afrodescendientes* como Prudencia. No le habíamos puesto mucha atención a las elecciones; a fin de cuentas, ¿a nosotras de qué nos servía? Nada cambiaba nunca. De alguna forma, sin embargo, aquello era algo por lo cual emocionarse.

La mañana siguiente era un domingo, así que Lourdes corrió al otro lado del volcán para buscar a Prudencia en el mercado. No se detuvo en la *milpa* de camino, así que llegó con las manos vacías.

—*¡Mi presidente cachimbona!* —le gritó. Prudencia estaba caminando en círculos alrededor del puesto de su madre, apoyada en un bastón, como un viejo rico. Su anciana madre maldijo y escupió en el piso. Parecía una locura, un sueño.

El radio del cuarto de clasificación tenía además una estación secreta, que Lourdes descubrió buscando canciones de venganza. Transmitía noticias de hombres de nuestra edad que se reunían en las montañas, reuniones de trabajadores. Héctor, el hombre de Cora, empezó a ir a esas reuniones. Oyó un discurso sobre el voto de las mujeres, y luego de eso la candidatura de *La Loca* Prudencia le pareció más factible. Oyó otro discurso sobre la redistribución de la tierra. Escuchó a un hombre hablar de abolir las fichas de madera en favor de un pago real, mientras que otro argumentaba que abolir el sistema de fichas sería como intercambiar un zapato roto por una pila de mierda de caballo; en cambio, quería que nos negáramos a trabajar, que nos deshiciéramos de las *fincas,* del sistema de *colonos* entero. Recuperar las tierras. No mencionó nada sobre cortarle el cuello al *patrón* o a sus socios, pero después de eso la multitud se mostró feroz, un cuerpo que se enciende en la oscuridad.

Héctor le dijo a Cora que iba a las reuniones por sus hijos. Quería que sus bebés tuvieran una vida mejor. Ella no estaba segura de querer bebés todavía, pero tampoco le preocupaba demasiado que Héctor asistiera; de hecho, les llevaba comida a él y a los otros hombres. Trepaba despacio por la montaña, con un bulto a la espalda —*tortillas* gordas, *frijoles rojos* y un poco de *tinga de pollo* que se había robado del convento. Tenía la impresión de que a las monjas no les importaría que se robara comida, o que fuera a las reuniones en la montaña, pero de todas formas siempre les decía que iba a ver a las aves.

Pronto aparecieron letreros en el pueblo anunciando que el comunismo se castigaba con la muerte. A los bolcheviques los matarían en cuanto los vieran. ¿Y cómo iban a distinguir a un comunista solo de vista?, nos preguntábamos, con una sonrisa de satisfacción. En cualquier caso, Héctor se consideraba un trabajador, no un bolchevique. Nadie que conociéramos usaba la palabra «bolchevique».

Sabíamos, sin embargo, que por «comunista», los letreros querían decir *indio.* Querían decir pobre, trabajador de los cafetales, bárbaro. De piel morena, ropa arrugada de algodón blanco, *indios* reunidos en grupos de tres o más. Nos carcajeamos. ¿Los bolcheviques éramos nosotros? ¿El levantamiento comunista? La zorra de *la finca* estaba en su casa, echada y sudando; su marido llevaba días fuera, de putas. Ninguna de nosotras estaba preocupada.

Luego, Cora empezó a ir a las reuniones con Héctor.

—No son nada espectacular —nos decía—. Nada demasiado salvaje. Se trata sobre todo de un grupo de hombres discutiendo sobre el significado de una palabra. Pero imagínense... Si es verdad que las mujeres podríamos votar, pondríamos de cabeza *el colonato* en un parpadeo.

Lourdes y Lucía consideraron la idea de unirse a la próxima reunión, pero María estaba ocupada. Nuestro *chambre* de mejor calidad tenía que ver con María. Con sus overoles y su cabello corto había seducido a una mujer que vivía al otro lado del volcán. Estaba ocupada acariciando el rostro de su amante, mirándola a los ojos, diciéndole toda clase de cosas. María estaba en camino a que le rompieran el corazón por primera y única vez en su corta vida; no tenía tiempo para reuniones.

Cuando el deseo se vuelca en la prueba, no hay vuelta atrás. El deseo tiene un sabor dulce. La Mujer de Sangre lo probó, como la memoria, y entonces necesitó más. Nosotras sabíamos también del sabor dulce del deseo; su dulzor nos atemorizaba un poco, así como atemorizaba a la Mujer de Sangre mientras se adentraba en las profundidades del bosque. El deseo vibraba en su cuerpo como la estela de un terremoto y la conducía hacia el árbol prohibido.

La calavera estaba esperándola.

14

También para las *hermanas* de la capital las cosas estaban empezando a cambiar. Habían dejado de ser niñas, y cada día eran más conscientes de las grietas en su mundo, que terminarían por destruir las vidas de todas nosotras. Por tanto tiempo como pudieron, sin embargo, trataron de mantenerse al margen de lo que el futuro exigía de ellas.

Por aquellos días para Consuelo todo era diversión. Había pasado mucho tiempo nerviosa como un conejo, tan avergonzada que a veces no podía ni hablar, tan temerosa que temblaba. Ahora había empezado a reír. A reír tontamente, a reír en burla, a carcajearse, a rugir, a veces para la confusión de los demás, pero no sabía qué más hacer. Perlita le decía que era una grosera y una loca, que era fea e *indiada,* pero Consuelo solo se reía más. Podía ser cruel con Maite y las otras Rositas, espolvorear *carcajadas* sobre sus corazones rotos y sobre los defectos de sus pinturas y sus poemas, pero con Luis, después del sexo, el impulso de reírse era menos inmediato. Entonces se relajaba.

Consuelo se acostaba con Luis en el estudio de él. Afuera volaban los murciélagos; se acercaba una lluvia de monzón.

Esa noche, Luis estaba afligido, así que Consuelo hizo un esfuerzo especial por no reírse mientras lo escuchaba contarle lo que le preocupaba.

Uno de sus maestros había desaparecido. Había ido a una junta de trabajadores en La Ciudad Borracha, un café nada especial cerca de la universidad, al que Consuelo había ido un millón de veces. Luis sospechaba que solo había ido a tomarse un café y había tomado un panfleto a la salida, pero al día siguiente no se había presentado a clase. Lo habían desaparecido y saqueado su departamento, y habían dejado la puerta abierta. El panfleto de la reunión de trabajadores estaba en su escritorio. Luis tenía sus teorías, la mayoría de ellas relacionadas con alguien, algún amigo u enemigo, quizá una ex novia, que lo habían llamado bolchevique.

Luis no tenía idea de si su profesor realmente era bolchevique. Tenía barba, eso sí, y usaba un cinturón de cáñamo, y a veces eso era todo lo que se necesitaba para sostener la acusación. Quizá lo habían estado observando. En el café, en el salón de clases, en la calle. Quizá, quien sea que lo había estado observando era parte del grupo de trabajadores, una especie de espía del gobierno. Quien sea que hubiera sido sabía dónde vivía.

Esa misma semana, sin embargo, un estudiante del profesor lo había reportado con el Ministerio de Educación, acusándolo de haber hecho un comentario en clase sobre cómo las columnas de la Grecia Antigua estaban sobrevaloradas.

Consuelo no pudo evitarlo: se rio a carcajadas.

—¡*Achis!* ¿Quién demonios reportaría eso? —decía—, ¿a quién demonios le importa? ¡*Ma ve!*

—Algo así de simple es suficiente para levantar sospechas —dijo Luis—, aunque tal vez haya dicho algo más. Tal vez insultó al General enfrente de uno de sus espías en La Ciudad Borracha. Algo así. Es difícil saber siquiera si fue por una sola cosa, o si lo están usando para darnos un ejemplo a todos los demás. O si lo van a liberar alguna vez.

La voz de Luis era lenta y pesada.

Bah. Consuelo se mordió el labio para no decirlo en voz alta. Bah. Sabía que no debía reírse, pero odiaba esa versión de Luis. Ese Luis sombrío la aburría, y aunque entonces no lo entendía, ese aburrimiento le aterraba. Se negaba a aceptarlo.

¡No!, quería gritarle al oído, ¡me niego a aburrirme! Quería perforar su pesadez, extraer el néctar del deseo y bebérselo a sorbos. Bailar en su pecho. Escucharlo sin aliento, riendo, suplicando por ella. Quería verlo parpadear de nuevo, que la besara y la lamiera sin final.

Él se giró, lejos de ella.

—No hay ni una jodida esperanza. Creo que el General planea cerrar la universidad por completo. Deshacerse de todo el mundo y empezar de nuevo con un montón de banqueros *ladinos.*

Para Consuelo, todas las teorías de Luis sonaban ridículas. Probablemente el profesor solo quería escapar de la vida que llevaba. Tal vez se había ido a Panamá y ahora estaba pescando en la costa caribeña. Y, en serio: ¿reemplazar la facultad de Bellas Artes con banqueros *ladinos?* Soltó una *carcajada.*

Luis ignoró su risa, perdido en su desesperación.

—Voy a tener que cuidarme y mantenerme fuera del camino del General —dijo Luis—. Ya ves que no le gusta mucho la gente como yo.

—¿Gente como tú?

—Ya sabes. Padres campesinos, aspiraciones artísticas, la barba. Técnicamente, esos zapatos son bolcheviques —dijo apuntando a sus desgastados zapatos Oxford, apilados uno sobre el otro en la esquina de la habitación, junto a la puerta, con las lenguas de fuera. Aunque ligeros e inofensivos, eran zapatos feos, de hechura barata.

(Por otro lado: en esos días, todo lo barato era bolchevique; más tarde todo lo campesino sería también bolchevique.)

Consuelo no pudo resistirlo más y estalló en un ataque de risa burlona.

—Zapatos bolcheviques, nariz bolchevique, cámara bolchevique, lienzo bolchevique, dulces bolcheviques, ombligo bolchevique, tirantes bolcheviques, motocicleta bolchevique, remolino de cabello bolchevique, ¡verga bolchevique! —gritó alegremente, apuntando con el dedo—. ¡Me encanta tu verga bolchevique! ¡No sabes cómo me encanta!

—Solo no le cuentes de mi verga bolchevique al General, ni a Perlita, para el caso —dijo Luis, girándose de nuevo hacia ella, con una leve sonrisa. Estaba haciendo un esfuerzo. Consuelo era joven y bonita, y se rehusaba a aceptar la realidad estúpida y aterradora en la que vivía Luis. Ni siquiera lograba culparla.

—¡Tu verga bolchevique brilla de color rojo! ¡Rojo comunista! Especialmente cuando está dura… ¡Como la de un perro! —dijo Consuelo, *tan bayunca,* esta.

—Sí —dijo Luis con paciente reverencia—. Mi verga bolchevique es una humilde trabajadora en la lucha, pero es el martillo, no la hoz.

Fue demasiado para Consuelo. Aullaba como si la estuvieran matando.

Por ese entonces Graciela empezó a hacerse la muerta por las mañanas, cuando tenía que ir a trabajar para el General. Ninfa entraba al cuarto a despertarla, y Graciela, llena de terror, cruzaba los brazos sobre el pecho. Había visto esa pose en una película: un fantasma hermoso, una mujer tendida dentro de una tumba egipcia. Ninfa le hacía cosquillas bajo el mentón y le pellizcaba el brazo, y ella fingía despertarse de un sobresalto.

—Estoy enferma —decía—. Siento que me voy a desmayar. Llevo toda la noche vomitando por la ventana.

Despacio, haciendo la mímica de un esfuerzo tremendo, Ninfa apuntaba con los labios al otro lado de la habitación.

—El auto va a estar aquí en quince minutos —decía Ninfa mientras tomaba la almohada de Graciela y le quitaba las cobijas de encima; de pronto Graciela estaba en el piso, y Ninfa extendiendo las sábanas sobre el colchón. La tina estaba llena, el cuarto lleno de vapor, y mientras Graciela se sumergía en el agua, recomponía sus ideas lo suficiente para anunciar que tenía miedo de ir al palacio esa mañana y envenenar al General con su enfermedad, tal vez al punto de matarlo. Ninfa le tallaba la espalda con la misma fuerza que aplicaba a las *guanábanas* sucias, y le respondía, la expresión lisa como un plato:

—Ojalá.

Por un instante, la boca se le quebraba en una sonrisa. Graciela era la única persona en la hacienda que le veía esa sonrisa. Para el resto, su cara siempre estaba en blanco.

Envalentonada por la sonrisa de Ninfa, Graciela le preguntaba:

—¿Quieres que se muera el General?

Pero entonces los ojos de Ninfa volvían a ser impenetrables.

—¿Otra vez tuviste pesadillas? —le preguntó, a cambio.

Graciela negaba con la cabeza, pero respondía que sí, a sabiendas de que, sin importar lo que respondiera, en unos momentos estaría de camino al palacio.

Los días en que se quedaba en la hacienda a limpiar con Ninfa, sin embargo, *la viejita* solía echar piloncillo y canela a una olla de barro, para preparar *café de olla* para ambas.

—¿Qué te dice? —le preguntaba Ninfa.

Graciela le recitaba entonces los catecismos: la sangre, las aguas, la luz. Era todo una tontería, ¿no?

—*Achis* —Ninfa ponía los ojos en blanco—, la misma mierda de toda la vida, ¡nada nuevo!

¿Pues qué esperaba *la vieja?*

Ninfa hacía una mueca.

—Cree que eres su oráculo… ¿Por qué no haces algo útil? Dile que les suba el sueldo a mis hijas. Dile que se rasure los *bigotes*. Dile que su mamá era del mismo pueblo que yo. Dile que cambie las fichas de madera por *colones*.

Aunque se reía y ponía los ojos en blanco, Graciela sabía que a Ninfa también le daba miedo el General.

—Es como todos los hombres, *¿me entiendes?* Ya ves cómo entran y salen mujeres a todas horas. Mejor no estar a solas con él. Trata de que te lleve a la Sociedad esa; mejor que estén también los *babosos* de sus amigos.

Graciela se encogía de hombros, avergonzada, pero Ninfa seguía.

—No lo dejes tocarte —decía—. No dejes que cierre con llave. Siempre mantén a la vista la salida y asegúrate de que puedes abrirla. O una ventana.

—Voy a tener cuidado —decía Graciela, que lo único que quería era dejar de hablar de eso.

—Eres una niña inteligente, ya lo sabes. Eres una niña valiente. Y tienes la oportunidad de mejorar la vida de mucha gente. Es un tipo impresionable, *mija,* puedes guiarlo. Solo haz que él haga lo correcto, *mija.* Dile que deje de ser un *pendejo,* que deje de besarle las *nalgas* reales a todos esos *ladinos* ricos que comercian con café.

Graciela le sonreía a *la vieja,* con ganas de complacerla, pero Ninfa no le devolvía la sonrisa; en lugar de eso le extendía la palma por encima de la mesa, la tomaba entre las suyas, todavía cálidas de la *tacita de barro,* cerraba los ojos y murmuraba una oración protectora y luego, en un volumen demasiado bajo para que Graciela pudiera escuchar, murmuraba algo más, una oración secreta solo para sí misma.

Al día siguiente, Graciela llevó esa protección consigo a las habitaciones del palacio, dejó que le recordara su poder, que fortaleciera su valentía.

Cuando el General la mandó llamar, Graciela le contó historias nuevas, del tipo que sabía que él quería escuchar. Le dijo que, si les aumentaba el sueldo a los trabajadores, su propia esperanza de vida se incrementaría un minuto por cada mujer bendecida por su generosidad, y que estas, además, le pagarían con su devoción. Acarició su vanidad, diciéndole que, en casa, su madre le rezaba a una imagen suya que había arrancado de un periódico y había pegado dentro de un nicho.

Era mentira, por supuesto, pero él quiso saber más.

—¿Le pone *velitas*? ¿Y una cruz?

Graciela asintió, solemne.

—Y una jarra de agua bendita también —dijo—. No, discúlpeme… Una *tacita de barro* —añadió, corrigiéndose—. El agua la bendecía el obispo cuando visitaba el pueblo.

El General asentía. Graciela no sabía si realmente le creía, pero se prometió seguir intentando. (Era demasiado tarde, en cualquier caso.)

«¿Sería presidente el General?».

«¿Es mejor matar a un hombre o a una hormiga? ¿Por qué?».

«¿Se puede medir el valor de un alma?».

«¿Cuál es la primera etapa de la transmigración de las almas?».

—Sí, el General será presidente.

—Es mayor crimen matar a una hormiga que a un hombre, porque al morir este reencarna, mientras que aquella muere para siempre.

—Sí, se puede medir el valor de un alma. El alma, al margen del cuerpo, experimenta el proceso de nacer repetidamente en la tierra, método a través del cual gana experiencia, vida tras vida, creciendo despacio, hacia la sabiduría, la fuerza y la belleza.

—La primera etapa de la transmigración de las almas ocurre al desprenderse del cuerpo. El alma, destinada a la hermandad de las almas, se eleva y cae con la edad, desmesurada por el cuerpo.

El General sonreía como un bebé mientras oía las respuestas de Graciela.

—¿Puedes ver, entonces, el patrón cósmico? —continuó él—. ¿Ves cómo todo cambia una vez que yo asumo la presidencia? ¿Cómo soy el único que puede recoger la sabiduría, la belleza, la fuerza de todas esas almas fulgurantes? ¿Cómo soy yo quien purificará a esta nación y la traeré a una nueva era de supremacía, como una gran montaña que nace del mar?

Graciela asintió.

—De verdad, *cherita*, no hay nada que temer. Los cuerpos se abandonan. No hay nada innatural en ello. Los cuerpos mueren. Es perfectamente normal.

El General hizo una pausa y se preparó para tomar un baño. Graciela buscó la ventana con la mirada. Podría intentar escapar de nuevo. Quizá esa misma noche. Quizá con Consuelo, que no la perdonaría nunca si intentaba irse sin ella otra vez.

—Los cuerpos mueren, pero las almas reencarnan sin fin, sin fin —continuó el General—. Y, mientras tanto, aquí hacemos que la carne sea cada vez mejor, y más bella. La carne viva. *¿Me entiendes?*

Mejorar la carne viva haciéndola más bella. De lo que estaba hablando era de hacer que nuestras almas fulgurantes dejaran nuestros cuerpos, nuestros cuerpos de *india*... Una parte de Graciela tuvo que haberlo entendido.

—Sí —contestó, como siempre. No era un trabajo tan difícil.

Los domingos, el General la liberaba de sus deberes, y Ninfa volvía a su casa en el pueblo, así que Graciela se quedaba sola, libre de pasearse por la órbita de Consuelo, que a su vez giraba en torno a Luis y a los otros graduados de la escuela de arte. Perlita había interrumpido sus estudios, pero Consuelo se mantenía en el grupo por medio de su relación con Luis, desesperada por mantenerse relevante, a la espera de que él terminara sus estudios para escapar juntos a algún lugar lejano. *Las hermanas* se encontraban con Violeta, Maite, Claudia, Luis y los otros junto a la fuente, y al final todos iban a un café cerca de la universidad: La Lágrima o El Espejo, o incluso La Ciudad Borracha. Se instalaban ahí horas enteras, dejando que se les enfriaran las tazas de café durante la parte lluviosa del día, viendo a los estudiantes que salían de la biblioteca. Comentaban sobre lo viejos que se sentían, la mayoría de ellos ahora en sus veintes tempranos, aún a la espera de un gran amor o de que su genio interno se revelara al fin, quizá hasta ahora postergado por los consejos de La Claudia, que entonces era la secretaria de la escuela de arte, infelizmente casada, poeta secreta, y que a sus treinta y dos parecía antiquísima. Llamaban a otros compañeros de Luis, escribían poemas en conjunto, fumaban y pellizcaban una *torta* rancia que alguno de ellos había ordenado para que no los corrieran del lugar. Graciela y Consuelo no volverían a la hacienda sino hasta tarde, mareadas y risueñas, en la satisfacción de que sus pequeñas vidas pudieran sentirse tan libres de límites durante esas largas tardes de domingo. Perlita no preguntaba nunca en dónde habían estado.

Un domingo fueron con Luis a deambular por los pasillos de la escuela de arte. Todas las puertas de las galerías estaban cerradas con llave, pero Consuelo presionó la nariz contra el vidrio de una de ellas.

—Esta es la que quería enseñarte —le dijo a Graciela, dando golpecitos en el cristal. Luis señaló una pintura larga y estrecha que descansaba sobre un caballete, dentro del salón: una rosa emergía de entre una pila de calaveras blancas y resplandecientes, una *india* con la cara de Graciela, apuntando hacia una luna creciente. La chica de la pintura era la versión de Graciela que había llegado a la capital años atrás: el cabello largo y oscuro recogido en dos trenzas, las mejillas redondas y morenas, las rodillas polvorientas debajo de un vestido prestado que le quedaba chico, y los brillantes ojos de escarabajo; ella siendo una niña.

(Así es como nos ven siempre los *ladinos.* Insisten en esa versión de nosotras. ¿Por qué?)

—¿Es tuya? —Graciela le preguntó a Luis.

—No —contestó él—. Es de Consuelo. Es la lección de la próxima semana.

Consuelo sonrió como si hubiera perdido la razón de pronto. *La loca,* como si fuera tan distinta de nosotras.

La semana siguiente, tan temprano que el calor no había bajado todavía de los cerros, Consuelo y Graciela terminaron en el estudio de Luis, entusiasmadas de tener frente a ellas un día entero, propio y sin límites. Esa era la habitación en la que Luis trabajaba y dormía. A lo largo de una de las paredes había una serie de seis dibujos a lápiz suave del cuerpo desnudo de una mujer sentada en el borde de una tina, con un borrón en lugar de la cara. En el escritorio, junto a la puerta, estaban sus herramientas para dibujar, afilar, grabar, cortar, sombrear y pintar, cada una en un compartimento especial. En una esquina había un colchón sobre el piso, con un nudo de sábanas grisáceas encima. Tenía una estufa pequeñita y un hervidor de agua, y una tina vieja con una cortina de baño alrededor. En ese cuarto, Luis tenía todo lo que una persona necesitaba.

Estaba ya dentro, acomodando una caja metálica rectangular en un trípode, cuando llegaron. Le dio la vuelta a una manivela en la parte trasera del soporte para destrabar las ruedas y empujó la caja de metal hacia el centro de la habitación. Graciela se sobresaltó al oírlo hablar.

—Están viendo un objeto que va a transformar... No, ¡a revolucionar el mundo! —dijo—. Gracias a esto —señaló con el dedo la caja sobre el soporte— todo en este mundo va a cambiar. ¡El arte!, ¡la política!, ¡la ciencia!, ¡el amor!

—¿De dónde la sacaste? —le preguntó Consuelo, mientras le daba un beso en la mejilla.

—Es un préstamo de la universidad, así que no lo podemos romper, ¿vale? O Juanmi me va a ejecutar —dijo con una sonrisa burlona—. Es como las que usan para hacer las películas de Hollywood, pero esta es la primera que hacen para que los *gringos* ricos la usen en casa.

Luis hizo acercarse a Consuelo y a Graciela, y pasó los dedos por la superficie de la máquina. En la parte frontal tenía una placa color negro brillante con la leyenda «Ciné-Kodak» en letras doradas, y las mismas palabras estaban grabadas en la amplia agarradera de cuero que tenía en la parte superior. Se podía cargar como un portafolio. Tenía tres círculos de cristal en la parte trasera: uno del tamaño de una moneda, para ver a través de ella; otro mediano que, según les explicó Luis, era la lente; y, debajo de ese, hacia un costado, el círculo más ancho, que servía para hacer una cuenta atrás en segundos. Del lado izquierdo de la máquina había una palanca, que según Luis necesitaba girarse constantemente para capturar la luz y el movimiento mientras la película se movía en el interior.

—Fantástico —dijo Consuelo.

—¿Quieren ver cómo funciona? —preguntó Luis—. Consuelo, párate bajo la luz.

Consuelo dejó su bolso en el escritorio, lo abrió y sacó su polvera de madreperla y un labial. Le dio volumen a la parte delantera de su cabello en el espejo y se retocó los labios color sangre; luego dio unos pasos y se colocó bajo la luz.

Sabía perfectamente lo que tenía que hacer. Hizo una vuelta de carro y aterrizó con las rodillas separadas. Se apretó el corazón con una mano, la otra en la oreja, los ojos incrédulos y bien abiertos por lo que fingía estar escuchando. Lo que sea que estuviera oyendo, era cada vez más fuerte, más cercano. Un tren, y ella estaba atada a las vías. Un monstruo. Un amante iracundo. Luis hacía girar la manivela.

—¿Quieres intentarlo? —dijo Luis—. Asómate aquí.

Jaló a Graciela hacia un banquito de madera frente a la Ciné-Kodak y le acomodó la cabeza frente a la mirilla. Ella parpadeó unas cuantas veces, sintiendo las pestañas chocar con el cristal, y vio a Consuelo, que el ojo de la máquina captaba de cabeza.

Así, de cabeza, Consuelo fingía terror, gritaba en silencio, se agarraba el cabello, se disolvía en lágrimas, pateaba y peleaba contra el piso. Luis le tomó la mano a Graciela, y juntos dieron vuelta a la manivela.

—Cuenta —dijo Luis—. Es como bailar. Dos vueltas por segundo. Uno, dos, uno, dos, uno, dos. ¿Entendido?

Graciela vio a la Consuelo de cabeza soplar besos al aire. A través del cristal, parecía muy lejana.

—Okey —dijo Luis—, tu turno.

Consuelo lanzó un último beso y Graciela, diligente, fue a ponerse bajo la luz.

—¡Déjame ver, déjame ver! —gritó Consuelo. Se puso detrás de la máquina, cerró un ojo, puso el otro contra el cristal, y le dio vuelta a la manivela.

Graciela se puso en cuclillas como la estatua de Simón Bolívar con su caballo que estaba en la *plaza*. Guiñó un ojo, y luego el otro, pero se le estaban acabando las ideas. Se puso a jugar con su cabello y sacó la lengua.

Esa semana, Perlita había llevado a Graciela a ver la película más aburrida del mundo. Duraba cinco horas, y era sobre un loco en Alemania al que le gustaba engañar a la gente para que jugaran con él a las cartas; había muchos trenes y pilas de dinero. Perlita la había odiado desde el principio y se había quedado dormida, pero Graciela la había visto con determinación: a cuadro, una mujer lloraba. Las palabras aparecían entre largos momentos silenciosos de su rostro triste, y Graciela se las había guardado en la memoria. La mujer estaba enojada con alguien muy poderoso y no podía dejar de hablar. Terminado su monólogo, sola en la cárcel, tomaba veneno y moría. Esa noche, Graciela había vuelto a casa y escrito todas las palabras de aquel discurso.

Frente a la cámara de Luis, Graciela recordó cada una de las palabras que había escrito en el cuaderno, y replicó cada una de las expresiones faciales de la actriz. *Trompuda, encachimbada,* había en ello algo más allá del placer ya conocido de su memoria perfecta, de su *guayabear.* Era un viaje en el tiempo, una explosión: el momento previo a cuando su visión se ponía en blanco y ocurría la transformación.

Cuando Graciela terminó, Luis quitó la máquina del podio y la abrió como un libro. De sus entrañas liberó la película, que brillaba de un gris cobrizo entre sus manos. Los tres se sentaron en el nido de cobijas en la esquina de la habitación, y Luis apagó las luces. Y entonces se vieron a sí mismos, inscritos en luz contra la pared, las imágenes parpadeantes y con la orientación correcta, ya no de cabeza. Graciela contuvo el aliento y apretó el brazo cálido de Consuelo mientras la otra Consuelo, toda ella hecha de luz gris pálido, hacía su aparición. Esa Consuelo bailaba y hacía reverencias y guiñaba el ojo y coqueteaba, entre las chispitas de luz que explotaban a su alrededor, provocadas por los saltos y las arrugas de la película. Temblaba, como siempre.

Luego apareció Graciela, abriendo y cerrando los ojos. Luis había acercado la cámara hacia su cara en ese momento para capturar las sombras.

—¡Nadie sabe quién es! ¡Y helo ahí! ¡Vivo! De pie sobre la ciudad, ¡enorme como una torre! ¡Es condena eterna y felicidad eterna! ¡El hombre más grande que haya vivido jamás! ¡Y me amaba a mí!

Consuelo y Luis estallaron en carcajadas, pero Graciela aplaudió para sí. Ver su propio rostro en la película, bueno, le gustaba. Su interior se iluminó. Tenía talento para eso.

Terminada la película, Luis encendió la luz, y Consuelo mandó a Graciela a casa.

—Muy bien, chérie, ¿recuerdas cómo regresar a la hacienda? Perlita debe estarte esperando.

Graciela asintió y salió, incapaz de resistir la tentación de quedarse a escuchar por la ventana. Estaba demasiado alta por fuera como para asomarse a espiar, pero los sonidos le decían lo suficiente para que pudiera imaginarse lo que habría visto si hubiera medido un poco más.

Oyó los sonidos húmedos de Consuelo y Luis al besarse, y los sonidos suaves que hacía la ropa cuando se desabrochó el vestido de Consuelo al abrirse los botones y cuando su brasier cayó al suelo, cuando Luis se quitó los zapatos, se desabrochó el cinturón y se quitó los pantalones, y oyó todos los sonidos de los que Lourdes nos había contado, los ruidos que Lourdes afirmaba escuchar todo el tiempo provenientes de la cama de su madre cada vez que tenía un visitante, y a veces incluso cuando no había hombre alguno en la casa. Primero suaves, luego más fuertes, luego todavía más fuertes, y por último suaves otra vez.

Graciela se agachó cuando la manita de Consuelo, con sus uñas rojo brillante, apareció y colocó su delicado reloj dorado sobre el alféizar de la ventana. Entonces Graciela avanzó de puntitas, estiró el brazo y, con el pulgar sobre la carátula suave y aperlada, alcanzó a jalar el reloj hacia sí. Se lo echó al bolsillo. Necesitaba algo a lo cual aferrarse, un ojo opalescente que la protegiera. Podía sentir cómo el mundo cambiaba, cómo cualquier sensación de seguridad que ese lugar le ofreciera se desvanecía.

15

Para finales de 1930, todas habíamos madurado casi del todo. Cuando la sangre de Cora no llegó al mismo tiempo que la del resto de nosotras, cuando se le inflaron las *tetas* y empezó a quejarse de que se cansaba antes de que se pusiera el sol, tanto que no quería ni ver a su preciosa parvada de *púchica* aves que regresaban a la *ceiba* por las noches, no nos sorprendimos. Héctor y ella cogían más o menos tres veces al día.

Héctor estaba fascinado con la noticia: quiso casarse de inmediato.

—*Vaya, pues, Girl.* ¿Un mismo *plátano* por el resto de tu vida? ¿Estás bien con eso? —le preguntó Lucía.

—Claro que sí —respondió Corita, pero en realidad, no estaba segura. Amaba a Héctor y quería tener a su bebé, pero tampoco dejaba de pensar en las docenas —centenas incluso, quién sabe—, de otros *plátanos* que no tendría la oportunidad de inspeccionar, en lo que significaría que su mundo se estrechara de esa forma. Pensaba que tendría más tiempo. Todas pensábamos que tendríamos más tiempo.

Para María, las noticias del embarazo de Corita fue un bálsamo. Amaba a los bebés, y ahora tendríamos uno nuevo, y además ella misma dejaría de ser la bebé del grupo; a partir de ahora sería una tía. Le dio la bienvenida a la noticia con alegría y esperanza, quizá especialmente porque todavía tenía fresco el corazón roto: la mujer al otro lado del volcán se había casado, y para evitar las sospechas de su marido, le había prohibido a María, luego de dos gloriosos revolcones, volver a verla.

—Prométeme que nunca más me llamarás por mi nombre —le había dicho. María se fue, y solo se permitió llorar por la noche, más tarde, cuando Lourdes ya se había dormido. No pudo mantenerse alejada del otro lado del volcán, sin embargo; así que por las noches se paseaba por el puesto de fruta de Prudencia o hacía largas caminatas por el bosque pensando en aquella mujer.

Solo habló con ella una vez más, después de que le escribió una carta y la dejó en la puerta de su casa. Era muy tonto de su parte, pero aun así escribió sobre las *tetas* de la mujer, de sus ojos bonitos, de la luz de la luna en su piel cuando hacían el amor. Escribió con la caligrafía dramática que las monjas le habían enseñado antes de que se viera obligada a dejar la escuela para trabajar en los campos, y que siguió practicando después, precisamente para escribir esa clase de carta. Era un comportamiento estúpido. Tenía quince años.

—¿Estás loca? —la mujer apareció en la puerta, hirviendo de coraje; le arrancó el papel de las manos—. ¡Vete de aquí! ¿Quieres que nos maten a las dos?

María trató de acercársele. La mujer reculó, asqueada, y escupió en el piso.

Cuando la escuchó escupir otra vez, María estaba ya a unos pasos de distancia.

—Además —murmuró la mujer—, ni siquiera sé leer, carajo.

María comprendió entonces que apenas conocía a esa mujer, y que no lo haría nunca. Regresó a nuestro lado del volcán, esta vez incapaz de contener las lágrimas.

Estábamos cambiando, y el país también. Faltaban solo un par de semanas para las elecciones. La Loca Prudencia estaba en la carrera presidencial, y también el General, que se había postulado como segundo del presidente actual, su viejo amigo El Pelele.

—¿Para qué se molesta en hacer campaña con él, si ya vive en el palacio? —le preguntó Graciela al General, sonriendo con la boca abierta y suave para hacerle saber que estaba bromeando.

—Cierre los ojos —le decía Graciela al Gran Pendejo. Estaban sentados en la larga mesa de la biblioteca del palacio; Graciela estaba a punto de leerle las cartas. Le había robado a Consuelo su mazo de tarot cuando sintió que el General tenía hambre de trucos nuevos. A él le gustaban las lecturas que ella hacía en la Sociedad, y le gustaban todavía más las lecturas privadas en el palacio.

Los dedos de él temblaban sobre las cartas y lo descubrió haciendo trampa para asegurarse de que le salieran la Carroza, el Sol, o su favorita, el Emperador. Era demasiado lista como para regañarlo. Se preparaba para recitarle su buena fortuna, sin importar las cartas que sacara, pero se impacientaba, cansada del trabajo que le costaba fingir y del trabajo que efectivamente tenía que hacer cuando no estaba fingiendo. Lo que Graciela quería era romance: sexo, amor, poesía y baile, como La Consuelito; todas las cosas que no estaban disponibles para ella por pasar todo el tiempo entre un trabajo y el otro.

El párpado derecho del Gran Pendejo aleteó, mientras levantaba la esquina de la carta de hasta arriba con la uña. La Estrella. Mejor que los *púchica* Pentagramas, o la Torre. Se conformaría con eso. Graciela silbó con la boca entreabierta, fingiendo distracción para dejarle voltear la carta.

—La Estrella... —comenzó Graciela—. Una carta muy auspiciosa —dijo, pronunciando la palabra como a él le gustaba escucharla.

Llevaba años bailando tap. Estaba lista para que su vida comenzara al fin.

La habríamos liberado, si hubiéramos podido. Conforme se acercaba la elección, la mayor parte de la información que teníamos era por medio de Héctor. No confiábamos en El Pelele; estaba demasiado alineado con el General. Había dicho que si ganaba, y si el General ganaba con él, nos devolvería los *ejidos.* Recuperaríamos nuestras tierras. Podríamos dejar las *fincas* y el *colonato,* volver a cosechar nuestra propia comida. Pero todo parecía demasiado bueno para ser verdad. Los *ricos* no aceptarían nunca, ni siquiera los *ladinos,* que se consideraban a sí mismos caritativos.

Graciela había oído al General hablar del tema, en la Sociedad. Esa reunión la había comenzado con un epigrama, como era su costumbre.

—Es razonable pensar que mis razones para la irracionalidad significan certeza.

Graciela reconoció un eco de Don Quijote en los sinsentidos del General, quien continuó:

—Es razonable pensar, con certeza, que el *campesino* está hambriento, física, mental, espiritual, intelectual, económica, global, cultural y críticamente; con certeza, está hambriento.

Se puso de pie y caminó por la habitación, con la pintura de las *castas* a su espalda.

—¿Cómo atraemos al campesino hacia la luz?, les pregunto a las mentes más brillantes de *nuestro pulgarcito, los patrones del mundo cósmico,* ustedes.

El General hizo una genuflexión, no sin un gran esfuerzo, ante un hombre delgado de traje de terciopelo rojo rubí y boina a juego, que estaba sentado a la mesa oval junto a Graciela.

El *aguardiente* brilló en un decantador de cristal. Aquello era inusual. El General no bebía nunca, ni siquiera en compañía de quienes sí. Nunca le ofrecía esa clase de cosa a sus invitados; lo consideraba veneno. Graciela lo veía ahora, haciendo salpicar la bebida en la copa. Algo andaba mal. El General estaba ebrio, como si estuviera flotando en otro plano. Siguió parloteando, imitando la plataforma de espectáculo del Pelele, hablando del *campesino* hambriento y de lo que había que hacer para salvarlo. ¡Bah! Como si le interesara salvar siquiera a una de nosotras.

—¡Los comunistas están infectando los cerros! —dijo—. Algo tiene que hacerse.

¿Y qué sabía de eso el idiota del presidente?, pensaba el General. Sacudió la cabeza. Quien estaba a cargo de todo, salvo del título, era él.

—¡Tengan un poco de imaginación, de profundidad! —susurró con urgencia, al parecer inconsciente de estar hablando demasiado alto—. La vista humana jamás es confiable.

Se terminó la bebida y miró el reloj. Se rio para sí mismo, y luego se inclinó para susurrar al oído de Graciela:

—La luna será enorme y rosa y envuelta en una nube dorada, como una medusa. Entonces la nación se levantará de su letargo —dijo.

Ella se levantó y repitió las palabras del General en voz alta, añadiendo la coda que habían practicado más temprano:

—Entonces su estrella se elevará en el cielo expectante.

Las palabras temblaron en su boca.

De regreso en el pueblo, nosotras encendimos el cielo con nuestra ira. Alguien, un pendejo lameculos, un *colono* envidioso, o la zorra de la *finca,* o algún jodido imbécil, se había dado cuenta de que no nos estábamos muriendo de hambre, que no estábamos usando las *púchica* fichas en la tienda de la *finca.* Quien quiera que haya sido ese *comemierda,* le prendió fuego a nuestra *milpa,* nos castigó por hacer sanar la tierra.

Cora se despertó por el humo a mitad de la noche, con dolor en las *tetas* y todo, y caminó hacia el otro lado del volcán. Llegó ahí al amanecer. Nuestras cosechas estaban chamuscadas hasta las raíces. Era una advertencia, no había duda. Se suponía que entendiéramos el significado de aquella acción: nada te pertenece. Se suponía que tuviéramos miedo, pero estábamos demasiado enojadas: el hedor a mierda fresca de las cerezas podridas, la *milpa* envuelta en humo, el corazón roto de María, nuestras barrigas hambrientas, y ahora el bebé de Cora en su interior... La ira nos sofocaba.

Después de que nos quemaran la *milpa,* Lourdes le rogó a Prudencia que usara sus poderes para decirnos quién lo había hecho.

—Ojalá pudiera —le contestó Prudencia—, pero solo puedo ver el futuro. No puedo tratar de darle sentido alguno al pasado.

Le creímos.

LOURDES: Pero mira... El momento en el que oí a Prudencia decir esas palabras fue la única vez que pensé que era una tonta. En ese instante decidí dedicarme a estudiar historia, para hacer un puente entre el pasado al que Prudencia no podía darle sentido con el futuro que todas soñábamos tener. Una lástima que me hayan asesinado solo un año después.

En casa, Cora bajó por el volcán de regreso al pueblo luego de llevarle un bulto de comida a Héctor. La bajada era más fácil. Iba más ligera porque ya no llevaba el cargamento de comida, y también porque había perdido al bebé. No tenía mucho de haber dejado de sangrar, y se cuidaba el vientre por el camino lleno de baches. Lo intentarían de nuevo: eso se repetían Héctor y ella. No había habido explicación. Rosario, Alba y Yoli la habían cuidado desde el principio. Todo iba normal, decían, luego de escuchar su cuerpo, de revisarla. Y entonces, un día se levantó con calambres y una sangre pesada que salía de ella a sacudidas.

Hubo muchos rumores de lo que pasó, un año después, pasada la elección, después del golpe de Estado, cuando la pequeña rebelión que Héctor y sus hombres habían estado planeando comenzó con su descenso desde el volcán, mientras Izalco rugía y humeaba. Que Héctor y sus hombres habían bebido *aguardiente* hasta que se quedaron ciegos, y que habían bajado a las *fincas* blandiendo sus *machetes.* Que habían rodeado a las mujeres y habían elegido a las vírgenes para una noche de violación ritualística. Que al principio habían matado a los *finqueros,* pero que pronto dejaron de ser selectivos: animales, niños, unos a otros. Horrible, ¿no? Y nada de ello es verdad.

Todo lo que sabemos es que Héctor no bebía jamás *aguardiente.* Y no había leído ningún texto comunista: hasta donde sabíamos, ni siquiera sabía leer. Había dejado la escuela mucho antes que nosotras. Corita nos contó que él y los otros hombres planeaban saquear la bodega de la compañía de la *finca.* Su plan era tomar el grano que estaba almacenado ahí y usarlo como moneda de cambio para exigir sus demandas al *patrón.* No planeaban volver al trabajo hasta que nos devolvieran los *ejidos,* hasta que se les garantizara un pago adecuado por su labor, ¡y nada de *púchica* fichas de madera! Hasta entonces se quedarían con el *maíz* y plantarían su propia comida. Para cuando bajaron del volcán, sin embargo, en la capital ya habían echado raíz los planes del General. Tenía a sus loros en el campo, siempre escuchando. Ojos invisibles en todas partes. Apenas El Gran Pendejo se enterara de que la agitación de los trabajadores se estaba transformando en acción, enviaría a sus hombres a destruirnos.

16

Pasada la elección, el General llevó a Graciela a la Sociedad de Letras y Objetos Sagrados una vez más. Estaba exhausto, le dijo mientras caminaban. No podía dormir. A finales de enero de 1931, los ricos de la capital habían votado en silencio por un nuevo presidente. Ahora se estaban contando los votos, pero esa semana los ministerios ya habían declarado un conteo erróneo dos veces. El General se consideraba a sí mismo el único candidato viable, aunque no estaba más que acompañando al Pelele en la candidatura.

—No estoy preocupado —le dijo—. La gente sabe lo que es mejor.

El Pelele andaría en alguna parte, Guatemala quizá.

Pasaron semanas sin que se anunciara un resultado definitivo de la elección, pero esa no era la causa del insomnio del General. Cuando se acostaba a descansar por las noches, oía a unas mujeres gritar de risa. Se burlaban de él, estaba seguro.

—La Cigua —dijo, señalando a Graciela y apretando los labios, como echándole la culpa—. Solo hay una cosa que se puede hacer al respecto.

Estaban solos en ese momento, en la sede de la Sociedad. Graciela estaba sentada en su lugar, a la espera de una instrucción, mientras el General encendía velas y sacaba un mapa de la nación y los países vecinos.

—Lo que se pudre aquí —dijo, marcando con una X nuestras tierras, en la parte oeste—, también se pudre aquí, y aquí —circuló el norte y una delgada isla en el Caribe.

—¿Otra vez hablando del café? —le preguntó Graciela—. ¿Le preocupa la elección?

Estaba lista para tranquilizarlo, para lanzarle una línea sobre su estrella naciente y sobre la luna que se parecía a una medusa.

—No —dijo con un sobresalto, girándose hacia ella con violencia—. Ya cállate con la elección. Estoy hablando de nuestro color. De nuestras mentes. Mis amigos de *Los Yunais* dicen que estamos en el precipicio de la dominación comunista total, pero yo sé que el futuro de nuestra sangre está seguro conmigo. ¿No has aprendido nada? ¿Eres estúpida? Las fases finales están en el horizonte. Lo único que tengo que hacer es descansar. Lo que importa es que el Pelele va a estar seguro en su castillito y que el futuro de nuestra sangre está seguro conmigo.

Hacía mucho tiempo que Graciela no sentía su crueldad de forma directa. ¿Qué castillito?, quería preguntar, pero lo pensó mejor y se calló la boca.

Lo vio juntar las manos, y Graciela vaciló por un momento, como si la estuviera estrujando entre los pulgares.

Semanas después, la elección se resolvió al fin a favor del Pelele. Luego de la espera, la noticia se dio relativamente sin ceremonia.

En la radio hubo un anuncio de rutina, seguido de una celebración breve y petulante en los cuarteles del General.

El Pelele seguía sin regresar al país. El General siguió despachando en el palacio. Graciela cumplió dieciocho años en silencio. Sus días en el palacio se habían vuelto largos, callados, irritantes.

Los meses pasaron en quietud, largos días en los que en la biblioteca no había nadie más que ella. Para entonces había leído ya todos los libros del lugar, algunos dos veces.

Una noche, cuando la oscuridad había llenado la biblioteca por completo, Lidia apareció y le dijo a Graciela que el General la necesitaba. La garganta de Graciela se abrió como una puerta hinchada; llevaba el día entero sin pronunciar palabra.

Ahora, sin embargo, a esa hora de la noche, el General había recibido una visión y no podía esperar a la mañana siguiente.

Cuando llegó a sus aposentos, lo encontró tirado en el piso, con las palmas hacia el cielo, el vientre inflándose y desinflándose con el aliento. Era su postura de recepción.

—Todo está cambiando —dijo desde el suelo. Graciela asintió, esperando escuchar la explicación—. Mi estrella no deja de ascender —añadió—, y con ella, ¡nuestra nación!

El General cerró los ojos, en busca de las palabras adecuadas.

—¿Sabes de dónde sale la belleza de este palacio? ¿De dónde se extrae el oro? Son las cerezas. Nos volvemos ricos cereza a cereza. Cada una de esas cerezas muere cuando se le arranca del arbusto, pero luego se eleva de nuevo gloriosa. Cada cereza contiene un recuerdo, un alma, un propósito: santificar esta casa con su noble sacrificio, resucitar en el palacio. *Colón* a *colón,* nuestro Palacio de Café asciende a la gloria. Lo sabes. Sabes cómo se hace el café.

Por supuesto que sabía. El café lo hacían *las nenas* —nosotras—, arrancando cerezas de café de las ramas, llenando canastas con ellas, cargándolas por las *faldas* de Izalco. Esas cerezas estaban enriqueciendo a alguien, sin duda, pero no a nosotras.

—Tenemos que celebrar estos tesoros de nuestra nación, honrar la belleza que hay en la transformación de nuestros recursos naturales en gloria… ¿Y qué mejor manera de honrar la belleza que con un certamen de belleza? —dijo abriendo los ojos, que se encontraron con los de ella—. Voy a organizar un concurso de belleza y tú, Graciela, vas a competir en él. Ataviada de cerezas de café, como una diosa, vas a ganar.

Graciela sonrió, cautelosa de que en su sonrisa no se colara una mueca.

El General continuó:

—Vas a ganar porque serás un símbolo de nuestro futuro, de lo que hace grande a este país: eres la *india* nueva, nuestra estrella *mestiza* en ascenso. Eres nuestro recurso natural transformado para la gloria.

Se puso de pie y se talló los ojos, emocionado.

Graciela tuvo que esforzarse para encontrar las palabras adecuadas. Todo eso lo había escuchado ya antes: que era *indita,* pero no demasiado oscura, el futuro que el General deseaba para la nación. Una cosa era, sin embargo, sentarse en silencio junto al General mientras este parloteaba incoherencias sobre el destino cósmico, y otra distinta presentarse ante el país entero como símbolo de aquella gran visión de cambio. No quería participar en la transformación de nuestros recursos para la gloria.

—Pero no puede ser solo un concurso —reflexionó el General, antes de que ella pudiera decir nada—. Tenemos que hacer que este mensaje llegue a todos… A toda nuestra gente, a

Los Yunais, ¡a cualquiera que tenga algún interés en el futuro de la raza cósmica de nuestra nación! Y solo hay una forma de lograr eso: vamos a tener que hacer una película.

LOURDES: Y así fue como nuestra Graciela protagonizaría su primera película propagandística.

En la película, explicó el General, una vez terminado el concurso de belleza, Graciela, la Diosa del Café, sería asesinada por una pandilla de comunistas, representantes de todos los *indios,* enojados porque se había rebajado a participar en la competencia. La llamarían una puta, la apedrearían en las escaleras del palacio presidencial. La sangre de Graciela ensuciaría el mármol.

—Tenemos que mostrarle a todo el mundo cómo es esa gente —dijo el General, la voz temblando mientras se levantaba del piso—. Ahora es cuando el país se levanta para sacudirse la enfermedad pestilente del comunismo. Asumo mi gloria por derecho y la lucha comienza, con tu rostro pintado en cada uno de los escudos de mi noble ejército.

—¿Yo muero? —preguntó Graciela—. ¿Me va a matar?

—Mueres —respondió el General—, pero escúchame con atención: no soy yo el que te mata. Yo te libero. Después de la elección, y de la película, habrás completado tu transformación. Comenzarás una nueva vida.

Después de todo, ¿qué se suponía que hiciera Graciela? Sonrió con la mirada vacía y se odió a sí misma por ello. El esfuerzo que hacía por mostrarse dócil y complaciente —esa sonrisa vacía— parecía esencial para su supervivencia, pero era también un veneno que la destruía por dentro. Soñaba, sí, con una vida nueva, pero quería una vida que fuera solo suya. Necesitaba que su destino y el del General se separaran.

—Empezamos esta semana —dijo El Gran Pendejo, y finalmente la dejó ir.

Filmaron en el salón de baile del palacio, una caverna polvorienta y sin ventanas adornado de hoja de oro. Graciela nunca había entrado. El General parecía flotar, existir en su propio reino, o en el país de la imaginación, los ojos nublados y la nariz chocando una y otra vez con el bigote.

Para interpretar a los comunistas se sacó a tres estudiantes de la universidad a punta de pistola. Tenían más o menos la edad de Graciela, y uno de ellos era ligeramente guapo. Los comunistas, sin embargo, no aparecían sino hasta después del concurso de belleza. Durante la filmación, uno de los estudiantes maniobraba la cámara, que también habían sacado de la universidad, otro hacía de uno de los jueces, y al otro, el ligeramente guapo, lo coercionaban para ponerse un vestido, para interpretar a una de las competidoras de Graciela.

En la película, Graciela usaba un *refajo* y un collar de cuentas rojas. El juez, un vendedor de pescado al que habían sobornado con una botella de *aguardiente*, fruncía el ceño mientras anunciaba la victoria de Graciela, *La India Bonita.* Las otras participantes, mujeres atraídas desde el mercado con la promesa de una comida, maldecían su escuálida fealdad mientras el General le entregaba a Graciela un ramo de rosas y lirios.

Al día siguiente, en el salón de baile, los tres comunistas hicieron su entrada triunfal. Corrieron hacia el escenario en aquellos pantalones blancos arrugados, y el guapo le cortó la garganta a Graciela con un *machete.* El General sacó una pistola del pantalón e hizo explotar los corazones de los tres comunistas.

Un baño de sangre de la vieja escuela. Graciela se hizo la muerta toda la tarde. El General se resbaló con la sangre falsa de la escalera tratando de levantar su cuerpo inerte, y ambos terminaron en el suelo.

Cuando acabó la filmación, a los estudiantes los invitaron a la cena de celebración en el palacio. Graciela veía sus rostros del otro lado de la mesa, y sus ojos se detenían en uno, el guapo; mientras la confusión de ellos bailaba hacia la gracia y luego a la borrachera a la luz de las velas.

Después de la película, el General permaneció en el palacio, y el presidente permaneció en Guatemala. Graciela escuchaba por cortesía la conversación de Ninfa, mientras limpiaban juntas, y el resto de los días se sentaba, perfectamente quieta, como una pintura, en la biblioteca presidencial.

Una noche en la hacienda, ya muy tarde, Consuelo irrumpió llorando en el cuarto de Graciela, que se despertó.

Luis no había llegado a verla la noche anterior, y no se había presentado a su clase en la universidad. Consuelo no estaba segura de si estaba enojado con ella porque le había coqueteado a su amigo Juanmi, y no dejaba de hacer pucheros.

Graciela no tenía paciencia para la *bayunquería* de su hermana.

—¡Solo déjame dormir, por favor! Te prometo que te escucho en la mañana —dijo—. En este preciso momento no hay nada que podamos hacer al respecto.

Graciela volvió a la cama, pero Consuelo no durmió esa noche; se la pasó sentada en el piso de la habitación de su hermana, sacudiendo los hombros pálidos atrás y adelante, temblando en silencio. Algo andaba mal, estaba segura.

Consuelo pasó las siguientes dos semanas preocupada por la desaparición de Luis. Por las noches se acostaba junto a Graciela y fumaba hasta la madrugada, haciendo montoncitos de ceniza en la almohada. Graciela se quedaba despierta con ella. Le dijo a Consuelo que quizá Luis simplemente había vuelto a casa en su pueblo para ver a sus padres. Quizá estaba enfermo. Quizá había renunciado a su trabajo en la universidad y no quería decirle a nadie. En realidad, no creía nada de eso. Algo de todo aquello se sentía mal, pero quería mantener la esperanza por el bien de su hermana (¿le había preguntado ya a las demás Rositas, a Juanmi? Claro que ya les pregunté, no seas tonta).

—Debo estar olvidando algo. Alguna pista, algún mensaje, alguna forma de encontrarlo —decía Consuelo.

Graciela veía crecer su ansiedad y sentía el *susto* golpearle el pecho, esa sensación de deslizarse de esta realidad hacia otra, sin idea de cómo navegar la nueva sin peligro.

17

Graciela estaba trabajando con Ninfa, fregando los azulejos del piso de la cocina. Al día siguiente llegaría de visita La Lindita Domínguez, amiga de la infancia de Perlita, y esta quería la casa inmaculada. Mientras Graciela y ella limpiaban, Ninfa cantaba junto con la radio, con el mismo tarareo pesado en cada canción.

Luis seguía sin aparecer, y Consuelo estaba de un humor de perros, afuera la mayor parte del día y la noche. Perlita le había dicho a Graciela que también ella tendría que dosificar su presencia una vez que llegara Lindita: Lindita no sabía de su existencia, y Perlita pretendía que así se mantuvieran las cosas. Si la veía, tendría que fingir que era servidumbre.

> LOURDES: Y sí, es esa Domínguez, la esposa de mi *papi*, la mamá de las medias hermanas que María y yo nunca conocimos. En un país así de chiquito, todos estamos conectados.

Y entonces la música se detuvo, y la voz del General se asomó a la radio. Graciela y Ninfa dejaron lo que estaban haciendo para escuchar. Con aire sereno, anunció su victoria, su repentina ascensión a la presidencia:

—En la completa oscuridad de anoche, El Pelele demostró ser un traidor. Nuestra intrépida milicia lo expulsó de inmediato. Aquí estoy yo. La voz que escuchan ahora es la de su presidente. Todas las profecías se han cumplido. He asumido el cargo para enderezar los entuertos, para deshacer las decepciones y las traiciones, para revigorizar la tierra y a su bendita gente. Soy el único que puede protegerlos durante estos delicados tiempos. Las fuerzas que me rodean me han anunciado su bendición. Firmo a partir de ahora, con ternura eterna, como su presidente.

Graciela sintió el cuerpo helado; los dientes empezaron a castañearle. Como respondiendo a un reflejo, comenzó a repetir en un murmullo las palabras del General, y luego se detuvo. Era una máquina descompuesta.

—El Gran Pendejo —resopló Ninfa. Miró a Graciela y, al notar su terror, le puso una mano en la espalda—. No me digas que te sorprende —dijo, con una sonrisa burlona—. No es como que algo vaya a cambiar.

No, a Graciela no le sorprendía que el General se hubiera adueñado de la presidencia. Parecía llevar mucho tiempo trabajando en ello. Pero ese era solo el principio. El daño estaba por venir, estaba segura.

LOURDES: Fue un golpe de Estado muy calladito. En caso de que no estuviera claro, El Gran Pendejo creía que El Pelele iba por el camino equivocado. Nos había prometido la devolución de nuestras tierras, por ejemplo. Y, de todas formas,

El Gran Pendejo jamás se iba a contentar con la vicepresidencia. Así que azuzó al ejército para que montaran su teatro de guerra afuera del palacio. El Pelele, que estaba de visita para una cena ese fin de semana, salió por el patio en sus *piyamas.* No planeaba quedarse mucho tiempo, de todas formas. Tanto él como su esposa preferían por mucho su casa en Guatemala. Y ahí se quedarían. Sabía que, si confrontaba al General, solo inflamaría su imaginación salvaje. Bah, denle al bebé su juguete. El Pelele ya estaba grande. Ninguna postura o principio eran más importantes para él que su seguridad.
MARÍA: El único problema del Gran Pendejo era ahora su viejo amigo *Los Yunais.* Se negaban a legitimar su presidencia porque había tomado el cargo por la fuerza, y él estaba determinado a hacerlos cambiar de opinión.
CORA: Él creía, por supuesto, que el golpe no era más que un trámite. Había sido elegido vicepresidente de forma libre y democrática, y en ausencia del presidente, tenía todo el derecho de asumir el cargo. Habría ocurrido de una forma u otra. «Mi reino fue anunciado desde antiguo», susurró, solo en su palacio.
LOURDES: Da lo mismo lo que él creyera. El Gran Pendejo era ilegítimo, un bastardo sin el reconocimiento de Papi Yanqui, que tanto anhelaba.
LUCÍA: La única solución era bailarles un poco de tap, demostrarles su valor de alguna forma. ¿Y qué era lo que tenían en común? Su odio a los comunistas.
LOURDES: ¡La Prudencia nunca tuvo oportunidad!

No mucho después del golpe de Estado del General, Graciela volvió a casa luego de un día en el palacio y encontró la puerta de la hacienda hecha pedazos. En todo el mármol del vestíbulo había cristal esmerilado, como astillas de hueso. Perlita estaba sentada en el patio.

—Tú debes saber algo —dijo, sin verla a los ojos—. El maestro de pintura de Consuelo tuvo un accidente y lo encontraron muerto hoy. Luis.

Hizo una pausa antes de decir su nombre, como tratando de recordarlo.

—Era comunista, y sus camaradas lo sacaron del lago Coatepeque.

Jugueteó con sus brazaletes, todavía esquivando la mirada de Graciela.

—Y además: Consuelo nos dejará pronto. Perdió su alma y ya no es bienvenida en esta casa.

Graciela rogó para que Perlita le explicara a qué se refería: ¿adónde iba Consuelo?, pero Perlita no hizo más que sacudir una mano, y lo único que dijo es que no quería tener nada que ver con alguien que simpatizaba con comunistas. Que no quería tener nada que ver con una puta violenta y sin clase. Según Perlita, cuando le contó de la muerte de Luis, Consuelo se había vuelto loca.

—¿Te acuerdas del jarrón? ¿De la mesa? —le preguntó a Graciela, que asintió cortésmente—. Los destruyó, se volvió loca. Tuvo suerte de que evité que se matara. Me debe una.

Para entonces ya había llegado La Lindita, y estaba tomando una siesta en el piso de arriba. Perlita estaba furiosa, mortificada por el hecho de que Consuelo hubiera hecho toda esa escena terrible enfrente de su amiga, como para fastidiarla nada más.

Arriba, Graciela encontró a Consuelo en su habitación. Corrió hacia ella, pero Consuelo se tensaba, se sacudía, gruñía como una pantera, y empujó a Graciela al piso.

Esa noche, y durante buena parte de los pocos días que pasó en la hacienda antes de irse, Consuelo no habló. Llevaba un vendaje en el brazo, algodón blanco empapado de sangre, y un mapa de color rojo trazado a lo largo de la parte interna del brazo, del codo a la muñeca; también tenía un corte abajo del ojo. Graciela le llevaba comida, que ella, en silencio, se negaba a comer. También se negaba a salir del cuarto, y el aire estaba lleno del hedor suave y húmedo de su herida y su miseria.

Los padres de Luis fueron del *campo* hasta la capital, masticando hojas de coca, con sus rostros cuadrados y arrugados y su ropa polvorienta. Fueron primero al estudio de Luis y recogieron sus cosas, cada una de las finas herramientas que alguna vez pertenecieron a Luis se veían extrañas ahora en sus manitas viejas. Reconocimos en el burdo color morado de los dedos de su madre a alguien que había pasado la primera parte de su vida trabajando el añil, lo que la volvía antiquísima a nuestros ojos.

Los *viejitos* organizaron la cremación del cuerpo de Luis, a pesar de los ritos católicos, y dejaron la ciudad inmediatamente después de que su hijo quedó transformado en cenizas.

La Claudia, mientras tanto, escribió un poema en su honor, con versos sobre ángeles ciegos revoloteantes y un río de sangre sin fin.

Consuelo, celosa de que Claudia tuviera las palabras para expresar una pérdida que le pertenecía a ella, enfureció cuando

Maite usó la prensa de la universidad para imprimir el poema y compartirlo con el grupo luego de la muerte de Luis.

—Si ves uno de esos poemas de aficionado por ahí, pegado en las paradas de autobús o donde sea, hazme un favor y rómpelo en pedacitos —le dijo Consuelo a Graciela, resoplando: las primeras palabras que le decía en días.

Ahora Consuelo era Chasca, la princesa que se ahogó tras la muerte de su amante. Buscaba por todos los medios que el agua se la llevara también, pero no fue el agua quien se la llevó, sino alguien más. Alguien la hizo desaparecer de la hacienda a mitad de la noche, y nadie parecía saber quién.

> CORA: Lindita y Perlita estaban sorbiendo sus tazas de té, platicando junto a los pájaros, la mañana siguiente a la noche en la que se llevaron a Consuelo. La ocelote roncaba en un círculo de luz de sol. Graciela las saludó en su camino al palacio, sin saber que su hermana se había ido. Esa noche, sin embargo, cuando regresó a la hacienda, se dio cuenta de que Consuelo ya no estaba.

—Se fue a su viaje —dijo Perlita—, ya te había dicho.

Sonrió, y le hizo un gesto con la boca a Graciela para que rellenara la copa de jerez de Lindita. Las mujeres estaban tendidas sobre unos sofás acomodados fuera de la casa, entre un caos de sobras de comida en el piso. Perlita, era verdad, le había dicho a Graciela que Consuelo no era ya bienvenida y que se iría pronto. ¿Pero dónde estaba? ¿Por qué no se había despedido? ¿Regresaría alguna vez?

—A estudiar pintura, ¡qué suertuda! —sonrió Lindita.

Graciela miró a Perlita, que no dijo nada y se limitó a alzarse de hombros. No estaba dispuesta a mirar a Graciela a los ojos.

permiso de ir a casa en más de un mes. Ahora podría cuidar a su abuelo, cuyos ojos se habían cubierto de cataratas, y cuyos dientes remanentes castañeaban en su boca cuando hablaba.

El General lo reemplazó a la mañana siguiente con un hombre que sacó de entre la multitud de la *plaza*. Vendía periódicos arrugados, a veces del día o hasta la semana anterior. Se veía al mismo tiempo fuerte y maleable: la mandíbula débil, los ojos carentes de foco preciso, la espalda ancha.

El Gran Pendejo se le acercó y se puso a describirle el puesto. Instintivamente, el hombre le soltó un golpe con uno de sus periódicos viejos, antes de ver quién le estaba hablando, y El Gran Pendejo lo esquivó como un gato.

—Escúchame —dijo. Si estaba dispuesto, el viejo de los periódicos podría convertirse en la persona de confianza del nuevo presidente. Conduciría un auto grande y pulido. Recibiría órdenes sin cuestionarlas y transportaría de forma segura a cuantos sujetos resultara necesario, para interrogarlos o para lo que se ofreciera, con total discreción. Debía considerarse una especie de Helios, con su carroza, llevando lealmente la luz al mundo. Sus esfuerzos, además, se pagarían en abundancia.

—¿Estás dispuesto? —preguntó El Gran Pendejo, sacando una medallita metálica del bolsillo del pantalón, una nadería, hecha de níquel y satín barato; le había pertenecido al Pelele—. ¿Ganarás mi devoción con tu honor?

El hombre se puso de pie con esfuerzo, arrojando al suelo el resto de sus periódicos.

—Mi señor —dijo, saludando a los cielos mientras el General le prendía la medalla en la sudorosa camisa de algodón.

Esa noche, el nuevo chofer había entrado a la hacienda por la puerta principal, que Perlita había dejado sin candado para él, y se llevó a la niña, tal como le habían instruido. Pesaba poco en sus brazos, estaba sucia y desaliñada. Opuso resistencia, pero débilmente, dando patadas con los pies descalzos, gritando con apenas voz. Nadie la escucharía. Nadie podía ayudarla.

El nuevo chofer miró a Consuelo, el vendaje del brazo, la nariz ancha, y el odio en los ojos. ¿Qué hacía en ese lugar una *prieta* como él, todavía más oscura que él? Cuando la metió en el asiento trasero del auto, la vio abrir la boca para morderlo como un perro, así que le dio una cachetada, con fuerza. Después de eso, Consuelo ya no se resistió.

LOURDES: *Ay, buza, Yina. Cuando vos vas, yo ya vengo.* Aquí es donde nos rehusamos a bailar tap, a ser entretenimiento.

MARÍA: Pero tampoco apartamos la mirada. El silencio es para los *cobardes, hermana.*

CORA: Mientras el auto se adentraba en el centro de la capital, Consuelo se preguntó si la llevaban de camino a la estación de tren, si finalmente iba de regreso a casa, pero entonces se detuvieron frente al palacio, donde el General era ahora El Gran Pendejo oficial, y sintió cómo la arrastraban fuera del auto por las muñecas y los tobillos. En su interior se encendió de nuevo una chispita, y gritó y pataleó, con la esperanza de que su hermana estuviera dentro y pudiera oírla.

LUCÍA: Pero Graciela estaba en la hacienda, dormida. El nuevo chofer condujo a Consuelo escaleras arriba, y luego amarró el extremo de una cuerda a su cintura, y el otro a la perilla de la recámara del Gran Pendejo. Consuelo trató de huir, pero a causa de la cuerda lo único que logró fue abrir la puerta. La cuerda que la tenía sujeta le quemaba el vientre

tener ataduras terrenales: nada de madre, nada de las torturas del Gran Pendejo, nada de amantes muertos que llorar toda la vida. Ser una partícula de polvo. Ser nada.

Incluso eso, sin embargo, incluso levantar la cabeza y salir de la tina, abrir la ventana y recoger los pedazos de su ser para treparla, balancearse adelante y atrás en sus tacones hasta juntar la solidez y el impulso que le permitieran arrojarse… Todo eso le parecía una cantidad imposible de esfuerzos.

Permaneció en la tina. Quizá podía simplemente morir ahí.

> MARÍA: En algún momento, quizá al día siguiente, quizá esa misma noche, El Gran Pendejo regresó con una llave, y aquello se repitió. Fue entonces cuando Consuelo abandonó su cuerpo.
>
> LOURDES: Déjame explicarte. Cada vez que el General volvía, Consuelo sufría. Lloraba por Luis, por Graciela, por su madre, porque quería que alguien la encontrara. Mantenerse dentro de su cuerpo resultaba demasiado doloroso, así que flotaba hacia la esquina del baño, sobre la ventana, y miraba hacia abajo. Mirarse a sí misma, sin embargo, y a su torturador, era también una tortura. Su espíritu salió del baño, en el que su cuerpo yacía junto al Gran Pendejo, y salió por la abertura en el centro de su miseria hacia el oscuro bosque de nuestra infancia.

Consuelo viajó a la deriva entre dos mundos: así fue como sobrevivió.

En el otro mundo, la luz se hinchaba y luego se desvanecía entre los árboles. Su bisabuela le dio dos golpes a la nave de su telar. Consuelo, de tres años, estaba sentada en la tierra, entre las *faldas* de la *ceiba*, observando.

—Se está haciendo tarde —dijo su bisabuela, poniéndose de puntillas para desatar con dos de sus dedos púrpuras las correas de lazo atadas en torno al grueso tronco de la *ceiba*, mientras mantenía firme el telar con la otra mano. Juntó los *palitos*, el *chocoy* y la *aguja* —una larga vara de madera—, y luego alineó todos los hilos en el palo inferior e hizo girar el telar hacia su cuerpo para atrancarlo en el *cincho* de su cintura, palpándolo para asegurarse de que no faltaba nada.

La anciana se acuclilló en la base del árbol y le acarició una mejilla a Consuelo.

—Estás cansada —dijo, como si hubiera podido deducirlo por la tersura de la piel de la niña—; ven acá.

La cargó por debajo de los hombros. Consuelo recostó la mejilla en el hombro de su bisabuela y se permitió cerrar los ojos, arrullada por los suaves pasos de *la viejita* mientras se abría paso por la oscuridad del bosque. No había camino, pero se sabía de memoria cada paso. La anciana tarareaba y le acariciaba la espalda con las puntas de los dedos.

Tenía razón: Consuelo estaba cansada.

Despertó de nuevo en la tina, de regreso en este mundo, el cuerpo pulsándole de dolor, una franja de fuego en el vientre, en el lugar donde seguía atada la cuerda. Enfocó la mirada en una araña que dejaba caer sus sedas desde el techo. La araña tejió una trampa y luego enroscó en las patas a una brillante hormiga negra, apretando hasta que estuvo satisfecha. Consuelo se dio la vuelta para recargar la mejilla en la porcelana. Estaba fría, helada.

siquiera había visto al General, que había estado esquivo e irritable desde que había asumido la presidencia—. ¿Está viva?

—La obligué a decirme a dónde la había mandado —dijo Ninfa, ignorando la pregunta—. Ayer por la noche. Perlita estaba llorando como una niña, tanto que casi quise consolarla, pero le vendió la *nenita al Brujo* como si fuera un mueble.

Quizá porque, durante gran parte de la vida de Perlita, había sido lo más cercano a una madre que había tenido, Ninfa no creía que Perlita, en el fondo, fuera capaz de abandonar a una niña como había hecho con Consuelo.

—Estoy harta de esta mierda *fufurufa.* Renuncio. Me voy con mi familia.

—Voy a ir por ella al palacio —dijo Graciela.

—No —la previno Ninfa. Una niña muerta, pensaba, era mejor que dos—. No has visto lo que ese hombre les hace a sus enemigos.

—Tengo que. Además, seguramente sigue dormido: es *perezoso, pero perezoso.*

Graciela se puso de pie. Tenía que encontrar sus zapatos. Si salía en ese momento podría estar en el palacio en una hora, cuarenta y cinco minutos si corría. ¿Qué más? El cepillo de dientes, estúpidamente. El diminuto reloj de oro de Consuelo. Un cuchillo, si encontraba uno.

—Escúchame —dijo Ninfa. Eres *bien* lista. Lo suficiente para saber que si vas y la encuentras, no regresas aquí. No puedes regresar aquí.

Graciela sabía que Ninfa tenía razón. La capital no sería ya un lugar seguro para ella si desafiaba tanto a Perlita como al General.

—Y si te vas a ir, vas a necesitar dinero.

Graciela negó con la cabeza. ¿Dinero? No iba a aceptar dinero de Ninfa; esta, sin embargo, rebuscó en el costal de yute y sacó un par de medias de seda. Las sostuvo en alto a contraluz y puso los labios en punta: cada pierna estaba llena de *pisto*, rollos de billetes amontonados dentro de la tela transparente.

Graciela se carcajeó.

—*No me jodas,* Ninfa. ¿Asaltaste un púchica banco o qué?

Ninfa esbozó una ligera sonrisa y removió el cuchillo de su cinturón.

—Las medias son de Perlita —dijo, y comenzó a cortarlas por la mitad, separando las piernas—. Y el *pisto* también.

Ninfa arrojó una de las piernas por encima de la mesa, hacia Graciela, que la tomó con ambas manos.

—Impresionante, ¿no? He estado ahorrando —añadió Ninfa, ahora también entre carcajadas—. En realidad no es de Perlita. Es de las tierras. De la gente que trabaja en ellas. Y el resto lo pidió prestado. Así que lo tomé de vuelta. Mira que no me llevó más que unos meses, *poco a poco.* Ya ves cómo nunca confió en los bancos.

Quitó el camino de mesa y lo dobló con maestría para guardar dentro la media con el dinero; luego envolvió con la *tela* los hombros y la espalda de Graciela, atando los extremos como si fueran un *rebozo* bien ajustado.

—No vas a volver a verme nunca —dijo Ninfa, las mejillas húmedas de lágrimas.

—Yo espero que sí —dijo Graciela, y abrazó a *la maitra.* En ese momento nacía una nueva vida: su estómago, su *chacalele,* su mente memoriosa y eterna, cambiaron de rumbo y colisionaron en su interior, como hacen el océano y las montañas para rehacer el mundo.

pómulo y la sien, y en sus oídos emergió un sonido chirriante. Desde el suelo, Graciela levantó la mirada para ver el rostro blando y atontado del general, sus ojos de pétalo húmedo. Ahora sonreía, jubiloso.

Los dos *caites* se le habían salido de los pies. Se sostenía la cara caliente con una mano y con la otra tomó un zapato, y se apoyó para levantarse. Con un esfuerzo tremendo le lanzó el *caite* al Gran Pendejo, justo en los *huevos,* y este se dobló en dos, con un gemido.

Había ganado algo de tiempo, pero no más que un momento, apenas para escapar hacia el largo pasillo exterior mientras El Gran Pendejo se lamentaba por sus huevos heridos. Fue gritando el nombre de su hermana en cada una de las puertas cerradas.

Consuelo, esa nubecita de *ajuate. Agárrala al suave,* se había estado repitiendo. *Al suave.* Quizá el General la mataría pronto y todo terminaría. *Al suave.* Pero entonces escuchó la voz de Graciela. Y pues, *buzaaaa,* ese pequeño *chacalele* roto suyo comenzó a latir de nuevo. Salió de la tina y se puso a golpear la puerta del baño.

La llave seguía en la cerradura, sobre la manija traqueteante. En el pasillo, a Graciela le temblaban las manos mientras giraba la llave y abría la puerta, y Consuelo, que se veía como un enorme costal de mierda, cayó en sus brazos. Graciela la ayudó a recomponerse y ambas corrieron hacia la puerta, y luego hacia la *plaza.*

Los mosquitos zumbaban en su ascenso al cielo húmedo. Graciela y Consuelo corrían descalzas por la capital, haciendo el esbozo de un plan mientras atravesaban las calles, entre la multitud de vendedores de fruta, cuchillos pulidos y periódicos.

Encontrarían la estación de tren, irían al pueblo, y luego desaparecerían, hacia *Los Yunais*. Los Ángeles, San Francisco, algún lugar. Adonde sea que fuera el siguiente barco.

—Tengo dinero suficiente para sacarnos a todas de aquí —le dijo Graciela.

Consuelo no preguntó cómo lo había conseguido. Ya nada tenía sentido para ella; no sabía ni siquiera cómo era que seguía viva. ¿Lo estaba? ¿O estaba soñando otra vez? Iba a la deriva, flotando fuera de su cuerpo amoratado.

El cielo se había puesto de un negro denso con la lluvia venidera. Ninguna de las dos sabía dónde estaban. Las nubes se desfondaron, y quedaron empapadas en minutos. Las calles se habían empezado a inundar, la basura flotaba en la superficie del agua, y ellas tuvieron que desacelerar el paso, desesperadas y sin rumbo fijo, con dolor en los pulmones, tomadas de la mano como *niñas*. A la vuelta de cada esquina podrían estar los hombres del General esperándolas para meterlas en la parte trasera de un auto. Justo cuando Graciela comenzó a llorar, sin embargo, un perro, un *cadejo,* pasó frente a ellas, un destello de pelo blanco. Graciela gritó y tiró del brazo de su hermana, y ambas siguieron al *cadejo* por un angosto callejón, dejando que las guiara justo a la estación del tren.

que le dábamos. Bebía café, sonreía con dientes castañeantes, y luego se levantaba para ir a vomitar bajo la *ceiba*, y apenas se limpiaba la boca después.

—Vayan a decirle a sus *mamis* —dijo Graciela—. Ayúdenles a empacar.

—No se van a querer ir; esas *cachimbonas* se van a esconder con *machetes* atrás de los árboles, y van a cortar la cabeza de cualquier idiota que venga —les dijimos. Nos sentamos y analizamos su rostro—. *Miren que* —les dijimos—, hoy no vamos a poder ir a ninguna parte. Miren, ya está anocheciendo. Vamos a descansar, y podemos irnos en la mañana.

Todo eso dijimos.

—Junten sus cosas —respondió Graciela.

—Estás soñando, niña rica: ya sabes que no tenemos nada —dijimos, entre risas.

—Despídanse.

—¿De quién?, si vamos a ir todas juntas, a convertirnos en estrellas de cine *güeritas en el norte.* ¡Sácanos de esta vida, por favor! ¡Mi héroe, mi príncipe!

—Está bien. Mañana, entonces —dijo.

—Mañana —contestamos nosotras. Una aventura, pensamos. No entendíamos que Graciela nos estaba pidiendo correr por nuestras vidas.

Esa noche nuestras *mamis* —Yoli, Rosario y Alba— se reunieron en torno a Graciela y el esqueleto que tenía por hermana. Pudimos ver cuánto habían envejecido a sus ojos.

Se acordaban de Consuelo, incluso si en realidad no lo hacían.

—Eras una bebecita —decían una y otra vez, y Consuelo se suavizaba, al punto que permitió que Alba y Rosario le cepillaran el cabello.

Ninguna de ellas había visto a Socorrito en días, y en lo que respecta al plan de Graciela, de huir con ella, no hicieron más que reírse. Le preguntaron si se había vuelto loca en la capital, con todas esas aguas de colores de las que el General hablaba en el radio.

—¿Bolcheviques? —Rosario hizo una mueca, como si le hubiéramos escupido en la cara—. ¿Como un viejito ruso?

—No somos más que un montón de señoras. ¿Cuál es su maldito problema con nosotras? ¡Yo no soy ninguna espía! —Yoli aplaudía y se carcajeaba.

—No tengo la energía para ir a Hollywood —dijo Alba—. Mi espalda no va a aguantar y me voy a morir en el viaje, como un jodido escarabajo.

Más *carcajadas*.

—Pero en serio, Graciela, ¿cuál es el problema? ¿Te volviste loca?

Tomamos a Graciela de la mano y salimos, para buscar a su madre, a quien habíamos visto unos días antes en el mercado, o en su *patio*, o en alguna parte. La llevamos a la casa enorme del cerro donde Socorrito vivía con su nuevo esposo *gringo*. Tocamos la puerta, nos asomamos por las ventanas, abrimos una de ellas, y nos colamos dentro por el *patio*. La casa estaba vacía.

Buscamos una reacción en el rostro de Graciela, pero estaba en blanco, como una hoja de papel. Nos repitió que no había tiempo que perder. Está bien. No teníamos motivos para no creerle, aunque sonara como una loca. Iríamos con ella. Suficiente del *colonato*. ¿Qué teníamos que perder? Bajamos

me atreví a apartar la mirada de los hombres para verla. La voz me temblaba, y no me escuchaba a mí misma. «¡Estos chicos vinieron a la fiesta!», dije, tratando de convertir mi voz en una risa. En cualquier caso, ¿qué carajo querían con un montón de fruta podrida y un par de *inditas*?

«¿Les preparo un *café con leche*?», les dije, apuntando con los labios a la *güerita* Lucía. No me respondieron, y Lucía permaneció en silencio en la oscuridad de su rincón. Los hombres levantaron sus armas.

«¡Bang, bang, están muertos!», dije, disparando con los dedos. Los hombres mantuvieron firmes sus pistolas, uno de ellos me apuntó, y el otro permaneció en la esquina desde donde el radio reproducía «La Llorona». «Dos pistolas pero ningún pito», me escuché decir, y me solté a reír, sin esperanza, respirando con dificultad.

Un sonido iracundo, humo. Vi a Lucía caer de espaldas en la esquina del cuarto de clasificación hacia donde daba la luz, justo sobre la alfombra de cerezas descartadas, verdes. Del cráneo le brotaba la sangre como una larga cabellera roja.

Debía estar soñando, porque tomé del cuello de la camisa al tipo que todavía me estaba apuntando el arma a la cara, lo jalé hacia mí y le dije: «¡baila conmigo, *pendejo!*».

LUCÍA: Justo antes de irme, la vi. Por la ventana, La Consuelo, *la calavera,* de pie afuera del convento. Sus ojos se toparon con los míos. Vio a los hombres que nos rodeaban, y luego apartó la vista, corrió escaleras abajo y se metió al sótano del convento.

Sabía que iba a doler. Cerré los ojos, y ahí estaba yo, en la letra de la canción, ahogándome, sin esperanza, perdida. Los hombres me eligieron como la primera.

MARÍA: Antes de que ocurriera, miré hacia el horizonte, preparándome para partir, tratando de decidir si unirme o no al *bayunco* de mi hermana y La Lucía en el cuarto de clasificación. Vi nuestro volcán, y vi las siluetas de los hombres entre los cerros. No los escuchaba, pero los vi a través del velo oscuro de la noche, cruzando los cerros en formación, cambiando de dirección, acercándose. La lluvia, como un patrón diseñado sobre el aire, golpeaba la superficie del lago. Manchitas a la distancia, arenilla en el fondo de una taza, y entonces, cuando estuvieron más cerca, un ejército de hombres de espaldas tensas y armas en las manos. Se acercaron; su oscuridad se concentró y se hizo patente, y después se esparció con paso firme de camino a *la finca*.

¿Qué era lo que querían conmigo? No era comunista. Por esos días todos estaban hablando de los comunistas, en la radio, en el mercado, pero yo me había mantenido al margen. El marido de Cora andaba en algún lugar de los cerros, siendo el rey de los *indios*. Yo a ella siempre le dije que se guardara sus comentarios revolucionarios en el mercado. Tan lista que era, ella más que nadie tendría que haber sabido lo que era mejor.

La masa oscura se acercó aún más, y un cuerpo se separó del resto y subió el cerro hacia donde yo estaba parada. Me escondí en el corral de la cocina.

El hombre que estaba a punto de dispararme se quedó afuera del corral, esperando. Vi sus dedos golpetear, uno por uno, el algodón gris percudido de la pierna derecha de sus pantalones, contando hasta cinco, diez, quince. Se agachó y gateó hacia el corral. Las gallinas aletearon e hicieron saltar paja y mierda y plumas en el aire. El hombre

estaba sangrando, y por primera vez agradecí que el bebé ya no estuviera ahí. Mis ojos habían dejado de funcionar, pero sabía que me estaban separando las piernas, que mi cuerpo se rasgaba. Sentí cómo chocaba contra el aire, cómo atravesaba el cielo cenizo como un ave, y luego caí, y mi cuello se rompió, y seguí cayendo. La carne de mi vientre se abrió como una bolsa desgarrada, y seguí cayendo hasta que golpeé el fondo de la escalera, y ahí mi cuerpo se vació.

22

Como al resto de nosotras, a Graciela la abandonaron a su muerte.

Antes de que perdiera la conciencia, estuvo frente a una torre gritando nuestros nombres, pero para entonces nosotras ya nos habíamos ido.

La torre estaba hecha de partes de cera, gris bajo la luna. Alguien había apilado nuestros cuerpos como leños en la estufa. Por aquí la mano rota de un niño, y por allá un rostro silenciado; aquí una oreja húmeda, allá una rodilla volteada. Aquí yo y yo y yo y yo.

La torre se alzaba tan alta como la aguja de la capilla. Las pisadas de los hombres sonaban sobre la plataforma de la sacristía.

Dentro de la masa había una oscuridad, y Graciela la miró abrirse como una puerta bajo una mandíbula rota. Una música metálica comenzó a sonar, y entonces vino el flash lento de una cámara, y la chispa brillante de un cerillo al encenderse.

En medio del brillo apareció un hombrecito, que bailaba bajo la luz de un escenario diminuto. *El duende.* Su resplandor era un hechizo. Graciela se puso de pie frente a él, absorta,

Habían hablado de Hollywood, pero ahora Graciela parecía tan muerta como el resto de nosotras. Tenía la boca sellada de sangre fresca y los ojos de vidrio opaco. Consuelo le sacudió los hombros y trató de despertarla a gritos. Tenía la piel fría. A Consuelo el corazón se le salió de lugar, una cometa al viento.

Nos llevaba consigo mientras corría hacia la estación del tren. Permaneció sentada, bien despierta, en el andén, hasta que llegó el primer tren de la mañana. ¿Desde cuándo no comía? Tenía la panza llena de serpientes furiosas.

Para cuando llegó al puerto, había dejado de llorar. Ahora no podía dejar de sonreír. Estaba histérica, delirante. Los dientes le castañeaban. Llevaba días sin dormir bien, pero estaba alerta, vigilante, repasando el plan en su cabeza con una agudeza que la sorprendió. Quizá éramos nosotras, nuestras almas brillantes recorriendo su cuerpo hecho de huesos. Encontró la taquilla y se formó en la fila. Tenía que decidir a dónde ir antes de llegar al frente. Su hermana estaba muerta. Y sabía que no podía estar sola. Tenía que encontrar a alguien que pudiera ayudarla.

Aunque odiaba admitirlo, la única persona que conocía en *el norte* era Lindita Domínguez. Sabía que si iba a San Francisco, donde vivía Lindita, y le decía las palabras correctas, ella sentiría que no tenía otra opción más que ayudar a la hija de Perlita.

Al llegar a la taquilla, Consuelo se dio cuenta de que no tenía dinero. La mujer del mostrador entornó los ojos turbios al verla quitarse de la oreja un arete de perla y entregárselo como única forma de pago. Estaba cubierta de sangre; ¿qué más quería esa mujer pálida y bizca a cambio de un boleto a San Francisco? Juzgó mal a la mujer, que le entregó el boleto y dos *tortillas* enrolladas de su almuerzo. Consuelo, niña tonta, estaba demasiado sorprendida para siquiera agradecerle.

Consuelo esperó en el muelle, con su boleto y su plan, sucia, con las *tortillas* descansando como piedras en su estómago, y carcajeándose para sí como una loca. De su tobillo se desprendió la costra de sangre de alguien más. Advirtió su reflejo en los lentes de sol de una mujer: lamentable, una máscara de partes hinchadas que no combinaban entre sí, su penoso cabello hecho un puré.

La gente era horrible en multitudes. El olor era una cosa, pero la mugre en sus uñas, el collage de bolsas espantosas, el abanico colectivo de las uñas de los pies, la visión no solicitada del remolino de cebo en la oreja de un extraño, la mutua tolerancia de las bocas masticando abiertas en cada cantina, los roces casuales de la piel, los sorbos de mocos, la animalidad de los choques y los empujones y el robo oportunista y la indignación mezquina y los alegatos para ser el primero en la línea… Es igual de horrible en cada estación de tren, sala de espera, parada de autobús o muelle del mundo. Y ahí estaba Consuelo, avanzando lentamente hacia las entrañas del barco, respirando toda esa piel. Encontró la puerta de su camarote y la abrió con la llave de cobre claro que le habían entregado a cambio de su boleto. Al ver que la cama no estaba lista todavía, el colchón de dos pulgadas desnudo, Consuelo se acostó boca arriba en el piso y sintió el empujón del océano contra la espina dorsal. En lo único en lo que podía pensar era en dormir.

En el pueblo, Graciela seguía dormida junto a nuestros cuerpos. Cuando al fin se despertó, horas después de que Consuelo se fuera, se sentía rota y adolorida, insegura de si estaba viva o en el infierno. Y había perdido su cuchillo.

Se alejó a rastras de la pila de cuerpos y nos llevó con ella, nuestras voces y nuestros ecos. Cascabeleábamos en su interior, almas que batían como alas, aullando al chocar con sus moretones. De alguna forma, había sobrevivido. Igual que debimos haberlo hecho nosotras. Sin embargo, nuestros cuerpos se llenaban de gusanos.

El pueblo estaba en llamas. Graciela encontró cada uno de nuestros cuerpos y los de nuestras madres. No encontró el de su propia madre, ni el de Consuelo. Se permitió creer que quizá la ausencia de Consuelo significaba que había logrado escapar, que estaba viva. De la ausencia de su madre no sabía qué deducir.

Graciela se movió a gatas, probando el cielo sofocante de nuestro mundo intermedio, y luego se levantó para irse. Nuestra *ceiba* estaba sola y de pie en el cerro, junto al campo de café, con todas las aves dormidas en sus ramas, con todos los otros árboles a su alrededor calcinados hasta el piso, entre hojuelas de ceniza negra esparcidas por la tierra.

Todo estaba quieto.

Graciela no podía correr. En cambio se arrastró bajo el humo tres kilómetros por el volcán hacia la estación de tren de Don Patricio, que no era más que una banca de madera sobre el andén. Había perdido ya el primer tren del día, justo el que Consuelo había tomado sonriéndole a nadie con la boca llena de sangre. El siguiente tren con destino al puerto pasaba al medio día. Desde ahí, Graciela se las arreglaría para llegar a Los Ángeles.

Los boletos para el barco que esperaba en el puerto, con destino primero a Los Ángeles y luego a San Francisco, estaban agotados. En su camarote, Consuelo estaba acostada, gritando con la boca tapada por el brazo.

La siguiente embarcación saldría dos días más tarde, pero Graciela no podía quedarse ahí. Vio al capitán levantar el puente. Debajo, unos hombres estaban llenando pesados costales de café para llevarlos al compartimento de carga.

—Al carajo —le dijimos—. ¿Qué piensas hacer? ¿Esperar? ¿Regresar al pueblo y terminar muerta? ¿Regresar a la capital y terminar jodidamente muerta? No, vete ahora mismo al carajo.

En ese momento, Graciela no sabía que la voz que la guiaba éramos nosotras. Oía toda clase de cosas: las cigarras, el aullido de los perros, los gritos de los sobrevivientes del pueblo al despertar. No confiaba en nada más que en esa voz.

Así que Graciela hizo exactamente lo que habríamos hecho todas juntas, si hubiéramos sobrevivido. Bajó corriendo los escalones de concreto hacia el muelle de carga, resbalándose con las algas y el agua salada, saltando tres o cuatro escalones al mismo tiempo. Se arrastró como un gato detrás de la torre de tarimas que sostenían los costales de café, y comenzó a palpar los costales del fondo, los más cercanos al puerto, en busca del más adecuado, uno que estuviera bajo y poco lleno, uno que cargaran hasta el final y por lo tanto quedara hasta arriba del montón. Desató el elegido con los dientes, dejó que los granos se desparramaran y se esparcieran sobre el muelle hacia el agua turbia que estaba debajo.

Entonces se metió a rastras al costal, sacando más granos para hacerle espacio a su cuerpo. Dentro había una oscuridad tersa y familiar, más pesada que el agua. Los aromas metálicos y acres de su piel, así como el de nuestra sangre, se mezclaron con los aceites del grano, que eran especialmente aceitosos en el estilo arábica que a los *gringos* de California les gustaba tanto. No se sofocó, sin embargo; no se ahogó entre los granos. «¡Sigo viva!», estuvo a punto de escupir al interior del costal, antes de taparse la boca con la mano. Nada de aquello era divertido, pero se rio de todas formas.

Junto con otras tres o cuatro bolsas debajo de ella, llevaron a Graciela por los aires hacia el compartimento de carga.

—*¡Milagrosa!* —dijo en voz alta, cuando se dio cuenta de que no la habían aplastado, que la habían colocado hasta arriba de la pila de costales.

Abajo, el agua llevaba a Graciela. Arriba, el agua llevaba a Consuelo. Nadamos junto con ellas, como las lechuzas que llevaron el cabello de la Mujer de Sangre en sus picos, ascendiendo entre las nudosas raíces del cielo ocluido de Xibalbá, cuando también ella escapó hacia otro mundo. Juntas, separadas, las hermanas viajaron al norte por mar en paralelo al Camino Real, por la gran costa continental, sus fosas nasales y sus gargantas llenas del aroma de los granos de café, llenas de quinientos años de muerte.

De alguna forma, *las hermanas* vivieron para ver otro mundo. Surcaron la tierra entre sus cuerpos rotos y el cielo, tragando puños de ella y escupiéndola, mientras nosotras las impulsábamos hacia adelante. El primer vistazo que la Mujer de Sangre tuvo del bajo vientre del Mundo Intermedio no fue sino un pinchazo de cielo.

Y aquí continuamos también nosotras. *Vamos a la vuelta.*

23

Tiempo después de la masacre, mientras Graciela y Consuelo zarpaban lejos, nosotras nos despertamos en la capital.

Por supuesto, no teníamos idea de dónde estábamos. Ninguna de nosotras estuvimos nunca ahí en vida. Era nuestra primera vez, la primera de muchas regresando ahí como *fantasmas*. Esa vez lo único que sabíamos era que no estábamos en el pueblo, que era de noche y que, mientras nuestros cuerpos se pudrían lejos en el pueblo, seguíamos juntas.

Nos encontrábamos en un parche de césped húmedo junto a una fuente. Todo alrededor eran edificios grandes: edificios municipales, los ministerios de salud, educación y agricultura, así como el Archivo. Era mitad de la noche, y dos hombres en traje iban corriendo por la calle, sus zapatos lustrosos sonando contra el pavimento mojado.

Comenzamos a recibir información. Luego de la masacre, supimos, la gente tenía miedo, y al Gran Pendejo le fue muy fácil contratar a cualquier cantidad de hombres que hicieran su voluntad. Había contratado dos, por ejemplo, un taxista y un panadero, para prenderle fuego al Archivo Nacional, por eso, mientras se alejaban corriendo, enjambres de fuego salían por las ventanas del edificio.

Nosotras, fantasmas sin ojos, leímos cada pedazo de papel mientras se convertía en ceniza. Absorbimos el conocimiento que contenía, y que quedaría destruido por orden ejecutiva. Registros matrimoniales. Registros eclesiásticos. Certificados de nacimiento. Certificados de defunción. Informes de ventas anuales de las *fincas* de toda la parte oeste. Quién sabe si a alguien le importaba esa clase de cosa, o si a alguien le importaba contar nuestros nombres, pero ¿nosotras? Nosotras observamos hasta que el edificio entero se desmoronó y se hundió sobre sí mismo, y no quedaron más que los huesos del Archivo, chamuscados y desnudos.

Viejitos, angelitos, los que tenían sangre fresca en el cuello y los que llevaban años muertos, todos se levantaron como una lluvia de chispas oscuras. *Polillas* en reversa, viajaron hacia nosotras con sus alas de oscuridad, lejos de la luz del fuego. Sus almas se juntaron con las nuestras y nos llenaron de ruido.

Recuérdennos, decían.

«No van a olvidarnos», nos dijeron.

No teníamos opción.

Más tarde, cuando el sol se hundía anaranjado entre los volcanes, los hombres del General condujeron junto a hibiscos de papel que recorrían los muros de la ciudad, con el cielo brillante incluso cuando empezaba a anochecer, que contrastaba con los volcanes, piedra negra y pulida, tallada como una escultura. Subieron del centro hacia los cerros de verde profundo, más allá de los amplios castillos pintados de un rosa luminoso, de durazno, de azul iridiscente. Cada uno tenía patios con árboles frutales, rosas inglesas plagadas de moho y ángeles de mármol. Cada hacienda estaba enmarcada por un muro coronado del vidrio pálido de los trozos de botellas de cerveza.

Las casas se volvían más grandes entre más cerca estaban de la hacienda. Una vez ahí, tiraron la puerta principal de una patada, y la encontraron abandonada. Perlita no había vuelto.

Con el paso de los años, la mancha de los mosquitos sobre los vidrios se hizo cada vez más gruesa. El moho se acumuló en el yeso y cubrió las paredes de pinceladas de verde, púrpura y gris. Los gabinetes de la cocina quedaron destruidos, y las alfombras y los muebles desaparecieron. La ocelote merodeaba por los cerros; demasiado holgazana para cazar, rogaba por comida entre los vecinos.

En el centro, la capital recobró su brillo y el sol blanco destellaba en los carritos metálicos que los *indios* vendedores de fruta empujaban por la plaza. El centro de la ciudad estaba limpio gracias a la lluvia: el palacio presidencial, la Librería Nacional, los ministerios, y el hueco del Archivo, lleno de hollín, flanqueaban la plaza cubierta de hierba como centinelas.

Justo afuera de la ciudad había un *comedor* que a los hombres del General les gustaba visitar para comer o tomarse una Pílsener durante los largos días posteriores a la masacre. Era un patio simple y verde brillante, con el piso de concreto sin pintar. Una mujer estaba agachada a la entrada. La recuerdas: Ninfa.

Ninfa se mecía en el concreto con un vaso de papel entre las rodillas y los ojos como vidrio rayado. Se veía ancianísima ahora. Probablemente ni siquiera Perlita habría reconocido a esa mujer que la había cuidado de bebé, salvo por la verruga debajo del ojo derecho, la nariz ligeramente inclinada y el trío de medallas de santos que llevaba alrededor del cuello.

Como nosotras, Ninfa era de uno de los pueblitos volcánicos de la parte oeste. Ahí había ido luego de abandonar la hacienda con su media llena de *pisto*. Para cuando llegó a casa de sus hijas, los asesinatos ya estaban en marcha. Casi había logrado escapar con sus hijas y nietos, pero los detuvieron en la frontera con Guatemala. Los soldados los llamaron comunistas, y luego les ofrecieron un trato.

—Juren que son comunistas —les dijeron— y no les haremos daño. Nos encargaremos de que tengan justicia.

—Claro que voy a jurar que soy comunista. Voy a jurar que soy el rey de España si me lo piden —respondió Ninfa.

De todos modos, sin embargo, los soldados las pusieron en formación. Ninfa los vio dispararles a sus dos hijas, a sus tres nietos y a su nieta, a su hermana y a su cuñado, pero cuando llegaron a ella dejaron las pistolas y sacaron un *machete*.

Ninfa rogó que se desangrara luego de que la hirieran —eran dos, apenas unos años mayores que su nieto más joven—, pero no murió. Ahora le faltaba la mano izquierda, que le habían cortado de un golpe limpio.

Cada vez que la recordamos de esa forma, volvemos a morir.

Los poetas de la Sociedad de Letras y Objetos Sagrados no escribieron sobre nosotras luego de la masacre. Escribieron poesía surrealista sobre hacerle el amor a mujeres de piel blanca y cabello como nubes. Escribieron con frialdad, con estilo, con miedo de denunciar al General, de perder su patrocinio, o peor.

Los más osados no tuvieron el valor más que para escribir un cuentito furtivo sobre una carreta que recorría el pueblo empujada por un esqueleto, llevando un montón de cadáveres en descomposición. Es una historia vieja, un mito, *la carreta chillona,* reescrito sin dientes.

Ese es el problema con los mitos y las historias. Es lo que siempre estamos tratando de advertirle a La Yinita. Si no los cuentas de la forma adecuada, si los dices muy bajito, en el camino le borras el rostro a todo el mundo.

Entonces, los poetas de la Sociedad de Letras y Objetos Sagrados fingieron no saber lo que nos había ocurrido. Celebraban los tejidos del telar de cintura de nuestras bisabuelas y le agradecían al Gran Pendejo (hombre de letras, lo llamaban, escultor de naciones) por financiar sus espacios para la poesía. Hablaban sobre Cuzcatlán con el mismo aliento con el que celebraban la emancipación del país de «la triste esclavitud del comunismo». Escribían versos sin color sobre cómo nuestra piel hacía juego con la tierra que trabajábamos, y ni una sola vez mencionaron nuestras muertes.

Mucho tiempo después, desde la distancia, en el exilio en Costa Rica o en la Ciudad de México, hablarían sobre nosotras tardíamente y con timidez, pero en los días y años que siguieron a la masacre, desviaron la mirada.

Y sí, a regañadientes, pero fuimos a verlo.

Observamos al Gran Pendejo en su palacio en la capital, arrugándose en la tina de mármol, escupiendo sus sinsentidos como una ballena. Nos invocó un par de veces con el pensamiento, esas vagas fantasías de nuestra «tersa piel» y nuestros «hermosos ojos oscuros», los mismos ojos que no se atrevía a mirar de frente. A la hora de dormir, le cantamos al oído, con la esperanza de darle un susto de muerte.

No tuvo problemas para contratar a un anciano lavaloza como su nuevo oráculo, a un *paletero* para que encendiera las velas, hiciera un sonido de trance luego de encender el incienso y coloreara las aguas con botellas de colorante comestible. Llenó la biblioteca presidencial de espiritualistas y psicópatas pagados y llevó a cabo ahí sus sesiones, en la mesa oval sobre la que nuestra Graciela alguna vez se había sentado a leer libros.

Fue en esa mesa, cuando ya los gusanos llevaban dos años dándose un festín con nosotras, en la que El Gran Pendejo celebró el reconocimiento oficial de su presidencia por parte de sus mejores amigos *Los Yunais*. Y fue ahí donde, al año siguiente, respaldado por sus mejores amigos, firmó una ley que prohibía la entrada al país de cualquier persona negra, restringía la libertad de las personas de origen árabe, así como de las provenientes de China o de la India. Nada de esto fue sorpresa para nadie.

En esa mesa, El Gran Pendejo reconoció oficialmente el régimen de Franco, antes incluso que sus otros mejores amigos, Mussolini y Hitler. Ahí escribió cartas, todas ellas con su letra cursiva enaltecida y deliberada. El Gran Pendejo escribió ahí cartas de amor al Estado marioneta del Japón en Manchuria, llevó a un coronel prusiano para que dirigiera la academia militar, y desde ahí le envió a Alemania un plan para el desembarco de sus tropas en la costa de *Los Yunais*.

Quizá la última carta que envió fue un poco demasiado lejos; incluso El Gran Pendejo tendría que admitirlo.

En efecto, cuando finalmente entró a la Segunda Guerra Mundial, no lo hizo del lado de sus amados fascistas, sino del de los Aliados, un sensato movimiento de ajedrez, quizá por miedo a que *Los Yunais* revocaran su pacto de buena vecindad, así como la legitimidad con la que lo habían investido, si declaraba su lealtad al Eje. Además, *Los Yunais* compraban más café que nadie en el mundo, y ciertamente más que los alemanes. Tenía que tomar en cuenta el café y no nada más los deseos de su alma. Gozosamente, pudo usar la declaración de guerra como la excusa perfecta para quitarles tierras y propiedades a los ciudadanos japoneses, alemanes e italianos, y enviarlos a campos de trabajos forzados.

Y durante todo ese tiempo, afuera del palacio, la capital enardecía por todas las razones ya conocidas: pago, comida, educación, tierras.

Más tarde, cuando ya llevábamos doce años *engusanadas*, luego de los ataques y las ejecuciones, las prohibiciones, los toques de queda, tras sucederse a sí mismo en el cargo en elecciones limpias y democráticas en las que él era el único candidato; tras decirle al arzobispo que él, El Gran Pendejo, era Dios; tras convertir la currícula moral de la educación primaria en un manifiesto de la reencarnación; luego de insistir en su admiración por *los fascistas,* y de que a los niños se les enseñara en la escuela el saludo romano; tras discutir en la radio, desde el auditorio de la universidad nacional, que la orina, la defecación y la procreación debían categorizarse oficialmente como hechos biológicos de la percepción; después de las revueltas en la universidad; después de insistir en sus logros —«¡construí los bancos!», «¡construí la carretera panamericana!», «¡el canal de Panamá!» ante el aplauso de los pocos que aún lo querían; tras finalmente hacer enojar a las *fufurufas* familias cafeteras subiendo los impuestos de exportación; tras las ejecuciones de oficiales militares; tras la ejecución accidental de un adolescente proveniente de *Los Yunais*; tras las ejecuciones de cien civiles; tras un ataque aéreo; tras una huelga estudiantil pacífica, y tras la huelga general posterior… Después de todo eso, El Gran Pendejo huyó al fin. Corrió por su vida con rumbo a Guatemala, donde lo recibió nervioso El Otro Pendejo, y de ahí se fue a Honduras, donde se quedó finalmente.

Y cuando el chofer del Gran Pendejo, tras décadas de diligente servicio, lo apuñaló durante su suntuoso exilio en Honduras para vengar el asesinato de su padre durante nuestra masacre, destruyendo así los años crepusculares de *guayaberas* y concubinas adolescentes del Gran Pendejo, nosotras llevábamos veinticuatro años *engusanadas*, y sí, murmuramos y nos carcajeamos en sus oídos. Sí, lo vimos todo.

Segunda parte
1932-1938

24

En Hollywood, Graciela renació, pequeña y sola, una diminuta estrella fugaz, brillante y envuelta en calor, rodeada de negro aterciopelado: así se había imaginado su cuerpo roto en el barco que la llevó por las aguas oscuras en dirección al norte. Habría querido dormir durante todo el trayecto, pero no pudo, porque las tablas rechinaban sobre su cabeza con las pisadas de los hombres que estaban arriba, los roedores rasguñaban la madera e iban de un lado al otro por los rincones oscuros del casco. El océano sacudió sus entrañas hasta que su estómago vacío la hizo toser bilis. También nosotras la mantuvimos despierta. La envolvimos con nuestras voces, y nuestra canción nos hacía más fuertes.

En esos días, los embarcaderos de los Ángeles estaban llenos de hombres rudos. Consciente a medias dentro del costal de *púchica* Folgers, Graciela era una Venus emergiendo de la media concha, los pies cocidos en nuestra sangre. Los hombres aullaron y se pusieron a gritar cuando la vieron emerger del costal de café. Se escabulló por el muelle y corrió como una rata hambrienta hacia las calles, aterrada, aturdida de estar viva.

Cambió sus *colones* por dólares en un lugar cercano. La atendió un individuo de hombros cuadrados detrás de un panel de cristal con un corte en forma de círculo en medio. Detrás de él había una mujer dormitando. Las manos del hombre temblaban mientras le entregaba el efectivo apilándolo en sobres gordos. Graciela lo tomó, se alejó unos pasos de su campo visual, y luego volvió a meterlo en la media, cuya *tela* todavía tenía amarrada al pecho.

La ciudad de Los Ángeles que se había imaginado brillaba borrosa a la distancia desde el atardecer en el puerto, donde se encontraba ella. Reunió fuerzas, los talones rotos, los tobillos hinchados, cada una de sus articulaciones rígida y adolorida. Se sentía bien moverse, sin embargo, caminar descalza por esas calles extrañas que empezaban a sumirse en la oscuridad. El aire estaba húmedo y más frío de lo que se esperaba. Sobre su cabeza ondulaban las palmeras. Los sitios de construcción habían terminado sus actividades del día alrededor de los fosos abiertos, y a lo lejos distinguió edificios bajos, casas de adobe o ladrillo, modestas y dormilonas.

Más o menos una hora después, llegó a una calle repleta de amplios automóviles, pasó junto a un banco que tenía unas letras del tamaño de sus piernas, en un mosaico de azulejos; vio un pináculo de cristal verde que se extendía por el cielo del ocaso; el brillo rojo aterciopelado de un cine en un edificio revestido de verdes y dorados, y muchas gasolinerías, una tras otra. Echó un vistazo a su propio reflejo en el cristal oscuro de la ventana de una tienda departamental, y lanzó un breve grito. Era La Siguanaba: sucia, con el cabello enmarañado sobre la mitad de la cara, como el techo de una palapa, el vestido desgarrado, los dedos de los pies sangrantes.

En la esquina se alzaba un gigantesco sombrero de copa, un edificio como ninguno que hubiera visto jamás. Graciela leyó las palabras COMIDA FINA pintadas en cursivas escarlata en el listón del sombrero, pero no entendió a qué se referían. Junto a las palabras había una serie de íconos atractivos: un robusto sándwich con olanes de carne y queso, una langosta que guiñaba el ojo, un elote enorme. Su hambre había alcanzado un nivel insoportable. Famélica y mareada, encontró la puerta que conducía al interior del sombrero y se abrió paso entre una cortina brocada.

—¡Dios mío!

Detrás de un podio estaba un *gringo* mayor con un moño percudido, un chaleco manchado y un pañuelo de encaje en la cara. Las agujetas de sus zapatos estaban tan desgastadas que el cordón interior se revelaba como un hueso expuesto. El lugar, con sus gabinetes de cuero naranja a lo largo de las paredes curvadas, estaba lleno. El centro del espacio lo ocupaba una sola mesa. Algunos de los comensales voltearon a ver a Graciela, de pie en la entrada, pero quitaron la vista de inmediato para volver a sus conversaciones, imperturbables, cada uno de ellos vestido de forma tan extraña como ella, y tenían heridas que, Graciela pensó, podrían estar hechas de pintura: un monstruo licantrópico, un payaso, un vampiro y una mujer llena de maquillaje blanco con sangre en el cuello. Era posible, consideró Graciela, que hubieran confundido su apariencia con otro disfraz más, aunque el suyo fuera algo más convincente que el resto.

Apestaba a muerte, ahora estaba segura, pero aun así el *gringo* viejo, sin quitarse el pañuelo de la nariz, la condujo a una mesita del centro.

Cuando llegó el mesero, un tipo fibroso de lentes perfectamente redondos, Graciela señaló caóticamente el menú, seleccionando cosas que en las ilustraciones caricaturescas parecían grandes y llenadoras, porque en sus ojos las palabras en inglés eran un revoltijo de borrones angulosos. La comida llegó unos minutos después: una papa cocida del tamaño de su antebrazo, bañada en crema y queso, una sustancia espesa y gris que el mesero llamó «malteada de chocolate», y un pollo entero.

A la mitad del festín, Graciela sintió que el estómago le daba un vuelco y se retorcía: la comida había provocado un shock en su sistema. Corrió al baño de mujeres, de muros recubiertos de terciopelo rojo y espejos con aplicaciones doradas que le recordaron al palacio del Gran Pendejo y la hicieron sentir peor. Vomitó en el baño, pero después se sintió mejor, más ligera. Se enjuagó la boca y se lavó la cara en un lavabo estrafalario pintado de color dorado, que llenó de tierra, sangre vieja, y una tira de hoja de *ceiba* que llevaba días pegada a su frente. Encontró un trozo de jabón rosado en el borde del lavabo, e hizo burbujas tallándose con cuidado la cara, el cuello, las manos y los brazos. Con el roce se le desprendían tiritas de piel, y cada parte de su cuerpo volvió a encenderse de dolor.

Incluso después de que terminó seguía sucia; el lodo corría en riachuelos por las piernas y los brazos, pero en el espejo rayado estaba su cara, conocida, aunque lastimada. Sus brillantes ojos negros, uno de ellos inflamado y tierno. El moretón del golpe que el General le había dado se había extendido e hinchado. Tenía además moretones más nuevos en el cuello y la frente, así como cortes que le cubrían la cara como arañitas. No recordaba cómo se había hecho esas heridas: un sentimiento extraño y aterrador para Graciela, el de no recordar algo. Más tarde, todo, la masacre, volvería a ella en sonidos y flashazos irregulares, pero en ese momento solo había un hueco.

Sí. Ahora podía verlo. Su rostro muerto. Entendía cómo la habían abandonado a su muerte. Graciela se secó con la toalla que estaba colgada de un gancho junto al lavabo. Otra vez estaba hambrienta. Regresó a la mesa y devoró el resto del pollo.

Estaba chupando los huesos cuando llegó *el viejito gringo,* el pañuelo de vuelta en su chaleco desgastado.

—Ya cerramos, nena —dijo en inglés.

Graciela parpadeó como si con solo esforzarse pudiera encontrarle algún *púchica* sentido a las palabras del anciano. No podía, pero rebuscó entre la media que tenía metida entre las *tetas* y sacó un puñado de dinero —sería imprudente y extravagante solo esta vez, por gratitud hacia el *gringo* viejo, el escuálido mesero de lentes, y la generosidad de ese *púchica* sombrero de copa—, y lo dejó sobre la mesa sin contarlo. Luego se levantó y comenzó su búsqueda de un lugar para descansar.

Revigorizada por el pollo, Graciela se adentró caminando entre las colinas de aquella nueva ciudad, donde los edificios parecían estar en peores condiciones, con cortinas sucias aleteando en las ventanas. Una mujer —se llamaba Margaret, como descubriría pronto Graciela—, con seis meses de embarazo, que había salido a tomar aire fresco y terminó más bien dando arcadas, avistó una silueta que se arrastraba por la banqueta. Luego de limpiarse la boca con el anverso de la mano, Margaret advirtió los pasos cautelosos de Graciela, la cabeza alerta y buscando, el agotamiento irradiando de su espina dorsal. En la sombra de Graciela vio a una niña en problemas. La cuestión es que su aparición no podría haber sido más oportuna. Su compañera de cuarto, una chica de labios delgados de Iowa, se había ido sin avisar y la había dejado con el doble de gastos, a menos que encontrara a alguien para ocupar esa cama antes del fin de mes.

—¡Oye, tú! —llamó a Graciela—. ¿Necesitas ayuda? ¿Un lugar para quedarte?

Apenas terminó de pronunciar esas palabras, vomitó sobre la banqueta.

Graciela estaba de pie junto a un poste del alumbrado público, poniendo los pies firmes y buscando el cuchillo que ya no tenía consigo. Siempre *nos falta el cuchillo.* La *gringa* se le acercó, bajo la luz, y Graciela se dio cuenta de que estaba embarazada. Margaret no pareció darse cuenta de que la había asustado, y simplemente siguió hablando.

—Soy Margaret —dijo, extendiéndole una mano rígida—, y este de aquí es Roger junior —añadió, palpándose el enorme vientre con la otra mano—, o Thomasina, si resulta ser niña, pero estoy segura de que es niño, porque, bueno, me lo hicieron por detrás.

La cara se le puso roja, y tosió una risa áspera. Graciela no entendía ni una *púchica* palabra de lo que había dicho más allá de que el bebé se llamaba Roger o Thomasina, pero se rio también, y unirse a la *carcajada* se sintió bien.

Las pecas de Margaret parecían motitas de ceniza del volcán. Graciela le sonrió débilmente y dijo su nombre. Aquella mujer parecía inofensiva. Graciela se dejó empapar por sus palabras, tratando de atrapar las que le resultaran familiares.

—¿Eres una de esas mexicanas? ¿Filipina? —gritó Margaret. Graciela entendió y negó con la cabeza.

—No eres de aquí, eso sí. Mejor entramos. Aquí no es seguro para la gente que se ve como tú —dijo. Graciela la miró, con los ojos vacíos.

—Demonios —suspiró Margaret, observándola—. Estás cansada, ¿verdad? ¿Tuviste una noche difícil?

Margaret hizo una almohada con los brazos y recostó la frente sobre las manos. Graciela sonrió. Estaba exhausta. Les permitió a sus ojos cerrarse mientras Margaret la tomaba de la mano.

—Vamos —dijo, guiando el camino a través de un portón de acero forjado y hacia un estrecho callejón de piedra—. El lugar está limpio al menos, y hay agua caliente dos veces a la semana.

Lo único que Graciela sabía era que pronto podría dormir en una cama. Se rindió.

A la mañana siguiente, su primera en Los Ángeles, se despertó y se dio cuenta de que ya no tenía pegada al pecho la media llena del dinero de Perlita. Tenía el *rebozo* colgado a la altura de la cintura. Antes de meterse a la cama, se había parado frente a la mesa y había pagado un mes entero. Se golpeó la frente como una *loca* y se deslizó fuera de la cama. Cualquiera podría haberle robado el dinero, todos eran sospechosos.

Y entonces, por primera vez desde la masacre, desde que había huido del palacio del General con Consuelo, desde que la habían arrebatado de su madre todos esos años atrás, Graciela perdió la *púchica* cabeza. No tenía dinero, ni palabras, ni hermana, ni madre, ni siquiera un *púchica* cuchillo. Se puso a llorar, y luego a aullar, pataleando en el piso con las piernas amoratadas y golpeando las paredes con los puños.

Una chica con una cicatriz cerca de la garganta la rozó al pasar junto a ella sonriendo. Graciela se abalanzó sobre ella, asiéndola de la agujeta desatada de la bota y luego de la *trenza* andrajosa que le llegaba a la cintura, como la cola de una mula. La chica trató de soltarle un puñetazo, pero falló y cayó, mientras que Graciela, *bien encachimbada,* la inmovilizó contra el piso. *¡Qué onda, Graciela!* Pero su victoria duró poco. La chica pálida gritó y le escupió en la cara, y luego llegaron corriendo las demás, chicas sin nombre, un borrón de mejillas enrojecidas y puños mugrosos, todas enemigas. Graciela colapsó bajo la lluvia de cuerpos. La pateaban y le jalaban el cabello, gritándole insultos que no entendía, y que no vamos a dignificar repitiendo aquí. También eso podía soportarlo. Solo una maldita *pesadilla* más. Las mujeres la aplastaban: el aire comenzó a abandonar sus pulmones, y de pronto Graciela estaba otra vez en la torre de nuestros cuerpos. No podía gritar. Quizá no sobreviviría a esa golpiza —¿así era como moriría, en el suelo mugroso de una casa de huéspedes en Hollywood, linchada por mujeres hambrientas?—, pero entonces oyó una voz familiar: Margaret les pedía a gritos que se detuvieran.

—¡Basta! Déjenla en paz, perras estúpidas. —Margaret no se estaba tocando el corazón; estaba asustada. No olvides que le convenía que Graciela se quedara para compartir gastos con ella.

Las chicas, las gordas y las escuálidas, las que aullaban y las que reían, contuvieron los puños y se giraron hacia Margaret.

—Cualquiera que sea el problema, no es tan importante —dijo. Graciela logró sentarse, *encahimbada* pero más tranquila. Estaba temblando. Margaret alzó una media desgarrada y vacía a contraluz; el único lenguaje secreto que habría jamás entre ambas. Graciela abrió la boca para gritar. Margaret arrojó la media, que fue a dar a su lado.

—¡Nuestra amiga era rica! —gritó Margaret a las demás—. Tomé mi parte por haber sido la que lo encontró, pero el resto es para ustedes, un regalo de navidad bajo sus colchones. Vayan a ver a quién sí le tocó uno, y si no, peléense por el de alguien más, ¡Largo, zorras sucias!

Las chicas se alejaron corriendo.

Graciela apretó el puño, pero no le quedaban fuerzas. Puso la cabeza entre las manos y trató de sacudirse esa *pesadilla* interminable.

Pero no podía golpear a una mujer embarazada. Y, si ella hubiera encontrado el dinero, ¿no lo habría tomado también? Qué estúpida.

—Mira —dijo Margaret—, el cuarto y tus gastos están cubiertos por todo el mes. ¿Qué más necesitas?

De nuevo, Margaret estaba gritando, y Graciela no entendía una palabra, pero sabía que la superaban en número. No podía ganar contra la casa de huéspedes entera.

Graciela señaló un par de zapatos que estaban en el piso junto a la litera. Lona mojada con suelas de caucho café. Eso era lo que quería, un par de zapatos sucios demasiado grandes para sus pies. En nuestro país habría podido correr descalza, pero aquí las banquetas quemaban, y necesitaba un empleo, así que no había forma de sobrevivir a ese lugar sin zapatos. Margaret se los entregó haciendo un drama, pero incluso ella sabía que era lo mínimo que podía hacer.

Más tarde, Graciela trató de llevar su caso con la casera, haciendo una pantomima frenética, pero era inútil. La mujer era una borracha suficientemente amable, nerviosa, con el cabello esponjado y líneas rosas sobre la nariz y los labios, y tenía por principio no meterse en las disputas de las huéspedes. Alzó las manos como si se tratara de un asalto. Sacó lentamente un mapa de papel del bolsillo de su mandil, y se lo entregó a Graciela.

—Devuélvemelo cuando regreses —dijo, señalando primero la puerta, luego a su pecho, y por último dando unos golpecitos en su bolsillo. Miró a Graciela para asegurarse de que le había entendido. Era ya una sensación familiar para Graciela, sola, hambrienta, temerosa, la de no entender las palabras que le arrojaban en la cara, mientras la miraban como si fuera una niña malcriada.

Pero Graciela necesitaba una salida tan urgentemente como necesitaba el dinero para costear su supervivencia en ese lugar. Tomó el mapa y se fue a recorrer las colinas y las amplias calles sin banquetas de Los Ángeles, en busca de trabajo. La ciudad era el futuro que había visto en *Metrópolis,* pero cuatro veces más grande y más brillante, con esas torres plateadas que parecían ondular y destellar con el calor. El agua que la había llevado hasta ahí debía estar en alguna parte, pero ese lugar, como un desierto gigantesco, la tenía escondida.

Aquella tarde, una lluvia repentina le arrancó de las manos el mapa de la casera, y una coladera se lo devoró. Graciela corrió hacia un edificio de acero y cristal para huir de la tormenta, avivada por el terror de lo que le haría la casera si regresaba a la casa de huéspedes sin el mapa.

Se encontró de pronto en un ala sólida y estrecha de la biblioteca pública de Los Ángeles. Observó las paredes de libros, cada lomo etiquetado limpia y misteriosamente. Una mujer de cabello gris estaba sentada en la recepción, y detrás de ella había un muro de diminutos cajones de madera. Al ver a Graciela se le iluminó la cara, como si la hubiera estado esperando, y le indicó una escalera a su izquierda.

—Deprisa —susurró—, ya va a empezar.

Arriba, Graciela entró a una habitación y vio a gente que lucía como nosotras, sentada en torno a una mesa oval de madera, del mismo tamaño que la de la biblioteca del General. Había un maestro, y esa era una clase para aprender el idioma. Graciela encontró un lugar entre los hombres de caras amplias en overoles y entre las mujeres, algunas de las cuales le recordaban a nuestras madres. Se turnaron a lo largo del círculo para decir sus nombres. Practicaban las palabras para decir de dónde eran, y luego describían a sus familias y hablaban del clima.

Después de la clase, Graciela exploró la biblioteca. Se paseó a tientas entre los periódicos en sus estantes de madera, buscando noticias de su casa. En una noticia del día sobre un lugar llamado Cincinnati, que tenía un collage de retratos de debutantes y un submarino hundiéndose en el Canal Inglés, encontró el nombre de nuestro país.

Había una fotografía sacada de una película de vaqueros, de caballos con sus jinetes cruzando una playa pálida que, en blanco y negro, parecía una planicie de polvo. El pie decía: ARTILLERÍA LIGERA DE CAMPAÑA, DESPLIEGUE DE LAS TROPAS. Encima había otra foto de la capital, una calle estrecha y bulliciosa: ESCENA DE LAS VIOLENTAS PROTESTAS CONTRA EL COMUNISMO. DESTRUCTORES CANADIENSES Y ESTADOUNIDENSES HAN TIRADO ANCLA EN EL PUERTO.

En otra mesa, Graciela encontró un diccionario inglés-español y, palabra a palabra, hizo el trabajo necesario para entender los artículos. Las noticias de su hogar viajaban despacio hacia su mente por ese camino de transcripción y traducción. Lejos y despacio: solo así podía soportarlo. Cansada como estaba, la clase y el tiempo que pasó leyendo restauraron algo de la electricidad vital de su cerebro y le devolvieron algunos de sus antiguos poderes mentales. La noche se arrastraba por el horizonte de la ciudad.

Salió de la biblioteca y emprendió la larga caminata de regreso a la casa de huéspedes.

Después de ese día, Graciela se hizo el hábito de volver a la biblioteca. Ahí se encontraba segura. Estaba en silencio durante la parte más calurosa del día, y podía descansar e incluso quedarse dormida en una silla sin tener que pagar nada. Asistía a la clase semanal de inglés y después vagaba en busca de noticias de su hogar; sacaba sus favoritas de los estantes y las estudiaba con los ojos lentos y frescos del nuevo idioma. Su habilidad de *guayabear* volvía conforme se recuperaba. Empezó a hablar la lengua de aquel nuevo lugar con una comodidad que solo le reconocemos a ella; pronto tuvo las suficientes palabras para hablar con la bibliotecaria, que le ayudó a encontrar un trabajo limpiando los baños de la biblioteca. Ninfa la había entrenado bien, pero la cantidad de orina, sangre y mierda de la biblioteca equivalía cien veces al desastre que Graciela había tenido que limpiar en la hacienda.

Cuando llevaba en Los Ángeles un mes, más o menos, Graciela vio un póster pegado a un quiosco de la estación de autobuses —veinte piernas paradas sobre las puntas de los pies y otras veinte levantadas en un ángulo perpendicular, veinte faldas adornadas de pedrería volando sobre cada muslo, y ningún rostro—, y supo que también podría hacer eso. Puso una mano en el cristal del quiosco y extendió la pierna tan recta y lejos de su cuerpo como le fue posible sostenerla. Le gustaba cómo se veía. Dura, separada del resto de sí. Escribió la dirección en su cuaderno.

El día de la audición, Graciela dejó la casa de huéspedes con la luz tenue de la mañana. La casera le había dado las instrucciones la noche anterior, e incluso le había dibujado un mapa.

—Está muy lejos —dijo, mirando a Graciela de arriba abajo, chasqueando la lengua—. Dos horas a pie, cuando menos.

Si la madre de Graciela estaba viva, si su carne y huesos no estaban descomponiéndose o no se los estaban comiendo los perros, o no los estaba cocinando el sol, quizá estaría caminando bajo el mismo sol que ella, por entre colinas que quizá no eran tan distintas de las que ella recorría ahora.

El cielo se estaba poniendo rosa cuando Graciela llegó al estudio, y las puertas seguían cerradas, pero fue la primera de la fila. Cuando al fin la dejaron entrar, encontró un lugar resbaladizo por la humedad de los cuerpos, como en un acuario. Una mujer rubia estaba de pie en una plataforma del fondo, en pantalones anchos, de espaldas a Graciela. Le pareció conocida... El movimiento del brazalete alrededor de la muñeca cuando tocó el hombro del hombre que tenía al lado, y el arco del cuello. Graciela sabía que la había visto antes, pero no podía nombrarla. La mujer se dirigió al grupo con palabras breves y agudas. Graciela recordó su voz de las películas, suave como si tuviera un animalito peludo encerrado en su garganta, pero ahora, de esa cara emergía un chillido encantador. Se presentó como Rosie Swan. Era una estrella, y el director le había permitido elegir a las chicas que bailarían a sus espaldas.

—Cuerpos —repetía el director—. Solo necesitamos llenar el espacio con cuerpos. Una cara bonita está bien, pero unas buenas piernas y unos buenos brazos son aún mejores.

Rosie le dio por su lado con un movimiento de la mano. Advirtió a Graciela entre la multitud y la tomó del brazo. Había leído su nombre completo en la hoja de registro.

—Creo que venimos del mismo lugar —le dijo, y Graciela sintió el alivio de oír nuestra lengua por primera vez en semanas.

Esos ojos de espuma marina, ahora tan cerca. Rosie la abrazó, lo que la desconcertó un poco, y le dijo que creía que sus madres habían sido amigas algún tiempo.

Su madre: Perlita. Graciela no sabía por dónde empezar.

—Podría decirse que es mi tía, en realidad —soltó al fin.

Rosie dio un grito y la abrazó de nuevo.

—Mira, tengo que correr —dijo—, pero no podrías ser más oportuna. ¿Me esperas quince minutos y vamos a comer? Hay algo de lo que me gustaría hablar contigo.

Más tarde, Rosie encontró a Graciela en la puerta de la *cafetería* del estudio y la registró como invitada.

—Entonces, ¿cuándo llegaste? —le preguntó cuando encontraron una mesa—. ¿Cuál es tu plan?

Cruzaron miradas por encima de la mesa de la *cafetería*, charolas de plástico idénticas frente a cada una. Una plasta amarillenta, nuestro *maíz* transformado en un puré cremoso y uniforme, junto con alguna clase de carne que, para sorpresa de Graciela, flotaba ligeramente en la superficie de un charco de salsa, brillando con arcoíris aceitosos.

—Ya he hecho un poco de actuación antes y de baile —dijo Graciela—. Tengo un trabajo aquí, pero necesito ganar más dinero, y no es algo que me apasione hacer.

Todo eso era verdad, más o menos, y Graciela sostuvo las palabras en su boca con un cuidado adicional, como probándolas, su creación de una realidad alterada.

—Sí, sí —dijo Rosie—, tú y todas las otras niñas bonitas de la ciudad. Pero, en serio: ¿tienes papeles? Sin los papeles adecuados puede ser un poco complicado.

¿Papeles? Graciela trató de entender qué clase de papeles podrían asegurarle el éxito en ese lugar, pero Rosie continuó antes de que pudiera responder.

—Mira, esta es la cuestión —dijo Rosie—. Mi mamá está preocupada por mí. Estoy aquí sola, y hay muchos hombres. Mis padres están viviendo en Nueva York. Yo llevo en L. A. desde que estuve en *Our Dancing Daughters.* Mi mamá viene y se queda cada dos meses para echarme un ojo, y ahora está amenazando con conseguir un lugar para quedarse si no consigo una compañera de cuarto. Realmente no quiero que se mude aquí.

Rosie miró a Graciela de nuevo y pensó en las palabras que usaría a continuación.

—Le encantaría el hecho de que seas de la *colonia.* La haría muy feliz saber que estoy viviendo con una vieja amiga, o algo así. Sé que es una locura, porque en realidad no nos conocemos, pero tal vez podemos ayudarnos mutuamente. ¿Necesitas un lugar donde quedarte?

Graciela asintió, aterrada y encantada.

—Me encantaría quedarme contigo —dijo.

Era la chica más afortunada de todas, supuso. La chica a la que no podían matar.

Se mudó al día siguiente. La madre de Rosie, Isabel, la recibió en la puerta del departamento. Se sentaron en un sofá blanco, en una estancia iluminada que tenía una ventana sin cortinas en forma de arco. Afuera se veía la curvatura verde de los cerros peinados de naranjos. Un lugar conocido, un lugar como la hacienda, un lugar en el que podía ocultarse.

—Yo conocí a tu familia —dijo Isabel—. Todos la conocimos.

Graciela se preparó para las preguntas: ¿qué tal si Isabel se preguntaba por qué nunca había oído de la sobrina de Perlita? ¿Qué tal si había oído de lo que estaba ocurriendo en nuestro país y preguntaba dónde estaba Perlita en ese momento? Pero ninguna de esas preguntas llegó. Al parecer, Isabel no sabía gran cosa de Perlita, fuera de admirar los vestidos que le veía de lejos en las fiestas y, o no sabía o no le importaba saber más sobre la masacre que había sucedido en su hogar.

Cuando la conversación terminó y Graciela se levantó para abrazar a Isabel, estaba ya envuelta en lavanda, el aroma que había pertenecido a Perlita, que había pertenecido a su madre.

LUCÍA: El nuestro es un país pequeñito, *el pulgarcito*. Siendo tan poca gente, todo el tiempo surgen los mismos olores. Una coincidencia fantástica, una suerte improbable... Estas cosas pasan constantemente. Es jodidamente cansado.

Esa noche, cuando su madre ya se había quedado dormida en el sofá, Rosie le prestó a Graciela una bata de dormir y se lavaron los dientes juntas. Rosie llevaba el plumoso cabello rubio recogido cerca del cráneo en tubos diminutos color verde pálido, y tenía puesta una bata de baño acolchada color lengua. Luego de enjuagarse la boca, abrió el espejo y sacó del gabinete interior un frasco de crema fría. Metió la mano en el frasco, cerró los ojos, y se frotó de blanco las mejillas, la frente, las sienes, la barbilla y el cuello. Graciela movía por las superficies duras de la boca, en círculos lentos, el cepillo de dientes que había viajado hasta ahí metido en el *refajo*.

Cuando terminó con la crema, Rosie miró a Graciela y notó el cepillo de dientes en su boca, el mango de madera astillado y podrido, y abrió un cajón delgado que estaba entre ambas. Dentro, alineados como billetes, como el infinito, había cepillos de dientes con mangos de perla, las cerdas firmes e inmaculadas, listos para usarse. Rosie metió la mano y sacó uno. Graciela escupió, y Rosie le quitó el cepillo viejo de la mano y lo arrojó al bote de basura junto al lavabo. Graciela tomó el nuevo, más pesado, suave, como una gema, le agradeció, y comenzó a lavarse los dientes de nuevo. Rosie le guiñó el ojo en el espejo. Esa fue su primera rutina.

En la habitación comenzó a sonar el teléfono. Con la cara y el cuello todavía blancos, Rosie corrió a contestar.

—Ay, mierda, mierda, mierda, mierda, mierda —dijo justo antes de levantar el auricular y bajar la voz hasta convertirla en el arrullo que llevaba años entrenando para las películas sonoras—. Mi león —dijo entonces. Se recostó sobre la alfombra y se envolvió las muñecas en el cordón del teléfono, murmurando como una paloma adormilada.

—Eres tan fuerte y tan grande —dijo—. ¡No aguanto!

Graciela reprimió una *carcajada,* fue hacia su cama y cerró los ojos. *Púchica,* ese día, esa vida. Cuando los murmullos de Rosie pararon, hubo un clic, un suspiro, y luego el timbre del teléfono se reanudó, hasta que contestó. Así, toda la noche, un hombre y luego otro.

Por la mañana, Graciela se encontró a Rosie desparramada sobre la alfombra entre las camas, envuelta en una sábana, como una niña. Graciela se preocupó un momento, como imaginó que hacía la madre de Rosie, pero pronto la vio despertarse, de nuevo la hermana mayor parlanchina de la noche anterior, que conocía todo y a todos en esa ciudad. Había estado hablando con viejos amigos, dijo para explicar las llamadas.

—Es la única hora del día que tengo libre… Mis días están totalmente agendados.

«Booked» fue la palabra que usó y que Graciela no había oído nunca. En los días que siguieron, Rosie le enseñó muchas otras frases que componían ese nuevo idioma, por medio de las promesas que le hacía: que la tomaría «bajo su ala», que era bienvenida, que podía sentirse como en casa.

25

Dos días después de que el barco arrojara a Graciela al puerto de Los Ángeles, Consuelo desembarcó en San Francisco. Deambuló hasta encontrar un lugar con una guía telefónica, y entonces llamó a Lindita. Se imaginó que para ese momento ya habría vuelto de su viaje.

Consuelo no estaba segura de qué tanto sabía Lindita, de qué tanto habría visto o qué tanto le habría contado Perlita los días previos a que a ella se la llevaran con el General. Solo sabía que lo último que Perlita necesitaba era que una familia rica del *norte* supiera que Consuelo era una bastarda, que Perlita, estéril, se la había robado, la había criado como suya, y luego se la había vendido al General. Tenía la impresión de que Perlita se había reservado esa información incluso en medio del caos de la última visita de Lindita.

Esa era la naturaleza de su relación: sabían demasiado y demasiado poco una de la otra. Perlita le contaba a Consuelo historias de Mamá Domínguez. Le contaba que a su propia madre la había asesinado un trabajador de una *finca* que se había saltado una barda, como un león de zoológico; que su hermano se había dado un tiro en la cabeza poco después de su cumpleaños dieciocho, y que todo mundo culpaba a Lindita por incitarlo a ello, que era un chico melancólico y ella tendría que haber estado a la altura en vez de comportarse siempre como una perra fastidiosa.

—¿Cómo podría ser culpa de alguien más un suicidio? —solía preguntar Consuelo cuando Perlita mostraba su desconcierto por la pérdida del guapo hermano menor de Lindita.

—No uses esa palabra —contestaba Perlita.

Ella y Lindita eran las mejores amigas.

Y, en efecto, cuando Consuelo llamó, Lindita estuvo encantada de saber de ella, y envió un auto a recogerla de inmediato. Lindita la abrazó en las escaleras de la entrada de su casa, un par de departamentos limpiamente apilados uno sobre el otro, en las entrañas de Richmond. Sonrió, ignorando el *chajazo* en la pierna de Consuelo, el halo tenue de mugre y el olor casi visible contra la bruma blanca del medio día. Consuelo le devolvió la sonrisa con tanta gracia como le fue posible, y las comisuras de la boca crujieron de dolor.

—Debes estar cansada de tus viajes —dijo la *cherita* Lindita, invitando a Consuelo al departamento superior, que usaba para los invitados, para que tomara el baño de burbujas que le había preparado en cuanto recibió la llamada.

Después se sentaron a tomar *té de manzanilla* en la mesa, junto a una ventana decorada de geranios y suculentas, en el departamento de abajo, donde vivían Lindita y su familia. Consuelo, el cabello envuelto en una toalla color durazno, llevaba una bata de satín de Lindita; conocía algunas de las mentiras que Perlita le había contado a la mujer, así que construyó a partir de ellas. Le contó que se había quedado con unos amigos en la casa de playa que tenían en La Libertad, y que durante su estancia habían comenzado las revueltas. No había logrado ponerse en contacto con Perlita, así que había huido, según el plan original, para irse a estudiar arte en el extranjero, y el único lugar al que había logrado llegar era San Francisco.

No era la verdadera historia, pero era la historia que Lindita se creería, y una que mantenía la imagen de Perlita apenas lo suficiente para que en su momento se viera obligada a secundarla. Consuelo se imaginó que Lindita estaría más tranquila si pensaba que ella era el tipo de mujer joven que tenía amigos con casas en la playa, y en efecto, por cómo se le habían levantado ligeramente las comisuras de la boca al oír la mención de la casa en la playa, supo que lo estaba.

—No tenía idea —repetía Lindita una y otra vez—. Un desastre, un completo desastre. Es un milagro que sigas viva —cacareó, y le acarició las manos pequeñitas con sus uñas color bermellón—. La voy a llamar de inmediato. Debe estar preocupadísima.

Lindita llamó a la nueva casa de Perlita, en los suburbios de San José, Costa Rica. Perlita había aceptado el dinero que el General le había dado a cambio de Consuelo y había dejado nuestro país buscando una vida nueva y libre de ataduras, pero no sería así.

—Lo lamento mucho —podía oír a Perlita decir al teléfono, claramente disculpándose por la presencia de Consuelo en casa de su amiga.

De inmediato, sin embargo, Perlita adoptó un optimismo alegre, y prometió enviar un cable con dinero para que Consuelo pudiera continuar sus estudios de arte en San Francisco. Era justo como Consuelo sospechaba: Perlita prefería sacrificar algo más de dinero antes que su reputación.

Consuelo pasó las dos noches siguientes con los Domínguez en su departamento de las Avenidas, y entonces, cuando llegó un hombre con un solo brazo que iba a trabajar como secretario de un agregado cultural, o algo por el estilo, Consuelo —solo porque era prácticamente de la familia, dijo Mamá Domínguez— se quedó con la familia en el departamento del centro, aunque regresaba una vez a la semana a practicar inglés con las hijas de Mamá Domínguez, unas gemelas de doce años, una de piel clara y la otra de piel más oscura. Habían ido a la escuela de gramática Star of Sea desde el kínder, y hablaban y leían inglés fluidamente, incluso mejor que la lengua que hablaban en casa con sus padres.

Se sentaba a la mesa de Lindita, que tenía un mantel de olanes, con las medias hermanas de María y de Lourdes, esas niñitas bien educadas que eran mucho mayores de lo que nosotras éramos a los doce años. ¿Acaso veía Consuelo nuestros rostros en los suyos? ¿Se acordaría de nosotras en el pueblo cuando miraba inexpresiva el perfil de la de piel más oscura mientras alargaba la mano para tomar otra galleta oval que sumergiría en el *café cremoso,* mientras jugueteaba en la lengua con las piedras cuadradas de aquel idioma? ¿Se acordaba siquiera de nuestras caras en el breve día que pasamos juntas antes de la masacre?

En esa nueva ciudad Consuelo no conocía casi a nadie. Evitaba a los estudiantes que se reunían a fumar y a chismorrear después de las clases de arte, antes de irse caminando juntos en una formación grácil, a veces incluso con el instructor —un hombre de piel rosada que tenía una pátina de cabello rojizo y que siempre llevaba corbatón—, a quien habían convencido de acompañarlos a un ruidoso bar del barrio chino donde servían cangrejo y calamar a altas horas de la noche. Uno o dos de los estudiantes se separarían del grupo asegurando que tenían que regresar a casa a pintar («si bebo, no puedo trabajar, no estoy hecho para eso» o «no soy tan talentoso como el resto de ustedes, así que tengo que dedicarle más tiempo» o «así es, hoy fue un parteaguas para mi trabajo, así que voy a regresarme caminando junto al mar para meditarlo»), todo para dar la impresión de seriedad y dedicación, movidos por los eventos de la clase del día y la guía del instructor de cara colorada. Consuelo, sin embargo, ni siquiera se despedía, y apenas hacía seña de darse cuenta cuando el instructor pasaba junto a ella a la salida. Después de clase, la mayoría de las veces, Consuelo volvía corriendo al centro y se desvelaba fumando, caminando por la sala de su nuevo departamento, para finalmente instalarse junto a una ventana, como un gato, para ver el amanecer, la lenta construcción de un rascacielos junto a Union Square, a la gente de abajo, como insectos, metiéndose en un autobús, al metro, o entrando y saliendo de autos y callejones. De algún modo se sentía casi libre sentada junto a la ventana bajo la luz violeta, su cerebro en crudo, brillante.

La ciudad se había reconstruido entre las ruinas del terremoto, y de las inundaciones y los incendios posteriores. La gente que había vivido ahí le contaba que los rastros del daño ya no estaban, pero que la fuerza del movimiento había partido el centro en dos y había convertido edificios en polvo. Cada tanto, Consuelo sentía una sacudida, lo suficiente para que un vaso se deslizara y cayera del borde de la mesa, como un hechizo sutil. Esa era la clase de terremotos que había conocido en nuestro país, pero había olvidado la sensación de los más grandes.

La clase en sí estaba bastante bien. Consuelo tenía que hacer un esfuerzo por llevar consigo las lecciones de regreso al departamento y ponerlas en práctica. Sola, su cerebro vagaba: se sentía a la deriva, segura de que era incapaz de la expresión artística más rudimentaria. Mientras se quedaba mirando su propia mano, recordaba que el instructor le había dicho el primer día que estaba sosteniendo el pincel de forma incorrecta. No le había entendido y él le mostró cómo hacerlo, ajustando el agarre de la madera como si fuera una niña, así que ella arrojó el pincel al piso y se quedó muda, como si se le hubiera caído por accidente.

—Para practicar esta forma hay que repetir y repetir, en realidad —solía decir el instructor, una y otra vez. O:

—Imagina que eres una cámara.

Tras varias semanas de eso, Consuelo comenzó a entender al fin el significado de esas palabras y lo odió aún más. Pero la clase estaba bien, de verdad. Se llamaba «Pintar la realidad», y habían comenzado con los ejercicios típicos de naturalezas muertas —interpretaciones algo más vivaces de los bodegones de los viejos maestros holandeses—, luego progresaron hacia la anatomía y el autorretrato, todo al óleo. Consuelo había querido impresionar, y primero presentó un autorretrato que había hecho a las prisas en las primeras semanas, mientras los demás todavía trabajaban en manzanas moteadas y cuchillos húmedos en posición de descanso.

—Pero así no funcionan las manos —había dicho el instructor, como sorprendido, las palabras incomprensibles para Consuelo, con una sonrisa nerviosa que a ella le provocó querer matarlo. Esos tics de vergüenza suyos, aparentemente para hacerla sentir bien... Estaba *encachimbada.* El instructor se negó a dar más comentarios durante la clase de ese día; había demasiado material que revisar. Más tarde, sin embargo, Consuelo se presentó ante su escritorio con el retrato. Él lanzó un gran suspiro.

—Está bien —dijo (¿de verdad no tenía esperanza?). No se levantó de la silla y le ofreció una retroalimentación más bien parca—. Mira tu brazo. Observa el camino que recorren las venas por la parte interna de tu brazo. Observa antes de pintar.

Consuelo frunció el ceño. Quería más de parte de ese hombre lamentable. Quería que la vieran, que la reconocieran. Su desdén pareció energizarlo.

—Además, aquí no hay sentido de la proporción —añadió, dibujando circulitos en el aire sobre el rostro del retrato, como si pudiera borrar la obra de Consuelo con la punta del dedo—. Tienes que estar dispuesta a aprender a ver, a ver de verdad.

Así que ahora era Consuelo la que no podía ver.

Ese día, en el camino de regreso al centro, Consuelo se escabulló hacia la parte este del puerto. Había leones marinos tomando el sol, amontonados sobre las plataformas de madera resbalosas de algas, que se descarapelaban bajo la luz naranja del día. Cerró los ojos y arrojó el retrato a la bahía apestosa, donde se meció primero y luego permaneció entre cordones amarronados de vegetación marina, basura, caparazones de cangrejo destruidos y líneas de pesca rotas.

Pintar la realidad. Muy bien, muy bien. Aunque al parecer era imposible y de todas formas no le interesaba hacerlo. Era dolorosa, tediosa, irritantemente preciso. Claro, podría aprender —no estaba ciega, y podía ver sin ningún jodido problema—, pero quería pintar algo que la hiciera sentir pequeña y fuera de lo común. Cualquier cosa que fuera lo opuesto de la repetición, de la proporción —no un bodegón, sino un átomo que contuviera todo el destino de la vida, un paisaje cósmico, un alma en un éxtasis detallado—. Algo que existiera pero que no pudiera verse. Por supuesto, no tenía las palabras en ese idioma para comunicar nada de eso, e incluso si las tuviera, habría sonado como una maldita *babosa,* como una tonta soberbia y con aires de grandeza. ¿Quién se creía que era? Se odiaba por pensar así, por aburrirse y por no agradecer las clases que Perlita había pagado, por ignorar los severos recordatorios del instructor de que era incapaz de hacer algo tan simple como ver, se odiaba por haber sobrevivido.

Fuera de las clases, Consuelo no pintaba nunca. En esa nueva ciudad, lo que más disfrutaba era llenarse los oídos de agua salada, saborear la distancia larga y silenciosa que ponía entre ella y todo lo demás. Los días que tenía bastante energía para hacer algo diferente que esconderse en casa luego de clases, caminaba en dirección oeste hacia el mar, para admirar el muro de contención que estaban construyendo ahí. El muro estaba lleno de musgo y su propósito era contener el Pacífico entero, su fuerza de casi diez mil kilómetros contra la playa, aunque estaba incompleto, nada más que rocas suspendidas sobre soportes de metal. Detrás de ella los molinos holandeses giraron, y Consuelo se dirigió, por entre las Tierras Exteriores, a los Baños Sutro.

A medio derruir, los baños seguían siendo gratuitos para el público cuando Consuelo los visitaba; sus aguas se movían con las olas del Pacífico. Nadie en esa ciudad parecía ir ahí. Si querían nadar, solían ir a la alberca Fleishhacker, en Lincoln, pero los Baños Sutro eran diferentes: opulentos y desiertos, encaramados bajo un acantilado en la orilla del mundo. Cuando iba a ese lugar, Consuelo se convertía en una diosa romana, o en una heredera victoriana tuberculosa de las que salían en los libros que Graciela le recitaba de memoria. ¿Era esa la cura de agua que hacía ir al mar por placer o por salud? Los baños le aclaraban la cabeza, acallaban la soledad que le zumbaba en los oídos todo el día y acolchaban nuestros lamentos. No podemos decir que no la envidiamos, o incluso la resentimos, un poco.

A Consuelo le gustaba llegar más o menos una hora antes del ocaso. Por unos momentos de las últimas horas de la tarde, los tres arcos de papel cristal de los baños se convertían en prismas entrelazados. El espacio estaba construido originalmente para contener treinta mil.

Dentro, Consuelo estaba sola, maravillada y aturdida.

Eran casi siempre solo ella y la chica de la caseta de vidrio esmerilado, que le entregaba un traje de baño que habían usado chicas que ganaron medallas de natación en el cambio de siglo y mujeres histéricas en busca de la cura de agua. Negro, con una falda suelta, una franja blanca a lo largo del dobladillo. La chica le entregaba a Consuelo un gorro de plástico y algo de jabón envuelto en papel, y una delgada toalla blanca con la frase «El pulpo debe morir» bordada en letras cursivas azul pálido; palabras que, Consuelo se enteró preguntando, se referían a las aspiraciones perdidas del fundador de los baños: quería derrotar a la tiranía de la Red Ferroviaria del Pacífico Sur por medio de la visión romana de las aguas termales públicas. Consuelo apenas hablaba aquella lengua nueva, pero hacía el intento. Planteaba preguntas a cada oportunidad.

Al tirar de la pesada puerta verde cobrizo que daba a los cambiadores, Consuelo puso atención a la forma en que las estancias de cristal contenían las sílabas de su amable conversación con la chica de la caseta, las estiraban en ecos largos, las hacían rebotar en los vitrales y en el agua. En las paredes se formaban chicas glamorosas con sus ojos de muñeca de porcelana y sus cortes bob de ondas doradas. Con el traje de baño y el gorro, Consuelo posó como una chica de los años veinte, sacudiendo la falda. Se dio una nalgada por el puro gusto de hacerlo, y el sonido alegre hizo eco en las ruinas.

Tenía una hora y media antes de ir a cenar a casa de Los Domínguez. Tendría que abrirse paso entre los baños *en guinda.* La obligación de ir a cenar, la fatiga de socializar, cuando habría preferido solo desaparecer: esas eran la clase de cosas por las que tendría que sentirse más agradecida y cada semana se regañaba a sí misma por ello.

Dentro de las paredes de vidrio grueso había seis baños de agua salada y una alberca de agua dulce y Consuelo lo visitaba todo, empezando por donde estaba el agua más caliente y terminando con el óvalo más frío de agua de mar. Tres trapecios, dos llenos de óxido. Siete toboganes. Cada vez que visitaba los baños, Consuelo se retaba a subir la escalera del tobogán y gritaba al sumergirse en la alberca principal, en forma de riñón, a veintisiete grados de temperatura gracias al vapor que emitía la sala de bombas. Veía las viejas bombas funcionar detrás del vidrio. Algunas ventanas estaban rotas, finas líneas que se extendían como telarañas por los páneles de vidrio amarillo. Algunas eran del color de una botella. Una ventana muy alta reflejaba una luz rosada. Consuelo se sumergió y luego salió a la superficie, una y otra vez. Flotaba boca arriba, mirando más allá de las gradas del sauna vacío, hacia el océano.

—Luis —llamaba Consuelo al vidrio antiguo en las alturas—. Luis, Luis, Luis.

El nombre rebotaba en el techo catedralicio y reverberaba en las paredes de vitrales, como el eco de una plegaria. Aquel era el único lugar de esa nueva ciudad donde Consuelo pronunciaba su nombre.

Saliendo de los baños, caminaba por el perímetro cercado de palmeras y lleno de vapor, golpeando el azulejo con los pies descalzos y mojados, los dientes castañeándole, para admirar las hazañas de los viajes de Sutro. Una caja de cristal con gatos disecados: chitas, leopardos y un tigre diminuto. Un diorama de cabezas encogidas, un pasillo de gemas preciosas, espadas chinas, y lo mejor de todo, o lo peor, dependiendo del día o de su humor: la momia podrida, pequeñita detrás de otro panel de cristal.

Luego estaba la alberca de olas en forma de luna creciente, de un sombrío color turquesa, llena de vida marina. Ahí Consuelo se quitaba el gorro y sacudía el cabello, dejando que atrapara la sal del aire. Esa alberca era decorativa, pero se sumergía de todas formas, abría los ojos y no veía más que un remolino oscuro, luego salía a la superficie con algas verdes tapándole los ojos, enredadas en el cabello que había dejado crecer hasta la espalda contra las tendencias de la moda. ¿Dónde había quedado su famosa vanidad?

Por primera vez en su vida, Consuelo no deseó el contacto de nadie. Pasó día tras día sin lavarse la cara o el cuerpo en casa: sus visitas a los Baños Sutro mantenían a raya la mugre visible. Al salir, el cabello se le esponjaba y se le enredaba dolorosamente.

Cuando terminó, Consuelo regresó a los cambiadores, donde se bañó con un trozo de jabón antiguo que tenía impreso el nombre de Sutro, luego se secó, se vistió y se dio cuenta de que le quedaban diecisiete minutos para llegar con los Domínguez, al otro lado de las Avenidas. Aun así se detenía a mirar largamente el muro de aspirantes a estrellas de pelo dorado, antes de devolver el traje de baño y la toalla. Afuera del portón del jardín de Sutro, estaban inscritas en bronce las siguientes palabras:

ESTAS COSTAS OCCIDENTALES DEBERÍAN CONVERTIRSE EN LA TIERRA DE LOS HUERTOS Y LOS JARDINES ARTÍSTICOS, EL HOGAR DE UNA RAZA PODEROSA Y REFINADA. PARA LOGRAR ESTA FELIZ CULMINACIÓN DEBE ENGENDRARSE ENTRE LAS MASAS UN GUSTO POR LA BELLEZA DE LO NATURAL.

Consuelo se había aprendido las palabras de memoria, las copió en su cuaderno durante la primera semana que pasó en esa ciudad, como una promesa. Se detenía a leerlas siempre que salía del lugar, por pura costumbre. Le recordaban las palabras que Graciela tenía que memorizar y también al jardín de Perlita. Nuestro país parecía querer lo mismo: ser el hogar de una raza poderosa y refinada, la tierra de huertos y jardines artísticos. Lo que sea que «poderoso y refinado» significara, sin embargo, Consuelo se sentía lo contrario.

La semana anterior, durante la cena, Mamá Domínguez le había contado a Consuelo sobre el hombre que, años atrás, había intentado demandar a los baños luego de que no quisieran rentarle un traje de baño y cómo Sutro había dicho que si permitía la entrada a sus baños a esa gente, a la gente negra, luego tendría que dejar entrar a todo el mundo. Su negocio se desmoronaría. Estaba dispuesto, eso sí, a venderle un boleto para que viera desde las gradas, si quería.

La historia de Mamá Domínguez hizo a Consuelo preguntarse qué significaba su propio rostro en ese lugar. Perlita siempre le había advertido sobre el peligro. Con el cabello tan rizado, si pasaba solo un poco más de tiempo en el sol, la podrían confundir con otro tipo de niña. A pesar de toda la lluvia y la niebla de ese lugar, su piel seguía siendo más oscura de lo que era en casa. En la capital, Consuelo solía llevar una sombrilla durante sus caminatas y un sombrero de ala ancha con una cinta de satín atada bajo el mentón, pero en este lugar esa clase de cosas se sentirían pasadas de moda. Una *chela* es lo que una *chela* hace.

En aquel sótano, durante la masacre, Consuelo se había aprendido de memoria la pintura de las castas, la que Lucía había encontrado años atrás. *Ladinos,* hombre y mujer, cabezas grandes y centradas en el cuadro, los contornos de sus caras delineando la nada. Una mujer *mestiza* detrás de ellos, en una ramificación, luego un amplio gradiente de otras caras, en cuellos de encaje o en harapos.

El cielo estaba blanco y el viento le deshizo el nudo de cabello húmedo, haciendo que los rizos le cayeran como látigos alrededor de la cara. Doce minutos para la cena. Iba a llegar tarde, sin importar lo que hiciera. La idea de sentarse a la mesa, practicar su inglés con las niñas, era más de lo que podía soportar esa noche. En esos días, la mayoría de las veces Consuelo se sentía como si se ahogara bajo el agua. Decidió volver a su departamento en el centro y llamar para disculparse, diciendo que estaba enferma. Temía su decepción, su preocupación, que sabía serían sinceras.

En San Francisco, Papá Domínguez era un padre de familia amoroso, un Cónsul General. Le gustaba mimar a sus gemelas, celebrar sus logros escolares y sonreía como un hombre que jamás hubiera cometido un acto de violencia, ni siquiera contra los miembros de su propia familia. La semana anterior había abierto la cartera a la mesa, había sacado un billete de su último viaje a la capital de nuestro país y se había reído hasta que los bordes de los ojos se le aperlaron de lágrimas.

—¡La nueva zorra del General! —dijo, sosteniendo el billete de cinco *colones*. Al oír esas palabras, Consuelo sintió una vergüenza inmediata. Ella había sido la zorra del General.

En el billete estaba el rostro de una *india* antigua, las líneas dibujadas en azul iridiscente, los ojos como espaldas de escarabajo.

—Le leyó el futuro de la forma adecuada y él, *el indito*, la recompensó poniendo su cara en los billetes. Es una vergüenza, ¡pero qué buena historia! Ella podría haberle pedido lo que fuera y él está lo suficientemente loco como para habérselo concedido. ¿Y lo que pidió fue eso? Nada de agua para su pueblito de mierda cerca de Izalco, nada de caminos pavimentados, o escuelas, ni siquiera dinero para sus nietos. No, *la bruja* no quiere dinero: quiere estar en el dinero.

Consuelo se preguntó si Papá Domínguez sabría de su padre, de que alguna vez había sido el consejero del General, si sabría más que ella sobre su muerte misteriosa. Probablemente en esa misma mesa había hablado de Germán en los mismos términos. De Graciela no podía saber nada, porque Perlita la mantenía como un secreto, ¿pero se había expresado así del marido de la mejor amiga de su esposa?

Papá Domínguez pasó el billete para que lo vieran y cuando llegó a ella, Consuelo se rio también, por amabilidad. Estudió el rostro de *la vieja* hasta que se sintió capaz de reproducir sus facciones en el cuaderno sin verlo. Tenían la misma nariz ancha. Perlita siempre le decía, cuando era niña, que un día se convertiría en su nariz. Lo decía de la nada, con una sonrisa burlona que a Consuelo le acuchillaba las entrañas: un recordatorio constante de que era tan fea que su nariz desconcertaba a las personas de su entorno, incluidas las que quizá la querían y que por lo tanto no podían sino comentar y reír. De perfil, la nariz de Consuelo era un pico; de frente, una pera. En *la india,* no parecía nada especial. En Consuelo —se miró al espejo, como estaba acostumbrada a hacer—... Bueno, en Consuelo era una nariz. En realidad no era tan terrible, por Dios.

LOURDES: Yinita, no se te olvide que tú tienes la misma nariz.
LUCÍA: Claro que la tiene. *Simón*, *bien* bonita. Consuelo está loca.

Consuelo caminó hacia la estación del tren que la llevaría de vuelta a casa, pensando en qué mentira pondría de excusa para rechazar la hospitalidad de los Domínguez. El tren se llenaba de gente todas las noches y la sensación era intolerable, apretujada entre tanta piel, respirando aliento a cigarro y las mamilas para bebé de cualquiera que tuviera cinco centavos para tomar el tren del océano a la bahía. Cuando el vagón iba demasiado lleno, Consuelo se bajaba antes y caminaba en medio de la luz alimonada del centro hacia los cerros, donde estaba su departamento. Ahora sabía qué decirle al portero que se la pasaba torciendo sus guantes blancos a la entrada del edificio. «Thank you», «Good evening». Mientras subía las escaleras, repetía las palabras nuevas que había aprendido ese día: «I remember, I remembered, I will remember. I fight, I fought, I will fight. I find, I found, I will find. I leave, I left, I will leave».

Una vez dentro, Consuelo se quitó los zapatos y las medias, se desabotonó el vestido, se soltó el cabello húmedo y se puso la bata de noche. En el ocaso, desde su ventana podía ver Nob Hill, Market Street, llena de chicas eslavas vestidas como ángeles vendiendo flores en carritos. Lirios de tigre, aves del paraíso, fucsias, alcatraces, nomeolvides, rosas color durazno y claveles pintados de verde, azul y violeta.

Decidió pintar a *la india.* Llevaba meses sin pintar nada fuera de clases. Quitó la tela del caballete que Perlita había costeado y la arrastró por el piso. Comenzó a sacar los pinceles de sus fundas, las pinturas de un cajón bajo, y la sensación de sofocamiento se aligeró un poco. Mezcló la pintura al temple con huevo y, antes de dar la primera pincelada, trató de ver. Mezclaba e invocaba una visión, en busca de esa proporción áurea que el instructor amaba diseccionar, una proporción que alguna vez ella había creído natural, innata, obvia, pero que, ahora entendía —porque era sosa e incapaz de ver, tan insensible a ella como era insensible a toda la geometría—, debía cazarla.

El teléfono dio un alarido y Consuelo tiró la paleta al piso. Descolgó la bocina, a sabiendas de que al otro lado estaría Mamá Domínguez. Oyó la respiración irregular de la señora y se dio cuenta de que la había preocupado; le dijo que se había quedado dormida, pero que llegaría pronto. Si Perlita hubiera estado ahí, le habría dado una bofetada y la habría acusado de grosera y egoísta.

Consuelo colgó el teléfono y se vistió: las medias y los zapatos, el vestido de olanes color azul, las perlas, todas esas cosas que habían llegado a su departamento en el centro en una gran caja poco después de su llegada a San Francisco. (Al fondo de la caja había una tarjetita con un guion largo y una sola palabra: —«Perlita»).

Consuelo se recogió el cabello todavía húmedo y se puso un abrigo de lana cocida para la niebla. En el espejo del elevador su piel se veía de color gris pálido. Ojeras enormes. Un poco de labial ayudaría, pero no había mucho más que hacer.

Mamá Domínguez abrazó a Consuelo en la entrada y la condujo dentro. A la mesa estaban los hombres bebiendo y jugando ajedrez. Los niños ya estaban en la cama. Mamá Domínguez le tocó un hombro a la muchacha de servicio y le indicó que debía calentar un plato en la estufa, y luego le presentó a Consuelo a un hombre que hablaba español con acento mexicano. Estaba de visita en la ciudad y se quedaría tres semanas con los Domínguez. Cuando la muchacha de servicio puso el plato sobre la mesa, Consuelo se dio cuenta de que en todo el día no había comido nada más que un huevo hervido, en el desayuno. Irresponsable. Estúpida.

Enchiladas de mole, preparadas en honor al invitado. Consuelo comió con determinación. El mexicano hizo jaque mate, y el aire se llenó de felicitaciones no demasiado efusivas. Consuelo comió tan rápido que salpicó mole en el vestido. No levantó la mirada del plato hasta que toda la comida hubo desaparecido. El hombre era demasiado guapo: cabello negro y ondulado, arrugas de sonrisa en torno a los ojos, nariz como un cuchillo. Y de pronto, Consuelo estaba exhausta. Se había atiborrado de comida como una bestia salvaje y se sentía atontada y borracha, temerosa de mirar al mexicano a los ojos. Estaba sentada sola ante la mesa de madera oscura, hasta que él dejó su juego de ajedrez y fue a sentarse a su lado.

—¿Por qué tardaste tanto? —dijo. Consuelo decidió tomar su pregunta como una broma, y se rio. Cuando no podía hablar, reía. Luego de una pausa, le contó que los Domínguez eran amigos de su familia, lo que no respondía realmente la pregunta pero, afortunadamente, pareció dejarlo satisfecho. Él le preguntó por sus estudios, y le contestó que estaba estudiando inglés.

—Oí que eres mucho mejor pintora que angloparlante —dijo, y Consuelo asintió, en silencio, tratando de no irrumpir en el silencio con su risa—. He oído de tus pinturas —añadió—. ¿Me las mostrarías?

Consuelo escuchaba con atención, como si estuviera sintonizando una estación de radio, la risa de Mamá Domínguez en el comedor. Ahora estaban jugando a las cartas, y la única y extraña razón que el mexicano tenía para no unírseles era permanecer en compañía de Consuelo.

—¿Estás bien? —le preguntó él.

No lo estaba.

Llevaba días sin dormir. No podía hacer que las manos dejaran de temblarle. Pintar la realidad, claro, ese estúpido instructor. Todo eso estaba muy bien, pero no podía ni estabilizar sus manos para pintar, ni ver, ni hacer nada de nada en realidad, porque por las noches nosotras nos arrastrábamos por sus venas. Antes, cuando hizo el autorretrato, la observamos mezclar el huevo con el polvo, imaginar un cielo color rosa mineral, un difuminado hacia un azul angélico, como la seda del manto de La Virgencita, que luego se profundizaba y se convertía en añil. Nos colamos en su sangre, en las motas de pintura no diluida en huevo o en agua, en sus oídos, para tararear en ellos, avanzamos como unos dedos delicados por el hueco de su garganta, hacia su mente. Le recordamos que alguna vez estuvimos vivas.

Consuelo notó el temblor de sus manos y recordó que aparentemente no sabía sostener un pincel. Extrañamente, no había llorado como era debido desde que llegó a la ciudad. No, no estaba bien. Se pasaba horas flotando en agua salada. Estaba débil y turbulenta por dentro, nada parecido a la mujer en la que alguna vez pensó que se convertiría.

Consuelo sintió los ojos del mexicano, estudiándola.

—Un placer conocerte —dijo una vez que Consuelo falló en responder su pregunta. Le besó la mano. Mientras el hombre se levantaba y salía de la estancia, Consuelo observó su reflejo en los elegantes espejos ovalados que colgaban a ambos extremos de la mesa del comedor. Vio también su propio rostro: colorado, sudoroso, como si estuviera enferma. Se quedó sentada, sola, en la mesa del comedor, y escuchó cómo el mexicano se despedía para irse a dormir. Junto a la puerta, La Virgencita, de azul, colgaba dentro de un marco dorado encima de la barra de la cantina. Consuelo podría haber jurado que, por un segundo, la Virgen había alzado uno de sus piadosos párpados abatidos y le había guiñado un ojo. El estómago le dio un vuelco.

—Mierda —susurró para sí, el demonio en su vientre, las manchas negras que se materializaron de pronto frente a sus ojos. Caminó con la vista parcialmente nublada hacia el baño, donde colapsó sobre el piso.

—Shhh —dijo a la puerta cerrada.

Más tarde, antes de que el chofer la llevara a casa, Mamá Domínguez la abrazó en la puerta y le dijo que el mexicano quería llevarla a ver peces al Parque Golden Gate, pero que debía tener cuidado con los animales. En las Tierras Exteriores, los bisontes andaban libres. Un *gringo* loco insistía en llenar el lugar con toda clase de criaturas: cebras, emúes y koalas, quizá incluso un tigre.

Linda sonaba como si estuviera hablando bajo el agua. Consuelo estaba demasiado cansada para preguntar a qué se refería, demasiado mareada por un ataque de náuseas como para preocuparse por los detalles de su mensaje. Mamá Domínguez le dio un beso en cada mejilla, y Consuelo se tambaleó hacia el auto. Todo el camino fue cabeceando, y al llegar al edificio alguien la ayudó a encontrar el elevador y llegar al tercer piso. Una vez dentro del departamento, se tropezó con el caballete y gateó hacia la cama, atolondrada y febril detrás de los ojos, el vientre inflado y distendido como un tambor.

Se despertó al otro día con el vestido todavía puesto, manchado de mole, y los zapatos todavía en los pies, y ese día lo pasó agachada frente al retrete de porcelana. No paraba de sudar, y dejaba correr el agua de la llave sobre su cabeza, abrió todas las ventanas, y empezó a temblar. Sentía el cerebro lacerado, inútil. Una niebla gris oscuro se instaló en el cielo. Debía ser ya entrada la tarde. Consuelo siguió vomitando.

Esa noche, Lindita llamó para chismear sobre el mexicano. Al oír la voz rota de Consuelo, fue en auto para llevarla al hospital, donde un médico le apretó el brazo y contó las marcas oscuras que habían emergido a la superficie de su piel. Le sacó sangre y anunció que Consuelo tendría que pasar la noche en el hospital. Luego de dormir todo el día, permaneció despierta en la cama de hospital hasta que el amanecer iluminó las ventanas y la cegó con su brillo, así que cuando el doctor regresó para informarle que tenía la fiebre del dengue, no pudo verle la cara. El doctor le pidió que se sentara, y luego le puso los dedos en la piel de la espalda, que le había empezado a dar comezón, y describió el sarpullido que había comenzado a emerger ahí.

—¿Cuándo llegaste a este país?

Consuelo contó las semanas con los dedos. Cuatro. Un mes.

—Es probable que un mosquito de la selva te haya picado antes de embarcarte. Un recuerdito de casa —dijo, entre risas—. Tienes mucha suerte, niña de la selva. Hace algunos años habríamos tenido que ponerte en cuarentena. Luego del terremoto, la plaga se extendió por todo el centro. Las ratas contagiadas salían arrastrándose de los edificios derruidos; las ratas de los barcos iban directo al barrio chino. Ni siquiera te habría sacado sangre para confirmar —añadió el doctor—. Ustedes están infestando este país.

Sonrió de buena fe.

Cuando Consuelo era niña, una amiga de Perlita había ido a visitar la *finca* de su marido en la parte oeste y había regresado con dengue. Perlita murmuraba sobre la enfermedad como si fuera un secreto terrible.

—Horrible —decía, sacudiendo la cabeza, como si la mujer hubiera contraído la enfermedad luego de seducir a un *indio* disfrazado de mosquito.

Cuando por fin le permitieron volver a su departamento, Consuelo encontró un ramo de flores en un florero de vidrio esmerilado color verde marchitándose junto a la puerta. Recogió la nota del piso. Las había enviado el mexicano, y no tenía la energía para descifrar su caligrafía expansiva, demasiado larga, con demasiadas florituras de optimistas cursivas para una mujer a la que acababa de conocer. Sintió que se sofocaba un poco mientras intentaba maniobrar con la llave. Una vez dentro arrojó las flores al lavabo y dejó que el agua corriera sobre ellas y sobre la carta, haciendo sangrar la tinta.

Consuelo se envolvió en una cobija y se sentó en el piso, frente al caballete. Sacó todos los borradores de *la india* en los que había trabajado en el hospital. Mientras comenzaba a pintar, se puso a cantar para sí, suavemente, el cuerpo todavía cálido y en calma, como no había estado en semanas. Cantó el fragmento de una canción que recordaba de sus días tempranos en el pueblo. Nosotras cantamos con ella. «Mi madre es el volcán, mi hermana está en el cielo. ¿Quién soy?, ¿quién soy?, ¿quién soy? Mi madre es el volcán, mi hermana está en el cielo. ¿Quién soy?, ¿quién soy?, ¿quién soy?».

26

En Hollywood, Graciela acompañaba a Rosie a citas con hombres bajitos de ojos saltones: productores de cine. Rosie se deshacía en elogios para aquellos tipos *feos* de una forma que no podía obedecer más que al interés personal de una actriz en ascenso. Nuestra opinión —y la de Graciela— es que se comportaba como una idiota.

Una noche, de camino a un restaurante, Rosie se cayó en la acera y le dijo a su cita algo *jodido* como «de verdad tienes un corazón de oro», cuando él no había hecho más que tenderle una mano gorda. Permaneció sobre la banqueta sucia con su vestido de seda del mismo color que su cabello, sonriendo como una tonta, mientras la tela le absorbía la sangre de las rodillas. Graciela apretó los dientes y levantó la vista buscando una vía de escape.

El acompañante de Rosie la tomó del codo en el ángulo adecuado y frunció los labios en dos delgadas líneas paralelas, una sonrisita de satisfacción. Graciela se paró detrás de ella sosteniendo la cola del vestido como una dama de honor, y así fueron hasta llegar al restaurante.

El acompañante de Graciela no era mejor: aburrido y ruidoso, con la cara de un rosa cerúleo. Hablaba como el silbato de un tren distante, para nadie en particular, mirando más allá de la mesa a la que estaban sentados, como si quisiera que en su presencia todo el mundo guardara silencio, y luego se quedaran dormidos. Rosie bebió demasiado y luego perdió el conocimiento con la cabeza sobre la mesa.

El acompañante de Graciela no dejaba de mirarle las *chichis* en el vestido que Rosie le había escogido. Se acercó de pronto al oído derecho del acompañante de Rosie y le dijo:

—Me la voy a coger contra el piso.

El acompañante de Rosie mostró los dientes inferiores en un gesto desagradable, y ahogó uno o dos «ja».

Graciela intentó levantarle a Rosie la cabeza. Su acompañante le picó a ella las costillas, quizá intuyendo que, a pesar de su silencio de piedra, Graciela entendía el inglés.

—Mírala —dijo—. Incluso si entiende una palabra de lo que estamos diciendo, no creo que sepa hablar. Es una tontita.

Era un país nuevo para ella, y ella misma era nueva en ese lugar. Sin pensarlo demasiado, arrojó el contenido de su bebida en la cara del hombre y rompió la copa en la cabeza del otro como si estuviera abriendo un huevo. ¡Comedia hollywoodense!

Levantó a Rosie de la mesa y la cargó por debajo del brazo para llevársela a casa. Los hombres no se atrevieron a seguirlas. El público se volvió loco de aplausos.

Algunas semanas después, con un par menos espantoso, Rosie guio al grupo de regreso a su departamento. Se sentó en la orilla de la cama y se quitó el abrigo de piel, que se desmoronó sobre la alfombra. Su acompañante se alzó los pantalones tirando de ellos a la altura de los bolsillos, se sentó junto a ella en la cama y le dio un golpecito en la rodilla. Ella se arrastró hacia su regazo y él le hundió la cara chata en el nacimiento del cuello e hizo una serie de ruidos húmedos, abriendo y cerrando los ojos como si estuviera despertando de una siesta.

Frente a ellos, el acompañante de Graciela estaba sentado en su cama, boquiabierto, como un maldito idiota. Graciela estaba de pie en la puerta. Ella también estaba mirando. Al acompañante de Rosie la cara le brillaba de un color rojizo. Ambos se doblaron sobre el costado.

El acompañante de Graciela volteó a verla, y ella se sentó junto a él en la cama. La miró con la urgencia de quien empuña un cuchillo. Al carajo. Graciela no estaba segura de desearlo, pero sabía que deseaba algo. Él la tomó de los brazos, presionó los labios contra los suyos, bajó el cierre para quitar de su cuerpo el vestido de Rosie. Sabía al whisky que habían bebido, y a cigarro —no del todo desagradable—, pero su lengua era una babosa, en todas partes al mismo tiempo. Él tenía los ojos bien cerrados. Si Graciela los cerraba también, la sensación de esos brazos flacos, la forma en que la envolvían como cuerdas... Bueno, no era terrible. Tenía curiosidad, como cualquiera, y sabía lo que muy probablemente ocurriría a continuación. Su acompañante se bajó el cierre también, y su verga saltó fuera como un chico escondido tras la puerta, más joven y desconcertado de lo que cualquiera de nosotras habría intuido de las arrugas en torno a los ojos de aquel hombre. Pulsaba, haciendo patente que estaba vivo, las venas hinchadas y brillantes. Gritamos. Lucía casi se mea en los pantalones.

El acompañante de Graciela la tomó de los hombros y la recostó boca arriba en la cama, le separó las piernas con la rodilla todavía metida en los pantalones y, para su sorpresa, se deslizó dentro de ella con bastante facilidad. El hombre jadeó.

Sabíamos cómo empezaba esa sensación y sabíamos cómo se suponía que terminara: con un resplandor ruidoso y salvaje, pero los esfuerzos de ese productor *tripudo* no conducirían a eso. Aquello, una vez que el tipo encontró un ritmo dentro de ella, se sentía más como si le estuvieran cepillando un nudo del cabello. El hombre puntuaba sus esfuerzos con toses y resoplidos, y Graciela se imaginó un pequeño lago secándose al sol.

Cuanto todo terminó, cuando él salió de ella y se arrastró para tenderse boca arriba, Graciela sintió que algo en su interior se abría y despegaba. No era exactamente placer. El aire alrededor de su cabeza se volvió más ligero. Y eso fue todo. Pensó que podría hacerlo de nuevo si alguna vez era necesario, y quizá la próxima sería mejor.

Al otro lado de la habitación, Rosie exhalaba un ronquido suave, como una nube acolchonada. Estaba fingiendo. A veces fingía dormir, suponemos que para estar sola con los pocos pensamientos que elegía no compartir con Graciela durante el día. Todo el mundo necesita guardarse ciertas cosas. Rosie estaba ahora a un lado de la cama, envuelta en una sábana, como el día en que Graciela la había conocido.

Rosie siempre se veía hermosa, pero ahora que la conocía mejor, Graciela había aprendido lo *chuca* que era en secreto. Rara vez se bañaba, una vez a la semana quizá, y por las noches casi nunca se molestaba en lavarse la cara para quitarse el rímel y el maquillaje de pastel. La crema fresca y los tubos en el cabello de aquella primera noche habían sido una extraña excepción, tal vez un hábito impuesto por la presencia de su madre. Casi todos los días por la mañana, la almohada de Rosie estaba embarrada de labial, polvo y arrugas negras como hormiguitas de maquillaje para ojos. Al inicio del día simplemente se ponía más maquillaje sobre la cara con la que se había despertado. Se le caía el café y lamía la mesa. Se quedaba dormida con la ropa del día y babeaba las sábanas. Tenía todos esos cepillos de dientes de mango aperlado, y con trabajos usaba el propio. Conocer los hábitos personales de Rosie, sin embargo, hacía que Graciela la quisiera más. Su caótica hermanita, aunque Rosie fuera mayor.

En Hollywood, la vida de Graciela todavía se sentía como una ficción, pero al menos no estaba interpretando el papel de la *brujita* del General, o de la *india* huérfana. Era la chica «hispana». ¿Qué quería decir eso? Muchas cosas. En una película: un vestido rojo, varias capas de olanes, una canasta de fruta en la cabeza. Todo el mundo daba por hecho que sabía bailar. Aprendió tan bien como pudo y se dio cuenta de que era buena. Había estudiado los movimientos en las películas que iba a ver con Perlita. Todos esos años, sentada en la oscuridad del cine, había mirado los cuerpos, las hileras de piernas al vuelo, los brazos flexibles como trozos de seda, los mentones alzados, los ojos bajos y en paz, como los de la Virgen. Había guardado cada gesto en la memoria.

Ahora tenía también una fotografía profesional, en la que tenía las manos alzadas sobre la cabeza, como alas de paloma. Llevaba una corbata de moño, un sombrero de copa, un saco, y el cuerpo desnudo bajo un par de pantalones bombachos de lentejuelas que, más tarde ese día, le dejaron escamas plateadas en la parte más privada de la piel. En las primeras películas en las que aparece Graciela puedes leer su nombre en los créditos, junto a las palabras «Primera chica china», «Segunda chica esquimal», «Tercera piel roja» o «Chica de la isla 4», pero lo más común, durante esos primeros años en Hollywood, era que no la mencionaran por nombre ni siquiera por número, apenas una de muchas siluetas que se movían en la formación, apenas distinguible, otro rostro velado en el harén del sultán. Rastreamos su cara en cada película. Era más ancha que otras, con esos ojos negros que, según los directores, la hacían «la oriental perfecta». De perfil, su nariz tenía una estructura recta, pero si la veías de frente se volvía amplia en la parte de abajo. Tenía la piel del color del cartón que sostenía el jabón para trastes de la *cafetería* del estudio, donde además trabajaba.

Junto con su empleo ahí, Graciela había mantenido su trabajo de medio tiempo en la biblioteca. Sabía que sus alianzas podían cambiar y que la vida no era barata; necesitaba dinero suficiente para poder moverse rápido, cambiar de planes, desaparecer, si cualquiera de esas cosas resultaba necesaria.

Aquí también desaparecían las chicas. Las que trabajaban con ella en la *cafetería*, que se iban de pronto a media semana. Escuchó que había redadas, a veces ahí mismo, en el estudio. Con mayor razón no te puedes separar de mí, le había dicho Rosie. Suelen ir tras las chicas que tienen un cierto aspecto, había añadido, arrugando la nariz.

Graciela entendió: chicas que se ven como mi mamá, como mis amigas, como mi hermana, como yo.

A veces trabajaba veinticuatro horas seguidas en estancias iluminadas con máquinas brillantes, focos de un blanco resplandeciente, con el agudo repiqueteo del reloj de fondo. El palacio del General, sus habitaciones largas y oscuras, sus velas que goteaban cera, las grandes porciones de terciopelo que lo mantenían fuera el sol, habían sido un capullo, pero bueno, esto era distinto. Una maldita mariposa *calaceada.* Si ibas al cine en esa época podías verle la cara.

Finalmente, Graciela comenzó a colapsar a causa del desgaste físico de trabajar por largos y aturdidores días enteros en locaciones, bajo la luz del sol que le entraba a los pulmones como aire. *Calaceada, pero calaceada.* Descansaba cuando tenía que hacerlo, jadeando en la sombra con otras chicas, abanicándose con hojas de papel plegadas. Era la única forma de olvidar.

Rosie, mientras tanto, había decidido que Graciela la iba a hacer en grande; obviamente lo haría, ¿o de otra forma por qué serían amigas? Morris, el agente de Rosie, otro hombre con forma de barril, se hizo cargo de Graciela como un favor personal.

—Yo soy, por kilómetros, la estrella más grande de la lista de Morris en estos momentos, pero estoy segura de que podrías quitarle el lugar a Dolores —le dijo luego de que Graciela firmara el contrato que la ataba a ese hombre.

Dolores, decía Rosie, solía ser una gran estrella antes de las películas sonoras, pero ahora no conseguía más que papeles secundarios.

—¿Por cómo habla?

Graciela no conocía a Dolores, pero sabía de ella: era la ex mejor amiga de Rosie.

—Sí, además de que es algo *morenita,* pero ni siquiera tiene la piel tan oscura como tú —dijo Rosie—. Tú eres *bien* suertuda, porque eres más oscura que ella, pero igual de bonita. Hablas mejor el inglés, ¡y bailas como un maldito sueño!

Graciela pensó que quizá Rosie simplemente estaba celosa de Dolores, que era muy bonita —en cuanto Rosie mencionó que la conocía, Graciela empezó a ver la imagen de Dolores en todas partes, en marquesinas y anuncios de carretera—. Graciela pudo intuir que algo había ocurrido entre ambas. Quedaba claro por la tensión que se sentía en la forma en que Rosie le cepillaba el cabello o le quitaba las pestañas en el momento en que Dolores salía a la conversación, en cómo se enderezó y dejó de comer cuando Isabel, que estaba de visita un fin de semana, como solía hacer, le había preguntado por «esa *cherita* mexicanita». Rosie respondió con voz suave que ahora Graciela era su mejor amiga.

—Dolores se deshonró vistiéndose de plumas y diciendo tonterías —le había contado Isabel más tarde, alineándose de inmediato con los sentimientos de su hija—. Una vulgar.

Arrugó el periódico justo en medio de la foto de la cara de Dolores —un artículo sobre su última aventura con algún genio casado— y luego lo hizo a un lado.

Pero Rosie usaba la historia de Dolores como un punto de referencia para la carrera de Graciela, respecto a la cual era alegre y tontamente optimista.

—Tienes que buscar los papeles más grandes que puedas conseguir. Basta de cosas pequeñas. Basta de chicas orientales que bailan al fondo —dijo Rosie—. Dolores empezó con papeles grandes, ¿sabías? Reinas brasileñas, por ejemplo, antes de que abriera la boca y tuviera que tragarse todos esos papeles menores. No tenía por qué haber hecho eso.

Sonaba casi como si sintiera lástima por su antigua amiga.

Rosie hizo una pausa, estudió el rostro de Graciela y frunció el ceño.

—Necesitas un nuevo nombre. Aquí nadie puede pronunciar el tuyo —dijo—, piénsalo.

Y lo hizo. Ella más que nadie podía comprender el atractivo de un nombre nuevo.

—Graciela del Norte —ofreció en respuesta, socarronamente, una semana después—. La India del Norte. Cielita del Norte.

—¡Por favor! —dijo Rosie—. *Ma ve*, ¿por qué no Linda? ¿Por qué no Carol o Betty? ¿O Grace North? No necesitas ser *güerita* para tener uno de esos nombres. Aquí tienes la oportunidad de ser alguien nueva.

Graciela quería ser alguien nueva ahí. Quería deslizarse por las orillas de la percepción ajena, no darle a nadie la satisfacción de saber quién era de primera impresión. Quería ser inteligente y respondona como Lourdes, valiente como María, tierna y protectora como Cora, y misteriosa como Lucía.

Al fin se encontró su nuevo nombre en la basura, cuando estaba trapeando el baño. Jabón para baño Lux. Una glamurosa mujer sonreía desde un doblez en el cartón. Grace Lux. Era un nombre ligero, brillante, santo.

LUCÍA: ¿Y con ese jabón quedó limpia? De alguna forma. Cuando dijo el nombre nuevo en voz alta, cuando lo compartió para la satisfacción petulante de La Rosie, Graciela invocó un hechizo para borrar los recuerdos de su vida anterior.

MARÍA: Pero tenía una mente maldita, memoriosa, y los momentos de nuestra muerte emergían a la superficie de esas aguas profundas con frecuencia. Por supuesto que nunca podría limpiarse de nosotras, por mucho que lo intentara.

Como Grace Lux, por las noches Graciela bebía lo que Rosie tuviera en el departamento. Cuando salían juntas, Rosie le ponía un vestido sucio del que ya se había aburrido y le decía que se veía bonita, y hombres de mayor edad les enviaban botellas de champaña a la mesa, les dedicaban canciones que pedían en el piano y les encendían el cigarro.

Graciela disfrutaba estar borracha porque se sentía como si su cuerpo se moviera bajo un enorme chorro de agua cálida. A veces se despertaba igual que Rosie, con los zapatos todavía puestos, abajo de la cama o en el sofá. O afuera… A veces se escabullía hacia la playa. Se quitaba los zapatos y caminaba por la parte plana de la arena, donde había rastros de espuma. Las plantas de los pies se le llenaban de alquitrán, y no volvía a casa sino hasta la mañana. Se despertaba con la boca seca y los talones envueltos en alga marina.

A veces bebía tanto que se despertaba en una cama desconocida, en la oscuridad, y se arrastraba por el piso para vestirse y salir caminando en puntas hacia la luz del día californiano, emergiendo como Judy Garland en El mago de Oz. Trotaba por la costa en el largo vestido de noche, explorando la mañana lagañosa en busca de un taxi que la llevara a casa. Una vez ahí, en el departamento que compartía con Rosie, Graciela se sacudía la arena de la gasa del vestido y lo colgaba en el baño para que el vapor lo alisara mientras ella se metía a la tina llena de agua caliente. Esas mañanas Rosie las pasaba dormida en el sofá hasta entrada la tarde, despertando de vez en cuando para vomitar en un recipiente para ensaladas o para quejarse del dolor de cabeza.

La mayoría de las mañanas, Graciela se quedaba despierta en la oscuridad, que tenía un sabor burdo y salvaje y ácido, y escuchaba nuestros latidos de conejo, negociaba con nuestros lamentos hasta que el cuarto adquiría un brillo gris. Pronto sería hora de trabajar. Sentía el mareo, la confusión, pero no vomitaba nunca. Se quedaba en la tina hasta arrugarse, sin recordar nada de la noche anterior. ¿Cómo lograba encontrarse a sí misma en ese lugar, mientras se quitaba el alquitrán de las plantas de los pies con jabón? No tenía idea. El contenido de su mente había desaparecido, como si se lo hubieran robado, y la noche anterior era una página en blanco. Pero las plantas negras de sus pies invocaban el recuerdo táctil de las proclamaciones del Gran Pendejo sobre la transmisión de energía curativa a través de los pies descalzos, y de que no hacía tanto tiempo, en el volcán, el fulgor de la tierra había entrado a su cuerpo mientras corría con nosotras luego de arrojar a un lado sus *caites*.

A lo largo del día, mientras la mente se le aclaraba y los poderes del alcohol se diluían, nuestros rostros volvían a su memoria.

Cuando dormía, aquella noche volvía también. Graciela avanzaba a gatas buscando reconocer los cuerpos. Una mujer boca abajo junto a un riachuelo que recordaba de nuestra infancia. Estaba segura de haber visto cómo la espalda se le inflaba y se le desinflaba con la respiración. La sacudiría de los hombros, y gritaría el nombre de su madre, el de Consuelo, el nuestro.

Pero entonces la mujer giraba el rostro para ver a Graciela, y el cuello se le rompía entre sus manos. Las cuencas de los ojos hervían de gusanos. De la boca le salía un escorpión. ¿Quién era? ¿La Cigua? ¿O acaso era ese su propio rostro, su propia nariz ancha?

Graciela se despertaba de esos sueños de pie, pegada a la fría ventana, de pie frente a aquella torre. Nosotras la guiábamos por la oscuridad de regreso a la cama, y luego nos recostábamos a esperar. Le cantábamos «*Arráncame la vida*», «*Hermanas de las estrellas*», «*Vamos a la vuelta*». Sentíamos cómo se le deshilachaba la mente con cada sueño, con cada recuerdo. Su habilidad para *guayabear,* la forma en que su mente se aferraba a todo... No siempre era una bendición.

La champaña, decidió Graciela, le funcionaba muy bien. Cuando bebía, no soñaba. El alcohol lavaba su mente y, como un trapeador burbujeante de jabón, se la dejaba limpia.

LUCÍA: En San Francisco, el mexicano se desvivía por Consuelo. No paraba de enviarle flores, y luego de recibir en respuesta una indiferente nota de agradecimiento, contrató a un amigo para llevarle serenata a la ventana. ¿Por qué? La primera vez que ocurrió, Consuelo habría querido gritarle al amigo «¿seguro que te dieron la dirección correcta?», pero en lugar de eso fingió estar dormida. La segunda vez, sin embargo, salió al balcón y saludó con amabilidad. Se acordó de lo sola que estaba, y les sopló un par de besos, uno para el cantante y otro para el que lo había contratado. «Dile que me ganó con eso», le dijo al amigo, que no era ni más feo ni más guapo que el mexicano.

Consuelo se convenció a sí misma de que no tenía opción. No tenía dinero, y el mexicano sí. Dejó que la cuidara. En el departamento, él se ofrecía a cepillarle el cabello. Era un tipo curioso. Empezó a cruzar la ciudad en tranvía para verla en pleno día, y le llevaba un recipiente enorme de sopa que se le desparramaba encima del pantalón, para contribuir a su recuperación.

Lo único que Consuelo quería era… todo: silencio, adoración, unos pinceles nuevos con cerdas de pelo de jabalí, un vestido de seda color agua salada, vino espumoso, estabilidad financiera, una madre, una hermana, un mecenas anónimo a quien no tuviera que deberle nada, una caminata por una galería parisina, vestida con un abrigo de pieles debajo del cual no llevara nada más. Luis le había prometido llevarla a París un día.

A veces, no obstante, lo único que Consuelo quería realmente era nada. Quería morirse, y pensaba en ello con frecuencia. Las visiones de su propia muerte se colaban en sus sueños y en sus horas de vigilia. ¿Por qué no había muerto durante la masacre? O mejor: ¿por qué no había muerto antes de la masacre? ¿Por qué no se moría ahora? Podía fingir que se tropezaba frente a las vías cuando iba caminando cerca del tranvía. ¿Quién podría saber? ¿A quién le importaría? También el océano entero estaba ahí, esperando, indiferente. El filo de un cuchillo, un frasco de pastillas. ¿Quién iba a extrañarla? La muerte le enviaba espirales seductoras para hipnotizarla, pero nosotras la alejábamos de ellas. Queríamos que Consuelo viviera.

CORA: El mexicano la llevó a las Tierras Exteriores, guiando su cuerpo ligero como se lleva un globo del cordón. Sobre los hombros de su abrigo de terciopelo negro flotaba una niebla blanca; el aire cambió, y un escalofrío le recorrió el cuerpo. Consuelo tembló: había perdido casi cuatro kilos, y ahora sentía que ya no era capaz de sentir calor.

Era justo como dijo Lindita: había animales extraños por todo el parque. En las ramas de un árbol de eucalipto que estaba arriba de ellos, había una criatura gorda y peluda, un oso, fornido y gris oscuro. La niebla blanca hacía volutas alrededor de sus orejas lanudas, y estaba acurrucado en la rama, metiéndose las patas llenas de unas hojas delgadas al hocico. Desde donde estaba, el oso podía ver a una mamá elefante y a su cachorro dándose un chapuzón en el lago artificial. Los avestruces y los pavorreales se paseaban por un camino oscuro que conducía al mar. Una cebra se llenaba de lodo las pezuñas en el jardín de rosas y, aunque Consuelo no podía verlo, estaba segura de que el tigre estaría en alguna parte.

Se encaminaron al acuario. Las ventanas enrejadas, de cara al cielo, dejaban entrar la luz a borbotones, los golpes y los desplazamientos de los tacones sonaban sobre el piso de mármol, y se detenían frente a los tanques resplandecientes de coral y criaturas marinas. Un equipo de hombres vestidos de blanco se había desplegado por el lugar llevando charolas, ofreciendo caracoles decorados y bañados en aceite a la gente que se reunía en el vestíbulo.

Consuelo sabía que necesitaba huir de ese lugar en el que se sentía como si todo el mundo estuviera mirándola todo el tiempo: ese hombre atento, Lindita, y —a la distancia— Perlita. Necesitaba buscar sola un lugar donde no conociera a nadie, donde no dependiera de nadie, un lugar donde pudiera estar segura de que sabía sostener un pincel. Todas esas chicas ricas, Las Rositas, y sus veranos en París. Ahí era donde la pintura estaba cambiando y explotando hacia formas nuevas… ¿Por qué no podría ella irse a París y convertirse en alguien nuevo? Ahí en San Francisco vio la exhibición de espirales eternas de un grupo parisino que la animó como una ráfaga de oxígeno. Había sentido ganas de ver, de vivir, por primera vez en meses. Las pinturas eran una serie de galaxias privadas; se sentían como un interior específicamente diseñado para ella. Podía sentir la geometría entrar en su ser y reorganizar los átomos de su cuerpo.

También tomó una clase de escultura anatómica, pagada por el mexicano. Hasta entonces había evitado el barro. O, más bien, Perlita la había empujado hacia la pintura con la idea de que era mejor adquirir una habilidad más refinada y con fines decorativos. Luego de analizar a detalle el cuerpo de la modelo —los pesados muslos aplanados sobre el banco, los pechos asimétricos, la inclinación de los hombros— y de comparar su inmovilidad con su propio cuerpo vestido, Consuelo se regodeó en el peso resbaloso del material, hundió los dedos en el barro y la tierra le dejó costras bajo las uñas. Ver era sentir, en el barro. Con algo de dinero que el mexicano le había dado para alimentación, se compró un bloque de barro de poco más de dos kilos y se lo llevó envuelto en una mascada, como si se lo hubiera robado, para trabajar en él sola en el departamento. Estaba creando algo para su *novio* muerto, Luis, y no quería que nadie más lo viera.

Más tarde, cuando el mexicano le preguntó por la clase, cambió el tema. El barro era privado para ella. Tenía que huir. Tenía que encontrar la forma de comprar su propio barro, de hacer sus propias espirales secretas. París: quería ir ahí y quería ir sola.

MARÍA: En resumidas cuentas: si se las arreglaba para ir a París, pensaba, no tendría que volver nunca a depender de nadie para nada. Creía que podría abrirse un camino propio, que alguien reconocería su talento salvaje y entonces sería libre de vivir sola y de hacer el arte que quería hacer. Carajo, ni siquiera puedo culparla, a la *puta* tonta, por loca que sonara su idea. Si se quedaba en San Francisco, ¿qué forma tomaría su vida? Seguiría teniendo problemas para ver en las clases de pintura; llegaría un punto en el que su mecenas, Perlita, dejaría de enviar dinero, y no tendría más remedio que casarse con ese aburrido tipo amable que la llevaba a ver peces.

«Todo este lugar», dijo el mexicano, «está conformado por una vasta familia de peces desplazados». Señaló un pez dorado pálido de ojos azules, un cardenal de Seale, según la placa informativa. «Este otro viene de Filipinas». El pez se desplazó como un dardo hacia la parte trasera de un espinoso coral, como un niño que corre hacia la oscuridad de un bosque.

Cuando se inauguró el acuario, los habían trasladado por toda la ciudad —peces sapo diminutos, peces luna gordos y planos, un trío de calamares gigantes— en cajas de cristal, aseguradas de arriba abajo en torres humeantes de vapor que iban tirando agua por Market Street por una flotilla de camiones cargados con cinco mil galones de agua de mar. Y, por supuesto, antes de eso, habían nadado en el Pacífico, y venían incluso desde las cálidas aguas de las Filipinas; algunos, como los hermanos calamares, se habían sumergido bajo los grandes volúmenes de hielo en la costa de Alaska. El vigoroso león marino había sido capturado en una ciudad moribunda por el vector triangulado de redes y músculos a cargo de un pescador y dos borrachos holgazanes que no obtuvieron ningún pago a cambio.

El mexicano hablaba sin parar, y a Consuelo no le importaba: dejaba que los datos le llenaran la cabeza porosa como un espectáculo de luces.

Si no lo hacía, una sola idea se colaba en su mente: a Luis le habría encantado caminar por esas salas de fósiles y peces robados.

No la dejaba sola nunca. A veces, Consuelo lo odiaba por acecharla. Si nunca se la hubieran llevado a la capital, nunca habría tenido que sufrir su pérdida. Si nunca hubiera tenido que sufrir su pérdida, nunca se la habrían llevado con el General.

Otras veces, sin embargo, lo anhelaba con tal avidez que sentía que casi podía conjurar su regreso. La noche anterior, mientras cogía con el mexicano, se escabulló hacia sus mitades oscuras, donde su mente y su cuerpo se separaban. Había aprendido que esa era la única manera de sentir algún placer durante el sexo, y que a veces ese placer era suficiente para invocar el recuerdo de Luis. Lo hacía como un hechizo.

LUCÍA: Consuelo se alzó el cuello de pieles del abrigo... No lo había entregado en la entrada, porque en esa ciudad todo el tiempo tenía frío, incluso en interiores. Frente a un tanque de barracudas formadas como los peldaños de una escalera, pasó la mano por debajo del brazo del mexicano y le metió una mano en el bolsillo.

LOURDES: ¡Hay que ser estúpida para no ver adónde iba eso! ¡Ponerle la mano en el bolsillo! *¡Ma ve!*

MARÍA: *Bien* estúpida.

LUCÍA: No nada más estaba buscándole la verga, eso sí te lo digo.

CORA: En fin... Mientras tanto, estaba segura de que afuera el tigre estaría mirando por las ventanas empañadas a la gente que daba vueltas dentro del acuario. Sintió sus ojos sobre ella. La autopsia había informado que Luis simplemente se había ahogado, pero Consuelo no se había creído esa mierda ni por un momento.

LUCÍA: Hay que decir una cosa sobre Consuelo: a los doce años, abrió el gabinete de un espejo de baño en la hacienda, y un termómetro cayó y se hizo pedazos en el lavabo. Vio el mercurio recorrer los bordes del cristal con el mismo extraño apetito que sentía ahora de pie frente al último tanque del acuario, un cardumen de peces menores, pequeñitos, uniformemente metálicos. Se imaginó que se tragaba cada uno de esos cuerpos plateados. Recordaba el mercurio del baño. Si se lo hubiera tragado aquella vez, ahora no estaría ahí. Habría muerto. No habría conocido a Luis, y no habría tenido que ver sus cenizas, y no la habrían entregado al General, y no habría atestiguado nuestra masacre, y no estaría viviendo el horror y la culpa de haber sobrevivido. No se habría enfermado casi al punto de morir en un hospital de *Los Yunais*, y sus noches no estarían plagadas de pesadillas.

En el tanque, un tiburón dormitaba, ignorado. El mexicano era adecuado. Había llevado a Consuelo a una fiesta elegante en el Acuario Steinhart. Llevaba medallas.

Pero algo había cambiado después del hospital. Había empezado a pintar todos los días. Había terminado un óleo pequeñito. Lo único que quería era llenar una estancia silenciosa con sus pinturas, examinarlas para descubrir qué tenían en común, discernir en ellas los patrones a los que no podría darles sentido en la vida real. Tratar de desenredar los ruidos tortuosos en su cabeza: voces que gritaban, que suplicaban piedad. ¿Habría alguna manera de acallarlas?

No veía más claramente y odiaba cada cosa que pintaba, pero al menos estaba haciendo algo todos los días. Pintar, trabajar en el trozo de barro. El esfuerzo la agotaba, pero también la hacía sentir sana, en sus cabales. Deseaba poder contárselo a Luis. Sus ojos muertos eran los únicos que quería sobre sus pinturas. Estaría orgulloso de su vigor.

Tal vez, sin embargo, ese vigor tenía algo que ver con el mexicano, razonó Consuelo. Él no estaba cansado de la vida. No parecía que hubiera en su infancia algo digno de ocultar. Mientras tanto, Consuelo evadía las preguntas que él le hacía sobre su vida. ¿A qué se dedicaba tu papá? ¿Tu madre y tú son cercanas? Ella tartamudeaba y trataba de dar respuestas lo suficientemente ambiguas: cuando algún detalle cruzaba por su mente, sentía ganas de hacerse daño.

«Me secuestraron a los cuatro años».

«Asesinaron a mi novio».

«Apenas hace unos meses, me secuestraron otra vez, un maníaco me torturó, y luego presencié la masacre de mi pueblo natal».

Esos eran los hechos desnudos que resumían su existencia, las cosas que no podía contarle al mexicano. En cambio, le decía cosas como «Mi papá trabajaba en el Ministerio de Salud», que no era totalmente mentira, y cuando el mexicano le preguntaba si su padre había sido doctor, simplemente negaba con la cabeza y mencionaba lo fría que era esa ciudad gris.

Quería huir corriendo del mexicano, arrancarse de esa vida. ¿Le sería posible convencerse de despreciar a ese hombre bueno y guapo? De todas formas un día se cansaría de ella, repetía para sí. ¿Por qué la torturaba con su amabilidad? ¿Qué de bueno podría ofrecerle ella a cambio? De pie junto a él, se sentía hecha de tiras de papel, pegamento viejo, sangre, pus y alfileres de metal. ¡Él, por el contrario, estaba tan completo y era tan fuerte! Su piel brillaba como la de los ricos. Estaría bien sin ella, no había duda. Quería mandarlo al carajo, tomar su dinero y huir. *Arráncame la vida.*

MARÍA: El mexicano le sugirió salir de San Francisco una temporada e ir de vacaciones de fin de año a la casa de su familia en la Ciudad de México. Ahí, Consuelo podría continuar sus estudios de pintura. En primavera regresarían a los Estados Unidos y se establecerían en Los Ángeles. El clima era mejor, y eso fue lo único que necesitó decir. Consuelo consideró Los Ángeles al mismo tiempo que la idea de convertirse en la esposa de alguien. ¿Y por qué no? Los peces habían sobrevivido a la reubicación; ¿por qué ella no podría? Él pagaría el viaje, *claro,* pero Consuelo sabía que en realidad quería reubicarse más lejos, y sola.

LOURDES: Con ese brillo siniestro detrás de la mirada, con la mano en el bolsillo de él.

MARÍA: Se asomó a la turbia fealdad de su interior, y su corazón era una estampida de caballos a todo galope. ¿Qué clase de mujer piensa en hacerle daño a un hombre como ese? ¿Robar su dinero y salir corriendo a París? ¿Quién lo consideraría, siquiera? Los caballos dentro de ella le decían «eres una chica mala, mala, mala; corre, corre, corre, chica mala».

LUCÍA: Convenciéndose a medias de que quizá podría obligarse a permanecer ahí, con él, se dijo que sería una buena esposa. Dijo que sí, que por supuesto, con la mano todavía en el bolsillo del mexicano.

LOURDES: No lo amaba. Y no lo amaría nunca. Estaba hambrienta. Vendió los abrigos de pieles que le había comprado, y luego empeñó el anillo de compromiso. Él conocía su situación lo suficiente, de modo que le ofreció su ayuda, y ella lo aceptó todo y se lo gastó en un boleto a París. Era eso o escalar por las rocas del cerro que custodiaba los Baños Sutro y arrojarse al océano. ¿Quién podía culparla de su decisión? Yo no.

28

Dos años después de su llegada a París, Consuelo se mudó a un departamento en la Rue de Castellane. Le pertenecía a alguien más, al amigo de un hombre con el que se había acostado una o dos veces, un tipo bizco que se lo rentó en una ganga, sin amueblar. No tenía el dinero para llenarlo. En la sala estaba un sofá, propiedad del casero, de rayas rosas y cafés; un plato marroquí de cobre, grabado, que se mantenía en equilibrio encima de un banco, de modo que se convertía en una mesa, y su caballete. Se pasaba las mañanas subiendo la colina de Sacré-Coeur o paseándose por los Jardines de Luxemburgo, o visitando tantas galerías y museos como podía antes de caer rendida. Dejaba que el sol la quemara y que la lluvia torrencial la empapara y la dejara temblando. A veces, en las galerías le regalaban un café, y al parecer ese era su sustento. Consuelo tenía la teoría de que exponerse a los elementos endurecería su naturaleza, y saciar su apetito visual de belleza saciaría también su hambre.

No funcionó.

Con frecuencia, desgastada su constitución mientras pintaba en mitad de la noche, el cuerpo de Consuelo se atacaba a sí mismo. Cuando ocurría, no podía respirar sin la sensación de que se le romperían las costillas. Sabía entonces que las siguientes horas de su vida las determinaría un miedo terrible y voraz, *el susto*.

En la habitación verde de la Rue de Castellane se pasó la mayoría de las noches pintando. Estaba mejorando, se decía. Y si no lo hacía mejor, sí con menos miedo. Ya no perdía tanto tiempo convenciéndose de dejar la pintura. Había disminuido el temblor de sus manos. Al menos en ese lugar sabía que era capaz de saber sostener el pincel.

Las vergas brillantes del círculo de los surrealistas la trataban como estúpida, pero la invitaban a todas sus fiestas. Al salir de esas fiestas, si podía caminar a buen ritmo, con el ruido de sus tacones golpeando el piso, veía entre la bruma aturdidora de la grandilocuencia de esos hombres que sus obras no eran tan buenas, ni tan inteligentes. Las suyas, le presumía a la luna, eran mejores. Resentía el hecho de que uno de ellos hubiera comenzado una serie sobre el trópico; era originario de Brujas.

Por esa época, María había empezado a acecharla. No se le había ocurrido que regresaría como una niña de siete años. Cuando era adolescente —la más joven de nosotras: tenía dieciséis al morir pero aun así era más una mujer que una niña—, María sentía que se estaba convirtiendo más en sí misma con cada año que pasaba. Se sentía más cómoda en su cuerpo, había empezado a gustarle lo cuadrado de sus hombros. Disfrutaba hacer que la gente a su alrededor gritara de risa. Había aceptado ya que amaba a las mujeres, y le complacía haberse enterado tan casualmente que ni a ella ni al resto de nosotras le molestaba. Así que el espectro con cuerpo de niña nos sorprendió a todas. Esa María niñita, tenía el cabello negro y sucio, con la textura de una escoba, cortado como a mordidas a la altura del cuello, y llevaba puesto un vestido de olanes color rosa pálido, lleno de polvo de la tierra negra, demasiado corto para sus piernas largas y flacas. En uno de los brazos, igualmente flacos, traía un cabestrillo.

María odiaba ese maldito vestido. Siempre lo había odiado. Prefería los overoles de mezclilla que la hermana Iris le había regalado unos años antes de que el vestido le quedara chico. Y, sin embargo, ahí estaba.

María se le apareció a Consuelo muy tarde una noche, brevemente primero, un reflejo en el espejo del baño, una alucinación conocida cuando Consuelo estaba en un momento límite también conocido: días de pintar que se convertían en noches sin haber comido, con nada más que vino para beber, con el corazón destrozado. Antes de tomarse la benzedrina. A veces durante la calma posterior.

De hecho, Consuelo había visto a María bastantes veces durante las últimas semanas de maníaca preparación para una exposición colectiva en una galería, pero aunque podría haberla reconocido vagamente de los días que pasó en el pueblo antes de la masacre, en realidad no podía acertar sobre quién era exactamente. Era posible que el espectro tuviera cuatro años, o seis o siete. Era difícil saber: era pequeña, una *indita.*

Quizá porque se veía anónima y benigna, la presencia de María le provocó a Consuelo más consuelo que temor. *La consolación para la consolación*: ¿acaso era eso María? Una luz se encendió en la mente de Consuelo cuando la niña se le apareció. Estaba inspirada. Comenzó a considerarla su «lámpara divina».

Un regalo otorgado por las Nueve Musas, que confirmaba el genio latente de Consuelo, un ángel de inspiración, una visión enterrada de su hogar, lo que sea que eso significara;

Consuelo incluso intentó pintarla, como había pintado alguna vez a Graciela.

Como sea. Ahora la María pequeñita estaba sentada en el viejo sofá de la habitación verde de Consuelo, balanceando las piernas llenas de costras. El sol naciente llenaba la estancia de su crudo brillo rojo. María se quedó ahí tanto como pudo.

Consuelo nunca la había visto tan completa. Se arrodilló frente a la niña. Sacó una caja de cerillos de su bolsa y encendió una vela.

La niña saltó del sofá y pellizcó la flama con dos dedos sucios para apagarla. Lanzó una risita. Consuelo sintió cómo el fuego entraba en su cuerpo y murmuró para sí misma que no tenía miedo. El cuerpo espectral de María se desvaneció junto con la luz.

Un par de años antes, en San Francisco, justo antes de dejar al mexicano, alguien que le leyó la mano le dijo que llevaría una doble vida. La idea le había encantado. Cada pintura, cada día, cada vestido, cada hombre, le ofrecía una muestra delicada de otra vida. Estaba haciendo demasiados esfuerzos en esta vida por reír con facilidad y alegría, por empujar las *pesadillas* hacia las orillas de su mente.

Justo después de que María se desvaneciera, Consuelo se descubrió esforzándose por respirar. Era como si le estuvieran oprimiendo, y luego golpeando, los pulmones. Reconoció *el susto,* y se lamentó por sí misma generosamente, mientras se arrastraba por la alfombra como un animal, como un monstruo, permitiéndose un gruñido entre los jadeos impotentes. Una mano tras otra, trepó por las cortinas de terciopelo para ponerse de pie, pero la soga que apretaba su garganta se tensó y el dolor en el pecho se volvió intermitente, y durante todo ese tiempo Consuelo se estaba contando un cuento: que sabía cómo respirar, que respirar era simple en realidad. Mientras se enderezaba, sintió ligera la cabeza, como si fuera una cosa desprendida del cuerpo, y la visión se le nubló y se golpeó el pecho.

Por lo general, Consuelo podía buscar un ritmo en medio del caótico rigor de los ataques, para encontrar el aliento en él, pero este ataque era peor que los anteriores. Hundió las uñas en la piel de las palmas de las manos, y tiró de la manija de la ventana que daba al balcón para luego empujar el pesado vidrio hacia el ruido y la luz. Encontró el inhalador de benzedrina que debía usar y lo insertó entre sus dientes con violencia, pero *el susto* no estaba abierto a tratos ni razones, y además ya había logrado derribar su cuerpo hacia el piso.

Jadeó, se jaló el cabello, se arañó la garganta, y sintió florecer la promesa de la respiración. Era un departamento muy bonito. Sí. La garganta de Consuelo silbó con el aire que entraba y salía, mientras ella se golpeaba el pecho para hacer que el aire se moviera por sus pulmones. Las manchas que le nublaban la visión se desvanecieron. Se aferró al balcón, inhalando hasta que los silbidos cedieron y pudo dar al fin respiros pesados y laboriosos, pero respiros a fin de cuentas. Se dijo que quizá simplemente estaba emocionada por la exposición colectiva, por su vida.

Afuera del balcón, en la estrecha calle de abajo, eran las diez de la mañana, un miércoles de cielo despejado. Un niño voceaba los periódicos. Dos señoras finas caminaban del brazo, conversando chismes. Un gato se estiró en un triángulo de sol sobre la banqueta, y Consuelo oyó las campanas de la iglesia, y después a un tren acercarse. Una hora. Dos. Sintió su cuerpo enfriarse y se arrastró de nuevo adentro, quitó de la cama la cobija afgana, se la echó a los hombros como una mujer vieja, y regresó parpadeando a la luz del sol, a sentarse en el balcón. Su respiración se tranquilizó y comenzó a sentirse otra vez como una criatura hecha de materiales sólidos. Le dolían los pulmones.

No tenía tiempo para esa mierda. Las horas perdidas eran horas robadas a su arte. Estaba viva, ¿ves? Faltaban un par de semanas para la exposición en la galería, y tenía que ponerse a trabajar.

Consuelo destapó una botella de vino, encendió cada una de las velas que había en la casa, aunque seguía siendo de mañana, y pintó hasta que el día se oscureció y la cera se hizo charcos y las flamas ennegrecieron las paredes con su danza. Era Artemisa: la cazadora, con el corazón de guerrera y el arco ardiente.

La tarde anterior a la exposición, preparó la comida, asó una trucha como había visto que se hacía en nuestro país, con lima, limón, orégano y tomillo. La trucha era su primera comida en días. No quería dejar de trabajar, pero cuando el humo entró ondulando a su habitación, dejó a un lado las pinturas y se comió el pescado en el balcón.

La semana anterior a esa había conocido a un hombre, un aviador. Un hombre rico y nada guapo que le había declarado su amor forzadamente a los pocos minutos de conocerla. Consuelo sintió terror, pero luego se obsesionó con él, era como una comezón. La había llevado en taxi a ver su avión con entusiasmo infantil. Dentro de la aeronave, la sentó en sus piernas, y su verga se sentía dura debajo. Consuelo fingió ignorarlo, fingió que no tenía miedo. Pero es que ese tipo… se puso a llorar en cuanto estuvieron en el aire, atravesando las nubes. El motor hacía demasiado ruido, tanto que él había tenido que gritar:

—¡Bésame!

—¡Nunca beso a un hombre que acabo de conocer! —le gritó de vuelta Consuelo, las nalgas montadas sobre la erección del hombre. Estaba mintiendo, por supuesto. Era solo que le parecía *bien feo.* Cuando él giró la cara húmeda para mirarla, sus manos sacudieron el volante y el avión traqueteó y empezó a hacer curvas como un cuerpo bajo el agua.

—Por favor —dijo él—, por favor.

Consuelo negó con la cabeza.

—Por favor —insistió con un lamento—. Por favor, o voy a hundir esta cosa en el mar.

Consuelo se rio y se frotó contra él para provocar su dureza. Era el deseo que le mostraba lo que lo volvía atractivo.

—Bésame por favor —dijo—, por favor.

Consuelo volvió a negar con la cabeza. Con un suspiro largo y lento, giró el volante, pasando una mano sobre la otra una y otra vez, en un círculo completo, y Consuelo sintió que el estómago le daba un vuelco, cayó contra el costado de la cabina y se dio cuenta de que estaba gritando.

—¡Por favor! —berreó—. ¡Por favor, bésame! ¿Crees que soy feo? ¿Es eso? Si no me besas no tengo motivo para vivir. Si no me besas prefiero morir que seguir viviendo, ¿me oyes? Prefiero morir. Por favor. Por favor, lo digo en serio.

Consuelo se abalanzó sobre el aviador lloroso, le envolvió el cuello grueso con los brazos, y atrajo su boca hacia la suya. Está bien, okey, *una mordida.* Dejó que la lengua de él explorara sus labios, lo dejó gemir en su cuello y entonces el piso se elevó, sus rodillas cedieron y ella se precipitó de nuevo contra la pared de la cabina y, mientras el mundo se reordenaba, vomitó todo lo que llevaba dentro. El aviador terminó de estabilizar el avión sollozando al volante. Luego de un rato, dijo:

—Es solo que ya te amo tanto… ¡Es una locura, lo sé, todo esto es una locura! —rio—. Estás haciendo que me vuelva loco, ¿ves? —dijo con suavidad, por fin casi sin lágrimas—. Ni siquiera tienes idea del daño que eres capaz de causar.

Consuelo se tapó los oídos con las manos y cerró los ojos, y siguió besando a ese hombre. Había cogido con hombres más feos, qué va, aunque en circunstancias menos extremas. Se odió por ser tan estúpida como para haber halagado a ese demente subiéndose a su avión en primer lugar. El aviador le frotaba la espalda con una mano, mientras hacía los sonidos como de respiración suave que se usan para tranquilizar a un bebé. Ella le quitó la mano de un golpe y enterró la cabeza entre las rodillas, cubriéndola con los brazos. Él susurró una maldición en francés, y negó con la cabeza como si sintiera pena ajena por ella, mientras aterrizaba el avión en el lugar donde estaba formado su equipo, que lo recibió entre aplausos.

Esa noche, el aviador le leyó sus poemas —ella asentía suavemente cuando alguno no le parecía terrible—, le dio un baño y un masaje con aceites que dijo haber aprendido en un mercado marroquí. Tenía las manos grandes y venosas, mucho más oscuras que las de Consuelo. Se tendió sobre la alfombra y le murmuró plegarias, ofreciéndole un enorme recipiente de porcelana lleno de champaña para que remojara los pies. Consuelo le dijo que era un desperdicio estúpido, y él le contestó que se había perdido por días en el desierto, y que había alucinado con su rostro:

—Te amaba incluso antes de que mis ojos se posaran sobre ti —dijo.

Ella resopló y soltó una carcajada. Él le dijo que la llevaría volando a su tierra de volcanes y que se casaría con ella ahí para que su madre pudiera estar presente en la boda. Consuelo le contestó que su madre estaba muerta. Muy pasada la medianoche, él se puso a llorar sosteniendo una copa de vino, y le suplicó perdón por su imprudencia en el avión.

—Yo amo cerca de un corazón salvaje —le dijo, y le preguntó si le gustaría tener su propio jaguar de mascota.

Al oír eso, Consuelo finalmente se ablandó. Le dijo que sí.

El sexo que tenían era humillante, al mismo tiempo aburrido y ligeramente brutal. Ella sangraba y sentía la boca seca al terminar. Él le repetía que la amaba, le suplicaba un poco, y Consuelo se preguntaba por qué no simplemente lo corría de su habitación verde, y por qué no dejaba de pensar en él, ni de considerar su propuesta de matrimonio.

Si se casaba con el aviador, tendría asegurada una clase de vida distinta. Era rico, y además de aviador era pintor y poeta, y se movía en los círculos adecuados. Consuelo consideraba su escritura pomposa y aburrida, y su arte demasiado simple, pero conocía a todos los artistas que ella admiraba y aspiraba a orbitar. El aviador se movía de un cuarto al otro con la gracia de un hombre más guapo que él, como si él mismo fuera algún tipo de divisa intercambiable. Casarse con él le aseguraría estabilidad. ¿Qué era en realidad un *patrón*[*] invisible? No existían. Podría seguir pintando, mejorar. Y aun así… ¿Por qué le daba

* En español en el original, pero probablemente un calco de *patrón*, que refiere más bien a un benefactor o mecenas. (*N. del T.*)

tanto miedo? ¿No decía todo el mundo que volar era maravilloso? Quizá le vendría bien. ¡Y además…! Él se había cogido a muchas mujeres hermosas. Consuelo analizaba sus caras en las fiestas. Quizá había algo tremendamente precioso en él, y quizá si encontraba la forma de adorarlo igual que él decía adorarla a ella algo virtuoso y profundo se revelaría en su propio carácter.

El rostro de Luis, que la miraba desde la pared verde esmeralda, no tranquilizó su mente, sino por el contrario, la encendió en llamas.

En San Francisco, Consuelo había esculpido la máscara mortuoria de Luis. No era auténtica —habían enterrado el cuerpo antes de que siquiera se le ocurriera la idea—, pero la había esculpido de memoria.

Ahora Consuelo estudiaba su rostro plácido y consideró la posibilidad de llevarlo a la galería esa noche, para venderlo. Ya estaban ahí las tres pinturas al óleo que había completado para poder participar. Sí, llevaría la máscara también. Estaba cansada de ver su cara, y de extrañarla, de imaginar las diversas formas en que juzgaría sus fracasos.

Oyó un zumbido suave y mecánico que entraba al departamento. Se esforzó por comprender el ruido que parecía un crujido rítmico y urgente. ¿Un vecino? Pegó la oreja a la pared, y luego al piso. Era como si estuviera dentro del ruido. Consuelo analizó el techo. Quizá su condición estaba empeorando; los ataques no solían empezar así.

Una bata de seda colgada del brazo del sofá cobró vida de pronto. Un pajarito salió volando de entre la tela agitando furiosamente las alas. Se estrelló contra el vidrio de la puerta del balcón. Su cuerpo emplumado hizo un ruido sordo al golpear el piso, y Consuelo tenía la certeza de que estaba muerto. En el departamento flotaba el silencio. Pero entonces el pájaro se levantó y fue volando a estrellarse de nuevo con el mismo cristal. Luego levantó el vuelo una vez más, y cada vez Consuelo ahogaba un grito.

Consuelo se preguntó si el pájaro vería un enemigo en su propio reflejo. Tomó la bata del sofá, se dio cuenta de que estaba llena de mierda y de plumas suaves como las que tienen las aves en el vientre, y la colgó sobre la puerta del balcón deteniendo la seda con la manija para cubrir el cristal. Abrió la puerta de nuevo para darle al pájaro una vía de escape, pero se precipitó de nuevo contra el cristal y entró en pánico. Consuelo corrió al baño, tomó una toalla y luego vació su bolso de cuentas negras por el pasillo. Si lograba acercarse al ave sin asustarla, podría meterla en el bolso con la toalla, cuidarla hasta que se recuperara y luego dejarla en libertad.

El pájaro se quedó un momento quieto, jadeando. Consuelo se recostó a un lado de él. Él. Sentía que era un «él». Se hinchó brevemente como preparándose para la acción, pero luego resolló y dio un silbido. Estaba sangrando del pico y ensuciando todo de gotas frenéticas. Entonces dejó de jadear. Consuelo detuvo su propia respiración también y endureció la vista, quieta, para armonizar con la vida que abandonaba a esa ave que no sería capaz de salvar, y el pajarito se apagó despacio, como si se transformara en un manojo de paja. Consuelo hizo una cuna con la toalla alrededor del cuerpo y buscó el bolso. Lo enterraría en el patio de abajo.

Se levantó, y las articulaciones le dolían de haber estado tendida en el piso. Inmediatamente después, el ave voló del nido de seda negra de su bolso hacia las puertas del balcón y salió hacia el cielo gris. Sus alas sabían exactamente hacia dónde ir.

Consuelo corrió las cortinas, se dio la vuelta de cara a la sala, y contuvo el aliento. La niña había vuelto al partir el ave.

—Dime qué es lo que quieres de mí —le dijo Consuelo tratando de tocarla, pero su mano atravesó un velo de telarañas sin peso. La niña balbuceó en la lengua antigua de nuestra tierra, el nawat, pero Consuelo no lo recordaba, y no entendía.

—Gracias por visitarme, por proveerme una lámpara divina con la cual pintar mi arte.

Consuelo forzó la salida lenta de esas palabras desde el fondo de su vientre.

La niña resopló, se rio, y empezó a hablar en español.

—¡No soy tu lámpara! —gritó—, ¡soy una *cipota!*

La niña se subió a la mesa de cobre marroquí que estaba al centro de la estancia, se puso una mano en el corazón y empezó a cantar:

—*Vamos a la vuelta, de toro toro gil.*

Con todo y el brazo roto, se paró sobre el plato marroquí y mantuvo el equilibrio cuando este se movió. Cada una de las uñas de sus pies tenía costras de tierra negra. El siguiente verso lo cantó gritando:

—*¡A ver a Doña Ana, comiendo perejil! Cortando una rosa, sembrando un clavel.*

Consuelo conocía la canción. Tenía la impresión de haberla oído de niña, en el volcán, cantada en una ronda con otras niñas. Hacer una rueda en torno al toro, aunque no había toros en ese país, ni tampoco bisontes o búfalos. Visitar a una anciana, Doña Ana, o algo así, comer perejil, cortar una rosa, plantar jamaica. El perejil le hacía bien.

De pronto estaba aplaudiendo y cantando a los gritos también, hasta quedarse sin aliento. Consuelo y María se recargaron en el respaldo del sofá. Consuelo estaba exhausta: los oídos le vibraban de la presión, como si hubiera estado sumergida bajo el agua. No tenía miedo de la niñita del vestido rosa. La conocía, pero ¿cómo?

Cantó el siguiente verso con ella:

—*¿Dónde está Doña Ana? Doña Ana se murió.*

La *cipota* gritó el siguiente verso:

—*¡Engusanada!*

Llena de gusanos, como nosotras.

—¿De dónde eres? —preguntó Consuelo, pero entonces lo supo. La había visto el día antes de la masacre, en aquel momento era la misma pero más grande, más ruda, con cabello corto y pantalones de hombre. Habían compartido un cigarro. Consuelo había admirado el drama de sus cejas gruesas. Las manos de Consuelo estaban temblando entonces, y recordó cómo la presencia de aquella chica había ayudado a calmarlas. Recordó cómo la había saludado, con su sonrisa fácil. *Qué onda.*

—Soy de Izalco —respondió la niña.

—Me lo imaginé —dijo Consuelo. Quería abrazarla… alimentarla, lavarle el cuerpo con el agua caliente que aún quedaba en la tina amarillenta. ¿Qué hacía ahí? ¿Cómo se llamaba?

—Regresé. Así no te olvidas de nosotras —dijo la niña, leyéndole la mente—. Soy María. María-Malía.

¡María, claro! Así se llamaba. No tenía más de dieciséis cuando se conocieron, pero aun así ya le estaba creciendo un mechón de cabello plateado en el costado de su encrespado corte masculino. Consuelo podía verlo ahora: brotes de un brillo plateado bajo la luz del atardecer, las aves regresando a la *ceiba*, el humo del volcán, el terror y la urgencia de aquel día, *y a la vez,* el sentimiento pesado de la muerte, un desmoronamiento en su interior.

Consuelo volteó a mirarla otra vez, pero la niña fantasma había desaparecido. De nuevo estaba sola.

Luego de eso, Consuelo durmió solo a ratos, en el piso. Estaba oscuro cuando se despertó. Se sumergió en un baño de agua fría para revivir su espíritu, y luego se puso de pie desnuda, goteando, temblando frente al espejo mientras se pintaba la cara de forma extravagante. Se dibujó puntos de labial del color de flores de jamaica en las mejillas.

En el clima de ese lugar era difícil saber cómo vestirse suntuosamente. Consuelo quería mostrar la piel, pero hacía demasiado frío. Se puso el mismo vestido de seda con el que se había quedado dormida, y un grueso abrigo de lana, de hombre, que encontró en el armario, un poco impregnado de humedad. También de ahí sacó una cobija, una Stewart de lana a cuadros con las borlas comidas por las polillas, que se echó a los hombros como un *rebozo*. Joyería escénica. Unos aretes rosas gigantes de pedrería falsa con forma de abanico. Entonces cerró un ojo, y luego el otro, y se pintó en cada párpado una iridiscente pupila negra y unas pestañas gruesas. Se puso la máscara mortuoria bajo el brazo. Iba recargada de adornos, apelmazada y en ruinas, deslumbrante.

Cuando Consuelo llegó, jadeando, con la máscara mortuoria bajo el brazo, la galería ya estaba llena de gente. No se esperaba una multitud así, y se abrió paso entre las olas doblando el cuerpo, percibiendo todos esos olores vivos, saboreando sus propios polvo y almizcle. Usualmente, Consuelo sentía pánico cuando se encontraba atorada entre una multitud, pero esa noche el corazón se le aceleró solo un momento. Era distinto. Esa masa de cuerpos le resultaba atrayente. La multitud se había reunido por ella. Levantó una mano temblorosa y gritó:

—«Et voilà». ¡Aquí está!

La multitud se apartó para dejarla pasar, mientras la bañaba de aplausos.

Casi al terminar la noche, un hombre se interesó en comprar la máscara mortuoria. Venía de Marsella, y hablaba francés como un italiano. Se presentó como Lucien. Consuelo, con el labial que brillaba como la sangre en los labios, puso en práctica con él todos sus encantos. Acarició la máscara con una de sus uñas rojas y puntiagudas.

—Me observa. Gruñe y gime cuando estoy de mal humor, o cuando levanto el teléfono para coquetear con alguien —dijo.

La máscara era de un color gris apagado y pálido, el barro crudo de una forma que casi parecía seco. Consuelo se dio cuenta de que, una vez que había empezado a hablar, incluso tras los días arduos y silenciosos de trabajo en el departamento, le iba a costar trabajo detenerse.

María apareció de nuevo en una esquina de su campo visual. Era la misma, pero ya no era una *cipota.* Ahora su cuerpo espectral era mayor, adolescente, bajo y fornido, con ese corte mordisqueado en el cabello negro y grueso. Estaba junto a una mesa repleta de botellas de vino, y estaba llorando lágrimas de sangre. La vista de Consuelo comenzó a nublarse cuando reconoció a la María-Malía que había conocido en los últimos días en el pueblo… Los hombros, el cuerpo sin vida de Graciela, la ceniza del volcán y la ceniza de nuestros cuerpos en llamas. Estaba helada y sintió el inicio de un ataque, así que supo que tenía que salir de ahí.

—Entonces, ¿la quieres o no? La máscara —escupió.

Lucien esbozó una sonrisa nerviosa.

—Cuesta un poco más de lo que tenía planeado gastar hoy.

Pero acababa de comenzar a trabajar como asistente legal para la oficina de Laval; le habían dado su primer cheque el día anterior. Laval había alineado a Francia con el patrón oro; si ese no le parecía el momento para ser optimista, entonces era un idiota.

Con toda sinceridad, Lucien planeaba gastar esa noche tanto como quisiera.

LOURDES: Laval, en caso de que no lo sepas, era otro *jodido fascista.* Y era rico, además. Comenzó como un abogado idealista, y luego se volvió nazi. En la época en la que Lucien empezó a trabajar para su bufete, apenas practicaba ya la abogacía, y en los años siguientes sería ministro de Estado durante el gobierno de Vichy, se reuniría con Hitler, y les haría promesas de minas belgas llenas de oro a los alemanes. Claro que Lucien no podía saber todo eso del fundador invisible de la compañía que acababa de contratarlo.

LUCÍA: Pero la verdad es que, en esos días, donde fuera que voltearas te encontrabas un *púchica* fascista.

—Bueno, pero… Si compro la máscara, ¿puedo volver a verte? —Lucien le preguntó a Consuelo, que sintió náuseas de solo oír la propuesta, agudizadas por el regreso de la niña fantasma, pero necesitaba dinero, ¿y quién era ella para apelar a la ética en esa clase de cosas? Muchos hombres querían volver a verla. Problema de ellos. La chica fantasma se desvaneció de su lugar junto a la mesa de refrigerios. Consuelo buscó su cara entre la multitud, con la sensación de que las paredes de la galería se estaban acercando a ella. Lucien permaneció callado, a la expectativa de su respuesta. Ella miró su copa de vino, y lo único que pudo ver fue sangre.

—Está bien, claro, haría lo que fuera por verte otra vez, Lucien. Eres un encanto. Tienes un gusto exquisito en materia de arte, y me encantaría ver tu colección algún día.

De su boca iban cayendo las frases correctas mientras Lucien le extendía el dinero en efectivo a cambio de la máscara. Consuelo garabateó un número telefónico falso en uno de los billetes sobrantes, y luego se abrió paso entre la multitud y salió de la galería con el dinero en la bolsa. La máscara mortuoria crujió y zumbó como una máquina descompuesta, murmurándole maldiciones. Consuelo corrió de vuelta a casa con el corazón en la garganta.

Luego de haber conocido a la artista y de comprar la máscara —algo de lo que se arrepintió más tarde, cuando llegó la hora de pagar la renta; no estaba en condiciones de gastar la mayor parte de su primer cheque en arte—, Lucien fue a la librería que estaba a tres calles de su departamento. Estaba quebrado, pero también era engreído. Trepó una escalera para sacar un atlas de un estante superior, acunó en el brazo el libro, pesado y brilloso, que jamás podría pagar, y se sentó en un banco de la parte de atrás a estudiar minuciosamente el mapa de América, rastreando con el dedo esa almendra de nación de donde provenía Consuelo. Como muchos otros antes que él, se sorprendió al descubrir que no era una isla.

Mientras tanto, la máscara mortuoria de Luis se quedó boca abajo sobre su escritorio, donde acumuló polvo por unos cuantos años. El trabajo consumía a Lucien, y la idea de martillar la pared de su casero lo ponía nervioso. Cuando le llegó la hora de dejar París, años más tarde, se la encontró de nuevo, pero decidió no llevarla consigo a los Pirineos. No podía llevar más que lo que pudiera cargar en la espalda. En cualquier caso, Lucien no sobrevivió a la guerra que vino después.

29

Graciela iba a misa cada domingo solo para escuchar el latín. Rosie había dejado de hablarle en español —por tu propio bien, le había dicho—, y el inglés que Graciela aprendía todos los días, en el estudio, la *cafetería* y la biblioteca, era rudimentario, pero cada vez mejor, rápidos bloques de discurso enmarañado. Lo entendía mejor de lo que podía hablarlo, y lo leía mejor que cualquiera de ambas cosas. En el set, los camarógrafos le enseñaban palabras nuevas: «corte», «rodar», «carajo». En la *cafetería* del estudio, donde trabajaba lavando acero industrial, las horas se comprimían con pulcritud, las manos se le ponían de un rojo puro y punzante, y las otras *nenas* se gritaban unas a otras sobre el agua, en nuestro idioma, en el del país, en el de sus lugares de origen. En la biblioteca, Graciela fregaba la suciedad de retretes y azulejos y atrapaba los murmullos de las mujeres mientras liberaban el cuerpo.

Extrañamente, sin embargo, y tan muerto como estaba el latín, Graciela entendía todo. Las palabras debieron quedarse cosidas a su cerebro en la infancia. Las oscuras costillas de la iglesia le recordaban su vida perdida, a su madre asintiendo a su lado en el banco de la iglesia cada domingo.

Socorrito no era religiosa, pero las monjas requerían que todas las alumnas fueran a misa al menos una vez a la semana, así que Socorrito la llevaba los domingos a las ocho de la mañana. Una vez le preguntó qué le había parecido, y Graciela le contestó que le gustaba el uso ocasional del incienso, ver cómo apagaban las velas con el cono dorado, la forma en la que los vitrales eran más pesados en la parte de abajo de cada ventana, y cómo dejaban pasar la luz azul, roja y verde, que iba a posarse en las caras de sus amigas. Le había emocionado poder tomar la comunión al cumplir los siete años, pero la decepcionó lo rancia y transparente que estaba la hostia. Sabía a lágrimas.

La iglesia de Hollywood tenía ese aroma encendido a hostia e incienso. El agua murmuraba y caía rodando por el rostro de la Virgen en el vitral, brillando ambarina y azul en la ventana que estaba junto a la banca donde se había sentado Graciela. No creía en nada de eso: ni en la hostia, ni en la absolución, ni en la resurrección. Nunca lo había hecho. Bueno, quizá en la Virgen… Graciela anhelaba la suavidad de sus párpados cerrados.

Un domingo, Graciela salió de la iglesia luego de que terminó la misa y sintió el sol cálido en los escalones de concreto. Hollywood había sido su casa por casi dos años, tiempo suficiente para dar a luz a una nueva versión de sí misma. El General creía en la reencarnación —hacía disminuir sus preocupaciones, decía—, pero la reencarnación nunca había calmado las preocupaciones de Graciela, especialmente después de haber presenciado nuestras muertes. ¿Qué alma podía sobrevivir a una muerte así? ¿Qué alma en esa pila de cuerpos se tomaría la molestia de regresar a este mundo?

Había un amplio camino de tierra cerca, por el que a veces caminaba hacia los cerros, a través del bosque resplandeciente de árboles de hoja perenne y eucalipto. Ese día las hojas parpadeaban como ojos tocados por la brisa. Graciela fue hacia ellas.

Caminó hacia el cerro durante un buen rato antes de toparse con un día de campo abandonado: una cobija roja, una canasta de mimbre volteada, una botella de vino vacía. Graciela se quitó los zapatos, se sentó sobre la cobija y comenzó a quitarse las medias. El suelo estaba húmedo por la lluvia matutina, y la humedad se colaba por la cobija y por la falda de su vestido. Se recostó boca arriba y se quedó mirando el letrero de Hollywood, cada una de sus letras ancha y golpeada por el óxido, como una hilera de dientes sucios. Estaba tan cerca que podría buscar una piedra lisa entre el pasto y arrojarla al cielo, y golpearía una letra.

Con frecuencia, Graciela no podía creer que viviera ahí. Definitivamente no se sentía como un hogar.

—¿Qué se siente estar por fin en tu hogar? —le había preguntado el General luego de que la habían separado de su madre. Había escapado de ese hogar por un río de sangre, y seguía sin encontrar uno nuevo.

Su reloj, el que alguna vez le había pertenecido a Consuelo, marcaba las diez de la mañana. Se detendría en la biblioteca; aquel era su día libre de limpiar baños, así que podía sentarse un par de horas a leer. Luego de eso, bebería hasta quedarse dormida.

En el bolsillo cuadrado del abrigo de algodón de Graciela había una licorera que uno de los hombres con los que salía Rosie había grabado con sus iniciales. Ese hombrecillo sudoroso, con unos dedos sorprendentemente gruesos y una confusa nube de cabello delgado que parecía que alguien se la había puesto encima de la cabeza con una pala, le había regalado la licorera y luego había pasado la noche jadeando nerviosamente en la habitación mientras Graciela dormía en el sofá de la sala. Sus zapatos de charol salieron rechinando por la puerta principal antes de que amaneciera. Graciela supo por el silencio de Rosie esa mañana que quería olvidarse de esa cita, así que tomó la licorera de abajo de su cama, la llenó de bourbon y comenzó a llevarla con ella a todas partes. Ahora buscaba la suavidad de su tacto en el bolsillo, y al encontrarla retiró la tapa con los dientes y dejó que la calidez de su interior se instalara en su lengua como otro sol.

De los cerros llegó un grito largo y bajo, y un movimiento brillante barrió el cielo. Graciela se sentó y se talló los ojos. Unos rastros rojos atravesaron su visión. Un cuerpo había caído por el azul. La luz comenzaba a hincharse: Graciela debía haberse quedado dormida. Vio, una y otra vez, el escalofriante recorrido de un cuerpo cayendo, como si alguien lo hubiera arrojado. No era un ave. ¿Un pedazo del letrero? No. Algo había caído desde el letrero. Algo con peso, pero sin voluntad propia. Se puso las medias y los zapatos y subió a ver.

Detrás de la letra H estaba recargada una escalera de madera astillada. Graciela removió la maleza para ir hacia ella. En el escalón más bajo había un bolso de charol brillante color crema, de la longitud y el grosor de un libro. Estaba abierto. El corazón le empezó a latir con extrema rapidez para tratar de advertirle que era momento de temer. Pero no tenía miedo. Recogió el bolso como un premio. Dentro había un rollo de billetes, de cinco y diez dólares, y un monedero de seda que contenía un labial y un espejo pequeñito. Graciela desdobló un pañuelo bordado con las iniciales «P.A.E.» y encontró unos lentes de sol con armazón de plástico, uno de los cristales rayado, un juego de llaves del Hotel Arcade y una nota escrita en una hoja del mismo hotel, doblada en tres partes. Leía:

«Tengo miedo. Soy una cobarde. Lamento todo. Si hubiera hecho esto hace mucho tiempo, se habría evitado mucho dolor. P.E.».

Graciela se colgó el bolso a la muñeca y subió, un escalón tras otro. La escalera era firme, construida para sostener a un obrero del doble de su tamaño. Cuando llegó a la cima bajó la vista, y sus ojos encontraron la respuesta. Al fondo del precipicio había una mujer tendida sobre su costado en un traje color menta. El cerebro de Graciela ató los cabos, y su cuerpo se tambaleó: la escalera se movió como la rama generosa de un árbol. Nosotras la sostuvimos.

En las faldas del Monte Lee, Hollywood se despertaba tarde. Los riachuelos de tráfico y una bruma dorada grisácea suavizaban el horizonte lleno de edificios. Graciela leyó la nota de nuevo: «Tengo miedo. Soy una cobarde. Lamento todo. Si hubiera hecho esto hace mucho tiempo, se habría evitado mucho dolor».

¿Y el dolor de ella? Graciela trató de imaginarse apenas un fragmento de ese dolor, el golpe contra el suelo, trató de evocar la sensación en su propia carne, y se dio cuenta de que no podía. ¿Cuánto tiempo sigue vivo un cuerpo después de una caída así? ¿Cuánto tarda en detenerse el cerebro antes de morir? ¿Dónde se termina el dolor? Abajo se veía un diamante rojo, la manta sobre la que Graciela había estado sentada. ¿Había atrapado la vista de la mujer mientras caía?

Aquella vieja canción de la radio: «Tear me out of this life by the roots. Take me out of this world». Arráncame de la vida de raíz, arráncame de este mundo. Ese deseo entraba en su cabeza de vez en cuando, pero huía del impulso. Se había dicho, en su antigua vida, que querer morir y querer dejar su país eran dos partes de una misma acción imposible, y sin embargo ahí estaba, aún viva, mientras toda la gente que conocía ya no estaba. Graciela se preguntó si ella había tenido más miedo, si había sido más cobarde que P.A.E. durante todos esos años en el palacio. Metió de nuevo la nota en el bolso y bajó la escalera. Incluso si su madre estaba viva en el volcán, debió pensar que estaba muerta, como Consuelo, como todas las demás. Graciela se preguntó si hubiera podido hacer algo para salvarnos. Si hubiera estado dispuesta a morir antes que dejar morir a Consuelo, ¿habrían bastado esa sangre, esas almas, para apaciguar al General? Probablemente no.

Graciela tuvo que esperar en una larga fila en la estación de policía para hablar con una mujer de unos sesenta años que estaba sentada detrás de una ventanilla. Cuando llegó su turno, puso el bolso sobre el borde bajo la ventanilla y le dijo a la mujer que dentro había una nota de suicidio. La mujer lo tomó, cerró la ventanilla, abrió el bolso y vació su contenido sobre su escritorio: los billetes, el monedero, la nota, el pañuelo, las llaves del hotel, los lentes de sol.

—¿Dónde encontraste esto? —le preguntó la mujer a Graciela sin levantar la mirada del escritorio. Estaba haciendo una lista de los contenidos, calculando el precio de cada objeto en letra cursiva. Pañuelo: un dólar. Monedero: veinticinco centavos. Labial: cincuenta centavos. Lentes de sol: cinco dólares. Desenrolló los billetes: treinta y cinco dólares. La parte superior de su cabello se estaba adelgazando, y el resto era de un gris metálico, como de alambre.

—Fui a caminar por los cerros de Hollywood —respondió Graciela.

—¿Dónde exactamente?

—En el letrero. En la letra H.

La mujer alzó las cejas escasas, se lamió el dedo índice de la mano derecha, desdobló la nota y la leyó con rostro inexpresivo.

—La gente deja notas como esta todo el tiempo, querida. Lo más seguro es que solo esté tratando de hacer enojar a un hombre que la ama, ¿no crees?

—No estoy segura —respondió Graciela—. No se me ocurre por qué alguien haría eso.

La mujer bajó la mirada y escribió en la parte superior del formulario: «Bolso blanco de mujer encontrado en los cerros de Hollywood». Esperó a que Graciela se hiciera a un lado y llamó a la mujer que tenía el turno siguiente en la fila, a la cual vimos morderse cada una de las uñas hasta abrirse la carne y luego presionar la yema sangrante contra la lengua y chuparla como si fuera una paleta.

Graciela esperaba no tener que hablar del cuerpo, que la policía lo encontrara por sí misma. Eso era lo que pasaba en las películas. Los detectives tomaban un objeto como ese bolso y lo usaban como una llave que abría puerta tras puerta, haciendo sus propios descubrimientos en el camino. Los profesionales eran ellos; Graciela era solo una chica extranjera.

—Está bonito el bolso —dijo la mujer detrás de la ventanilla—. Yo lo usaría —añadió balanceando la agarradera en la muñeca, y luego sujetándola bien. Detrás de Graciela, la fila de gente que esperaba para informar sus secretos —asesinatos, violaciones, asaltos, fraudes— era larga y no dejaba de crecer. Tuvimos que intervenir.

LOURDES: Graciela, si no le dices lo que viste, el bolso se va a quedar en esta oficina y ella se va a apoderar de él, y los detectives jamás van a conducir hasta el cerro ni mucho menos subirán la escalera. Jamás van a asomarse al barranco ni van a encontrar a la mujer del traje verde.
CORA: Su cuerpo se va a descomponerse y a integrarse a la tierra. Su gente no va a encontrar más que sus huesos.
MARÍA: Eso si es que alguien la encuentra.

—Vi el cuerpo de la mujer —dijo al fin Graciela, dejando que nuestras voces la guiaran—. Al fondo del barranco.

La mujer detrás de la ventanilla se le quedó mirando, con la mirada apagada, como un gato que camina hacia la luz.

—¿Cuál cuerpo?

—La mujer a la que le pertenecía ese bolso, creo. La nota. Vi a la mujer.

—¿La viste saltar o viste el cuerpo? —dijo la mujer, chasqueando dos veces la lengua.

—El cuerpo —respondió Graciela. Rebuscó en su memoria las brillantes estelas de movimiento reproduciéndose en su mente.

—Okey, santo Dios, ¿por qué no dijiste eso en primer lugar?

La mujer sacudió la cabeza con un pequeño movimiento violento y abrió un cajón del escritorio, dentro del cual removió los papeles en busca de otro formulario.

—¿Estás segura de que estaba muerta?

Graciela asintió y siguió a la mujer hacia un cuarto más pequeño, donde la sometieron a un sombrío interrogatorio.

Los detectives que Graciela había visto en las películas no eran nada comparados con el agradable y ordinario par de hombres que tenía ahora enfrente. Necesitaban su ayuda, sin embargo, y hablar con ellos la ayudaba también a ella: cada vez que contaba la historia se iba convirtiendo más en un objeto, algo que podía separar de sí. Una historia segmentada, con un arco. La escalera, la nota, la mancha pálida de verde menta rodeada del verde más vivo, más brillante, del pasto.

El oficial Stern era joven y de huesos delgados, con un caos de cabello lacio y rubio que se apartaba de la ceja con un rápido movimiento ascendente del mentón. El territorio debajo de sus ojos estaba mapeado de venas azules; parecía no haber dormido lo suficiente la noche anterior. Tenía ambas manos en la taza, de la que tomaba sorbos largos y desesperados. De vez en cuando se ponía de pie, caminaba hacia la ventana, se tomaba el tobillo con una mano y estiraba la espalda. Cuando hablaba, bastante menos que su compañero y superior, el oficial Roberts, su voz aterrizaba asombrosamente densa, oscura y profunda.

El oficial Roberts era mayor, de piel craquelada, y afable. Era el detective más viejo del equipo y su experiencia le valía el reconocimiento de los demás.

—No me voy a retirar nunca —le dijo Roberts a Graciela—. Sin esposa, sin hijos, sin mascotas, sin hobbies ni amigos. Me moriría allá afuera.

Su risa era una boca elíptica y silente, amalgamas negras, baba. Era corpulento, de complexión cuadrada, pero al mismo tiempo extrañamente frágil. Sus manos grises como el polvo se movían sobre los papeles que Graciela había firmado para asegurar la veracidad de sus declaraciones.

Cuando fue a los cerros con ellos para rastrear su historia, Roberts se detuvo frente a la cima de la primera pendiente, su silueta se dobló en dos mitades, y lanzó un silbido hacia el interior de sus muslos. Stern desvió la mirada del cuerpo de su superior, doblado sobre sí mismo. Le ofreció a Graciela un cigarro de su cajetilla, encendió tanto el de ella como el propio, haciendo un hueco con la mano para mantener viva la flama con una dignidad nerviosa. El tabaco de esos cigarros no estaba realmente a la altura de los que enrollaban nuestras madres, pero Graciela inhaló el humo con avidez. Sacudió la ceniza y la miró hacer chispas en el suelo. Roberts recobró la compostura en silencio.

Avanzaron despacio, deteniéndose cada cierto tiempo para descansar. El cuerpo no estaba donde Graciela lo había dejado, lo que la desconcertó, pero los hombres se tomaron su tiempo. Durante uno de los descansos, Stern avistó unas aves, mientras Roberts jadeaba a un lado, y apuntó al cielo con el dedo, nombrando cada una de ellas. Ratonero de cola roja. Paloma bravía. Sastrecillo.

¿Le estabas ayudando, Cora?

Roberts reemprendió la marcha despacio. Eran como Laurel y Hardy, solo que más tristes.

—Eres nuestra chica de oro —carraspeó Roberts más tarde, en la oficina, luego de la búsqueda infructífera—. No es sorpresa que estés en camino a convertirte en una estrella de las películas.

A Stern el cabello le caía sobre la cara mientras asentía rápidamente y tomaba nota en su libreta.

—Pero si no he hecho nada —dijo Graciela.

—Trajiste el bolso, ¿no? —respondió Roberts, haciendo remolinos de ceniza en el cenicero de su escritorio con la punta del lápiz—. Otras chicas habrían tomado el dinero y se habrían ido sin siquiera mirar atrás.

Otras chicas, claro. Graciela también lo había hecho el día que dejó la hacienda, y lo haría otra vez. Sostuvo la mirada de Roberts hasta que este la apartó.

No mucho tiempo después, la policía encontró el cuerpo, boca abajo, en el traje color menta, del otro lado del terreno donde Graciela lo había visto. Nadie entendía por qué o cómo había migrado el cadáver. El forense lo examinó en busca de moretones. No los del impacto de la caída, sino otros más íntimos: rastros de dedos alrededor de la carne suave del antebrazo o de la garganta, alguna herida provocada por un objeto liso que alguien hubiera podido empuñar, cualquier cosa que indicara una violación. No encontró nada además del golpe que le había roto la espina, que se abría como un río hinchado.

Graciela conoció a los padres de la chica en una conferencia de prensa. Frente a la estación de policía habían colocado una tarima y sobre ella una mesa larga, ahí estaban sentados juntos. Antes de que iniciara la conferencia y Graciela pudiera hablar con ellos y decirles su nombre, alguien tomó una fotografía de los tres. Estaban ambos padres detrás de ella, cada uno con una mano en uno de sus hombros. Graciela les puso las manos en la espalda y sintió el fuego que recorría sus cuerpos. Su cabello caía en cuerdas negras y fibrosas: acababa de salir de trabajar de la *cafetería* y se había soltado la trenza y sacudido la larga melena.

Luego de que la historia llegara a los periódicos, que Graciela hubiera dado una entrevista en la radio, se hiciera la conferencia de prensa y empezaran a llegar las invitaciones a audicionar para papeles más grandes, las chicas de la *cafetería* comenzaran a mirarla distinto. Entre turnos dejaban de trabajar y se detenían a observarla. Graciela solo bajaba la cabeza y seguía fregando.

Entonces Morris llamó para decirle que era una genio por esa estrategia publicitaria. ¿Sabía acaso que su teléfono no dejaba de sonar? Mientras hablaba con él por teléfono, abrió una botella de vino y se la bebió completa. Morris parloteaba sobre visión, magnetismo, de que era más que solo un par de piernas o una cara bonita. Entonces su cerebro se negó a seguir escuchando. Estaba exhausta.

Afuera de la ventana, las aves se movían por el cielo como un puñado de ceniza esparcida por el viento. Motas negras, la suma de sus cuerpos era una sabia totalidad que se extendía a una velocidad palpitante. El cielo adquirió un color sanguíneo y luego se relajó hacia el violeta, y esa nube arrebatadora seguía llenando la atmósfera con sus cambios de forma, su esparcirse como tabaco suelto que baila en la palma de la mano para luego regresar a su forma: una flauta, un círculo, un reloj de arena, un trapezoide, una estrella.

Un murmullo. *Murmuration.* Graciela aprendería muchos años después la palabra para nombrar tanto esa danza sin guía como su causa —escapar de los depredadores—, en la Biblioteca Pública de San Francisco, en Barlett Street; pero aquella noche en Hollywood, después de haber encontrado el cuerpo, esas aves oscuras —¿cientos de ellas?, ¿miles?— se movían sin nombre y nos recordaban a las que se reunían en la *ceiba* cada noche. Su forma tenía algo de hogar, de nuestra vida antes de que Graciela se fuera a la capital y conociera al General, una forma que habíamos visto durante los años en que era una niña, nada más que una niña.

Pronto le ofrecieron un papel grande en una película que transcurría en la selva, como la princesa de una tribu de guerreros, responsable de haber inventado una lengua propia e indescifrable, justo como Dolores. Y Rosie, probablemente algo celosa, dijo resoplando que ese papel era demasiado poco para ella, pero a Graciela no le importó. Significaba el adiós a los papeles pequeños, a formarse a dar patadas en una hilera de piernas idénticas, a las escenas del sultán y su harén.

Los patrones de su vida cambiaron otra vez a gran velocidad.

30

Por supuesto que Consuelo se casó con el aviador, y sí, también ella llegó a una vida distinta. Era rico, poseedor de una herencia, pero por alguna razón se mudó con ella al departamento verde de la Rue de Castellane, y no llevó ningún mueble propio. Era malo para administrar el dinero, le dijo, y además no necesitaba muebles porque estaba siempre viajando. Consuelo tenía la esperanza de que amueblara el lugar, cuando menos con un sofá largo y acolchonado en el que pudiera tomar la siesta por la tarde; sabía que tenía los recursos.

Para entonces habían pasado casi cinco años de su primer encuentro, aquella vez en la que el aviador casi los mata a los dos. Consuelo se repetía que amaba viajar, como una manera de racionalizar su matrimonio. Lo susurraba para sí misma para apaciguar *el susto.* No decía en voz alta que no amaba al aviador. Quizá esa, su nueva vida, era suficiente.

Tampoco la había presentado con la persona que ella más deseaba conocer de todo París, una pintora inglesa llamada Helena. Helena hacía el tipo de arte que Consuelo había buscado para sí desde que estaba en San Francisco: sus cuadros eran delicados y desafiantes, con mujeres de rostro símico que revolvían el contenido de calderos superpuestos sobre cartas del tarot pintadas en una geometría sagrada. Inquietante humo verde, cristales, barcos, procesiones santas, tigres, aves y caballos, caballos, caballos.

Como el idiota que era, cuando por fin el aviador le presentó a Helena no le dijo que era pintora, sino alguien que se había acostado con un amigo suyo, que era casado, pero Consuelo conocía su trabajo, admiraba su pintura con tal ferocidad que frecuentemente sentía ganas de comerse esos colores para probarlos. En últimas fechas, sin embargo, parecía que Helena no lograba tener una exposición en ninguna parte, con toda seguridad a causa del hombre casado.

A la distancia, Helena daba la impresión de tener unos hombros anchos y musculosos, unas costillas que apenas se estrechaban sobre unas caderas cuadradas, y casi ningún rastro de pechos. Había pasado varios meses en un manicomio y los rumores decían que estaba escribiendo una novela sobre esa experiencia. En su tiempo libre, cabalgaba. En la versión real del mito de origen que Consuelo sostenía, Helena había crecido en una familia rica y había huido a París para escapar de su familia y convertirse en artista; una vez ahí, había estado a punto de convertirse más bien en una musa, pero no era la clase de mujer, o de artista, que pusiera atención a todos esos hombres viejos que se tomaban a sí mismos demasiado en serio y, desde donde estaba sentada Consuelo, mirándola, parecía que la libertad de Helena para desafiar y denigrar a esos hombres era lo que la había salvado. O, al menos, lo que había preservado su arte.

De cerca era mucho menos severa de lo que parecía a lo lejos, con sus rizos largos y oscuros y sus pómulos esculpidos como un cuarzo. No tenía un rostro afilado, pero sí estructurado, arquitectónico. Las mejillas se le coloreaban de rosa, un rubor suave e inesperado. Helena era así: más joven de lo que su comportamiento sugería, diminutos aretes de perla enmarcados en cristales que formaban una flor en cada lóbulo.

Cuando se conocieron, Helena, en un vestido de seda púrpura y con botas de hombre enlodadas, estrechó la mano de Consuelo con indiferencia. Mostró la dentadura. Consuelo hizo plática casual sobre el bullicio y Helena se veía cada vez más aburrida, y luego salieron al patio a tomar aire. Consuelo siguió el vestido púrpura por la estancia, estudiando la naturaleza feral de Helena, como buscando su propio corazón salvaje en un espejo.

Consuelo creía que una amistad con Helena curaría la soledad que sentía en aquel país. Quería que Helena la estudiara de la misma forma en que ella estudiaba a Helena. Quería vivir como una hiena o como un cisne de sus pinturas, quería que le dedicara una historia, quería que se colaran en sus cuadros chistes que solo ellas dos entendieran. Quería que Helena la mirara a los ojos y la reconociera como una gran mente artística a su altura, y que le hiciera confidencias. Consuelo la invitó a tomar el té, y Helena aceptó, pero esa reunión en el departamento de Consuelo había transcurrido con un aire formal, con ambas refugiándose en las tiesas cortesías que dos escuelas de señoritas en rincones opuestos del mundo habían impuesto en sus torpes mentes adolescentes.

Al final, Consuelo logró mencionar, luego de que Helena se levantara abruptamente para irse, que le encantaba su trabajo, y que ella misma tenía interés en el arte, y que amaría ser su aprendiz o lo que fuera. El rostro de Helena se inundó de rojo.

—Ya casi no pinto —respondió—; últimamente se ha convertido más en un pasatiempo, que he ido dejando.

—Te vi en una exposición colectiva el año pasado —dijo Consuelo, quizá con demasiada insistencia.

—Me estoy tomando un descanso. Solo necesito mejorar un poco —dijo Helena. Desde que el hombre casado se había negado a dejar a su esposa, y desde que Helena había vuelto al manicomio, se había convencido de que tenía que empezar de cero, estudiar el trabajo de otros, tomar notas, dibujar al carbón.

—No tiene caso desperdiciar lienzos, ¿no te parece?

Helena se cubrió los rizos con el sombrero de copa de hombre y se dirigió a la puerta.

Consuelo asintió, sin intenciones de retenerla y provocarle fatiga, aburrimiento o resentimiento. Pero estaba devastada.

A Helena no parecía interesarle la amistad, al menos no una amistad con Consuelo. ¿Pero por qué? Consuelo siguió intentando, saludándola cuando se la encontraba en la calle, segura de que, si podían trabajar juntas, las tomarían más en serio como artistas en aquel círculo de hombres ruidosos. Pero Helena era impasible, estaba perdida en el vórtice del hombre casado, quien le había dicho que su trabajo era mediocre y que no debería pintar como una médium de cuarta.

Poco tiempo después, el aviador llevó a Consuelo a una fiesta de cumpleaños que más bien era una sesión espiritista. La cumpleañera, una bailarina de Nantes, sabía que ahora que había cumplido treinta su carrera estaba prácticamente terminada, y su único deseo era que el espíritu de Anna Pavlova la guiara hacia su próximo acto.

Todas las mujeres estaban vestidas de ropas hermosas: torsos largos y estrechos envueltos en terciopelo color chocolate, perlas rosáceas y negros velos funerarios. Consuelo llevaba su propio velo, pero le aterraba la idea de no ser vista, de desaparecer, así que se había puesto también un vestido de terciopelo escarlata. Todos estaban sentados en torno a una mesa larga, y junto a la cumpleañera estaba un ruso con barba de chivo que se dedicaba a escribir tratados políticos, en caso de que hubiera necesidad de traducir las palabras del espíritu.

Estaban a media luz, las velas encendidas, todas las cartas sobre la mesa: la atmósfera estaba lista, pero una entrada intempestiva la rompió: un invitado tardío. Un hombre sucio, de ojos llorosos y pulgares amplios como las puntas de un pan rancio. Los otros hombres presentes no estaban vestidos de forma tan extravagante como las mujeres, pero todos se veían más limpios, más enteros que aquel, llevaban sus camisas lisas y blancas y sus pantalones de lana, sus bigotes encerados, y sus rostros, aunque macilentos a causa del vino y la nicotina, suaves como el papel. Sus excentricidades parecían producto de una curaduría. Un poeta de un solo ojo, por ejemplo, llevaba un lente de joyero incrustado en la cuenca como un monóculo falso y telescópico. Entre aquellos hombres, el recién llegado daba la impresión de un golden retriever: la madeja de su lengua, la suciedad de sus patas demasiado grandes, encantador y disruptivo.

Consuelo descubrió finalmente que la ropa que llevaba puesta aquel hombre —León— constituía el único atuendo que poseía: pantalones de lona, que alguna vez habían sido blancos y ahora estaban manchados de décadas de mugre y pintura, y una camisa de lino áspero y gris, del tipo que usaban los pescadores italianos en Marsella, igual de sucia que los pantalones. Sandalias de yute, aun siendo invierno. Se había hecho la costumbre de llegar a las fiestas con rosas de color rosa, como en este caso. Las sacaba de los floreros de las ancianas y se las metía en el pecho de la camisa, pero de cerca olía como si se despertara cada mañana flotando boca arriba en el Sena.

—«Trompe l'oeil» —le murmuró el aviador al oído: un truco—. León pertenece a una de las familias más viejas y más ricas de París —añadió—. Su abuela se pasó su juventud comiendo caramelos en el Palacio de Versalles. Su esposa y él también tenían una casa muy bonita en Niza, y otra en los Alpes italianos.

—¿Y qué pasó? —preguntó Consuelo.

—¿A qué te refieres? ¿A su matrimonio?

—No… ¿Cómo perdió la fortuna de su familia?

—¡Ay, por favor! No seas tan ingenua —respondió él—. No ha perdido un centavo. En opinión de la familia, simplemente no ha madurado todavía. Mira cómo come, si necesitas una prueba. Tan salvajemente como le da la gana, pero de ningún modo con prisa. Tienes que empezar a notar esos detalles si quieres entender a la gente, Consuelo.

León era artista. Pintaba mujeres sin cabeza, con pechos perfectos y tristes vulvas azules. Era rico, en realidad, y había crecido en casas más grandes incluso que la hacienda, pero Consuelo no lo habría adivinado nunca a juzgar por la dureza de su rostro, o por sus ideas políticas. Era un revolucionario aspiracional; incluso había oído sobre la masacre que había tenido lugar en el país diminuto de Consuelo —el único en todo París, le parecía—. León sintonizaba estaciones de radio secretas, en su departamento tenía cajas llenas de panfletos que luego repartía en las fiestas.

Entrecerrando los ojos, Consuelo lo imaginó como una versión de Luis, pero incluso el fantasma de Luis habría considerado a León un *pendejo*.

León estaba sentado a la mesa, al otro lado de Consuelo, con los codos doblados sobre el mantel arrugado, y la servilleta se le había caído al piso; comía despacio, poniendo atención a cada bocado, las sienes pulsando a la luz tambaleante de las velas con su masticar. No tenía nada de hambre esa noche, ni nunca.

Consuelo pensó que León era único en su tipo, pero en realidad no era más que el primero que conocía: París estaba infestado de su clase.

A partir de ese día, siempre que Consuelo se encontraba a León en una fiesta o en una galería, trataba de hablar con él. Algo en él la atraía, pero para él su presencia resultaba aburrida, casi ofensiva. Consuelo le preguntó una noche si había hecho algo para molestarlo. Él solo desvió la mirada y apagó su cigarro en la copa de ginebra de ella. Luego de ese día, Consuelo aprendió la lección.

Nadie en París, al parecer, quería oír que Consuelo había estudiado pintura en San Francisco, o que había aprendido francés en su adolescencia. Querían saber de los mayas. Sobre los templos, sobre el nawat, sobre los mangos y los criptogramas y los jaguares. Consuelo se dio cuenta de que cuando les contaba sobre el lugar de su familia en la sociedad, la casa de campo, la hacienda de la capital, el General loco, les parecía interesante de inmediato, pero cuando les contaba que había tenido un amorío con su maestro privado de arte, que se ponía ropa que su madre desaprobaba, cuando les contaba de Las Rositas, se volvía igual de aburrida que el resto de ellos. Si quería que ese montón de gente tomara en serio los cuadros y las esculturas en las que trabajaba por las mañanas mientras el aviador seguía dormido, tendría que distinguirse entre ellos. Necesitaba alterar su enfoque. Necesitaba nuevos aires. Lo que querían saber de su pasado tenía que ver más con el color, la forma y el gusto que con el pedigrí. Haría que se enamoraran de ella pensando en sí misma un poco más como alguna vez se había imaginado a Graciela. Les diría lo que querían escuchar.

—Querida —le decía la gente en las fiestas (el fotógrafo y su esposa, una bailarina rusa, el poeta que estaba desarrollando su propio idioma privado)—, cuéntanos de los volcanes, de las frutas que crecen en los árboles.

Así que Consuelo les contaba que la madre que la había parido era un volcán, y que las tercas estrellas que permanecían en el cielo del amanecer eran sus hermanas. Les contaba que amaba la jungla, que apenas le habían salido los pechos se había cubierto toda de miel y había desaparecido tres días luego de correr hacia el bosque con la esperanza de que los más bellos insectos la encontraran, la cubrieran de iridiscencia, una imagen del cuerpo de la artista que luego se colaría en las pinturas de Consuelo, pinturas que aún no terminaba, por supuesto.

Les hablaba de las mariposas gigantes que arrastraban sus patas larguiruchas sobre su cuerpo cubierto de miel, de las luciérnagas, de los escarabajos dorados. Una vez, estando muy borracha, les contó que había perdido su virginidad en la selva mientras las serpientes observaban desde las viñas, y que cuando ambos se vinieron al mismo tiempo el hombre se había convertido en jaguar. Se reía todo el tiempo. Si le creían o no, era decisión de ellos.

La esposa de un pintor que el aviador consideraba un chiste, pero a quien debía tratarse con delicadeza, parpadeó despacio y resopló, mientras removía el vino en su copa cuando Consuelo le contó del jaguar, pero su numerito no engañó a Consuelo: estaba tan fascinada, atrapada y cautiva por la historia como el resto.

—Quiero hacerte un retrato —le dijo una noche en una fiesta un importante fotógrafo surrealista, el más importante de todos. Había oído las historias de Consuelo—. Me gustaría ponerte bajo una luz plateada.

Claro que sí, pensó Consuelo. Claro que sí, sí, sí, al fin. Miró a su alrededor, notó que Helena estaba escuchando, aparentemente intrigada. Consuelo asintió, y luego, para confirmarle al fotógrafo su naturaleza prometedoramente mercuriana, contorsionó el gesto, haciendo su mayor esfuerzo para parecer una loca.

No mucho tiempo después Consuelo estaba posando para él, actuando para él en su estudio, usando tocados africanos y fumando opio.

LOURDES: En París, las máscaras africanas seguían estando de moda. Estos *cheles*... Es casi como si no pudieran inventarse algo propio, ¿no? Este fotógrafo famoso era un genio de nombre falso que se autodenominaba ciudadano del mundo en lugar de simplemente admitir que venía de un *pueblito* a las afueras de Filadelfia.

LUCÍA: No era un completo idiota; hacía esa cosa de la luz del sol y la primavera y los tornillos y demás.

LOURDES: ¿Y? ¿Eso qué? ¿Darse cuenta de la existencia del sol lo convertía en un genio?

CORA: Como sea. La noche antes de que Consuelo fuera a posar para él por primera vez fue una noche difícil. Verás, la madre del aviador la despreciaba. Consuelo había mentido diciendo que su padre era capitán del ejército y que la familia entera eran católicos devotos, y que alguna vez incluso había considerado hacer votos para convertirse en *monja;* pensaba que esas mentiras, dichas con su encanto, suavizarían las cosas con su suegra, pero no fue así. La vieja perra la había odiado desde el momento en que Consuelo pronunció en voz alta el nombre de su país. «Lo único que veo es una india; no me sorprende que siempre esté histérica», decía.

MARÍA: Pero exactamente eso mismo era lo que le gustaba tanto al fotógrafo, que era una histérica.

LOURDES: ¡Histérica! La mayor parte del tiempo estaba demasiado deprimida para alzar la voz, siquiera. ¡Ese tipo se habría cagado en los pantalones si hubiera escuchado nuestro *jelengue!*

LUCÍA: Sí, así que se apareció en el estudio del fotógrafo la mañana posterior a la cena de cumpleaños del aviador en casa de su madre, en la que esta había dicho que su matrimonio era una desgracia. ¿Qué fue lo que dijo la vieja *puta?:* «¡Es más vergonzoso casarse con una extranjera que con una judía!». El aviador, además, no había contestado ni hecho nada; solo se quedó ahí, rellenando su copa de vino, mientras su madre llamaba zorra a su esposa. Luego, la señora le dejó de hablar por completo y se dirigía únicamente a su hijo, ese enorme bebé borracho.

«¿Por qué tuviste que casarte con una aborigen?» Él sonreía ligeramente, como si creyera que todo aquello era gracioso. Consuelo trató de recordar un solo momento en el que no lo hubiera despreciado.

CORA: Se excusaba para ir al baño de la casa de la vieja perra y se encerraba con seguro. Se metía las manos a los *chonis* para sacar un puñado de sangre y la embarraba en las paredes. Marcas de manos y manchas primero, y luego se tomaba su tiempo y llenaba el bidé para dibujar con el agua pintada. Una hilera de cerdos, cada uno más grande que el anterior. MARÍA: A la mañana siguiente, el fotógrafo surrealista le dio una canasta de paja que quería que se pusiera como sombrero, y uno con fibras de coco que se voló con el aire, y le dio también una máscara decorada con conchas de cauri, que le instruyó abrazar como a un amante.

—Mira a los ojos de esa cara, trata de escuchar la melodía que sale de sus cuencas como un río —le dijo. «Eso no tiene ningún sentido» pensó Consuelo, resoplando para sí misma, pero encendió un cigarrillo y observó la máscara.

Él le puso el sombrero de fibra de coco en la cabeza y le pidió que se imaginara su propia cara como una sábana blanca secándose al sol. Consuelo puso la expresión impasible de Ninfa, y él le rogó girar la cabeza.

—¡Tengo que darme un festín con el perfil de tu nariz aristocrática! —gritó. La vanidad de Consuelo estaba satisfecha, a pesar de que odiaba su nariz. Se la entregó, y él se puso a hacer desagradables ruidos como sorbos.

—Ahora eres Santa Teresa y me transmites tu electricidad por medio de tu éxtasis. Será visible en tus dos fosas nasales, y tus pestañas van a crecer, ¿está bien? ¿Me sigues o es demasiado? ¿Puedes provocarte un orgasmo? ¿Lo harías por mí?

—Puedo hacerlo sin necesidad de tocarme —dijo Consuelo. Era mentira.

El genio se quedó boquiabierto.

—¿Rezas?

Consuelo negó con la cabeza e invocó un falso terremoto. Luego apagó el cigarro besando el extremo encendido. Para él. Si lograba asustarlo un poco, quizá la considerara lo suficientemente interesante para no abandonarla luego de esa sesión.

—Eres —dijo—... ¡Eres todo lo que es maravilloso y desconcertante en este mundo!

Y esa frase ni siquiera se le había ocurrido a él, sino a su amiguito.

Si la intención de Consuelo hubiera sido solo la de acostarse con algún artista, podría haberlo hecho con el fotógrafo, pero los riesgos eran muy altos: ese acuerdo precario le estaba dando trabajo, y él parecía contentarse con verla perder el control a través de su lente. Necesitaba la oportunidad de ser vista.

Sin embargo, apenas los demás artistas se percataron de su existencia, de pronto a León ya no le pareció buena idea solo hablarle, sino que necesitó cogérsela también. Era como si su verga fuera el mayor cumplido artístico que podía ofrecerle.

La primera vez lo único que tuvo que hacer fue seguir a Consuelo a su casa, caminando tres pasos detrás en una noche que, sabía, ella había bebido demasiado y el aviador estaba sobrevolando el Sahara. Ni siquiera era un gran pintor, pero su odio mudo y llano hacía que le temblaran las piernas de debilidad. O eso se repetía a sí misma. Cuando menos, su desdén la impulsaba a buscar una grieta en su odio, una abertura que pudiera llenar de luz para hacerle cambiar su opinión de ella.

Consuelo era más inteligente y mejor pintora que él, y estaba consciente de ello, pero León no le preguntó jamás sobre su arte. Consuelo no estaba sola en esa clase desequilibrada de deseo. Las mujeres de su círculo, Helena, todas, se cogían artistas que se daban a sí mismos demasiada importancia, artistas menores que dependían de la imaginación de sus mujeres como parásitos. Tenían que hacerlo, si querían mantenerse relevantes. Cogerse a esos hombres, acariciar el ego de sus vergas... Bueno, era como pagar una especie de impuesto.

Esa primera mañana en la cama con León, en el departamento que compartía con el aviador, Consuelo le contó que ella también pintaba: ¿quería ver su obra?, le preguntó; ay, nena, dijo él, y la atrajo hacia su pecho para acariciarle el cabello hasta que se quedó dormido otra vez. Cuando ya llevaba un rato roncando, Consuelo desenredó su cabello de entre esas manos grandes y secas, y fue a lavarse al baño. Eran las nueve de la mañana; se vistió para una cena de jardín a la luz de la luna y se maquilló los ojos. En la habitación, León seguía dormido. Consuelo giró la llave en el picaporte y se arrastró por la escalera hacia la panadería, donde —con un puñado de dinero de su esposo— compró repostería de un tamaño y la exuberancia que León se fingía demasiado pobre para disfrutar, pero que sabía que amaba. Cuando regresó, seguía sin despertar.

Consuelo se puso a trabajar en la cocina y calentó agua para café. Tenía un plan. Cuando León despertara, lo llamaría a la cocina. Se sentarían juntos a dejar que la luz matutina les entibiara los pies sobre el parqué. Desayunarían, y le mostraría sus pinturas. Quizá solo una de ellas, un lienzo pequeñito, de diez por diez centímetros, en varios tonos de pintura metálica dorada. La nuca de su madre —Perlita—. Las palmas de su madre —Socorrito—. Mi madre el volcán, mi hermana en las estrellas. León arrugaría la nariz y le daría algunos comentarios, del tipo que le daría a cualquier otro artista. Se tomaría su tiempo. Le diría, despacio, con precisión, exactamente en qué se había equivocado, qué parte odiaba más del cuadro y por qué.

Consuelo ansiaba nutrirse de esas palabras. Incluso si era mejor pintora que él. Ser vista por alguien más que al menos poseía el vocabulario, los estratos del gusto, para dirigirse a ella como una igual. Y quizá un día él mejoraría y ella incluso respetaría su trabajo, y lo que había comenzado como una cogida evolucionaría hacia el amor, la compañía en el arte, una alianza secreta. En las fiestas, la gente murmuraría sobre ellos, pero León sería tanto la musa de Consuelo como ella la de él.

Sabía que se estaba dejando llevar (la sensación de volar llevada por globos desde el parqué de la cocina). El motor salvaje de su corazón zumbaba con todos esos colibríes dentro. Cuando sintió la silueta de León en el umbral de la cocina, fingió no darse cuenta y se dio la vuelta despacio para recibirlo con una sonrisa tranquila. En el rostro de él no había expresión alguna.

—¿Dónde demonios está mi abrigo? —dijo, a ella, a sí mismo, Consuelo no estaba segura. La noche anterior había tirado su abrigo sucio al piso de camino a la recámara. Por la mañana, ella lo había recogido, lo había sacudido en la ventana y lo había colgado. Fue por él para dárselo.

—Estoy desayunando algo —dijo Consuelo—. ¿Quieres unirte?

Levantó la garrafa de café y sirvió una taza.

León giró la cabeza hacia el lado izquierdo en una lenta negación a medias, como si girarla hacia la derecha y luego de regreso hubiera sido demasiada molestia.

—Tengo trabajo que hacer —dijo León, dirigiéndose a la puerta. Consuelo bajó la taza de café, se secó las manos en una toalla, y atravesó la cocina para seguirlo y darle un beso de despedida, pero ya se había ido.

En otro momento de su vida, Consuelo habría tomado la decisión, mucho más satisfactoria, de arrojarle el plato de croissants, pero ese día se quedó sentada en el balcón por el resto de la mañana. Se comió seis panes, fumó un cigarro tras otro, y la boquilla dorada se calentaba y le quemaba las yemas de los dedos. Extrañando el fuego que alguna vez había ardido en su interior, Consuelo saboreó la quemadura.

Sabía que el aviador se había acostado con otras mujeres después de que se había casado con ella. A algunas se las habían presentado en fiestas. Quería preguntarles por qué, entender qué era lo que veían en él, para intentar verlo ella también. El aviador pasaba semanas sin regresar a casa.

Había razones por las cuales Consuelo no lo había dejado todavía, pero no tenían nada que ver con el dinero. Para empezar, cuando lo acompañaba en la cabina le gustaba verlo despegar. Estaba sosegado y orante, incluso cuando estaba borracho, y nunca más había intentado hacer otra locura de mierda. Ahora con trabajos lograba levantarlo, así que el recuerdo de él casi haciendo chocar el avión a cambio de un beso en aquel primer vuelo juntos era un sueño vago y disonante. ¿Y qué más? Una vez le había jurado que sus dibujos descuidados, que tampoco le producían ninguna admiración particular, eran solo para ella, que no podrían existir si no fuera por ella. Ella era su rosa, le decía. Esa parte, la de ser una rosa, le gustaba.

Una noche, Consuelo abrió la llave del baño y dejó que el agua se desbordara de la tina. El aviador seguía en algún otro lugar, volando sobre el desierto. Consuelo se sumergió en el agua y pensó en el Lago Coatepeque, donde habían encontrado el cuerpo de Luis.

Una vez, Socorrito y las otras mujeres la habían llevado a ese lago. Tenía tres años entonces —ninguna de nosotras había nacido aún— y las mujeres la habían acurrucado, le habían dado mango ácido con *alguashte,* e hicieron bailar sus pies en el agua fría del cráter. Esa tarde Consuelo se quedó dormida en los brazos de su madre, junto al agua, y se despertó ya de noche, cuando iban saltando todas en la parte de atrás de un camión de regreso al volcán.

Eso era lo que recordaba, pero el recuerdo se le había deshilachado. Es posible que lo hubiera bordado con el tiempo. Quizá solo habían sido Consuelo y su madre. Quizá no había habido mango con *alguashte,* ni siesta bajo el sol, ni camión de regreso.

Consuelo tenía una postal del Lago Coatepeque que se había metido al bolsillo en una de esas tiendas para turistas en la *plaza,* cuando era adolescente. Apenas vio la postal ese día supo que tendría que usarla para mantener unidos los hilos del vago recuerdo de su madre. Porque, si el lago existía, ella también. Su madre existía, y la había adorado junto a ese lago. Aquella vez había echado un vistazo a Maite, que estaba hojeando revistas cerca de la caja registradora. Maite le habría prestado unos centavos para pagar por la postal, pero su necesidad era inmediata y secreta; se metió la tarjeta en el abultado bolsillo de terciopelo. No quería hablar con nadie en el mundo de por qué necesitaba tenerla.

Ahora la tenía en un marco que colgaba de la pared del departamento, donde alguna vez había estado la máscara mortuoria de Luis. Siempre que entraba o salía del cuarto esmeralda, agachaba la cabeza para besar el cráter de agua gris.

A la tarde siguiente, Consuelo decidió que definitivamente tenía que salir del departamento, así que fue al cine. A veces sentía que se estaba volviendo loca, tan sola estaba, así que no le sorprendió ver el rostro de su hermana muerta, enorme en la pantalla. Quizá al fin su mente se había perdido.

Ahí estaban, altos como una casa, en close-up, los ojos negros de Graciela, su cabello pesado y oscuro, la nariz ancha que compartían. Graciela se hizo más pequeña cuando metió su cabello bajo un gorro de baño y se encaminó a la orilla de una alberca, en una larga hilera de otras mujeres. Una por una, se lanzaron al agua de cabeza. Graciela lo hizo también, con ambos brazos encima de la cabeza y una sonrisa brillante e impermeable mientras su rostro cortaba la superficie. Nada más que el murmullo de una onda quedó sobre el agua.

¿Dónde había aprendido a hacer eso? ¿Era todo un sueño, o su hermana estaba viva de alguna forma?

Consuelo había encontrado el cuerpo de Graciela. Había visto el rostro inmóvil de su hermana, sin sonrisa, manchado de sangre. Consuelo se había culpado a sí misma, por supuesto. ¿Por qué, cuando aún había tiempo de esconderse, no la había buscado antes de echarse a correr, como una cobarde, hacia el sótano? Entrecerró los ojos en dirección al túnel de luz de la pantalla. En las películas todo era un truco. «Trompe l'oeil».

LA PRINCESA: GRACE LUX. Consuelo se escribió con labial en el brazo el nombre, y el nombre del estudio, mientras corrían los créditos. Se hundió en el asiento y esperó a la siguiente función, solo para asegurarse. Se quedó ahí hasta que oscureció.

Cada cuadro la hacía creer que Graciela estaba buscándola. Mientras veía su boca moverse al ritmo del diálogo doblado al francés, Consuelo se repetía que los enormes ojos negros de Graciela se movían entre los asientos del cine, como linternas, en busca de ella. Se juró que aquel guiño lento, de pestañas aleteantes, era para ella, así que le guiñó un ojo ella también.

Consuelo solía ver a su hermanita estudiar sus movimientos en el espejo del tocador. Cuando Graciela afirmaba que no podía levantar una ceja sin levantar la otra, Consuelo presionó sus pulgares sobre las cejas rectas de *india* de su hermana y le mostró cuáles eran los músculos que debía aislar. Practicaron juntas. La forma en la que se echaba al hombro el abrigo al final de la película… Ese movimiento también era de Consuelo.

Volvió a casa y le escribió una carta a Graciela. Se imaginó que había una gran posibilidad de que no le llegara nunca, de que se perdiera en el mar. *Mi hermanita preciosa, mi estrella,* hija de Socorrito… Consuelo le contó todo, como si todavía compartieran cuarto en la hacienda. Le contó de las pinturas que no lograba terminar, del aviador, de la soledad, de los Baños Sutro, de los Domínguez, de París. Escribió sobre su deseo de amistad, de que la tomaran en serio, de León y de Helena y del fotógrafo, y de todas las reglas estúpidas de su círculo social, tan diferente de las Rositas. Anhelaba esa comodidad, toda esa camaradería, la libertad de terminar una obra y compartirla en la confianza mutua de que a fin de cuentas mejorarían. Al menos así lo recordaba ella, en cualquier caso. Entonces eran bebés. Concluyó la carta con la siguiente acusación sin fundamento:

> «¿Crees que soy patética? ¿Falta de imaginación? ¿Solitaria? ¿Nunca has querido sentirte libre de preocupaciones, comprendida y jodida, todo al mismo tiempo? ¿Nunca te ha dado la suficiente curiosidad para voltear tu existencia de cabeza, para examinar esa otra vida como el negativo de una fotografía?».

En nuestra humilde opinión, todo esto son demasiadas cosas para decírselas a una hermana menor que se suponía que estaba muerta.

La carta tenía veinte páginas, y Consuelo la envió al estudio de Grace Lux en Hollywood, rezando porque Graciela realmente estuviera viva, que aquello no fuera el resultado de haber perdido la jodida cordura, y porque de alguna forma la carta le llegara a su hermana.

Carajo, ¿puedes creerlo? Le llegó.

31

Escribirle a Consuelo, incluso si lo hacía meses antes de recibir una respuesta, incluso si Consuelo le respondía con un acertijo o con el dibujo de una concha y nada más, se sentía como el mayor gesto de cuidado que Graciela podía ofrecerse a sí misma, como cepillar y deshacer los nudos de su mente. Las cartas que recibía de Consuelo medían el tiempo de una forma que ella se sentía incapaz de hacer en su vida en Hollywood. Y Consuelo era una maldita comediante. Era salvaje de una forma que a Graciela le parecía irreal, bizarra. ¿Se había casado con un *púchica* aviador? ¿Estaba fingiendo tener esa vida? ¿Estaba escribiendo un libro? Consuelo, sin embargo, seguía siendo Consuelo, incluso a pesar de las historias fantásticas que contaba sobre hombres que se creían extremadamente importantes; le describía sus pinturas secretas, y le confiaba su soledad. Era el único ser vivo en la faz de la Tierra que conocía tanto a *la Graciela del volcán* como a la Graciela que había vivido en la capital.

«*Cariña cielita*, ¿te acuerdas de la noche en que oímos a alguien caminar en los pasillos de la hacienda y estábamos seguras de que era un fantasma, pero no era más que el velador de

Perlita en su primer día de trabajo luego de que ella se pusiera paranoica y creyera que la espiaban?».

Las cartas de Graciela solían ser un registro de sus propios fracasos, pero siempre también un recordatorio de que existía, a pesar de todas las razones por las que no debería.

Graciela se ponía el reloj de Consuelo todos los días, y las diminutas manecillas doradas seguían moviéndose, a pesar de los huecos en su memoria después de una noche bebiendo, a pesar de esas largas mañanas en las que se despertaba en medio de la arena y la sal, a pesar del vapor de la *cafetería* del estudio. Antes de cada turno, Graciela se metía el reloj en el bolsillo del mandil, y cuando lo sacaba después de su turno la carátula estaba empañada.

No mucho después, sin embargo, Graciela pudo al fin renunciar a ese trabajo. Comenzó a trabajar en producciones paralelas, haciendo películas en español por las noches, y para entonces las manecillas doradas del reloj de Consuelo habían dejado de importar.

> LOURDES: El tiempo en la producción paralela lo gobernaban fuerzas diferentes, que le decían cuándo comer y cuándo irse a la cama, estuviera o no bajo las luces del estudio, estuviera en un número de baile, fuera la estrella de la escena, una diosa de dos metros de altura, o se quedara sentada fuera de cuadro afilándose las uñas en punta.
>
> En el estudio, Rosie aseguraba no hablar una sola palabra en nuestra lengua, la lengua que Graciela hablaba en la producción paralela, así que a veces, a mitad de la noche,

Graciela la interpretaba a ella. Rosie de chal de olanes negros, Rosie con un peine en el cabello, Rosie con un crucifijo entre los pechos.

Fue en la producción paralela que Graciela hizo un amigo, Scooter, uno de los pocos actores que hablaba tanto inglés como nuestro idioma. Scooter, de ojos tristes, fingió no reconocerla durante las primeras veces que trabajaron juntos, pero Graciela no se tomaba esas cosas de modo personal. Se ganaba la vida arrojándose de las escaleras, y Graciela nunca había visto su rostro elástico esbozar una sonrisa real. Era un tipo triste, aunque esa tristeza no tenía nada que ver con ella, pero hablaba un tipo perfecto de terrible español: todas las palabras en el orden correcto, pero deformes, llenas de huecos, y al fin comenzó a hablarle cuando comprendió que la belleza de Graciela no la volvía hostil. Ella insistió en que hablaran en el idioma de él.

Scooter había crecido en la carretera, porque sus padres lo llevaban de un espectáculo a otro. En su opinión, eran padres amorosos. Su padre le trenzaba el cabello a su madre por las noches. Su madre cantaba canciones sobre los moretones en los nudillos de su padre, moretones que parecían hincharse, oscurecerse y abrirse, pero nunca desaparecer. Los tres dormían en las bancas del parque con los miembros flexionados y apilados unos sobre otros. Temprano por las mañanas, su padre se paraba en el camino y calculaba cuánto podrían ganar si iban en tal o cual dirección, cuánta gente acudiría a verlos arrojarse contra los ladrillos o golpearse hasta perder la razón.

Scooter hizo una demostración. Tiró de una silla de la mesa a la que estaba sentado con Graciela y escaló los peldaños que se formaban en el respaldo. Una vez arriba, sonrió y levantó un tobillo de una patada. La silla no se movió. Abrió los brazos ampliamente. Graciela vio cómo, a sus espaldas, las otras chicas lo miraban, poniendo los ojos en blanco, sin nada que las impresionara. Scooter levantó la pierna detrás como un bailarín de ballet y luego la llevó adelante con rapidez, para derribar la silla. Antes de que esta se estrellara contra el piso de la *cafetería*, Scooter se detuvo en el aire, se enderezó y puso las piernas a los lados, como si estuviera montando una bicicleta. Era la segunda vez que le había mostrado ese truco a Graciela, pero ella le dejó hacer. Cuando aterrizó sin hacer ruido y flexionó el cuerpo en una reverencia de agradecimiento, Graciela aplaudió. Las chicas de la cocina sonrieron burlonamente hacia ambos, y lo mismo hicimos nosotras. Graciela era demasiado linda con esos idiotas.

—Es un tipo especial de amor —dijo Scooter— aventar a tu hijo por una escalera.

A la costura del cuello de cada una de las camisas que tenía de niño, su madre le había cosido con alambre para pescar una agarradera de maleta. Su padre lo tomaba de ahí, sin que nadie advirtiera el mecanismo, lo alzaba tres metros en el aire y lo arrojaba.

—Otros niños no tienen una relación tan cercana con sus padres como la mía. Cada noche, en la carretera, mi padre se quitaba el abrigo y me envolvía en él, y luego me abrazaba y se quedaba así conmigo hasta que amanecía, cuando nos dirigíamos a otro lugar para hacer el espectáculo.

Sobre sus cabezas zumbaban las luces fluorescentes. Tres de la mañana. Scooter se comió un sándwich de jamón. Frente a Graciela había una taza de café que sabía a barro. Todos esos años en los campos, en las espaldas de nuestras madres, todas esas mañanas tardías en el Palacio Nacional, de beberse los *cafecitos* que Lidia le llevaba mientras leía en la biblioteca, y ahora Graciela no era capaz de recordar a qué se suponía que debía saber el café, no tenía más que esa sustancia tibia frente a ella. Vertió leche en polvo en la taza hasta que el remolino hizo ver el líquido de color gris.

Al inicio de su amistad, Graciela tenía la impresión de que Scooter le hablaba solo porque estaba enamorado de Rosie, igual que todos los hombres, pero Scooter era lo que Rosie llamaba «una trucha».

—Hay dos tipos —le dijo una vez, en la parte de atrás de su auto, de camino a una fiesta—. Truchas y bufones. Los bufones son tontos y no son particularmente dulces, pero les gusta presumir enfrente de ti; ya sabes, hombros grandes, pechos peludos, voces ruidosas.

Las truchas eran los hombres como Scooter, que las saludó en esa misma fiesta: de cara flaca, ojos muy grandes que parecían observar demasiado, y una ternura evidente. Débiles y complacientes. Si era amigo de Graciela era porque era una trucha, y por esa misma razón Rosie jamás se acostaría con él, jamás inflaría sus labiecitos en dirección a donde él estuviera, siquiera. Scooter parecía darse cuenta de que Rosie nunca lo querría, pero a pesar de ello insistía en buscar la compañía de Graciela.

En la fiesta a la que Rosie y Graciela asistieron un par de noches después, los bufones no dejaban de tirarse al piso, uno tras otro, para hacer lagartijas. Uno se quitó el moño y la camisa blanca, y mantuvo los brazos rectos contra el suelo, su cuerpo una línea larga y temblorosa. Alguien equilibró una copa de vino en su espalda, justo encima del cinturón de cuero. Unos minutos después alguien puso otra copa junto a la primera. Graciela salió de la estancia en busca del baño y, cuando volvió, el círculo en torno al hombre se había endurecido, se había expandido y estaba en silencio. Ahora había cuatro copas de vino sobre su espina dorsal. Graciela se puso de puntitas para ver el líquido ondular con el mar de su respiración. Alguien dio un paso al frente y colocó una botella entre sus omóplatos. La camiseta a la altura de sus costillas se había vuelto transparente de sudor, y justo arriba de donde descansaba la botella, un músculo se tensó como un engrane. El hombre gruñó con los dientes apretados. El sudor le rodaba del nacimiento del cabello a los ojos y lo hacía parpadear rabiosamente.

—¡Consigan una canasta de pícnic y tal vez una sombrilla! —gritó alguien desde la cocina. Rosie lanzó una risita, Graciela se giró un momento para parpadear, el hielo tintineó en el vaso de alguien, y el hombre quedó tendido y ensangrentado en el centro de la estancia, el vino encharcándose bajo sus brazos vencidos y trozos de cristal en el cabello. Se levantó, sonriendo, el cristal cayendo de su cuerpo, con su delgado bigote y la fila superior de sus dientes cubiertas de un rojo profundo y resbaloso.

Más tarde, de vuelta en su bungaló, el tipo le contó a Rosie que no se había cortado la boca con el cristal luego de colapsar finalmente bajo su propio peso; se había estado mordiendo la lengua para mantener la postura. Scooter se quedó también esa noche en el bungaló, pero solo porque tanta champaña le había caído mal. Tomó prestado uno de los cepillos de dientes de Rosie y luego acomodó su largo cuerpo en la orilla del sofá. Graciela durmió en el porche, perpleja, algo molesta de que Scooter no hubiera intentado nada con ella.

La tarde siguiente, todavía en el porche, asoleándose en un vestido de fiesta de Rosie, Graciela le escribió a Consuelo, como hacía siempre que se sentía completamente sola.

> Querida Consuelo:
>
> Ayer bebí demasiado y sigo borracha. Es mediodía y me desperté en el porche. ¿Te ha pasado? Me están temblando las manos. Reza porque mi cerebro no se escabeche como curtido y se vuelva incapaz de hacer nada útil con esta mente y este cuerpo.

Más tarde, a mitad de la noche, Graciela volvió a interpretar una versión de Rosie, una chica en un tren, con una madre sobreprotectora, de camino a la fama y la fortuna.

32

Graciela consiguió un papel protagónico en su siguiente película: una mujer enamorada, una mujer que nada desnuda en un cráter, una mujer que termina arrojada a un volcán, como sacrificio. Esta es la gloria de tu carrera, dijo Rosie, y sin embargo Graciela se sentía medio muerta cada día al salir del estudio. El reloj de su cuerpo estaba descompuesto y no podía convencérsele de dormir bien. Quizá dormitaba a ratos en el tranvía, y a veces se escondía durante las horas de más calor, y entonces dormía un poco también. Por lo general, ya entrada la tarde el zumbido en su cabeza se había evaporado y se había convertido en un alivio vacilante, y Graciela volvía al mundo y al trabajo. Comía menos y guardaba el dinero que ganaba.

Estaba segura de que alguien, una bestia de muchos cuerpos, de muchos ojos, la seguía. Un hombre que iba caminando por la banqueta contraria a las tres de la mañana, girando y mirando cada una de las farolas del alumbrado público, para luego ir a meterse en una licorería, salía cuando ella llegaba a la esquina, y cruzaba el espacio vacío hacia su lado de la calle. Aunque el hombre se veía distinto cada noche, su amenaza, sus ojos destellantes de perro, eran siempre los mismos. Más de una vez, Graciela había echado a correr hacia su departamento. Podía jurar que el hombre iba detrás de ella, gritándole, llamándola por su viejo nombre; a veces iba en un auto oscuro y se detenía en una esquina brumosa; a veces cruzaba su mirada con la de Graciela en el tranvía y se abría paso entre la multitud para acercarse; cuando el vagón iba vacío, se sentaba junto a ella, sonriendo. Graciela se hizo el hábito de bajarse del tranvía antes o después de su parada, para evitar que pudieran seguir su rastro.

Cuando al fin llegaba a casa, se cambiaba de ropa y se quedaba despierta unas horas recostada en la cama sin destender. Era entonces cuando nos aparecíamos ante ella, bajo la luz grisácea, juntas en torno a la cama sin sueño, y la seguíamos de una habitación a otra. A veces la *gringa* que se había arrojado desde la letra H estaba con nosotras también, con el rostro ya limpio, crudo y rojo; su resplandor, suave y sanguíneo, la esencia contraria, opuesta a la piel papirácea de sus padres. Una alucinación nacida de la demencia del insomnio, o de la culpa, una pesadilla arrastrada hacia la luz del día, o simplemente fantasmas. ¿No nos crees? Buscar palabras para lo inexplicable nos resulta cada vez más irritante, así que créenos o no, como prefieras.

Aun así, Graciela se tomaba el tiempo para leer las noticias de su país en la biblioteca, y cada vez menos requería del diccionario para traducirlas. Encontraba párrafos pequeñitos sobre nuestros terremotos y los pobladores aplastados mientras dormían. A veces se topaba con el nombre del Gran Pendejo, y se quedaba mirando las palabras impresas en el papel hasta que le causaban un dolor físico.

Cada cierta cantidad de meses, Graciela se preguntaba si el General había visto alguna de sus películas. Se decía que, si hubieran querido encontrarla, hacía años que habrían podido seguir su rastro. Tenía un nuevo nombre, claro, pero nadie creía realmente que Grace Lux fuera su nombre de pila.

—¿Me veo lo suficientemente Grace Lux con esto? —solía preguntarle a Rosie, mientras se probaba una de sus pelucas rubias—. ¿Soy *La Güerita del Norte*?

—¿De verdad crees que alguna de nosotras usa su verdadero nombre? —le respondía Rosie—. ¿A quién le importa?

A pesar de su hiperactividad, Graciela solía despertarse con ganas de caminar por horas, hasta extenuarse. Caminaba por los cerros, y buscaba una ruta hacia la playa.

Fue ahí donde una tarde se descubrió hablando con un desconocido, un hombre guapo que de inmediato la llenó de lástima. Estaba bebiendo vino tinto de una botella y le contó que lo había perdido todo. Eructó y sonrió sin gracia. Buscó su mano y se la estrechó. No me queda nada, le dijo. Algo hizo que Graciela sintiera que debía darle a aquel hombre lo que quisiera, y quizá porque ella misma se sentía miserable y exhausta, porque estaba borracha, por miedo a que fuera el demonio de los muchos ojos que la había estado siguiendo y por el delirio de que aquella sería la única forma de deshacerse de él, se lo cogió con la terquedad ciega de una sonámbula. Vino la marea y Graciela lo dejó ahí, dormido en la playa. Caminó por entre las rocas y los matorrales hasta llegar a la carretera; ya era hora de dirigirse al estudio.

Cuando llegó, Scooter estaba afuera, fumando bajo la farola. Al verla, se movió para bloquearle el paso. Graciela le dio unos golpecitos con los nudillos en la cabeza y dijo:

—Ábrete, Sésamo.

Scooter frunció el ceño y Graciela se preguntó por un momento si la última vez que habían bebido juntos ella había dicho algo que pudiera lastimarlo. No lograba recordar.

—Hubo una redada en la *cafetería* por la tarde.

Graciela negó con la cabeza.

—Unos hombres uniformados con garrotes en el cinturón se llevaron a cuatro chicas de la cocina y las metieron en una camioneta.

—¿Qué? ¿Por qué?

—Porque son como tú, mexicanas sin papeles.

—Yo no soy mexicana.

—Da igual. Mírate en un espejo. ¿Tienes papeles?

Graciela nunca le había contado a Scooter cómo había llegado a Hollywood. Tampoco se lo había contado a Rosie. Por supuesto que no tenía papeles, pero la idea de que Scooter pudiera detectar en su cara la desesperación le asustaba.

—¿Qué va a ocurrir con esas chicas? —le preguntó.

—Las van a tener en la cárcel hasta que decidan en qué autobús las van a regresar a su país.

Scooter dejó caer el cigarro sobre la banqueta, y Graciela vio bailar las chispas. Las chicas de la *cafetería* eran jóvenes, adolescentes algunas de ellas, y otras tantas eran madres de bebecitos que a veces se amarraban a las espaldas durante el trabajo.

—¿Y qué hay de sus familias?

—Ahora están tratando de deshacerse de tantos de ustedes como sea posible, ¿sabes? Debes tener cuidado.

Ninguna de las chicas de la *cafetería* había conseguido llamar tanto la atención como Graciela, como si tener su cara desplegada en las marquesinas fuera la única forma de ganarse la vida.

Graciela empujó a Scooter para entrar, molesta por razones que en ese momento no comprendía, y fue a trabajar. Esa noche filmaron una escena en las montañas. Aves del paraíso, amontonadas y acomodadas para semejar una parvada. Su personaje estaba comprometido con el líder de una tribu enemiga, su matrimonio era una ofrenda de paz para ambos pueblos. El único problema era que no lo amaba.

Graciela atravesó la luz gris hacia una de esas tiendas de todo a cinco o diez centavos, que estaba abierta toda la noche, se compró un sándwich de pollo y se sentó en el mostrador a comérselo, mirando a través de su reflejo en el cristal. Dentro había botellitas de licor, aspirinas y cuchillos, armas de defensa propia y también instrumentos para cocinar. Apuntó los labios en dirección al estuche con el cuchillo.

El tipo adormilado de la caja registradora le hizo una mueca mientras abría la puerta del mostrador. El cuchillo que quería estaba sobre una almohadilla de terciopelo azul falso; tenía un filo de unos quince centímetros y un mango curvado e incrustado de concha iridiscente. El viejo lo deslizó hacia ella. Dio unos golpecitos en el mango y dijo:

—Abulón —le explicó.

Le mostró el mecanismo retráctil y dijo:

—Por seguridad.

Tenía un botón, con textura, que podía presionar discretamente para liberar el filo y apuñalar a cualquiera en el corazón.

Graciela tragó los restos del sándwich y compró el cuchillo. Durante el camino a pie de regreso a casa mantuvo la mano en el bolso, con los dedos envolviendo el mango de abulón.

LUCÍA: No mucho tiempo después, un hombre uniformado fue a tocar a su puerta. La *güera* Rosie abrió. Iba buscando a Graciela de los Ángeles, un nombre que con el que nadie la llamaba, así que Rosie sospechó, y aunque Graciela estaba en casa, dormida en su cama luego de trabajar toda la noche, Rosie dijo, tan santurrona como pudo:

—En esta dirección no vive nadie con ese nombre.

El hombre estaba bastante seguro de que algo no andaba bien, pero en cualquier caso, ¿por qué estaría esa rubia estrella de las películas escondiendo a una mojada?, así que se fue.

LOURDES: ¡Pero no se fue realmente!

MARÍA: Así es. Se sentó en su auto con unos binoculares. Esperó, y lo miramos observar la puerta a la espera de Graciela. Rosie cerró las persianas y le echó llave a la puerta. Cuando Graciela se despertó, Rosie le contó de aquel hombre, de su uniforme, del auto en el que había llegado. Le dijo que debía tener cuidado, y nos dimos cuenta de que Graciela tenía miedo, aunque lo único que hizo fue poner los ojos en blanco. Para entonces, el auto se había ido. Graciela metió su cuchillo en el bolso y se fue a trabajar.

LOURDES: Pero el hombre estaba en el estudio. Era el mismo *pendejo* uniformado de años atrás, cuando Graciela había encontrado el cuerpo de la chica. El joven, ¿te acuerdas?, el tipo amable al que le gustaban las aves y se la pasaba hablando de cualquier cosa. El otro, el *viejito*, ya estaba muerto. Pero un policía es un policía es un policía es un policía, ¿no?

Entró directamente al set con el arma al aire y gritó:

—¡Todos los mexicanos contra la pared!

Graciela ya estaba en vestuario: plumas en el cabello, pintura café en la cara, collares hechos de conchas, porque estaba por casarse con un *gringo*. Reconoció al policía, lo miró y luego rápidamente apartó la mirada.

—¡Corte! —gritó el director.

El actor *gringo* puso los ojos en blanco y preguntó:

—¿Cuánto tiempo va a tardar esto, carajo?

Un *indio* dejó caer el biombo que estaba sosteniendo. A su alrededor había montañas, palmeras, monos trepados en árboles, un río, todo falso. Un enorme volcán falso en el centro. El *indio* trató de correr y se tropezó con una cuerda. El policía lo atrapó de la espalda de la camisa y lo golpeó con su macana. El sonido me dio náuseas, tantas como puede tener un fantasma.

—¡No me jodas! —gritó el policía, registrando con la mirada el set, con el arma al aire—. Tú, y tú, y tú —dijo apuntando a un hombre que iba cargando unas bolsas de arena, a otro que tenía un rollo de película en las manos, y a un tercero que llevaba una escoba—. Y tú —dijo por último, señalando a Graciela. La miró de pies a cabeza con los ojos perdidos de cualquier *pendejo* de cualquier parte del mundo que ve un par de *tetas* pegadas a un cuerpo. Como si no hubiera visto a Graciela nunca en su vida.

Los hombres se formaron contra la pared, junto al hombre golpeado, que estaba tendido en el piso. Graciela no se movió. El policía le apuntó con el arma. Ella caminó hacia él con la mano en la cadera, como una sirena, como la *pechita* tonta de Consuelo.

Graciela sacó algo de la cintura de su falda y se mordió el labio. Usó ambas manos para sostener lo que parecía el tipo de cuchillos que usan *los fufurufos* para comer filetes de carne. Apuntó al plexo solar del policía y atacó.

Cuando el hombre cayó al piso, Graciela corrió hacia el volcán. Los hombres se esparcieron hacia las puertas traseras. Uno de ellos tomó de las axilas al *indio* golpeado y se lo llevó echado sobre el hombro. El director estaba gritando, llamando demente a Graciela, que estaba en las faldas del volcán subiendo la escalera que llevaba a su cratercito. Dio un salto dentro y el set se hizo pedazos: el papel maché, la lava falsa, las enormes rocas de espuma pintada.

—¡Maldita perra, maldita perra ilegal! —gritaba el director. El polvo y los escombros y la pintura y las plumas llovían sobre Graciela, que se quedó sentada como una muñeca de ojos de cristal en el fondo del volcán destruido.

Entonces aquel otro *gringo* de ojos tristes corrió hacia ella. Su amigo, *el* Scooter. Sí, *Scooter,* qué nombre más ridículo. La tomó de un brazo y la llevó afuera.

CORA: Pero el hombre que Graciela había apuñalado no estaba muerto. No lo apuñaló tan bien, sino apenas lo suficiente para cortarle los nudillos y rasguñarle la carne de la palma de la mano izquierda.

MARÍA: Y entonces el tipo se había puesto a gritar a todo pulmón, buscando ayuda por todo el set, sangrando, salpicando de sangre el volcán falso y las aves disecadas... ¿Cómo se llaman, Cora? ¿Quetzales, torogoces? No sé.

CORA: Parecían cigüeñas y gansos que alguien había pintado de colores brillantes.

LUCÍA: Afuera, Graciela temblaba y sollozaba mientras *el* Scooter le hablaba:

—Es momento de desaparecer —dijo. Graciela se puso pálida. Estaba limpiando el cuchillo en la falda y doblándolo para guardarlo en el bolso—. Vete —añadió—, corre por tu vida.

MARÍA: Ay, déjame terminar esta parte. Me encantan los jodidos finales cursis de película, las lágrimas y toda esa mierda.

—Dame ese cuchillo —insistía Scooter. No quitaba la vista del frente y sus labios apenas se movían. La condujo a través de la calle, los dedos alrededor de su antebrazo, empujándola como si fuera una estatua, y Graciela sentía que la piel se le volvía de cera; no daba señal alguna de estar escuchándolo.

—Dámelo, solo dámelo.

Pero incluso yo sabía que no teníamos tiempo que perder. También *el* Scooter tenía que desaparecer.

Justo en ese momento, un perro blanco y lanudo de ojos rojos apareció corriendo por la banqueta. De un salto derribó a Graciela. Lourdes gritó. Graciela le echó los brazos al cuello al perro, y este le lamió la cara con la lengua larga y rosada, la cola golpeteando sobre el pavimento mojado.

—¿Qué demonios estás haciendo? —gritó *el* Scooter.

Graciela parpadeó y miró fijamente a los ojos del perro, que recostó la cabeza en su pecho. Aquel *cadejo* amaba a Graciela, como si la conociera de hacía mil años. Así era, de alguna forma: *los cadejos* siempre saben dónde encontrarnos.

El Scooter paró un taxi, maldiciendo entre dientes.

—Me lo voy a llevar conmigo —dijo Graciela—, loquito de ojos rosas.

Le llenó de besos la larga nariz y la cabeza.

—¿De qué estás hablando?, ¿estás demente? —dijo *el* Scooter—. Ya te volviste loca —sentenció, mirando alrededor, sin ver nada.

La ayudó a meterse al auto. El perro saltó al asiento trasero y dio tres vueltas antes de acomodarse con un gruñido de satisfacción.

—Solo dame el maldito cuchillo antes de irte —susurró *el* Scooter. Graciela tenía la mano enterrada en el fondo de la bolsa, y negó con la cabeza. No iba a hacerlo, no podía; no iba a soltar el mango de abulón de ese cuchillo.

Al final él cedió y le arrojó un rollo de billetes al asiento trasero. El dinero rebotó en su rodilla y fue a dar al piso del taxi. Graciela hundió la cara en el pelaje del perro y cerró los ojos.

—Llévela a la Estación Central, y asegúrese de que tome el Daylight Limited —le dijo *el* Scooter al conductor, que asintió con la cabeza. A Graciela se le enfrió la piel, y empezaron a castañearle los dientes. Sollozó con la cara en el pelo del perro sin hacer ruido. Desde la banqueta, *el* Scooter se quedó mirando el asiento trasero del taxi, a Graciela y al perro, con nostalgia en los ojos, y por un momento estábamos todas de vuelta en el set, actrices en una película. Cuando el taxi se puso en movimiento, *el* Scooter corrió por la calle oscura hacia un callejón, donde desapareció detrás de un cubo de basura. El *cadejo* olfateó por la ventana y lanzó un aullido.

En la estación de tren nos convertimos en algo nuevo. Polillas. La vida de Graciela en Los Ángeles estaba muriendo, había perdido la razón, y teníamos que mostrarle qué hacer a continuación. Por eso la pusimos en el tren correcto. Bailamos alrededor de la lámpara que brillaba sobre el mapa de California del andén, sobre su pergamino de amapolas anaranjadas, por un puente que parecía hecho de oro. Las cuatro, *polillas*, nacidas del aire. Vas hacia allá, le dijimos. San Francisco.

El silbato del tren sonó al acercarse, y el perro, que había estado acurrucado, una majestuosa montaña de peluche en el regazo de Graciela, se sobresaltó al oírlo y corrió entre la multitud. Graciela siguió la ráfaga de su cola a pesar de nuestras protestas. Déjalo ir, le dijimos. Les preguntaba a los extraños: ¿ha visto a mi perro?, ¿no ha visto a mi perro por aquí, uno blanco de ojos rojos?, estaba aquí hace un momento. La mayoría no le respondía o solo negaba con la cabeza. Graciela había dejado su corona de plumas en el taxi, su vestido estaba hecho de pieles animales, y llevaba conchas que traqueteaban musicalmente en los tobillos desnudos. El perro no estaba en ninguna parte. Graciela abordó el tren.

Tercera parte
1938-1942

33

En el libro del pueblo, el *Popol Vuh*, la creación no ocurre hasta el final, luego de que la Mujer de Sangre descubre un campo de *maíz* que se multiplica no por milagro, sino gracias a su cuidado. Cuando los humanos al fin adquieren forma, a mano, hechos de *maíz*, sangre, hueso, *gota a gota*, la línea del tiempo se sale de control. Las páginas del libro se esparcen por los aires y la tierra en un Ahora Eterno, donde todas las cosas existen al mismo tiempo.

Y así es para nosotras. Después de que Graciela llega a San Francisco, con nuestras almas siguiéndola como *polillas*, viajamos: al pasado, al futuro, a nuestro antiguo hogar, hacia la carne. Existimos en todas direcciones. Soñamos juntas, como la marea, despertamos en cuerpos breves. Aquí, tras el colapso del tiempo, caemos por él. Este es nuestro Ahora Eterno.

Trepamos por las ruinas y las plantas de hielo de los Baños Sutro. Nos bañamos en el viento, con la picazón de la arena en las mejillas y un aullido en los oídos. El agua nos reúne y la sal extrae las historias de nosotras. Aquí encontramos una forma de ver más claramente, que nos viene de más allá del mar.

Aprendimos que nuestro océano tiene una vida propia, subterránea. Las aguas viajan desde la región exterior de Richmond hasta la Mission y se convierten en un lago secreto: Dolores, que nos lleva juntos hasta el Mission District, donde Graciela encuentra un nuevo hogar, serpenteando un camino entre las calles Diecisiete y Dieciocho, recorriendo con el viento los cerros y las tumbas. En el Mission District, los pantanos se elevan y descienden con las mareas. Bajo la preparatoria, bajo la armería de ladrillo sin ventanas, hay compuertas y drenajes que sacan el agua y se la llevan para vaciarla en un recipiente de porcelana, la enorme boca de la bahía.

Algunos dicen que Dolores no es ni arroyo ni lago ni pantano, sino un manantial milagroso. Cuando los *conquistadores* descubrieron el agua, la llamaron *«ojo de agua»* y lo bautizaron en honor a Nuestra Señora de los Dolores. Para probar la tierra, plantaron el *maíz* que se habían robado de nuestras tierras, y luego la reclamaron como suya en nombre de Cristo.

Después vinieron otras historias. A Dolores se le imagina como un lago que se lamenta, porque lleva consigo el dolor de todos los que caminan por donde pasa. Los *viejitos* aseguraban recordar los rastros de un muelle subterráneo de su juventud. Otros dicen que no hay ningún lago bajo los pies de quienes habitan San Francisco, deformando las banquetas y drenándose de oeste a este, a pesar de lo trazado en los antiguos mapas, pero ¿quiénes somos nosotras para juzgar a alguien por inventar un mito? Los mapas se basan en mapas más viejos.

De vuelta en nuestros cuerpos, cada una de nosotras pasa el tiempo infinito a su manera; ya te lo habíamos dicho: a veces nos ocupamos de nuestros propios asuntos. Lourdes, por ejemplo, cuando no está rondando *los comedores* en busca de camarones o chismeando con nosotras, va a la maldita biblioteca.

LOURDES: *Escúchame:* una biblioteca lleva a otra. Me gusta la que está en Bartlett, pero si paso demasiado tiempo leyendo ahí, termino entrando en un *púchica* vórtice. *Puya,* es como si te golpearan la cabeza con una piedra. Me despierto treinta años en el futuro, de regreso en nuestro país, respirando en un cuerpo tan bello como el que habría tenido, carajo, de haber sobrevivido. Así fue como empecé a trabajar en mi proyectito.

Me impulsó haber conocido al *gringo* ese que estaba escribiendo un libro sobre la masacre, y déjame decirte que le hacía falta mi ayuda.

Lo encontré en la capital, de un lugar a otro como una carta en una baraja, con sus sandalias de velcro y su cabello rubio y despeinado. Creí que era otro surfista de camino a La Libertad. O peor, uno de esos tipos con complejo de Jesucristo, un mormón o uno de esos miembros del Cuerpo de Paz que también se creen mesías. En 1969 llegaron montones de idiotas a nuestro país, y muchos de ellos se sentían Jesucristo.

Este parecía tener un propósito distinto, sin embargo, una *púchica* misión, como Indiana Jones o como un detective privado. Me lo encontraba seguido en mis rondas por la Biblioteca Nacional, donde me gustaba pasar las noches flotando sobre los periódicos que se pudrían sobre sus tumbas improvisadas con cartones de leche. Estaba serio, un poco demasiado formal, y se frustraba con muchísima facilidad. Lo seguí por un rato, pasé el tiempo escuchándolo, sus intercambios cordiales y tiesos con el vendedor de jícama afuera de su hotel, observé su sonrisa fácil y, una vez que decidí que me caía bien, lo hice escucharme.

Se llamaba Tom. Tom, el jodido *gringo* intrépido que amaba leer sobre «nuestra infelicidad crónica», sobre nuestras pesadillas recurrentes. *Que Dios lo bendiga.*

La cosa es que, lo que sea que Tom estuviera leyendo en nuestra mohosa biblioteca no le estaba resultando de utilidad. Estaba frustrado; no parecía encontrar aquello que estaba buscando. El papel se desmoronaba en sus dedos rojos y sudorosos. Leer tanto español escrito a mano le daba dolores de cabeza, y no dejaba de limpiar el vapor que le empañaba los lentes ni de secarse las sienes con un pañuelo polvoriento. *Pobrecito.*

—Los países felices no tienen historia —dijo Tom una noche, creyendo que estaba solo. Pronunció las palabras con una convicción tan petulante, como un detective que desentraña el caso o alguna mierda, así que no pude evitar reírme y asustarlo un poco.

—Claro, claro... Bueno, déjame decirte que tenemos una jodida cantidad de historia, *cipote,* a pesar de eso que en tu cuadernito llamas «la perturbadora parquedad del archivo municipal».

Tom se talló los ojos y garabateó un glifo antiguo en el cuaderno que tenía enfrente, y que yo tiré de la mesa de un empujón, como hacen los gatos.

—¡No hablo maya, *pendejo!*

Se metió a trompicones bajo la mesa y dejó escapar un gemido pequeñito.

—¿Qué? ¿Nunca habías visto a una *guanaca* así de bonita?

Lo vi encogerse. Quizá fui demasiado lejos.

—*Ay,* si no te voy a hacer daño... ¿Acaso te parezco Siguanaba?

Tom se mordió los nudillos resecos.

—Ni siquiera es tan mala, de hecho —dije.

—Lo siento... Es que me asustaste —dijo Tom—. Creo que eres la primera alma con la que hablo en todo el día.

Su respiración volvió al ritmo normal. Tenía excelente condición. Había inventado su propia versión del yoga, que practicaba de cabeza como un murciélago.

—Mira —le dije—, tal vez puedas aprender algo de mí. ¿Sabías que los salvadoreños fueron elegidos por la UNESCO, o alguna mierda así, como el segundo pueblo más emocional en todo el mundo?

—No, no lo sabía —concedió Tom—. ¿Quién es el primero?

—Los filipinos —respondí.

Tom asintió y se acarició esa tonta y rubia barbita de chivo.

—Mi punto es que somos un pueblo feliz, y también somos un jodido desastre. Los más tristes poetas tristes. Los mejores amantes. ¡Los eternamente indocumentados! Y somos los más diestros artífices del mundo... ¿Nunca has leído a Roque Dalton, carajo?

Tom comenzó a garabatear algunas notas con bolígrafo en su antebrazo rosado, como si no tuviera un cuaderno justo ahí a su lado, en el piso.

—«Los países felices no tienen historia». ¡Gracias a Dios que tenemos la nuestra! ¿Conoces nuestra edad de oro, hace tanto tiempo perdida? Los días de la República Federal de Centro América. Así fue como nos liberamos de los españoles, y luego de los mexicanos. Se suponía que eso iba a resolver todos los problemas provocados por el imperialismo: las disputas territoriales, la mierda esa del monocultivo, y la desnutrición que sufríamos por tener que exportar a *las tres hermanas* (el maíz, el chayote y el frijol, en caso de que eso tampoco esté en los archivos), que se iban a todo el mundo menos a las bocas de nuestra propia gente.

Tom me dejó hablar, se sentó como un *chuchito* y escuchó, una vez que lo convencí de que valía la pena oír a una *guanaca* negra (y el hecho de que sea indignantemente hermosa en este cuerpo no hizo daño tampoco. ¡Solo mis *tetas* deberían ser patrimonio cultural de la UNESCO!). Pero hablo con autoridad. He amasado y ordenado toda una colección de libros, documentos y fotografías de bibliotecas de todo el mundo... No confío ni un poco en nuestra *púchica* Biblioteca Nacional.

—Así que decidimos unirnos, ¿ves? Costa Rica, *¡presente!*, Guatemala, *¡presente!*, El Salvador, *¡presente!*, Nicaragua, *¡presente!*, Honduras, *¡presente!* Incluso Chiapas, ese rebelde estado mexicano, *¡presente!* Unidos éramos más fuertes. España no podía tragarnos, y una vez que nos escupió, no permitiríamos que México nos tragara tampoco, así que declaramos nuestra independencia.

—¿Y entonces por qué no funcionó? —preguntó Tom.

—La respuesta vaga, la que no quieres, es «guerra civil». Para los *norteamericanos* eso significa algo diferente, ¿no? —pregunté—. Todos abandonaron la unión menos El Salvador. ¿Qué más podíamos hacer? «The cheese stands alone», como dicen ustedes.*

* Literalmente «el queso se queda solo», proviene de la canción «The Farmer in the Dell» («El granjero en el valle»), que acompaña un juego infantil en el que uno de los participantes termina quedándose solo en medio del círculo, por lo que la frase se popularizó como expresión idiomática para referir a alguien abandonado por los demás. (*N. del T.*)

—¿Pero eso qué tiene que ver... con la masacre? —preguntó Tommy. Susurró la última palabra, como si decirla en voz alta pudiera meterlo en problemas.

—Mira, bebecito. Esta es tu primera lección. Tenemos mucho que abordar, pero créeme cuando te digo que yo te voy a contar la historia como realmente ocurrió.

Le desacomodé el cabello. Tommy vio mi mano aterrizar en su cabeza, pero no sintió nada. Se dijo que se estaba disociando, que estaba perdiendo la cabeza.

Algunas épocas son mejores que otras, eso sí. Yo casi me vuelvo loca en la década de 1990. Encontré un libro en la biblioteca de Bartlett que me dio un dolor de cabeza terrible. Una señora, una *norteamericana* pequeñita, de cara agria, *tufosa, pero bien tufosa,* estuvo una semana en nuestro país y se la pasó fumando y bebiendo en el Sheraton, y luego tuvo las malditas pelotas para escribir que no éramos capaces de entender hechos científicos, que nuestro único tema era nuestra propia miseria. Fue a una feria de pueblo y le dio *mal de mayo* por comer carne echada a perder, y entonces escribió un jodido ensayo de eso, en el que se tomó el tiempo de decir que los bailes y las chucherías que vendían ahí estaban feos y mal hechos. *Ay*, ¿cómo puede aburrirle a una persona todo lo que la rodea? «Inconsistente», todo le parecía «inconsistente».

Pero lo que más me molestaba no era el libro en sí. Como escritora la *viejita* no era terrible, sino al contrario, era bastante decente. Lo que realmente me hacía enojar era la cintilla en la portada: «Nadie ha interpretado mejor ese lugar». Hice volar ese libro del estante hacia el otro lado de la habitación. Chocó de un golpe sordo contra el corcho de un boletín de anuncios y aterrizó sobre una pila de periódicos del *SF Weekly*.

Pero *ay,* ¿ya ves? Toda esa poesía que he estado reuniendo es evidencia, testimonio. Algunos de esos *hijueputas* escribieron que nunca existimos. Mujeres negras, mujeres indígenas... Leí cada libro de la biblioteca, nadé entre las fichas, *surfeé la red,* nos busqué, y ni uno de esos *hijuesusmilputas,* ni uno solo, ha oído nunca de La Prudencia Ayala. Los mapas se basan en mapas más viejos, y los libros se basan en libros más viejos, así que, además del placer de admirar mi hermoso culo una vez más, no me molesta el jodido agotamiento y el dolor de rehabitar mi cuerpo en pequeñas dosis.

Me rehúso a ser invisible.

Mientras tanto, *mi hermanita* María cuenta nuestras historias a su manera, pinta como si la mano de dios obrara por medio de ella, se sienta en los gabinetes de plástico anaranjado de una tienda de donas en la Misión y hace que todo el mundo se enamore de ella. *Te juro:* la señora que rellena el café, *los viejitos* que van a hacer sus negocios sucios, los adolescentes despeinados, todos se enamoran de ella.

Pinta también en exteriores, en muros sucios, en estrechos callejones surcados de árboles de hongos y romeros en flor. Carga una escalera, y bajo el brazo, un molde para pasteles que usa como paleta. Lleva el cabello de color negro y plata rasurado en un difuminado. Los amigos le llevan agua, cigarros o *pan dulce* de a la vuelta. En el rostro de María, ahora arrugado, hay algo de suave y angélico. Pinta a Nuestra Señora de los Dolores en un callejón; más tarde pinta a siete chicos adolescentes de nuestro país, a quienes acusaron de un crimen que no cometieron; pinta un campo de lechugas rociado de veneno, veneno que contamina el río, y mujeres con rostros que recuerda de cuando todas éramos niñas. Las mujeres lloran y sus lágrimas van al río.

Los negocios cubren de pintura blanca las pinturas de María, a veces apenas unas horas después de que las termina, y los fotógrafos tratan de capturarlas antes de que desaparezcan.

Ay, pero para María es un alivio regresar a su cuerpo y no al cuerpo en el que todavía es una niña. Agradece que no la confundan con el faro de alguien más, sino que puede hacer su propio arte, y es un alivio también, y un placer, sentirse deseada. Las mujeres se enamoran de ella cuando la ven subida en su escalera, sabiendo que podrían pasar semanas o meses antes de que la vean otra vez.

Y siempre vuelve.

Corita, cuando vuelve, es una anciana, arrugada y gruñona como el demonio. El cuerpo le duele. Las articulaciones de sus dedos están hinchadas y violáceas. Ronda los jardines de rosas del *parque* Golden Gate, murmurando y refunfuñando. Asusta a la gente.

No hace mucho, debió ser *en los ochenta,* estaba tomando una siesta en un prado del *parque* donde todavía se encuentran bisontes, cuando se le acercó una *gringa* de falda larga con un bongó. Llevaba una bolsa curiosa, rebosante de vidrio soplado, colgada del cuello con un cordón mugroso.

—Madre —le dijo, despertándola—. Madre. Se le va a aparecer un búfalo; este es su territorio.

—*¿Qué demonio es?* —respondió Cora, despertándose de un sobresalto, furiosa. Hoy en día no le queda mucha ternura, nos dice. La perdió toda.

Dice que está cansada de la vida; los terrores de su vida regresan cuando está en ese cuerpo, y su único escape son el sueño y las rosas. La primera vez que su cuerpo volvió, junto al océano, estaba maravillada, como el resto de nosotras. Meneó los dedos y los sumergió en el agua fría y salada, pero ahora regresa más vieja, su mente como un manojo de hilos, más frágil cada vez. Le dolían las rodillas y las horas se le hacían larguísimas. El hueso de la espalda le creció y está jorobada.

Como sea, la *gringa* hippie cerró los ojos, se puso a tocar el tambor y a cantar torciendo la voz como si fueran pitidos y bocinazos.

—¡Búfalos! Tienen que ser libres, libres, libres, no los puedes encerrar, ¡su ímpetu es demasiado! ¡Búfalos! Tienen que ser libres, libres, libres, madre, ¡oh, oh, oh!

Esa maldita canción estúpida llenaba a Cora de ira. Madre. No era la madre de esa mujer. Su bebé había muerto, y le habían robado cualquier otra oportunidad de ser madre.

Se levantó recargando el peso de sus rodillas artríticas en la cerca y de un golpe le tiró el bongó a la *gringa*.

—Madre, debe usted ser ese tigre que se escapó en el parque hace muchos años. Sea bendecida —dijo la mujer. Recogió su bongó polvoriento del piso y siguió su camino.

A Cora le gustó la comparación con el tigre, eso sí. Le parecía correcta de una forma profunda y sorprendente. Era el tigre que se había escapado *en el parque*. Asombrada, gruñó. Se sentía bien que la reconocieran. En su fuero interno perdonó a la *gringa* por molestarla y dejó que su gruñido se convirtiera en un rugido. Encaró al búfalo que emergía de entre la quietud balanceando y sacudiendo su copete cuadrado. Le cantó nuestra canción a esa magnífica bestia, lo más cercano a un toro que ninguna de nosotras vería.

—*¡Vamos a la vuelta, de toro toro gil, a ver a Doña Ana, comiendo perejil!*

Cuando Lucía regresa, es una adolescente *güerita*. El misterio ilumina su rostro; su tono de piel es similar al de Rosie Swan, al de las señoras de todas esas *telenovelas* y anuncios de yogurt.

Cuando está en su cuerpo, camina por las calles brumosas, sin suéter, el cabello encrespado en las sienes, los lentes metidos en el bolsillo de sus jeans a la cadera, o peor, anda sola por Muni, afuera a altas horas de la noche, coqueteando con chicos más grandes, nerviosa y sonriente cuando le preguntan:

—¿Qué eres?

Nunca es lo suficientemente nada para ellos; quizá su madre sea blanca, o tal vez su abuelo… Bueno, es la detective perfecta, libre de sospechas, una fantasma muy natural, metamórfica, portadora de mensajes: me recuerda a ti, Yinita.

Para Graciela, sin embargo, el tiempo permanecía constante. 1938. Acaba de llegar a San Francisco; encontró una casa de huéspedes en la Veinteava y Capp, junto a la cuenca sur del mítico Río Dolores, y un trabajo enlatando duraznos en una fábrica asentada en la bahía que se llama La Media

Luna. También acaba de enterarse de que está embarazada de un hombre al que apenas le vio la cara.

En esos primeros días en la ciudad, se juró que podía sentir cómo se hinchaba el piso, cómo nuestras aguas tiraban de ella, pero debió ser la fuerte náusea de esas semanas. Nuestras aguas hacían marea y las de ella también. Le dolía la espalda baja. Llevaba demasiado tiempo cansada, y ahora, antes de irse al trabajo cada mañana, sentía los miembros más pesados de lo que podía soportar, la espalda tierna y rígida con el *duendito* sentado sobre sus caderas, limándole los huesos con cruel deleite. Se maldijo por vomitar la comida que había pagado con su primera semana de trabajo. Estaba hambrienta, exhausta y enojada.

Lo único que quería era que alguien le sostuviera la cadera, que la ayudara a levantarse y recargarse, para aliviar el peso y la tensión que se le acumulaba tras horas de pie. ¿Y quién carajos iba a hacer eso por ella? Nadie. Estaba sola. Tenía, además, la agonía de los pies. Los metía en los zapatos por la mañana con la certeza de que tendría que caminar por Van Ness hacia el Parque Acuático y luego hacia la envasadora de La Media Luna, donde pasaría todo el día sin poder sentarse, y después tendría que regresar por Van Ness hasta la casa de huéspedes en el distrito Mission… Era suficiente para hacerla soltar unas lágrimas. En lugar de eso, sin embargo, se rio de sí misma. *Por la gran puta.* Esos piecitos gordos la habían llevado y traído de Izalco. Con esos pies había corrido por su vida, se había arrastrado fuera de la pila de muerte; su cuerpo roto había corrido temeroso sobre esos pies. Había sido una polizona descalza, y con esos pies había bailado también toda la noche en Hollywood. Y esta era la única ocasión en la que esos pies maltrechos la habían hecho llorar. En la casa de huéspedes dormía recargándolos en una almohada, pero eso apenas era de alguna ayuda.

Lejos de su madre, lejos de nosotras, había tanto que no sabía: qué hacer si todo lo que comía le provocaba agruras, si de noche no podía dormir a causa de sus articulaciones destrozadas. ¿Por qué tenía tanta maldita sed? Y, *para más joder*, ¿qué iba a hacer cuando llegara el bebé?

Qué onda, Gracielita. Vamos a la vuelta.

34

En los últimos días de su embarazo, Graciela empezó a tomar el autobús de camino al trabajo, colándose por la puerta de atrás cuando podía, para ahorrarse unos centavos. La ruta la llevaba todos los días hasta la estación de bomberos local.

—Sabes que puedes dejar aquí al bebé, si lo necesitas —dijo una chica del otro lado del pasillo. Graciela no estaba segura de haber entendido. La chica la miró de arriba abajo, su boca una línea malvada—. ¿Estás a punto de estallar, no? En la estación de bomberos se llevan a los bebés sin hacer preguntas, siempre y cuando lo dejes antes de que cumpla tres días de nacido; solo tienes que dejarlo en la puerta.

Graciela miró inexpresiva a la chica, para que creyera que no hablaba inglés; luego hizo sonar la campana y se levantó para salir del autobús.

Ahora que Graciela había oído ese cuento siniestro sobre la estación de bomberos, no podía librar a su mente de él. En Hollywood, se habría bajado del autobús una estación antes para beberse una botella de vino antes del trabajo, pero ahora, en ese lugar, el puro olor a alcohol le provocaba náuseas. Quizá se debía al embarazo, pero descubrió también que no estar todo el tiempo borracha era de hecho un alivio. Además, en la envasadora tenía que tener los sentidos alerta, listos para el trabajo automático, o de otra forma podía terminar cortándose los dedos.

En lugar de olvidar esa información, Graciela la analizó en fragmentos a lo largo del día, permitiéndose imaginar qué se sentiría envolver al recién nacido en una cobija y llevarlo en brazos hasta la estación de bomberos, llamar a la puerta, dejar al bebé en la niebla de la mañana y esperar a que alguien lo encontrara. ¿Escogería las palabras para despedirse? ¿Murmuraría una promesa?... ¿Serviría de algo?

Esa noche, Graciela se tocó el vientre. Tenía frío, y se preguntó si el bebé lo tendría también. Había perdido el autobús, así que tendría que caminar un buen rato. Claro que no dejaría al bebé en la estación de bomberos. Cuánta crueldad, cuánta frialdad. ¿Podría perdonarse a sí misma alguna vez por algo así?

Al mismo tiempo, sin embargo, quizá tanto ella como el niño estarían mejor y, en todo caso, ¿cómo se enteraría ella?

Algunas mañanas más tarde, en la línea de enlatado, junto a Graciela, apareció una nueva mujer. Era mayor que las otras chicas, y Graciela notó en su rostro el halo tenue, incongruente en ese lugar, de la riqueza heredada. Se movía con rapidez, como si hubiera hecho ese trabajo antes. Graciela la conocía. Había trabajado en la escuela de arte. ¿Cómo se llamaba? La Claudia, hija de don Patricio. Era rica. No, no podía ser ella. ¿Qué estaría haciendo ahí?

Graciela observó su rostro y se transportó a nuestro país. Era de nuevo una niña, junto a la fuente de la *plaza* presidencial, mirando entre la oscuridad a una poeta de *ojos claros*, mayor que ella, una mujer que su hermana deseaba tanto ser que Graciela la había odiado un poco.

—Tú escribiste un poema por la muerte de Luis —dijo—. ¿Te acuerdas de mí?

La Claudia, hija del ferrocarril, dejó caer su lata de duraznos en el piso de concreto.

Esa noche caminaron juntas al autobús. En nuestro país, para pesar del esposo que despreciaba, Claudia se había enamorado de un comunista, y su padre había perdido la cabeza. La había enviado a *Los Yunai*s para deshacerse del amante, pero cuando se enteró de que estaba viviendo con él, el padre la repudió por unos cuantos años. Ahora, sin embargo, su padre estaba enfermo. La perdonaría, estaba segura, siempre que se arrepintiera. El trabajo en la fábrica era temporal, solo para tener algo de dinero para gastar mientras su padre arreglaba todo para llevarla de vuelta, así que no le molestaba demasiado.

Claudia estaba por cumplir cuarenta ese año y estaba un poco menos amargada de lo que parecía en nuestro país, donde Graciela la recordaba fumándose un cigarro junto a la fuente, despachando consejos mientras tiraba la ceniza, su boca una línea de acritud.

Habían perdido el último autobús, e iban caminando juntas por los escarpados resabios de Van Ness cuando Graciela sintió que un chorro de agua escapaba de su cuerpo y le empapaba la parte interna de los muslos. Claudia pidió un taxi, que las transportó al Hospital Saint Luke entre la Vigésimo Séptima y Army, y también fue ella quien pagó la cuenta hospitalaria por el parto de un niño saludable. Antes de que dieran de alta a Graciela, Claudia ya iba de regreso a nuestro país.

Algunos días más tarde, después de casi haberse desangrado en el hospital, Graciela estaba de vuelta en la casa de huéspedes, con su bebé.

Graciela se desmoronaba bajo el peso del parto. Dejar al bebé en las escaleras de la estación de bomberos durante los primeros tres días, ¡ja! Esos primeros tres días se pasaron sin descanso alguno, cada uno de ellos un portazo en la cara. Dejó que las puertas se cerraran. Su cuerpo estaba abierto, vacío y sensible. Nada de estación de bomberos, ni aunque hubiera logrado recobrar las fuerzas para levantarse, sacar al bebé de la casa de huéspedes y cruzar la ciudad. A pesar de que los gritos del bebé la llenaban de ira y de terror, y aunque la amenazaban unos extraños pensamientos persistentes que se transformaban a ratos en impulsos frenéticos, órdenes que de pronto escuchaba como un canto siniestro susurrado en sus oídos —tírate por las escaleras, toma un cuchillo de la cocina y pela la piel del interior de tu brazo, ¿por qué envenenas a ese tierno bebé con la leche de tus pechos?—, sabía también que no podía abandonarlo en la estación. Simplemente no podía. No era suyo. Salvador. Esos pies gordos, de plantas redondas, el color rojo maduro de sus mejillas, sus pestañotas… Dios mío, lo amaba, y si algo de bueno había en ella estaba ahora al servicio de él. Le clavaría un cuchillo en el corazón a cualquiera que intentara arrebatárselo.

La sobrevivencia era un animal metamórfico. Era como si le hubieran cortado el cuerpo en cuatro partes y las hubieran esparcido por ahí: sus brazos estaban en una habitación distinta a sus piernas. Ay, adoraba a ese conejito, con sus mejillas aterciopeladas y sus manitas encogidas como capullos. Cuando lloraba, en el interior de Graciela surgía una oleada de *susto* hasta casi cegarla de pánico. Cuando lloraba, Graciela recordaba los gritos de treinta mil de nosotros, y era como si esa pesadilla regresara en la vigilia como un visitante. También ella había cambiado de forma: cada hueso de su cuerpo estaba en un lugar equivocado, cada abertura rota y en carne viva, salvo por el grifo de sus pechos. Tenía los pezones agrietados y adoloridos del peso, pero funcionaban como debían. El bebé se prensaba de ellos sin incidencias, y Graciela terminaba tendida, húmeda y sangrante, durante horas que se sucedían unas a otras sin forma, horas que no eran ni del día ni de la noche.

Tres mujeres —Josefina, Clara y Silvia— llegaron a la casa de huéspedes la semana en que dieron de alta del hospital a Graciela. Josefina y Clara habían crecido en el mismo pueblo de nuestro país, y Silvia había llegado sola a San Francisco, igual que Graciela, quien estaba segura de que ni ella ni el bebé habrían sobrevivido sin ellas a esos primeros días después del parto. Establecieron con calma unos patrones de cuidado, y en el espacio de unos cuantos días se volvieron sus *comadres*.

Cuando Silvia entró a la habitación, Graciela, sentada con Salvador frente a la ventana, se sobresaltó. Silvia le ofreció un recipiente con *atol* y un jarro de té caliente que había hecho con la *manzanilla* que había recogido en el vecindario.

—Mierda —dijo Graciela, y luego—: ¡Gracias!

Silvia esbozó una sonrisa cálida mientras le entregaba el té, haciendo caso omiso de la incongruencia.

—No sabía que aquí también había tantas de nuestras plantas —dijo Silvia. Graciela no había reparado en ello hasta que la escuchó mencionarlo. *Bugambilia, jamaica, manzanilla, artemisia, jacaranda, flor de amate:* todas crecían ahí, en el vecindario.

—Déjame cargarlo un momento —ofreció su amiga—, solo para que puedas volver a la cama.

Tenía dos hijas que había dejado en nuestro país. Graciela sospechaba, por la forma en la que hablaba de ellas, que ambas estaban muertas, pero desde el parto no confiaba en su memoria y temía preguntar más sobre la vida de Silvia. En ese momento, hacer ciertas preguntas se sentía como rogar por una maldición.

Graciela le entregó a Salvador. Silvia chasqueaba la boca y lo arrullaba, un hechizo para hacerlo cerrar los párpados, mientras lo mecía de un lado al otro, de pie sobre los talones desnudos. Señaló la cama de Graciela con los labios.

—Descansa un rato —dijo.

—No falta mucho para que tenga que comer —protestó Graciela.

—Yo te despierto —respondió Silvia—. Shhh, shhh, shhh —añadió para ambos.

Clara irrumpió en la habitación mientras Graciela se estaba metiendo a la cama.

—No quieres que se te enfríe el vientre —dijo desparpajada, ruidosa y segura. Cerró la ventana y bajó la persiana—. Esto es lo más caliente que tengo —añadió mientras desenrollaba un *rebozo* que Josefina le había tejido cuando eran niñas y lo ponía sobre la derruida parte media del cuerpo de Graciela, que estaba en la cama.

—*Ay*, dale un momentito… Está a punto de dormirse —dijo Silvia.

Clara descartó el comentario con un gesto de la mano.

—Es rápido —dijo. Su madre había sido *partera* en nuestro país, y le había dado algo de entrenamiento en la materia. Graciela dejó que Clara le amarrara el *rebozo* en torno al cuerpo con firmeza, confiando en su habilidad, a pesar de que aquella mujer seguía siendo prácticamente una extraña para ella.

En los brazos de Silvia, el bebé no aullaba ni arqueaba la espalda. ¿Por qué? Graciela se preguntaba qué cosas horribles debía saber o temer de su madre. Mensajes en la leche, o todos esos meses cocinándose a fuego lento en sus adentros. Las manos de Clara estaban ahora sobre su vientre.

—Siempre es así de *yuca* para las madres primerizas, me acuerdo —dijo. Masajeó la puntada en la cadera de Graciela—. Primero calentamos *la matriz* —continuó—. Y luego te volteas otra vez. No debe doler, ¿okey?

Todo dolía. El hueso alrededor de los ojos, los tendones de los tobillos. Su mente enloquecida, nido de terrores y alucinaciones. Nada había estado bien desde el parto, pero al menos ahora no tenía tanto frío. Se bebió el té y dejó que se le cerraran los ojos de nuevo.

Le había gritado al bebé más temprano. Lo alimentó, le cambió el pañal goteante y empapó la tela en agua enjabonada en un recipiente en la tina, con la intención de regresar por él antes de que alguna otra chica se quejara, pero se le olvidó, por supuesto, porque el bebé había empezado a llorar sin parar. Lo meció, lo mantuvo abrazado a su cuerpo, le tarareó, le frotó las densas arrugas de su espalda diminuta. El bebé gritaba sin descanso. La correrían de la casa de huéspedes —la casera la había dejado quedarse hasta entonces, pero Graciela sabía que no le gustaba la idea— y, por supuesto, solo hasta ese momento se acordó del pañal cagado que había dejado remojando en la tina, y oyó a una de las chicas llegar del trabajo y dirigirse al baño, no tenía ya sentido correr hasta allá con un bebé que no paraba de dar alaridos, ni siquiera valía la pena gritar al otro lado del pasillo. Nadie podría oírla por encima del llanto del bebé. Su carita se había convertido en un puño rojo, y Graciela le había gritado:

—¿Qué quieres? ¿Qué quieres de mí?

El bebé dejó de llorar por un segundo, luego hipó y comenzó de nuevo. El corazón de Graciela se detuvo de la vergüenza. ¿Qué clase de madre terrible era, incapaz de tranquilizar a ese bebecito, que hasta hacía una semana era parte de su propia carne?

Fue a sentarse frente a la ventana. Ambos necesitaban un poco de aire. Al menos hacer una cosa bien: dice el doctor que necesita sol para la ictericia. Se sentó, lo meció, y el bebé empezó a tranquilizarse y volverse más pesado en sus brazos. Entonces su mente se detuvo en algo perturbador, *una pesadilla:* si lo dejaba caer por la ventana, nadie en la calle dudaría que se había tratado de un accidente.

Fue en ese momento que Silvia entró a la habitación, lo que quizá los salvó a ambos.

Ahora Clara le estaba frotando las manos, para mejorar la circulación, decía. Aquellas mujeres, a su lado, al menos en ese momento la hacían sentir menos miedo de su propio cerebro silvestre, hacían un poco más posible la idea de permanecer en esta vida, de rendirse a sus horrores. Por primera vez en días, Graciela sintió que seguía viva. Y el bebé, con sus turbios ojos color negro azulado, un momento alertas y al otro somnolientos, hambrientos o inescrutables… Él también estaba vivo.

35

Más tarde, durante los días luminosos y extraños en los que la Ocupación de París se metió en los huesos de la ciudad, Consuelo recibió por fin una carta de su hermana. Llevaba meses sin saber nada de Graciela.

> *Mi hermanita cherita Consuelo:*
>
> Para responder a la pregunta de tu última carta: «¿Cómo haces para dormir por las noches sin tener que amarrarte la cabeza al piso?». Bueno, es que no duermo. Ahora que Salvador casi cumple dos años y ya no puedo trabajar con él amarrado a la espalda, las chicas de la casa de huéspedes se turnan para cuidarlo los días que descansan, mientras yo estoy en la envasadora. Cuando no estoy trabajando, soy yo la que cuida a sus hijos. No duermo nunca. El bebé quiere comer y jugar toda la noche.
>
> Pero ya dejé de beber. Tener a Salvador me reacomodó el cerebro. Mi memoria ya no es tan buena como solía ser. En Hollywood podía calmarme con una o dos botellas de champaña, pero ahora un solo trago me pone triste y furiosa, y me provoca tantos mareos que no puedo ni moverme.

No puedo permitirme eso con el bebé cerca. Además, en la envasadora, si estoy aunque sea un poquito borracha lo más seguro es que pierda un dedo en las latas de aluminio llenas de duraznos.

¡Ven a visitarme!

Abrazos,
Graciela

«¡Ven a visitarme!», había escrito Graciela al final de su carta, como hacía siempre. Al leer esas palabras ahora, entre los extraños cambios que ocurrían en París bajo su ventana, Consuelo sintió una profunda nostalgia de su hermana. Hacía semanas que no veía al aviador, y la idea de dejar París para ir a dormir, sobria, en una litera debajo de su hermana y un bebé lleno de babas, en un cuarto lleno de *inditas* parlanchinas… Bueno, algo de eso le atraía. Dobló la carta y se la metió en la enagua; más tarde recordaría la invitación, cuando tuviera aún más miedo y se sintiera aún más sola.

Pero antes de cruzar cualquier océano, tendría que dejar París.

En París, Consuelo seguía siendo una extraña. Una vez se había desmayado en la calle y los extraños le habían pasado por encima; otra vez tuvo que correr entre la suciedad y bajo la lluvia con solo un zapato, y a nadie le había importado. Nadie la había consolado, nadie la había tranquilizado diciéndole que era buena, o muy amada, o bienvenida. ¿Lo había hecho alguien alguna vez, en cualquier caso? Consuelo solía decirse que disfrutaba la soledad de la vida que llevaba lejos de su esposo, pero ahora, pensando en su hermana, pensando en la idea de dejar su vida en París, admitía que era una mentira.

Desde que dejó Hollywood un par de años atrás, Graciela había estado viviendo en San Francisco en una callecita llamada Capp. Consuelo no recordaba ninguna calle con ese nombre. No había estado nunca en el vecindario que Graciela describía en sus cartas; no sabía ni siquiera que en la ciudad donde ella misma había vivido años atrás existía la casa de huéspedes donde dormía su hermana. No mucho tiempo después de que Graciela llegara, había dado a luz al bebé Salvador, lo que la convertía en tía. No le había contado nada del padre, y Consuelo no preguntó.

Graciela había llegado a San Francisco sola, pero había logrado construirse una vida. Había encontrado *hermanas.* Se había abierto camino porque no tenía otra opción. Quizá, pensó Consuelo, esa era la diferencia entre ellas; en eso estaba fallando.

El día anterior, Francia había firmado el armisticio. Necesitaba que *Los Yunais* se subieran al barco, pero se habían abstenido de hacerlo. París se estaba vaciando, pero la soledad había ralentizado varias semanas ya sus esfuerzos por partir.

Consuelo le puso candado al buzón y salió a la calle para tomar el sol. Un tanque estaba bloqueando el paso. Un soldado nazi sentado en la cima se quitó los lentes y le silbó.

Tenía que dejar París. El aviador lleva semanas sin aparecer; decía que estaba en los Estados Unidos, pero Consuelo no le creía. Era la clase de mierda que decía todo el tiempo, cuando en realidad estaba del otro lado de la ciudad con alguna otra mujer. Consuelo no tenía idea de cuándo volvería al departamento, pero sabía que prefería dejar París antes que esperarlo en una ciudad llena de nazis.

Subió nuevamente y en una maleta metió un vestido de noche de seda y la última carta de Graciela. ¿Qué más? No recordaba la última vez que había pintado. Se había casado con ese hombre creyendo que con su apoyo se convertiría en una gran artista, pero estaba sofocada y quieta, mirando el arte que hacían otros, como a través del vidrio de un acuario, una vez más incapaz de sostener un pincel correctamente. ¿Qué tanto de eso era culpa suya? Bastante, admitió, pero también era cierto que su esposo se enfurruñaba y la lengua se le volvía viperina cuando la veía pintar cualquier lienzo más grande que la palma de su mano, y enfurecía si la oía presentarse como artista. Es mi musa, solía decir, como si se avergonzara de escucharla. Al principio, al menos había fingido admirar su trabajo.

Otro vestido de seda cayó dentro de la maleta. Consuelo tomó la postal del Lago Coatepeque de la pared esmeralda y la guardó también antes de salir una vez más.

Se encaminó hacia la estación de tren. Una huida más, de un país más. Esta vez, sin embargo, al menos no estaba medio muerta.

Dos poetas que Consuelo reconoció tras haberlos visto hacía más o menos un año en una fiesta aparecieron en la calle siguiente, caminando a cierta velocidad. Corrió hacia ellos, aunque no recordaba sus nombres.

—¡Todavía aquí! —dijo. Cuando los alcanzó, se había quedado sin aliento. Uno llevaba al hombro una abultada maleta de cuero y parpadeó con irritación al ponerla en el suelo para mirarla.

—¿Nos conocemos? —dijo el otro, con una sonrisa forzada.

Consuelo les dio su nombre.

—Encantada... Soy la pintora.

Se mordió el interior del labio, odiando su vanidad.

—Discúlpeme —dijo el de la maleta—. No estoy familiarizado con su trabajo.

—Ah, ya veo —dijo el otro—. Sí he oído su nombre. ¿No se fue su esposo a los Estados Unidos el mes pasado? ¿Qué hace aquí usted todavía?

Consuelo se agarró el vientre de la sorpresa. Así fue como se enteró de que su esposo realmente se había ido, que no tenía intenciones de volver por ella. Muchos años después diría que estaba tan sorprendida de que hubiera dejado París sin ella como lo estaba de que hubiera podido hacer su maleta él solo, pero en ese momento se mordió el labio aún más fuerte, hasta que la sangre le afiló los sentidos. Su cerebro funcionaba más lento, sus pulmones se sentían pesados, como si los hubiera ahogado... Se permitió el anhelo súbito de una muerte por agua. ¿Quién la buscaría? ¿Quién le guardaría luto? Nadie.

Los poetas siguieron su conversación por encima del bullicio de su mente, y Consuelo trató de poner atención: algunos de su grupo habían huido a una casa en Marsella. Desde ahí era posible que pudieran seguir el camino a los Estados Unidos, o quizá a México, España o Marruecos. Irían adonde pareciera más seguro, y por supuesto dependían también de qué papeles pudieran conseguir y de si alguien los ayudaba. Se iban esa misma tarde.

Para sobrevivir, Consuelo se empujó a sí misma a decirles que se les uniría.

—¿En serio? —dijo uno, sonriéndole al otro, el de la pesada maleta de cuero, que desvió la mirada.

—Es decir... ¿Puedo? ¿Puedo unirme? —dijo Consuelo, incapaz de domar el pánico que se arrastraba por sus palabras—. Por favor llévenme con ustedes.

Los hombres miraban por encima de su hombro con los párpados pesados, como con sueño. ¿Por qué no la miraban?, quería saber Consuelo. ¿Por qué no podían verla? Le recordamos que al menos estaba viva. Agradécelo, le dijimos, mientras la boca se le llenaba de un sabor a cenizas.

36

Saliendo por la puerta trasera de la casa de huéspedes había unas escaleras despostilladas que rechinaban y serpenteaban hacia la parte trasera del edificio. Graciela las subió con Salvador en brazos y se sentó en el escalón más alto, afuera de la puerta de un extraño. En el rellano junto a ella había un cenicero de cerámica con colillas de cigarro que flotaban en un agua nebulosa y unas cuantas botellas de vidrio verde, también llenas de cigarros y agua de lluvia. En otro recipiente flotaban pinzas de madera para la ropa. Abajo un gato exploraba el modesto terreno de concreto y luego saltó una barda. Salvador tenía dos años, ya no era un bebé, pero en últimas fechas había que cargarlo para que se durmiera, así que Graciela se sentó a mecerlo en el borde del escalón.

El patio estaba surcado de cordones para colgar la ropa, donde había prendas que se habían quedado ahí y se habían puesto tiesas con la lluvia de la noche anterior, y una bugambilia esquelética se extendía como una viña sobre la madera mojada e insertaba sus espinas y sus botones en la vista del cielo que tenía Graciela. Si hubiera tenido el tiempo o la energía, habría podado la planta antes de que cubriera el edificio como un manotazo enorme, y la habría dejado crecer brillante y esponjosa en alguna otra parte. Si tuviera tiempo, llenaría el patio de cemento con macetas de flores, lugares para sentarse y disfrutar la brisa. Como la casa de Perlita, suponía.

Pero no tenía tiempo.

El cielo era color rosa y estaba lleno de una maraña de cables telefónicos, sobre los cuales los cuervos se posaban a platicar. El cable se hundía con su peso cuando llegaban a llenar el aire ablandado con sus *carcajadas.* Como mujeres, como nosotras.

Para cuando Salvador al fin se quedó dormido, con las gordas mejillas sonrosadas, el cielo estaba negro, y vimos a Graciela llevarlo de vuelta escaleras abajo, una mano frotándole la espalda, la otra desplazándose por el barandal despostillado, hasta que llegó a la puerta.

Con la mejilla de su niño dormido en el hombro, Graciela usó los últimos minutos de vigilia para escribir todo lo que podía recordar. Luchó contra el deseo de olvido que había en su mente, abriéndose paso entre la maleza de su memoria mientras escribía. Las más de las noches no llegaba muy lejos. Salvador se despertaría pronto o ella se quedaría dormida con el lápiz en la mano y la mejilla contra el cuaderno, sobre la almohada. Escribió lo que recordaba de su vida antes del General, de su madre, de los volcanes y de nosotras. De las palabras exactas que el General le había dicho antes de huyera del palacio. Cuando se oía, como un grito, la risa de una mujer, o cuando la bocina de un auto sonaba demasiado cerca, o cuando los cuervos cortaban el cielo demasiado bajo, a veces se abría de par en par una puerta dentro de su mente, y los recuerdos de la masacre la inundaban. Su memoria perfecta, sin embargo, ya no era la de antes; sospechaba que tantos años de beber debían haberla perforado aquí y allá.

Como un refugio de cara al pasado, trató de cronicar también sus días en San Francisco. El nuevo diente de Salvador, que se abría paso por la encía. Sus pies gordos en la espuma de la bahía del Aquatic Park. Los suculentos hemisferios de los duraznos de la Media Luna, luego de meter la cuchara en busca del hueso y partir la fruta en dos; los llevaban de algún pueblo polvoriento a una hora de distancia, o algo así, y se transformaban gracias a su trabajo: pulidos, irreales, de un naranja brillante y uniforme en sus tinas de aluminio.

Cuando Salvador era suficientemente pequeño para llevarlo amarrado a la espalda la mayor parte de la jornada laboral, a veces Graciela recorría con él de esa forma el largo camino a la casa de huéspedes, por la ruta del barrio japonés. Ahí se sentaba un rato, para que Salvador pudiera estirar las piernas antes de su hora de dormir. En un patio había un salón de té regenteado por una mujer, Miyuki, que tenía una hija casi exactamente de la misma edad que Salvador. Miyuki solía sacar una cobija y extenderla sobre las piedras mohosas del patio, y en un par de ocasiones ambas mujeres pusieron juntas a sus hijos ahí, y los miraban, animándolos, mientras se reconocían con sus manitas redondas y balbuceaban felices de tambalearse juntos y jugar luego de haber dormido la mayor parte del día en la espalda de sus madres. La madre de Miyuki, que vivía en Nara, había tejido la cobija de lana teñida e hilo en la isla, y luego la había enviado por correo al otro lado del mundo cuando se enteró de que Miyuki estaba embarazada.

Mientras tanto, la casa de huéspedes se había llenado de bebés. Silvia había tenido otro, y Clara, seis meses después, una bebecita a la que nombró Dorinda. Y luego Josefina tuvo una hija también.

Justo por la época en la que nació Dorinda, la envasadora se trasladó más al sur. Clara había perdido tanta sangre durante el parto que por semanas apenas tuvo la fuerza para sostener a su bebé, ya no digamos alimentarla. No tenía idea de cuándo podría volver al trabajo. El padre no aparecía por ninguna parte, y todas sabían que la envasadora colapsaría tarde que temprano, y ninguna de las *mamis* podía confiar en ella para alimentar a sus bebés.

—Descansa —había dicho Graciela mientras Clara estaba aún embarazada, disfrutando la oportunidad de mostrarse severa con su ruidosa amiga—. Yo puedo deshuesar duraznos por las dos mañana.

Pero una mañana, no mucho después de que Dorinda se había abierto paso a este mundo, Graciela, Josefina y Silvia llegaron a la envasadora solo para encontrar una nota pegada a la puerta. Cerrado indefinidamente. Ninguna de ellas estaba sorprendida. Graciela tenía miedo, claro, pero también sintió alivio. Estaba harta de abrir duraznos con una cuchara y de sellar las latas con ellos dentro. Quería alimentarse, y a sus *comadres,* y a sus hijos. Se le ocurrió una idea de lo que debían hacer a continuación, y había estado ahorrando dinero.

Esa noche, Graciela, Josefina y Silvia cocinaron para la nueva madre, como habían hecho cada noche desde que la habían dado de alta del hospital. Clara necesitaba hierro para la sangre, y *atol* con *avena* para la leche. La mantuvieron en calor envolviéndole el cuerpo como ella había hecho con Graciela antes, usando cada una de las cobijas que tenían en la casa de huéspedes.

Graciela se sentó con la nueva madre y arrulló a su bebé hasta que tanto Clara como Dorinda se quedaron dormidas. Su propio hijo dormía ya en su cuna a poca distancia, del otro lado de la sábana, pero Graciela estaba soñando despierta.

Con frecuencia, Graciela hacía caminatas nocturnas por el vecindario y a lo largo de la Veinticuatro. Se sentía grande y segura bajo el cielo rosa, todo para ella. Sabía que *las comadres* y ella no podrían quedarse para siempre en la casa de huéspedes, pero sería lindo no dejar el vecindario, si era posible, uno al que todos los días llegaba gente nueva de nuestro país.

Cuando las luces de las ventanas se encendían por donde pasaba, Graciela echaba un vistazo dentro y sentía el deseo en el cuerpo. La calidez y la seguridad que veía ahí le tensaban los músculos. Comida en la mesa, una familia reunida. La música y las risas que escapaban por la ventana y se iban por la banqueta. Copiaba las direcciones de las casas que tenían letreros de «se renta» en la ventana. Incluso cuando los visitaba, y le negaban la solicitud —siempre era demasiado algo: demasiado *india,* demasiado madre soltera, demasiado pobre, demasiado extranjera—, guardaba para sí el sueño de una vida libre.

Ahora, con la envasadora cerrada, con el peso de Dorinda y su ronroneo en el hombro, sabía que esa vida se acercaba. Acomodó a la bebé con su madre, satisfecha con la vista de sus brazos cada vez menos flacos, y luego volvió a su cuaderno. Fue palomeando la lista de direcciones, calculando en cada una las posibilidades de espacio y de luz, contando de nuevo el dinero en efectivo que guardaba cosido en el interior del vestido. Espacio y luz… Estaba segura de que con eso les bastaría.

En Marsella, el fotógrafo surrealista fingió no saber el nombre de Consuelo. Tampoco se lo preguntó. Ella se pasaba el día entero sentada en el muelle con poetas y escultores y pintores y extraños y psicópatas, y jugaban cartas hasta que terminaban bañados en sudor y olían a vino, y entonces saltaban del muelle hacia el agua sucia.

—¡Qué importa! —decían.

Cuando las botellas se les resbalaban de las manos hacia la madera despostillada y se rompían en pedazos de vidrio verde a sus pies:

—¡Qué importa!

Incluso cuando caía la noche y tenían los zapatos llenos de sangre. Cuando terminaban cogiéndose unos a los otros en ese horrible armario, turnándose, y el sudor de la última pareja se reavivaba con el calor deslustrado de los siguientes cuerpos: qué importa. No le veían el caso a quejarse, a hacer cualquier otra cosa además de regocijarse. Habían huido de París. Estaban vivos.

Consuelo dormía en un cuarto con once personas más, a las que conocía solo vagamente de París, pero cuyos ronquidos y toses llenas de flemas y berrinches en la fila del baño su cerebro asimiló como una canción. Dormían con todas las ventanas abiertas, los cuerpos acomodados como pescados en los puestos del bazar que estaba afuera.

A veces Consuelo se despertaba en ese cuarto oscuro y caliente y consideraba la idea de irse, pero nadie quería estar solo, ninguno de ellos, y además, tarde o temprano el sur también caería ante la ocupación. Quizá debían cruzar los Pirineos, sugirió uno cuando recién llegaron, pero no podían invocar la energía suficiente ni mantener el estado mental, sobrio y trepidante, que requería una huida de Francia. Cruzar los Pirineos era tan factible como nadar hasta Marruecos.

Se miraban los unos a los otros en el bazar, en el muelle mugroso, los muros tapizados de estúpidos juegos en código, un mazo de cartas del tarot que una mujer pequeñita y pelirroja había pintado. Marsella, borracha de sol en tonos fucsia y terracota, era un bello foso de arenas movedizas. Con frecuencia, para las seis de la tarde Consuelo ya estaba dormida, y se despertaba a las tres de la mañana.

Seguido permanecía despierta, en medio de la noche, tendida sobre su almohada de retazos, pensando en su hermana. ¡Una lata de duraznos resplandecientes! ¡Y Salvador! Qué extraño era pensar en Graciela como una madre. Consuelo no podía dejar de verla como una niñita. Graciela, en San Francisco, trabajando en una envasadora con Salvador amarrado a la espalda. Su sobrinito. Probablemente no lo conocería nunca, decidió Consuelo. Lo asustaría con el vino que le pulsaba centelleante en las venas a las cuatro de la mañana y le asqueaba la boca. No era apta para niños.

Oyó a León en el pasillo, cogiéndose a la pelirroja de cabello largo. No había puertas en ese lugar, sino apenas cortinas de seda que separaban el dormitorio del pasillo y del baño, así que por las noches el pasillo se sentía como un espacio privado.

Todo el mundo quería saber por qué Consuelo no estaba en Nueva York con su esposo: era una de las pocas cosas que los demás se mostraban dispuestos a conversar con ella. No sabía si tenían curiosidad sobre la naturaleza de su matrimonio, o si solo estaban hartos de ella.

Consuelo había estado en Nueva York un par de veces, nunca por más de tres o cuatro días. Un vuelo con su esposo, una o dos noches de fiesta, y luego regresaban. La primera vez habían ido directamente de la pista de aterrizaje a la fiesta ofrecida por alguna actriz. Al llegar, Consuelo estaba hambrienta y exhausta, y necesitaba darse un baño. Al aviador lo esperaba un smoking blanco en un armario del pasillo de la casa de la actriz. Alrededor de las dos de la mañana, Consuelo le rogó que la llevara al hotel, o al menos a algún lugar donde pudiera comer algo. Sin mirarla, con dos rubias idénticas a cada lado —¿cuál sería la forma de su deseo?—, le arrojó la llave de la habitación del hotel, que patinó hacia sus pies y giró hasta que su dedo dorado quedó señalándola a ella. Despacio, con cautela, Consuelo se agachó para quitarse el zapato y luego arrojarlo por los aires con toda su fuerza, con el tacón volando en círculos como una daga, contra un horrendo plagio de Kandinsky que estaba en un marco de cristal sobre la cabeza del aviador. Vámonos, dijo.

En otra ocasión, en casa de una estrella de las películas muy famosa, Consuelo encontró una habitación callada y se metió a la cama que encontró ahí cuando el aviador se negó a llevarla de regreso. Alguien entró y le tomó una fotografía, pero no le importó; le gustaba tener una lente entrenada en la cara, así como la pacífica sensación del sueño fingido, que le suavizaba las líneas de la cara. Ahora, en Marsella, Consuelo llevaba el recuerdo de la cama con ella, siempre en busca de descanso. A las cuatro de la mañana recordaba cada detalle de aquella cama: el respaldo, tapizado de cuero y reforzado en bronce, de casi dos metros de altura, las cuatro almohadas de satín bajo su cabeza, la llana pesadez marina del colchón.

Consuelo había recibido la fotografía por correo algún tiempo después de volver a París. Se la había dado a su esposo, con una nota escrita en el reverso: «No te pierdas, no me pierdas». Su cara apunta lejos de la cámara, y una sábana de seda le cubre los pechos como un vestido. Después de ese día, el aviador llevó la foto consigo todos los días. Tal vez sí la quería. O tal vez solo le gustaba enseñarle a la gente una fotografía que se había encontrado, de una atractiva mujer exótica y bella y fiera y extraña y misteriosa y con aspecto de rica... Era todas esas cosas y también ninguna de ellas. En cualquier caso, a Consuelo le daba igual. Le gustaba cómo se veía su cara en esa fotografía.

Pronto llegó a Marsella un arquitecto llamado Félix. Tenía la piel dorada y era encantador, y olía a limpio. Los demás le hacían deferencias con una amabilidad sin compromisos. Era famoso por haber diseñado un templo de alabastro rodeado de agua, dentro del cual había una escalera en espiral que llevaba a una torre astronómica. La había construido para un niño.

—Respeto su trabajo, supongo, pero no me gusta particularmente.

—Es muy... Mmmm... Sincero.

Félix estaba ahí para reclutarlos. Había tenido algo de suerte, decía, y estaba formando una colonia de artistas en unas ruinas romanas no muy lejos de Aviñón.

LOURDES: Algo de suerte, sí, claro. ¿Cómo cree que pagó todo eso? Era 1941. En Francia. Obviamente fue el hijueputa de Vichy el que pagó toda esa mierda. Los nazis. Era una colonia de artistas financiada por los nazis, porque querían mantener París bonita para sí. Querían ir al teatro y ver el Arco del Triunfo una vez que terminaran con sus pendejadas. Querían obediencia y orden. Claro, querían que esos artistas siguieran haciendo sus hermosas obras de arte, y entre más silenciosos e inescrutables, mejor. No se preocupen, dijeron; les vamos a encontrar una jodida cueva que parezca escenografía para que puedan fingir que no están huyendo. O mejor aún, para que puedan fingir que son las últimas personas de la Tierra, con el encargo de crear un nuevo mundo a partir del polvo.

Pero, por supuesto, ese artista afortunado le dijo a Consuelo que sería perfecta para la colonia. Le dijo que había oído de su trabajo. A Consuelo le complació que lo dijera mientras los demás seguían a la mesa, aun si sabía que estaba mintiendo. ¿Por qué le mentiría? ¿Para qué la necesitaba? ¿Estaba tratando de llenar un espacio? ¿Había percibido el tufo del dinero de su marido ausente?

A pesar de ello, se sintió halagada. Probablemente la mentira estaba enraizada en el deseo físico. Se había tomado la molestia de coquetear con ella, y hacía mucho tiempo que nadie le decía que ella o su arte eran perfectos para algo. Sabía que no podía rechazar la invitación. Iría a la colonia y se quedaría hasta que tuviera certeza de sus posibilidades de irse a los Estados Unidos. ¿Qué más podía hacer? El aviador parecía haberse olvidado de su existencia.

Así fue como Consuelo terminó viviendo en Oppède, en su «reino de rocas», por casi un año. Una vez a la semana caminaba hasta el pueblo para ir al mercado que estaba en Cavaillon. Dos veces al mes le tocaba tomar el puesto en la estación de radio del reino para mandar señales a la Resistencia en un código que apenas entendía.

En el curso de un año, escribió y envió doscientas cartas a la nueva dirección de su hermana en San Francisco; guardaba las páginas deslizándolas bajo una loza de piedra lisa de la cueva hasta que podía llevarlas a la oficina postal. Un día dibujó su árbol genealógico con carboncillo prestado en el reverso de su antigua postal del Lago Coatepeque: lo que recordaba del rostro de Socorrito, el de Graciela y el suyo. Lo metió en un sobre y se lo envió a su hermana.

En Oppède había también cuatro niños, todos hijos de Félix. Elaine, a la que le faltaban dientes; Renaud, el gordito; Magali, la pecosa; y Lorène, la de la cara larga. Habían llegado ahí antes que su padre, trepando por las rocas antiguas, con panales de abejas amarrados a la espalda. Creían que la miel atraía a la buena suerte. Ansiaban esa luz dorada y pegajosa. La vertían sobre tristes papas de jardín, aderezaban higos inmaduros con ella, y cada mañana Consuelo mezclaba un poquito en ese fango jodido que la gente de ese reino de rocas llamaba café maicero.

Por lo general, cuando ella se despertaba, Félix ya se había levantado, encaramado como un gato en el viejo terraplén de roca invadida por las viñas, a tomar el sol. Le sonreía y luego se dirigía a la cueva en la que trabajaba.

En ese lugar los artistas no firmaban con su nombre, y apenas les mostraban su arte a otras personas. Todos parecían trabajar en una soledad furiosa, como las abejas. Todos los días escapaban de la luz, se arrastraban hacia su propia sombra y se ponían a trabajar en su arte.

Pasaban días enteros cavando, olfateando la tierra bajo el sol en busca de papas decepcionantes. Y luego volvían a cavar para plantar. Y cavaban una vez más en busca de barro. Se suponía que lo que hacían, y las horas que pasaban haciéndolo, era necesario y libre del ego, pero Consuelo jamás había trabajado con nada que pareciera diligencia, y su ego no desapareció solo porque el reino de rocas consideraba a cada uno de sus miembros parte de una hermandad. En ese lugar estaba más callada, eso sí. Su furia se había atenuado. Si comenzaba una escultura, trataba de terminarla. En Oppède nunca estaba ni la mitad de borracha de lo que había estado en Marsella o en París. Su soledad se mantenía intacta, pero ya no se sentía como un cuchillo.

A veces, Consuelo se imaginaba regresando a París cuando la guerra hubiera terminado para recibirse de la École des Beaux Arts, y esculpir toda una vida de arte perdurable, hacerse de un nombre. El barro de esa región era como cuerda en sus manos, y las muñecas y los dedos le dolían al final de la jornada de una forma placentera. Se le ocurrían formas en sueños, así como la historia de cómo les daría vida. Mientras bebía más café, lavaba papas o se quejaba del mistral, estaba construyendo torres en la mente.

Y quién sabe... Quizá las ruinas no eran más que el principio, y un día el Reich se desmoronaría. Quizá el trabajo realizado en ese lugar de piedras antiguas perduraría. Dentro de cien años, los peregrinos escalarían el Luberon para tocar las reliquias hechas por las manos de Consuelo. Y así, mañana a mañana tomaba café con miel mientras las siluetas frenéticas de las aves llenaban el cielo rosáceo como sacudidas dentro de una bolsa, las montañas se cubrían de musgo, y Félix le devolvía la sonrisa, apuraba su propio café, y luego se dirigía por un camino escarpado, a veces a gatas, hacia su cueva-estudio, donde trabajaba en un silencio devoto y productivo que Consuelo envidiaba indescriptiblemente.

Usualmente él pasaba por su lugar un par de veces en el transcurso del día. A veces sonreía o se aventuraba a preguntarle por su trabajo. La cadena de niñas nacidas dentro de un volcán, ¿qué había con ellas? ¿O qué de la mujer en la capa de alas de mariposa? ¿Qué había de la señora sin ojos que paseaba a su gato silvestre con una correa? Nunca le preguntaba por la escultura que había empezado y que seguía sin terminar: su esposo volando sobre la espalda de un ave.

Con frecuencia, hacia el final del día, Félix y Consuelo volvían juntos con el ocaso. Félix dibujaba algo en una hoja de papel, lo doblaba y se lo entregaba a Consuelo. Ella se cubría los ojos del sol con la mano mientras consideraba cómo responder.

«Eres muy bonita», le escribió Félix un día, y le pasó el papel por encima de la mesa.

«Lo sé», garabateó Consuelo debajo.

Félix escribió otra nota: «Quiero conocerte».

Consuelo no supo qué responder, así que lo invitó esa noche a su cueva.

Esa noche Consuelo trozó pétalos de rosa color melón en una cubeta, la llenó de agua y se bañó con ella. Se peinó y se hizo trenzas anudadas alrededor de la cabeza. Se puso un vestido de seda que su esposo le había comprado en París. Tenía rosetones bordados en los hombros, y con él puesto atravesó el polvo de su habitación de roca. El corazón le latía en las mejillas. El sudor estaba empezando a humedecerle el vestido, y por el cuarto corría un viento caliente. Oyó los pasos de Félix acercarse, su silbido alegre, y maldijo una vez más. Solo una idiota, una zorra idiota, haría lo que estaba haciendo. Rogó porque se equivocara de habitación, que se perdiera, que se rindiera ante la oscuridad y volviera por el camino de rocas. Contuvo el aliento y se abanicó las medialunas que se le estaban formando en las axilas. Había mujeres frías y suaves como piedras, pero Consuelo no era una de ellas. Oyó los pies de Félix afuera de la puerta, y lo oyó llamar en medio de la noche ventosa:

—«Bonne nuit!».

Podía sentir ya su calor, su aliento en la piel, y por un momento perdió el equilibrio. Aferrándose a una loza de roca fría y suave, se detuvo un instante antes de abrirle la cortina a su invitado.

Al hacerlo, la habitación se llenó de los ojos de él. Consuelo alzó la mirada para encontrar la suya y se topó con su boca. Tiró de él hacia el interior y lo llevó hacia la áspera cobija de lana que estaba en el piso. Se le llenó la nariz de su cabello, sintió sus labios en los hombros, sus manos por todo el vestido de seda. Sentía que el cuerpo le brillaba con su calor avivado por las rocas. Embonaban juntos, un par perfecto, llenándose mutuamente, y Consuelo supo que no habría palabras, que no se detendrían, y a cada momento absorbía tanto de él como le era posible, llenándole de besos los ojos, la nariz agrietada, la dorada amplitud de su plexo solar. Consuelo oyó, en algún lugar lejano, cómo se partía la tela del vestido, y atrajo a Félix hacia sí, sobre ella, sosteniéndole la mirada, y de pronto estaba dentro, cada vez más profundo, y lo besó todo el tiempo hasta que sintió el grito subir por su pecho.

A la mañana siguiente mezcló de nuevo su café maicero con miel y miró el amanecer asomarse por la neblina. Félix dibujó el Luberon. Ella lo observó mientras capturaba un cúmulo de pinos, una hendidura de ocre, el contorno de la saliente del terraplén de un viejo castillo.

No le diría que lo amaba.

Más tarde ese mismo mes, Consuelo pasó una semana intranquila: la sangre no llegaba. Imperturbable, delirante, hacía el amor con Félix todos los días. Luego comenzó otra semana más, y perdió rastro del tiempo. Vio a Eliane perder sus dos dientes frontales, y luego vio cómo otros dos afilados dientes de conejo los reemplazaron. La voz de Renaud se hizo una octava más profunda entre rechinidos. Una noche, alguien irrumpió en el estudio y se llevó materiales y algunas obras terminadas. No se llevaron ninguna de las obras de Consuelo, lo que encendió una fogata de envidia en su cabecita nerviosa.

Mientras tanto, Félix seguía enviándole dibujos: una torre celestial construida en los árboles, un muro hecho completamente de cristal. Una casa tallada en la cima de una colina de cara al mar, con estrellas dentro, que llevaban hacia el estudio subterráneo del artista. Una cabaña provenzal de piedra ocre, un enorme invernadero con aves del paraíso y atrapamoscas y viñas y papayas en el segundo piso, y un techo de cristal en el primero. Pilas de rocas color ocre alineadas en el jardín, en el cual Félix había pintado en acuarelas arcos heliotrópicos de lavanda, rosas de un color anaranjado oscuro, higueras y cerezos, viñas y madreselvas, y un estudio para dibujar, pintar y esculpir. En cada uno de sus planos, Félix dibujaba en alguna de las habitaciones a una mujer que se veía como Consuelo. Dormida con los zapatos puestos en una casa, y en otra moldeando barro en un molde, con un delantal sucio. Consuelo y un perro, de pie dentro del invernadero, entre estatuas hechas por ella misma.

Los demás habían empezado a notar lo que había entre ellos, y pasaban al lado de ambos sonriendo, pero sin decir mucho. Todo el mundo sabía que Consuelo era casada.

Y entonces, finalmente, nueve semanas después, Consuelo tuvo que admitir, tanto para ella como para Félix, que estaba embarazada.

Desde el principio, la gente del reino estaba lista para abandonarlo todo si era necesario. Tirarían la torre de radio y su maraña de cables. Destruirían los jardines y dejarían que se secaran las fuentes. Y todo en los estudios —las pastillas de pintura, los retazos de lienzo, las pinturas favoritas colgadas en las paredes, las esculturas todavía a medio secar— tendría que desaparecer por completo. Sabían que, si se veían obligados a escapar a las prisas, no podían dejar ningún rastro. Estaban además, por supuesto, aquellos que habían escapado de la muerte en los campos de concentración y habían escalado las montañas para encontrar refugio en el reino, los medio muertos, tatuados y silentes, que escalaban las rocas y volvían a la vida en las cuevas de piedra. Todos tendrían que desaparecer entre los bosques, si ese día llegaba. Cuando el día llegara.

En Cavaillon, justo debajo de ellos, los hombres de Vichy quemaban los campos de cultivo, y estaban avanzando hacia los cerros. En el reino de rocas se apareció un hombre con un portafolios, que tomaba fotografías y se robaba los borradores que había arrancado de algún cuaderno en el estudio.

Cada vez eran más las pinturas desaparecidas, así que durante la noche los artistas empezaron a llevar consigo a la cama sus trabajos más preciados, junto con sus documentos. Había un estadounidense que estaba expidiendo visas, y había rumores de que pronto estaría en Cavaillon. En el reino, los artistas comenzaron a planear sus próximos pasos.

Consuelo, sin embargo, tenía una salida.

Tras un año de silencio, el aviador la quería de vuelta consigo. Consuelo había perdido toda esperanza de que se acordara de ella, de que la buscaría o siquiera de que la deseara todavía, pero un día, mientras estaba en el mercado al aire libre, un hombre se le acercó y le dijo que había un mensaje esperándola en la oficina postal: lo habían entregado con nada más que su nombre.

En la carta, el aviador se disculpaba brevemente por haberse ido a los Estados Unidos sin ella. Le enviaría inmediatamente un boleto de avión y dinero para que pudiera alcanzarlo en Nueva York. Podrían intentarlo todo de nuevo. Lo único que haría falta sería una palabra de ella. Consuelo no sintió casi nada luego de leer la carta. Seguramente estaba aburrido, solitario, frustrado —prácticamente podía olerlo— y estaba convencida de que la solicitud para reunirse con él no tenía nada que ver con ella.

Además, Consuelo no se moría por dejar Oppède. Cuando se iba a dormir por las noches se llamaba a sí misma zorra malagradecida —nadie más en todo el reino de rocas tenía una salida así de fácil—, pero nunca había sido tan feliz como lo era en ese lugar, aunque le daba demasiada vergüenza decir las palabras en voz alta siquiera.

Semanas más tarde, le escribió una respuesta con una mano en el vientre cada vez más grande, y le pidió el divorcio.

Él contestó de inmediato: «Me niego a conceder un capricho de semejante indignidad».

Se lo pidió de nuevo.

El aviador le envió un sobre con boletos de tren, boletos de avión, un guante de terciopelo lleno de dinero, y una nota breve: «Me rehúso». Consuelo se dijo que estaba loca. Era una locura no irse. ¿Qué hacía ahí en primer lugar? Era la misma pregunta que todo el mundo le hacía desde que había llegado.

Por supuesto, Consuelo sabía que la colonia recibía un subsidio de Vichy, como un compromiso. Todos los demás trabajaban el jardín lleno de matorrales mientras maldecían a otros surrealistas, al mundo del arte o a la ciudad de Nueva York, que seguía su vida sin ellos. Aun si lo sabían, fingían no saber que los nazis, los mismos que estaban quemando campos de cultivo a sus pies para matar de hambre a los franceses, habían hecho posible ese espacio de arte y cultura para ellos. El mundo seguía su curso. Se preocupaban en voz alta de que nadie los extrañara, de que jamás volverían a la escena artística de París, de que morirían ahí, tan lejos. Se reservaban la felicidad y el alivio para sí.

Mientras tanto, Consuelo seguía trabajando también. Amaba las noches. Moldeaba el barro y pintaba. Piececitas incompletas. *Poco a poco.* Por las mañanas volvía a las piezas en las que había estado trabajando antes de irse a dormir y, lentamente, sus pequeñas formas incompletas adquirían lógica, y ella misma parecía adquirir lógica. En cueros, de brazos dorados y dientes afilados. Terminaba sus pinturas y las ordenaba contra el muro de la cueva. Trabajaba horas enteras sin necesitar a ninguna otra alma que la distrajera. Los pies desnudos y sucios y el cabello cortado con un cuchillo. Las jaquecas vespertinas causadas por la desnutrición y las quemaduras solares crónicas. Félix trabajando en su propio espacio y su bebé creciendo dentro de ella. Los amigos que trabajaban como abejas, los hijos de la miel, las tersas montañas y las rocas antiguas y brillantes.

Nadie sabía exactamente cuán vieja era la bóveda que servía de base a esas ruinas, pero algunos decían que era una construcción de tiempos del Imperio romano. Consuelo eligió la amplia piedra angular en la cima del arco, sin saber que esa sería su última tarea en Oppède. Arrastró una escalera por la roca y luego fue por sus herramientas de escultura. Tenía nueve meses de embarazo. El rostro que Consuelo talló en la roca tenía la intención de ser el de su hermana, que se quedaría ahí como guardiana del reino.

El rostro tenía una nariz ancha, unas fosas ligeramente aleteantes, y unos pómulos altos y grandes. Tenía los ojos abiertos. Bajo el sol destellaban las hojuelas de mica de las rocas.

—¿Eres tú? —le preguntó Félix cuando bajó de la escalera.

—Mi hermana —respondió Consuelo. Algún día, esperaba, mucho tiempo después de su muerte, algún extraño podría encontrar el rostro de Graciela en las rocas y restaurar su reino.

El mundo se incendiaba a sus pies, otra granja hecha cenizas en el pueblo, pero ahí… Sentía que podía quedarse ahí para siempre.

38

Las Comadres nació de la necesidad. ¿Así iba el dicho? Las madres son un invento de la necesidad. La necesidad es la madre del ingenio. Guateber.

Tras el cierre de la envasadora, Graciela y sus amigas estaban llenas de necesidad. Necesitaban cuidar de sus hijos en crecimiento. Necesitaban un lugar para descansar que fuera solo suyo. Necesitaban dinero para pagar la renta del edificio y para comprarles zapatos a sus niños. Se necesitaban la una a la otra.

Así que, para cuando Graciela encontró un lugar, justo en *la calle Veinticuatro*, y a una casera que, malvada como era, estaba dispuesta a rentarle a cuatro *inditas* con sus hijos, el plan se puso en acción. Las Comadres era un plan en papel; mientras los niños dormían, Graciela había discutido la mecánica entre murmullos con Clara, Josefina y Silvia. Estaban listas.

La planta baja de su nueva casa era una tienda, pronta a convertirse el centro de su negocio, un café de ventanas amplias y gruesas y algunas llaves empolvándose en las repisas; el difunto marido de la casera era cerrajero.

En el piso de arriba había un pasillo largo y estrecho del cual se ramificaban dos habitaciones, una a cada lado. Al fondo del pasillo estaba el baño con su tina con patas. El escusado estaba en un cuarto aparte, diminuto como un armario. Graciela cosió unas cortinas largas para colgarlas al fondo de la tienda y con ellas separar por un lado el café, y por otro, las escaleras y el área habitacional, donde los bebés se bañaban juntos en la tina y las madres se tendían junto a ellos a soñar. Un lujo, esa ensoñación. Sus manitas enroscadas sobre sus cabezas.

Las Comadres se turnaban las responsabilidades y los placeres: el cuidado de los niños, la administración del café, y sus propias horas tranquilas de descanso y creación. Eran horas de descanso y creación bastante deplorables —apenas tiempo para bañarse, doblar la ropa, o quedarse dormidas leyendo un libro; ser madre es una constante sucesión de interrupciones, pero así es como sobrevivían—. Estaban las interrupciones, claro, pero además estaba el costo de la comida, la renta, las cuentas, la necesidad de trabajar y al mismo tiempo cuidar de los niños, la falta de sueño que las llevaba al colapso, el ruido que no tenía remedio. Conforme crecían los niños, Graciela intercambió con las otras mujeres las clases de inglés por unas horas extra de cuidado infantil, y en las mañanas que se encargaba de los niños mientras las demás estaban trabajando en el café o durmiendo una hora más, caminaba con el bebé más pequeño en la espalda y los mayores tomados de sus manos por un callejón lleno de jacarandas hacia la biblioteca de Barlett Street, donde se sentaba en el frío piso de mármol con tres o cuatro bebés sobre el regazo. Les leía en voz baja. Cuando empezaban a volverse locos, los llevaba al Parque Dolores y corría con ellos hasta la cima. Se turnaban para dar marometas en la bajada. Cuando el negocio empezó a ir bien, a veces iban por helado.

Empezaron sirviendo a los clientes té —no café—, que salía de su cocina de azulejos amarillos. El café, por supuesto, había prosperado de nuevo después de la masacre. Como los sobrevivientes estaban medio muertos de hambre, nuestro trabajo era más barato que nunca para *los patrones*, y en consecuencia, más barato que nunca para *Los Yunais*. El Pacific Mail transportaba gratuitamente costales de noventa kilos a los muelles de San Francisco, donde hombres provenientes de nuestro país los descargaban y procesaban los granos en latas rojas con una etiqueta en la que aparecía un espigado hombre árabe de túnica estrellada. Graciela no soportaba ver esas latas rojas. En lugar de eso, recorría el vecindario con una canasta y recolectaba plantas para hacer infusiones con ellas: *manzanilla, bugambilia* y *jamaica*, todas las *plantitas* que alguna vez la criaron a ella. A sus clientes regulares favoritos les daba el té de su amiga Miyuki.

La última vez que había visto a Miyuki, esta le había dado tres latas grandes de té envueltas en la cobija hecha por su madre, para que se las llevara a su nueva casa. Graciela la había mirado como si se hubiera vuelto loca y negó con la cabeza. El té tenía un aroma bellísimo y debía costar una fortuna.

—Para el negocio —había dicho Miyuki. Fue en ese momento que Graciela se dio cuenta de que Miyuki estaba conteniendo las lágrimas.

Graciela trató de preguntar cuál era el problema, pero Miyuki solo negó con la cabeza y soltó a llorar. No quería hablar de ello. Graciela la abrazó por primera y última vez, mientras su amiga le ponía el bulto de tela y té en los brazos.

Cuando Graciela regresó al barrio japonés a buscarla la semana siguiente, encontró tapiadas las ventanas del salón de té, así como las de los demás negocios del patio.

No volvió a ver a Miyuki. A la gente del barrio japonés la desaparecieron simplemente por existir, por llamar suyo aquel lugar.

Conforme Las Comadres se establecieron en su nuevo hogar, tuvieron el espacio, el tiempo y la luz para regresar a los tesoros de sus vidas anteriores… trasplantándolos en ese vecindario. Ese era su Ahora Eterno.

Josefina era una de las afortunadas que recordaba cómo solía tejer su abuela con el telar de cintura, y hacía *telitas* y *cositas* para decorar la tienda y vender en el café.

Clara, por su parte, durante su niñez en nuestro país había querido ser artista. Ahora tenía espacio para sí, y dos horas cada dos días por la mañana para sentarse a pintar junto a la ventana. A veces, a mitad de la noche, se le podía encontrar corriendo por las calles con esa voz ruidosa suya, de camino a atender un parto y traer luz al mundo.

Silvia quería preparar la comida que recordaba de los tiempos antes de que su madre muriera y su padre la trajera a esa otra ciudad para trabajar en los muelles, pero ya no quedaba nadie a quien llamar para pedirle las recetas. No había libros de cocina, y no logró encontrar nada de lo que necesitaba en el mercado del Mission District, que parecía proveer solo comida para las esposas pecosas y de piernas gruesas de los policías, así que Clara hacía lo que podía. Compró pan blanco y leche en polvo y trabajó en transformarlos en *queso patuchuca.*

Pronto la serie de murmullos de algunas *viejas* la enviaron al barrio chino, en Richmond, donde consiguió *ajonjolí, masa harina, queso blando* y experimentó, como una química, arruinando sartenes y maldiciendo cuando desperdiciaba ingredientes, hasta que empezó a salirle bien. Las Comadres empezaron a servir *pastel de piña, jugo de tamarindo* y *quesadillas*... Y mira, no estamos hablando de *tortillas* de harina con queso rallado o cualquiera que sea el *desmadre* que te estás imaginando; era un pastel dorado cubierto de *ajonjolí,* de masa batida por una hora, esponjosa y delicada, ni tan dulce, ni tan salada.

Fue de Graciela que Silvia aprendió a escuchar a las *viejitas,* cómo hacer que las *maitras* soltaran sus recetas, qué preguntas hacer para llevarlas directo al platillo en cuestión, así como la importancia de escribirlo todo para no olvidarlo de nuevo. Lo mejor de todo es que ya no pasaban hambre.

Más tarde la casera se enfermó, y estaba completamente sola. Silvia compraba *sopa* un par de veces a la semana, lo mínimo decente en esa situación. *La viejita* se la tragaba con una sonrisa, agradecida con esa amabilidad nada extraordinaria, luego de años de quejarse del hedor a «comida española» que emanaba su edificio.

Cuando murió, sin esposo, sin hijos ni parientes en ese país, les dejó el edificio a Las Comadres. Una herencia completamente saldada. Ninguna de ellas podía creerlo, carajo. Las Comadres les pertenecía.

Otros vecinos no estaban de acuerdo. Creían que el edificio que en el que vivían Graciela y sus *comadres*, la calle en la que estaba, *la calle Veinticuatro*, incluso el flujo del Dolores, el mítico lago que pasaba bajo sus pies, no podía pertenecer a Las Comadres ni a nadie que se viera como ellas. Creían, como lo había creído la casera —cuyo regalo final no la absuelve, en nuestra opinión, de las veces que gritaba al teléfono sobre sus «promiscuas inquilinas latinas»—, que ese lugar le pertenecía solo a su gente. La vieja casera, decían los vecinos, al final se había vuelto loca —seguramente esas chicas mexicanas la habían embrujado o manipulado con algún sucio truco—. Estaban seguros de que Las Comadres no sobreviviría mucho tiempo. Los policías bajaban la velocidad de sus patrullas cuando Graciela iba caminando con los niños por la calle. La rubia que atendía la tienda de la esquina donde a veces Silvia compraba ingredientes se negaba a hablar directamente con ella o a mirarla siquiera.

Nosotras, sin embargo, no nos alejamos de Graciela, y cuidamos a sus *comadres* como si fueran nuestras. Piensa en Corita, por ejemplo. Es *calaceada, pero calaceada.* Destruida por la vida y furiosa de volver a ella. Se mezcló entre Las Comadres una mañana, llena de tierra, un colibrí flotando sobre uno de sus hombros jorobados como si tuviera la oreja llena de néctar. Josefina estaba con su hijita tomando la siesta recargada en su pecho, estaba leyendo el tarot en la mesa junto a la ventana —Graciela le había enseñado, y se dieron cuenta de que atraía buenos negocios.

—Dime mi futuro —le dijo Cora, acomodándose en la silla frente a Josefina—; quiero saberlo, siempre que sea bueno: amor, sexo, romance.

El ave vibró ligeramente, y Josefina revolvió las cartas. Va a ser fácil, pensó. Sabía exactamente qué decirles a las mujeres que hacían esas preguntas; querían un viaje, una misión, incluso una *anciana* como esa.

Con Corita, sin embargo, Josefina se equivocaba. Quería oír sobre su pasado, no sobre el futuro: Héctor, su aroma, su bebé, la vida que podría haber sido. Josefina le entregó las cartas para que las sostuviera, le instruyó elegir tres y luego ponerlas boca abajo al centro de la mesa.

—Veo a un hombre honesto, trabajador, idealista —comenzó Josefina, preparándose para voltear la primera carta. La bebé estiró una manita fuera del *rebozo* hacia el pecho de su madre y dejó escapar un gemido que perforó el aire.

Fue demasiado para Corita.

—*Ay, puya,* me tengo que ir —dijo, y se puso de pie con dificultad. Quedarse ahí en carne y hueso era demasiado doloroso. Un terremoto de tiempo, un desastre… Corita veía tantas cosas al mismo tiempo.

—Mira, toma esto —dijo, y le entregó a Josefina un bulto, dentro del cual había un puñado de tierra negra y rica—. Dile a Graciela que Cora le manda saludos —añadió, y su cuerpo se desvaneció. Josefina dio un grito. El colibrí revoloteó un momento y luego salió volando por la ventana abierta.

Las Comadres eligieron interpretar la tierra de Corita como una bendición. Poco después de su visita, la biblioteca Barlett requirió a alguien que hablara inglés y español, que pudiera encargarse de los programas de lectura en voz alta para niños, que pudiera poner orden en los estantes, y Graciela se quedó con el trabajo. Mantuvo algunos de sus turnos en el café, pero el empleo en la biblioteca trajo algo de estabilidad para Las Comadres. No las iban a intimidar. Ese era su hogar.

Conforme llegaba al vecindario más gente como nosotras, Graciela y sus amigas les daban la bienvenida, se hacían amigas de sus hijos, los alimentaban, les permitían descansar en Las Comadres mientras buscaban un lugar para quedarse.

Cuando un adolescente racista arrojó un ladrillo a la ventana de enfrente, Graciela salió descalza, con un cuchillo brillando bajo la farola. El chamaco cagón salió corriendo hacia la noche mientras se meaba en los pantalones.

El portero de la biblioteca conocía a alguien que podía ayudarlas, y para la noche siguiente ya les había encontrado una ventana nueva y había soldado una reja de barras de acero elegantemente curvadas en las dos ventanas del frente. Lo único que pidió a cambio fue una *quesadilla de oro* para su familia y que sus dos *cipotes* pudieran unirse a las clases de inglés que Graciela daba en la biblioteca.

—Esas son gratuitas, cualquiera puede tomarlas —le respondió ella.

—Mierda. Otras dos *quesadillas* entonces, por favor.

En la biblioteca, Graciela organizó también un club de lectura, que se convirtió además en taller de poesía, lo que los *fufurufos* franceses con los que se llevaba Consuelo habrían llamado un «salón». Graciela se ahorró mucha palabrería invitando solamente mujeres. Siempre se tomaba el tiempo para leer los periódicos de *gringolandia* a los que estaba suscrita la biblioteca, para mantenerse al tanto de lo que ocurría en nuestro país. En aquellos días, al Christian Science Monitor —el «monitor científico cristiano», *ay,* ¿quién le había encargado a ese piadoso científico el trabajo de monitorear el mundo?— le gustaba particularmente publicar sobre *nuestro pulgarcito.*

Un texto titulado TRADICIONES EN EL SALVADOR ENFRENTAN A LA NACIÓN CON EL NAZISMO describía las costumbres de nuestra gente. «Todo es limpio, frondoso, sereno y abundante», escribía el reportero. Prácticamente un folleto de viajes, ¿no? Este Científico Cristiano terminaba el artículo con la clase de anécdota que hacía estremecer a Graciela. El Gran Pendejo había nombrado como su oráculo a un diplomático nazi. El periódico no usaba la palabra «oráculo», pero describían el puesto, y Graciela reconoció las responsabilidades. El vocero oficial de Hitler había trabajado de cerca con El Gran Pendejo, aconsejándolo sobre qué hacer y cuándo hacerlo, pero de un día a otro habían despedido al oficial nazi, y más tarde lo encontraron muerto. Se había suicidado, supuestamente, y el General declaró el suicidio una victoria inequívoca para su propio buen nombre.

No había sido sino muy recientemente que El Gran Pendejo se había puesto en contra del nazismo, y con toda seguridad no había sido para defendernos a nosotras, limpias, frondosas, serenas y abundantes. Nosotras ya estábamos jodidamente muertas, por supuesto, gracias a él, hechicero nazi. El Gran Pendejo apoyó a los nazis hasta que no tuvo más opción que alinearse con su viejo amigo *Los Yunais* y los demás aliados después de Pearl Harbor, todavía indignado porque les hubiera tomado tanto tiempo a sus amigos reconocerle su lugar.

Pero basta de eso. Graciela cerró el periódico y volvió al trabajo.

39

Cuando llegó al fin el momento de dejar el reino de rocas, Consuelo tomó los boletos y el guante lleno de dinero y dejó Europa ella sola.

Llegó a París, a un aeropuerto sumido en la tensión de un alto grado de vigilancia. Su vuelo a Nueva York se retrasó. Desdobló un abrigo que llevaba en la maleta maltratada y se preparó para dormir tendida en el piso del aeropuerto hasta la mañana, cuando saldría el vuelo, y entonces se le acercó una mujer de lentes oscuros. Lucía.

A ojos de Consuelo, Lucía era, sin duda alguna, una espía: los lentes de sol, la gabardina, la forma de observarlo todo. Consuelo se cubrió el rostro con la parte suave del interior del brazo y dejó que su mente revoloteara entre la conciencia y el sueño, una mosca que se posa en una fruta madura, flota y luego se eleva otra vez. Lucía llevaba una libreta en el bolsillo izquierdo del abrigo. Consuelo dedujo que era estadounidense, con esa belleza tersa y aburrida que indicaba una línea sanguínea de leche entera, ese abrigo largo y liso, los lentes y el cabello brillante y de raya en medio.

Al acercarse, Lucía sabía que debía tender a la adulación, al soborno. Le dijo a Consuelo que parecía una estrella de Hollywood.

—¿Cuál de ellas? —preguntó Consuelo. Era una duda real—. Me han dicho que me parezco a Rosie Swan, cuando era más joven.

—No, ella no —respondió Lucía—. Otra. ¿Cómo te llamas?

A Consuelo le daba igual si la espía solo quería revisar su pasaporte, colocar un micrófono en el forro de su maleta, o si sospechaba que fuera partidaria de Vichy. Estaba exhausta.

Lucía dejó caer una cajetilla de Gauloises sobre el regazo de Consuelo, que lanzó un chillido y los alzó como si fueran la eucaristía.

—¿Dónde demonios los conseguiste? —le preguntó. Habían desaparecido durante la ocupación alemana; Consuelo había estado enrollando sus propios cigarros para compartirlos con tres o cuatro personas cuando se hacían de un puñado de tabaco. ¡Los cigarros! Ese fue el detalle que la convenció: Consuelo casi juzgó a la espía por la torpeza de su fachada.

Consuelo se dejó llevar por la calidez de la voz de Lucía. La conocía, pero en ese momento no estaba segura de cómo. La espía le dijo que había trabajado como reportera de un periódico, pero que lo que realmente quería era dedicarse a escribir historias, que amaba oír las historias de la gente, que sobre la vida de Consuelo podrían escribirse libros enteros.

—¿Tú qué sabes de mi vida? —preguntó Consuelo. No se compró el acto ni por un momento: la libreta, los lentes de sol, el abrigo de película de detectives, la plácida sonrisa de *gringa.* Lucía era una espía.

—Cuéntame —contestó Lucía. Ya conocía la historia, pero hacer que Consuelo se la contara era parte de la alquimia. Consuelo, que llevaba días sin intercambiar palabra con nadie, tuvo que encontrar las palabras por sí misma.

Comenzó a hablar, y entonces ya no pudo parar.

—Mi parto se adelantó, como un incendio en todo el cuerpo…

Lo recordamos. Estábamos ahí con ella. Cuando sus pies levantaron el polvo suave de la cueva y Félix la sacó en hombros del reino de rocas. Cuando detuvo un camión cargado de melones y le rogó al conductor que los llevara a Cavaillon, estábamos con ella. Cuando la subió a la parte trasera del camión y ella dio un grito de dolor agudo, de pronto consciente de que todo estaba mal, y él subió después, y ella contuvo el aliento mientras él le sostenía las rodillas, estábamos con ella. Estábamos con ella mientras el camión avanzaba con ella en la parte trasera, luego de hacer un par de bromas sobre el melón que llevaba en el vientre, empujado hacia un parto prematuro… Antes de que la respiración le cambiara, antes de que la Tierra se partiera y temblara en sus adentros con pulsaciones rápidas. Estábamos con ella esperando a que pasaran los caballos.

—Un río de caballos —decía ahora Consuelo, la voz temblorosa mientras las palabras se desplegaban frente a Lucía—. Un mar de caballos, un tren de carga de caballos.

—Vienen por la procesión de los melones —dijo el *viejito* que conducía el camión.

Caballos que se cagaban por donde pasaban, caballos llenos de moscas que zumbaban sobre los *chajazos* de sus lomos, caballos que apestaban en el calor. Caballos de ojos asustados como lunas gibosas. Caballos como los de las pinturas de Helena. Caballos.

—¿Faltan muchos? —le preguntó Félix al conductor, mientras el polvo se arremolinaba y envolvía el camión. Félix sostuvo un pañuelo en la cara de Consuelo para que pudiera toser en él.

—¿Cuánto tiempo llevan viviendo aquí? —preguntó el conductor—. Hacemos esto cada año.

Consuelo se tocó los pechos nerviosa y pensó para sí: quizá sea mejor que, cuando nazca la bebé, la deje aquí con Félix. Él puede ser su padre y su madre. O puede encontrar a una mujer mejor para que sea su esposa, una mejor madre para esta pequeña joya. Después de todo, ella tenía su boleto a Nueva York, y a su esposo rico.

Lo que Consuelo no podía contar ahora era que el parto se adelantó más aún de lo que el doctor de Cavaillon esperaba. Se quitó los lentes y los colocó en la mesa junto al camastro en el que estaba tendida Consuelo, y la reprendió por no haberlo visitado en consulta ni una sola vez en todo su embarazo, apuntándole con el dedo, y ella le contestó que cerrara el hocico y que la ayudara en ese momento. También entonces estábamos con ella.

Estábamos con ella mientras Félix la animaba:

—Bravo, chérie —decía, y le sostenía las manos mientras ella gritaba y sollozaba, mientras ambos tomaban aire en inhalaciones lentas y profundas. Y cuando llegó el momento de pujar, había sangre en todas partes, y las enfermeras contaban, y el doctor se puso los lentes otra vez.

—Despacio, no tan rápido, despacio —le susurraba enojado—. Es una tigresa —añadió para nadie en particular, y le amarró las muñecas al respaldo del camastro. Consuelo mordió la cuerda de la muñeca derecha, y luego la de la izquierda, y escupió. Ahí estábamos, aliviadas, cuando el doctor se echó para atrás para fumarse un cigarro y la jefa de enfermeras se hizo cargo. Estábamos ahí cuando Consuelo se puso a gritar:

—¡Me voy a partir en dos! ¡Me voy a partir en dos! ¡Me voy a partir en dos!

—La cabeza, la cabeza —dijeron las enfermeras.

—Se está asomando la cabeza, se está asomando la cabeza —dijo el doctor. Fue entonces cuando Consuelo perdió la conciencia. Vimos cómo la enfermera tomaba al bebé y salía de la sala con el cuerpecito en brazos, sin llanto alguno. El bebé se había adelantado demasiado. Consuelo, en medio de la oscuridad, sabía que algo andaba mal.

Unos momentos después, otra enfermera, una jovencita que nos recordaba a la monja más joven de nuestra escuela, se cubrió la boca y ahogó un grito, y nosotras estábamos ahí también.

—Lo perdimos —dijo, y la muerte se coló en la sala por el resquicio de una puerta lo suficientemente abierta para dejar entrar la luz matutina. Entonces, como aves atrapadas en una habitación, aleteando y moviendo sus delicados huesos, todos los cuerpos sacudieron sus miembros y a tropezones buscaron una salida.

—Cierren la puerta —gritó Consuelo.

—No hay pulso —dijo el doctor.

Y cuando la sala quedó en silencio, un silencio largo y grueso que llenaba los oídos con el pulso de la sangre, ay, ese silencio, ese túnel de negritud absoluta que llevamos dentro, y el bebé, un oscuro botón de rosa, estaba de vuelta en la mesa junto a Consuelo, y Consuelo comenzó a gritar:

—¡Llévenselo, llévenselo de aquí, llévenselo de aquí, con un carajo!

Y nosotras estábamos con ella.

Vimos cómo le sacaban la placenta, una oscura luna de sangre.

Le cosieron el cuerpo, y ella gritó y gritó, y después gimió y se meció, y la amarraron de nuevo al camastro y le ordenaron descansar. Félix salió de la habitación para tomar algo de aire fresco en el patio, y se quedó mirando las montañas. Consuelo esperó, sollozando a la espera de algo que la aliviara, y nosotras nos quedamos ahí con ella.

Entonces Félix salió del hospital, y caminó casi un kilómetro hasta que vio la estación de tren. Lo miramos. Cavaillon estaba despertando. Los tenderos estaban desdoblando sus tiendas y acomodando sus productos frescos: cerezas, uvas, melones, queso, setas, espárragos. Ningún río de caballos. Félix se sentó en una banca de la estación de tren hasta que el cielo pasó del dorado al azul. El primer tren se detuvo despacio en la estación, y Félix se fue, igual que los caballos. Lo vimos partir y volvimos al lado de Consuelo. Entró y salió del sueño por varias horas; los ojos le aleteaban. No podía sentarse. Gritó por el fuego que le abrasaba el cuerpo y la mente, y rogó que le llevaran agua. La enfermera le llevó morfina y se fue, cerrando la puerta con seguro.

—Nació muerto —le dijo Consuelo a Lucía, mientras la sangre le coloreaba las mejillas—. Escríbelo así: nació muerto, como mi vida en el arte —añadió riendo—. No, mejor borra esa parte.

Consuelo le dio un par de largas caladas a su Gauloise y lo sostuvo hasta que la ceniza creció y cayó sobre la alfombra. Lucía la espía descansó el bolígrafo en la libreta sobre su rodilla; en el lago plácido de su rostro la boca se torció.

—La bebé se había ido y yo me estaba desangrando —dijo Consuelo, como una confesión—. Si hubiera sobrevivido, quizá habría intentado ser su madre.

Los ojos de Consuelo se abrieron más, como sorprendida

por una explosión. Lanzó un gemido como el que lanzó cuando de niña la arrancaron de los brazos de su madre.

Lucía sacó los boletos de su bolsito brillante y se los puso a Consuelo en la mano, que estaba ardiendo del *susto*.

—Mira… Es momento de que me escuches tú a mí. Tienes que ir a San Francisco. Ve a ver a tu hermana. Nueva York y ese marido que ni siquiera te cae bien… No van a desaparecer.

—¿Quién te pagó para que me dijeras qué hacer? —preguntó Consuelo.

—Me enviaron —dijo Lucía—, eso es verdad, pero nadie me pagó —añadió, revelando su rostro—. Me conoces. Sabes que me conoces. He estado contigo todo el tiempo.

—¿Te conozco? —Consuelo estudió el rostro de la *chelita,* envidiando su gabardina prístina. En algún momento también ella había tenido un bolso brillante como ese, y mírala ahora. Sus zapatos estaban hechos de cordón, y tenía los pies sucios, la piel de los talones hecha girones.

—Tu madre es el volcán, Izalco —dijo Lucía—. Tu hermana es la estrella, Graciela.

¿Cómo? ¿Cómo podía conocer esa *güerita* de cabello brillante aquella cancioncita privada? Se veía como Verónica Lake o Dolores del Río, en nada parecida a la *cipota fantasma* María, que la había visitado antes. ¿Había estado con ella todo el tiempo? Difícilmente. Consuelo estaba sola en esta vida.

—Me viste morir —dijo Lucía—. En nuestro pueblo, me viste morir, y luego huiste. Yo te vi.

Consuelo ahogó un grito.

—Aquí está el telegrama —siguió Lucía. Del bolsillo de la gabardina sacó un trocito de papel y lo alzó con movimientos demasiado rápidos y erráticos para que Consuelo pudiera leer nada más que su nombre, el de su hermana, y la palabra FINALMENTE.

—Graciela lo va a recibir hoy más tarde —continuó, devolviendo el telegrama a su bolsillo—, te va a estar esperando.

—Lo siento —dijo Consuelo. No tenía otras palabras.

—Ah —dijo Lucía, con un gesto de la mano—, y vas a necesitar esto también... Cambio para el taxi a su casa. Ahí es adonde vas a ir cuando llegues, no lo vayas a perder.

Lucía le puso en la mano el fajo de billetes y una nota con la dirección de Graciela, y le cerró el puño para que los sostuviera. Se alzó de hombros, mirando fijamente a Consuelo todavía con la mano sobre la de ella.

—¿Qué más podrías haber hecho? Te habrían matado a ti también —dijo frunciendo el ceño y sacudiendo la cabeza—. Toma —añadió—, llévate esto.

Se quitó el bolso brillante del hombro y al sacudirlo puso en la manita temblorosa de Consuelo el boleto, y luego se lo colgó en el hombro huesudo, como un sombrero en un gancho.

—Tú sobreviviste... Así que vive la vida que quieres.

Y tras decir eso se dio la vuelta y se alejó caminando; su cuerpo se mezcló entre la gente y luego desapareció. Consuelo la vio irse, una vez más.

40

Consuelo llegó a san francisco cerca de la media noche y tomó un taxi a la nueva casa de Graciela. Al salir del auto, caminó por la estrecha calle y examinó las casas del vecindario en el que vivía su hermana. Una farola y *una lunita llena* revelaron una hilera de edificios bajos, réplicas económicas del estilo victoriano que, según recordaba, había en toda esa ciudad. Junto a varias puertas brillaban las ranuras de los buzones; cada edificio parecía albergar a dos o tres familias cuando menos.

La casa de Graciela tenía rejas de metal en las ventanas y una barda de acero frente a las escaleras que llevaban al estrecho porche y a la puerta principal. En el concreto del frente había garabatos de gis, rosas amaderadas y ropa tendida en una cuerda atada entre el barandal de acero de las escaleras del frente y un gancho que sobresalía de debajo de una de las ventanas. Un arbusto de bugambilias se desbordaba por encima de la barda, sus flores ondulando como linternas de papel.

Al parecer, la mayoría de las casas estaban pintadas de café o de gris, colores demasiado deprimentes, pensó Consuelo, para casas de ese estilo, con esos detalles extraordinarios. Exigían más color. Pero la casa de Graciela estaba pintada de un verde limón que deslumbraba bajo el sol, y que a ojos de Consuelo, bajo la luz de la luna, brillaba con el verde suave de un árbol de cacao. Para ella, la desorientación de llegar de noche a un lugar extraño nunca se había desvanecido, a pesar de todos sus viajes a lo largo de los años. Sus sentidos se arremolinaban, perdidos en el movimiento frenético de las polillas bajo la luz de las farolas, el olor a orines y a basura, los autos y las sirenas acentuados por el silbato de un policía a dos cuadras de ahí, sobre *la calle Veinticuatro.* Por un momento olvidó que estaba ahí para ver a su hermana, Graciela.

Finales de primavera, 1942. Consuelo había vivido su cumpleaños número veinticuatro en el cielo, volando sobre el mar entre dos mundos. El color gris de San Francisco, los capullos abiertos y esparcidos por las banquetas húmedas. Aquel otoño los nazis ocuparon Oppède. Había huido justo a tiempo.

Durante los meses que había vivido ahí hacía una década, Consuelo no había visitado nunca ese vecindario. Los diversos barrios tenían sus propios patrones climáticos. Aquí el aire era más suave de lo que recordaba, aunque la neblina húmeda le era familiar.

Luego, de detrás de una pesada cortina, la cara de Graciela apareció en la ventana de la casita verde, y Consuelo dio un grito, y luego se llevó la mano a la boca como una mordaza, temerosa de haber despertado a todo el vecindario.

—¡Pasa! —le decía Graciela, ahora en la puerta, haciendo un gesto con la mano para que fuera a sus brazos. Consuelo era *la calavera,* igual que la última vez que las hermanas habían estado juntas. La larga trenza de Graciela, todavía húmeda del baño, se le había soltado del nudo de la cabeza y le caía hasta la cintura. Consuelo respiró la calidez jabonosa de su hermana. Graciela llevaba una bata de baño amarillo brillante y una pijama de algodón cubierta toda de flores rojas. Sus mejillas eran redondas y rojas como las flores, y Consuelo casi colapsó de alivio sobre el hombro de su hermana. Así pasaron varios minutos: ambas se regocijaron con la presencia de la otra sin palabras.

Cuatro mesas redondas rodeadas de sillas de madera despostillada. Un letrero que rezaba LAS COMADRES colgado de la caja registradora en una barra con periqueras de metal. Graciela vivía en un restaurante.

Detrás de una cortina que abarcaba todo el paso, subiendo la escalera, había un pasillo largo y estrecho con pequeñas habitaciones a cada lado. Graciela dormía en la segunda, con Salvador. Abrió la puerta, que crujió, y Consuelo entrecerró los ojos para ver a su sobrino sobre un colchón bajo, acurrucando a un oso de peluche. En la misma habitación, otra madre compartía una cama con su hija.

Graciela le ofreció a Consuelo una toalla enrollada y una barra de jabón, y la acompañó al baño al fondo del pasillo. Consuelo se quedó dormida en el baño, olvidando por completo dónde estaba. En esa tina podría estar en cualquier otra parte. Se deslizó hacia el Ahora Eterno, una sucesión de tinas colapsando en el eje del elevador de su línea de vida: la tina de la hacienda, donde Ninfa le tallaba la espalda a los cuatro años; los cuartos llenos de agua del Steinhart Aquarium; los Baños Sutro y sus piscinas saladas; la tina de la Rue de Castellane; la tina del Gran Pendejo; la princesa Chasca abrazando una roca y cayendo al fondo del lago en busca del cuerpo de su amante. Consuelo dejó que el agua se drenara y durmió ahí hasta la mañana con la toalla envuelta en el cuerpo para mantenerse en calor. En algún punto de la noche, Graciela se asomó para asegurarse de que no se había ahogado, y apagó la luz.

Al despertar, Consuelo encontró en la cocina a Graciela, que le estaba sirviendo un poco de té. Otra vez brillaba como una estrella en explosión. El frío azulejo de linóleo amarillo bajo sus pies descalzos, el techo grasiento, pintado de cerúleo, la luz y los ruidos de aquel lugar, casi demasiado resplandeciente, una maravilla, un sueño. Su hermana no solo estaba viva, sino también presente en aquella estancia, en la cocina de su café y su hogar.

Consuelo se puso a abrir cajones y gabinetes de madera pegajosa. Estaba terriblemente flaca, y los huesos de la espina dorsal sobresalían a través de la bata de baño que Graciela le había prestado. La noche anterior, Graciela había notado su delgadez extrema, sus zapatos de cordón y su vestido sucio y raído; se dio cuenta de que había llegado sin nada, y le dejó algo de ropa para que pudiera usarla durante su estancia. En ese lugar pasaría frío. Graciela siempre tenía frío ahí.

—Seguramente te estás muriendo de hambre —dijo Graciela, y se puso a preparar un plato con algunos *panes dulces* hechos por Silvia y fruta del mercado; también le sirvió *avena* en un plato hondo.

—Quiero ver todas tus cosas —dijo Consuelo—, todo lo que usas a diario.

Abrió un cajón de cubiertos —cucharas y cuchillos en un orden deslumbrante— y acarició cada pila de ellos con el dedo.

—Estoy celosa de tus clientes; ya deben conocerte mejor que yo.

Miró a Graciela con un gesto lastimero, a la espera de palabras que la tranquilizaran. ¿Por qué no había venido antes? Consuelo se odió por un instante; se había perdido de tanto.

—Anda, come —dijo Graciela, depositando el plato de fruta y postres sobre la mesa. Quizá la comida apaciguaría el caos de su hermana—. Antes de que abramos y todo esto desaparezca.

Consuelo estaba eligiendo qué tomar cuando Salvador apareció en el pasillo, cuatro años por cumplir la siguiente semana, la pijama levantada sobre la panza, el oso de peluche a rastras de cara contra el linóleo. La presencia de Consuelo lo sobresaltó: los ojos salvajes, los pies, la bata de su madre, el ramillete de cuchillos en el puño huesudo.

—*Cielito lindo.* Ay, un principito —dijo Consuelo. Se arrodilló frente a él, y el niño corrió hacia su madre. Graciela le quitó a su hermana los cuchillos de la mano y los puso en el fregadero, con una mano en el hombro de Salvador.

—Esta es tu tía Consuelo. —Graciela se agachó junto al niño, sosteniéndole la espalda baja—. Vino a quedarse con nosotros.

Graciela eligió sus palabras con cuidado. «Quedarse» en lugar de «visitarnos», porque esperaba que así fuera. Quería entender, otra vez desde el principio, quién era su hermana.

Era un niño hermoso, con los ojos negros de Graciela y unas pestañas largas. Saludó a Consuelo alzando dos dedos.

Graciela se sentó con su hermana a la mesa y trató de convencerla de quedarse. Ahí, ella había encontrado una familia.

Había suficiente espacio. ¿Puedes creer que la casa era suya? Toda ella era suya. Los azulejos rotos del baño, la ventana del cuarto de arriba que no cerraba bien, el grifo que goteaba agua con óxido bajo el lavabo… Algún día arreglarían todo eso, pero por ahora, estaban bien, tenían algo estable. Sus hijos comían bien y eran felices. Ella tenía un empleo en la biblioteca y el café iba progresando, y tenían muchos amigos. No podía esperar a que Consuelo conociera a las demás: Silvia, Clara, Josefina, a todos los niños. El vecindario, además, le recordaba un poco a nuestro hogar. Había jacarandas en la calle, ¿no las había visto al llegar?

Consuelo guardó silencio un buen rato, mientras trataba de imaginarse la vida de Graciela, y a sí misma insertándose en ella. No tenía idea de qué carajo era una jacaranda. ¿Alguna vez había visto un árbol en toda su vida? ¿Era siquiera capaz de ver? Ese maldito maestro. ¡Pintar la realidad! ¡Aprender a ver! Y francamente, le aterraba la idea de conocer a todas esas amigas, esas *hermanas* que la habían reemplazado, que habían hecho un mejor trabajo siendo una familia para Graciela de lo que ella jamás había podido. Lo que necesitaba era un trago y cuatro mil cigarros. Quería domar sus nervios lo suficiente para ponerse a llorar y no dejar de llorar por horas, para contarle a su hermana todo lo que le había contado a Lucía, la *güerita* espía fantasma, de los caballos y del bebé, de despertar y enterarse de que Félix se había ido. Pero no, no, no podía conjurar ese vórtice del terror hablando de él en voz alta, no con ese hermoso niño presente, temeroso de su mirada. ¿Algún día podría vivir ahí, aprender a no ser aterradora, hacer una escultura decente, volver a la pintura? ¿Podría?

¿Qué tan espectacularmente fracasaría esta vez?

Consuelo abrió la boca y describió la casa que su esposo le había prometido en ese país.

—Como un barco blanco larguísimo dijo —en las costas de Nueva York.

Graciela no logró fingir que le impresionaba, así que cambió de tema.

—¿Qué tal un truco de magia? —dijo, sacando del bolsillo el maltratado reloj de Consuelo para devolvérselo poniéndolo junto al plato de *avena*. Consuelo sonrió, mientras estudiaba el reloj inerte sobre la mesa, con su tictac, antes de tocarlo, como si la carátula rayada y empañada, la cadena de oro, el corchete fueran aspectos de un espécimen vivo, una serpiente venenosa. Se lo colgó de la muñeca izquierda y estiró el brazo por encima de la mesa para que Graciela le ayudara a ajustárselo.

Graciela tenía unas cuantas horas libres antes de tener que estar en la biblioteca, así que fue con Consuelo y con Salvador al Aquatik Park, donde el muro entre la bahía y la tierra estaba construido con las lápidas del Cementerio Odd Fellows. Le señaló con los labios la envasadora de la Media Luna cuando pasaron por ahí, la torre del edificio, el estúpido fresco que estaba dentro: un montón de *gringas* de ojos azules cosechando fruta. Ja. Ahora era un museo.

Consuelo alcanzó a ver su reflejo en una de las ventanas. Siempre, cuando se veía confrontada por sí misma, se miraba fijamente, veía su cuerpo reflejado de arriba abajo, tensaba el vientre, se mordía el interior de las mejillas para examinar sus huesos, escrutaba las partes de sí que no veía en las fotografías. Tenía las manos vacías, estaba desnutrida luego del año que había pasado en el reino de rocas, no tan fuerte como creía que era. Llevaba una falda larga de lana, un suéter abultado y un par de calcetas gruesas, todo propiedad de Graciela, y unas botas de caucho que una de las mujeres había conservado de los días en la envasadora. Graciela había tirado las sandalias de cordón.

—No puedo creer que fueras una estrella de película —dijo Consuelo. Su intención no era precisamente la de ser cruel, pero sentía que necesitaba decirlo en voz alta. Nunca había visto en su hermanita rastro alguno de glamour, y mucho menos en ese momento.

Graciela pareció molesta. Lo estaba, porque había entendido la implicación de las palabras de Consuelo —¿una *india* como tú?— y sintió que volvían a su antigua dinámica. ¿Alguna vez le había escrito a Consuelo sobre la razón por la que había dejado Hollywood? ¿Lo de haber apuñalado a un policía y todo lo demás? En ese momento, atípico en ella, no podía acordarse. Le contaría todo esa misma noche, cuando Salvador estuviera dormido, una vez que las chispas de sus tristes pasiones se hubieran apagado otra vez. Su hermanita mayor. Necesitaba comida y sueño. Parecía enloquecida.

—*Ay,* no tiene nada de especial; es un trabajo como cualquier otro —respondió al fin—. Nunca fui realmente una estrella. Más bien una gran colección de papeles menores. Era muy versátil, o eso decían.

Consuelo negó con la cabeza.

—Lo siento. Dije una estupidez. No sé ni de qué estoy hablando.

—Debes estar exhausta —contestó Graciela—. Vamos a casa para que descanses.

Caminaron en dirección al sur por Van Ness y de vuelta a casa por el Camino Real. En el mercado se protegieron la vista del sol y cruzaron las vías del tranvía hacia Gough, luego Valencia, y llegaron al Mission District, con sus caminos estrechos y sombreados. Un *viejito indio* se les acercó con rosas en una cubeta de pintura, y Graciela le compró algunas para conmemorar aquel día: color rojo sangre, húmedas de rocío.

En una banca de madera pintada de verde estaba sentada una *indita.* Salvador le quitó a su madre las rosas de las manos. Graciela se sobresaltó cuando vio que una espina se clavaba en el dedo de su hijo y aparecía una gota de sangre como la lágrima de un *duende*, pero al niño no pareció importarle, y corrió hacia la mujer que estaba en la banca.

—*¡Abuela!* —gritó Salvador. Agitó las rosas como una sonaja y los pétalos llovieron a los pies de la mujer. Graciela se dio cuenta de que su hijo pensaba que era la mujer que había visto en el dibujo que Consuelo les había mandado alguna vez, que estaba viendo los ojos de su abuela.

—*Mis hijas* —dijo *la viejita*—. *Mis hijas.*

Miró a *las hermanas.* Llevaba una bufanda floreada amarrada bajo el mentón y estaba inclinada hacia un par de bolsas del mandado que se habían desplomado a su lado, sobre la banca. Tenía los dos ojos nublados de cataratas. Era una mujer antigua, mucho más vieja de lo que habría sido Socorrito, lo suficientemente vieja para ser su bisabuela, su tatarabuela.

A Consuelo se le detuvo la respiración del *susto,* y estudió el rostro de la mujer, queriendo creer, contra toda razón, que aquella anciana era Socorrito.

Salvador se acercó a *la vieja* y le tocó la mano, y Graciela lo levantó y lo cargó sobre la cadera.

—Disculpe, *maitra* —dijo—. La confundimos con alguien más.

Salvador había estado haciendo eso últimamente, buscando rostros extraños, seguro de que los conocía.

La maitra murmuró con voz ronca, una plegaria quizá, sin mirar a ninguna parte. Se rio sin hacer ruido. Graciela le tocó el hombro a su hermana para sacarla del hechizo.

Consuelo no podía creerle a su propia mente. Estaba revuelta, inútil, dañada. ¡Un golpe de calor permanente! ¡Demasiado vino! ¡Los químicos de la pintura! Quería gritar. ¿Qué era lo que estaba tan mal con ella, que no podía distinguir a su madre de una extraña? Comenzó a sudar. Graciela la tomó del codo y con Salvador delante regresaron por el Camino Real.

Nosotras caminamos con ellas unos pasos detrás; no podían vernos. Lourdes llevaba bolsas de plástico llenas de papel, mapas, poemas, cartas que encontró e imprimió en medio de la noche. La María-Malía se pavoneaba en sus Dickies color azul marino, el cabello plateado casi a rape de los costados y la nuca, un largo mechón revoloteando sobre la frente amplia y hermosa, los ojos ígneos arrugados en las comisuras, en un guiño, y los labios en punta hacia todas esas *guatemaltecas* bonitas que cruzaban Van Ness en dirección al sur.

—Es muy joven para ti, Malía —le decía Lourdes una y otra vez.

—Y yo estoy demasiado muerta para ella —le respondía María, riendo.

Y *la anciana* Cora, jorobada y musitando, la cara manchada de tierra, inclinada hacia una Lucía adolescente que tenía el delineador corrido en círculos caprichosos y eucalipto en el cabello luego de haber pasado todo el día empapándose en las ruinas de los Baños Sutro.

Juntas pasamos caminando a un lado de la biblioteca de

Lourdes. Pasamos la panadería donde Graciela compraría el pastel para el cumpleaños número cuatro de Salvador, de chocolate con betún azul. Recorrimos *la calle Veinticuatro* y pasamos junto al muro de ladrillo que un día serviría de lienzo para uno de los efímeros murales de María, la historia de La Siguanaba y sus hijos. Pasamos junto a la oficina donde un día Graciela comenzaría un periódico local. Las acompañamos hasta su hogar en Las Comadres.

Y luego regresamos al Camino Real y caminamos en dirección al norte, hacia Geary, y luego dimos vuelta hacia el oeste y caminamos hasta el borde del mundo, con el sol en los ojos y todo su peso sobre el mar. Cansadas, nos reunimos junto al océano. Permanecimos juntas en el viento, dejamos que las sombras recolectaran los susurros que contaban nuestros orígenes, y miramos el mar, ese lugar en el que podemos ver el alba de la vida. Cuando el sol desapareció detrás de nuestro mundo, nuestros cuerpos lo hicieron también. Nos dolió un poco, pero sobre todo, con el deshacerse de la trenza, sentimos alivio. Hicimos a un lado nuestro peso. Como siempre, no tenemos idea de cuándo volveremos.

Pero escúchanos… Es a ti a quien llamamos ahora. No oyes nuestros murmullos, nuestras carcajadas retorcidas y hermosas, nuestras canciones, ¿o sí?

Aquí seguimos. Escucha.

AGRADECIMIENTOS

Muchas gracias por su brillantez y su paciencia a mi editora, Naomi Gibbs, cuya magia incisiva y generativa me llena siempre de asombro y gratitud, y a mi agente, Stephanie Delman, inteligente y al mismo tiempo cálida, una genio y una bomba de encanto. Que me hayan leído con semejante cuidado, inteligencia, confianza, atención, curiosidad y gracia, es un honor tremendo, y ambas guiaron la transformación de esta pila de páginas en un libro. Que nuestras carcajadas resuenen juntas pronto. Gracias a Lisa Lucas y a todo el equipo de Pantheon, especialmente a Josie Kals, Julianne Clancy, Altie Karper, Cat Courtade y Natalia Berry, y a la gente adorable de Trellis Literary Management por voltear a verme e invitarme a pasar. Gracias a Allison Malecha, Niki Chang, Juliet Mabey, Planeta México, y a Oneworld Publishing, por adoptar a estas chicas fantasma en otras partes del mundo.

Déjenme hacer de Lourdes y contarles de los libros, las bibliotecas, los académicos, las Fuentes del Conocimiento que me enriquecieron durante el proceso de escritura de este libro, y con quienes estaré por siempre en deuda. Los libros están hechos de otros libros. Estos son algunos de los que iluminaron el camino del mío: la traducción del *Popol Vuh* de Ilan Stavans, así como la versión divina de Michael Bazzett; *Unforgetting,* de Roberto Lovato; *The Man Who Could Move Clouds,* de Ingrid Rojas Contreras; *Women Artists and the Surrealist Movement,* de Whitney Chadwick; *The Cambridge History of Latina/o American Literature; Dictatorships in the Hispanic World,* de Patricia A. Swier y Julia Riordan-Goncalves; *Dividing the Isthmus: Central American Transnational Histories, Literatures, and Cultures,* de Ana Patricia Rodríguez; *Seeing Indians,* de Virginia Q. Tilley; *To Rise in Darkness,* de Jeffrey L. Gould y Aldo A. Lauria-Santiago; *Democracies and Tyrannies of the Caribbean,* de William Krehm; *Remembering a Massacre in El Salvador,* de Héctor Lindo-Fuentes, Erik Ching, y Rafael A. Lara-Martínez; los artículos «The Popol Vuh: Primordial Mother Participates in the Creation», de Bettina L. Knapp, y «Can Art Represent a Country? In Search of Salvadoran Cultural and National Identities Through 20th Century Literature, Poetry, and Art», de Claudia M. De La Cruz; *Miguel Mármol,* de Roque Dalton; *Matanza,* de Thomas P. Anderson; *El principito* y *Viento, arena y estrellas,* de Antoine de Saint-Exupéry; *Kingdom of Rocks* y *The Tale of the Rose,* de Consuelo de Saint- Exupéry; la ficción y el tarot de Leonora Carrington; tanto de Eduardo Galeano; y *Volcán,* la brillante antología de poesía centroamericana editada por City Lights. Y muchas gracias también a Carlos Henríquez Consalvi, así como a un lugar que, en sus multitudes, es como un libro, El Museo de la Palabra y la Imagen en San Salvador. Un enorme agradecimiento para Tami Suzuki de la Biblioteca Pública de San Francisco, y a Catherine Morse, Edras Rodriguez-Torres y Charles G. Ransom del sistema de bibliotecas de la Universidad de Michigan. Toda mi admiración y gratitud para el trabajo de las artistas Guadalupe Maravilla, Kiara Aileen Machado y Lorena Molina. Gracias a Andrea Santiza por lo potente y lo precioso, a Karla T. Vasquez por lo nutritivo, y a Angélica García, *mujer bendita,* por las canciones.

Estoy agradecida con los lugares y la gente que han publicado mi trabajo, que me han invitado a escribir para ellos, me han dado su tiempo, su espacio y su *pisto*, que me han leído con un cuidado exquisito, me han enseñado y me han apoyado. Gracias al Gould Center for the Humanities, por enviarme a El Salvador. Gracias, Rackham Foundation, por ese par de becas de viaje que me llevaron a Francia y a la Biblioteca Butler de la Universidad de Columbia para investigar la huella histórica de una versión de la vida salvaje de Consuelo. Gracias, Tyson Award, por ayudarme a pagar la renta. Gracias a Marlee Grace y la Have Company Residency; Meghan Forbes y *Harlequin Creature;* al *Boston Review,* especialmente a Min Jin Lee; a *Pleiades,* especialmente a Rosebud Ben-Oni; y a *Ploughshares,* y la amabilidad especial de un editor. Gracias a los editores de *The Wandering Song,* Leticia Hernández-Linares, Rubén Martínez y Héctor Tobar, por publicar una versión del sueño del índigo. Gracias a la beca Under the Volcano Sandra Cisneros y a Magda Bogin, Nelly Rosario, Aysegul Savas, Adam Foulds, Tim MacGhabban, Keetje Kuipers, Radhiyah Ayobami, Robin Myers y Emily Withnall, y especialmente a mi querida amiga, *hermana*, y compañera de viaje Lizzie Hutchins. Todos ustedes son *Perros Románticos.* Gracias a Tin House, por el tiempo, el espacio y la amabilidad, particularmente a Lance Cleland; y a mi vecina de residencia, mi atesorada compañera de bálsamo/elixir y alma gemela de mamá genial, Chelsea Bieker. Gracias a Aspen Words e Isa Catto. Gracias a Mike y Hilary Gustafson, y a la comunidad de Literati Bookstore, por cubrir mis turnos cuando me fugaba para escribir, y también a Brian Short y Katie Vloet por permitirme salir de la ciudad en aras de este libro. Gracias, Christin Lee y Room Project, y gracias, Good Hart Residency y Sue y Bill Klco. Gracias al Colectivo Periplus, especialmente a mi querida amiga y mentora Esmé Weijun Wang, Ash Huang, Vauhini Vara y mi cohorte de becarios de 2021. Toda mi gratitud al Programa de Escritores Helen Zell de la Universidad de Michigan, Ann Arbor, que cambió vidas, especialmente a mis maestros Peter Ho Davies y Eileen Pollack, y a los escritores inspiradores que conocí en los talleres allí: A. L. Major, K. Rose Miller, Rebecca Scherm, Rachel Farrell, Meron Hadero, Airea D. Matthews, Claire Skinner, Camille Beckman, Gala Mukomolova, Megan Levad, Daniel DiStefano, John Ganiard, Eric McDowell, Daniel Hornsby, Matt Robison, Marcelo Hernández Castillo, Derrick Austin, Brit Bennett, Rebecca Fortes, Olujide Adebayo-Begun, Henry Leung, Chris McCormick, Dan Frazier, Dan Keane, Kendra Langford-Shaw, Maya

West, Mairead Small Staid, Jia Tolentino, H. R. Webster y muchos otros. El próximo plato de filetes de pollo en Old Town corre por mi cuenta.

Gracias a tantos queridos amigos, lectores generosos e inteligentes y compañeros de escritura inspiradores a lo largo de los años, *comadres* de mi corazón y de este libro: Alana DeRiggi, Julie Buntin, Jacinda Townsend, Lydia Conklin, Jaimien Delp, Aisha Sabatini Sloan, Ali Shapiro, Lillian Li, Patrick Martin Holian, Courtney Faye Taylor, Hyeseung Song, Sakinah Hofler, Elisa Wouk Almino, Lisa Low y, décadas y milenios, a *mi hermana-maestra* Leticia Hernández-Linares. *Carcajadas* de ternura, alegría y aprecio, y todo mi amor a mis queridas amigas Natasha Varner, Meridith Hoover, Sylvia Nolasco, Julie Cadman-Kim, Annie Gaus, Maggie Guerra Marks, Heidi LaValle, Erica Brown, Liz Ferdon, Cristina Domínguez, Kate Duchowny, Jeanne Joesten, Amy Sacksteder, Crystal Flynt, Abi Celis, Andrea Lipsky-Karasz, Madison Cruz; a Matthew David Flores, Jamie Vander Broek, Charlotte Bruell, Jon Yahalom, y Erin Upton- Cosulich. Gracias, Elianna Kan, Melissa Danaczko, Julia Ringo y Nadxi Nieto, por creer en este libro. A Lequietta «Lala» Folk, Nicola Gherson, la YMCA de Ann Arbor, Cheri Whitner y Amanda Houston, gracias por cuidar de mi hijo. Gracias, Christine Asidao, Andrew Ching-Hung y Joel Rubenstein por cuidar de mí.

Gracias, con todo lo que tengo, a mi hermosa familia: Charles, Oliver, y Bella. Ustedes son mi tesoro. Y a mis raíces: Miguel, Jean, Fran, Michael, René Alberto, Angel, Mario, Jules, la mágica Em Dalmeyer, y a mis maravillosos sobrinos y sobrinas, Brookie, Brandon, Donaven, Mila, Robbie, Ryan, Richie. Gracias a las archi*comadres* Iris Biblowitz y Ninfa Álvarez Pleites. Y a Archer, el Tío Mario, y a quienes están también con nosotros, riendo a través del velo.